吾乡处乡

王哲士 著

山西出版传媒集团

北岳文艺出版社

BEIYUE LITERATURE & ART PUBLISHING HOUSE

·太原·

图书在版编目（CIP）数据

吾乡他乡 / 王哲士著． — 太原：北岳文艺出版社，

2025. 1. — ISBN 978-7-5378-6959-1

Ⅰ．I267

中国国家版本馆 CIP 数据核字第 2024341B4P 号

书名：吾乡他乡	出 品 人：郭文礼	书名题字：李殿清
WUXIANG TAXIANG	策　　划：谢　放	书籍设计：张　园
著者：王哲士	责任编辑：谢　放	印装监制：郭　勇

出版发行：山西出版传媒集团 · 北岳文艺出版社

地址：山西省太原市并州南路 57 号　邮编：030012

电话：0351-5628696（发行部）　0351-5628688（总编室）

传真：0351-5628680

网址：http://www.bywy.com

E-mail：bywycbs@163.com

印刷装订：三河市金兆印刷装订有限公司

开本：787 mm×1092 mm　1/16

字数：409 千字　印张：30.75

版次：2025 年 1 月第 1 版

印次：2025 年 1 月河北第 1 次印刷

书号：ISBN 978-7-5378-6959-1

定价：88.00 元

八十不潇洒　人生岂有诗

——开头话

　　数年前，写了篇短文《一座城》，不过三百字。大意是，儿时来到这座古称隰州今曰隰县的小城，一住就是一辈子——看着她日新月异，而我却从没有见异思迁。原由是，我经历了她的变迁之巨，她成就了我的人生梦想。这种相互的给予既源出命运的恩赐，也源出彼此对缺憾的包容。人这一生，总有些事免不了在错过中度过，所幸我和这座城遇到了彼此，如影随形。如今，这座城出脱得越来越年轻、美丽，富有生命力，而我却白发催年老。世上的事都是相对的，在近两千岁小城的面前，借你个胆也不敢言老——还不再玩把青春，重新启程？！如此云云。

　　这是献给吾乡吾城的恋歌，也是此生所以淡然、勉而为文的心迹。

　　我是守望乡土的写作者，也是喜欢游历的观光者。在我看来，吾乡有诗，值得兴怀吟咏；他乡有画，何妨远足赏读。本土与他乡诗画相融，不仅开阔了视野，也充实了心灵，让生活有活力，有诗意。这本书即是两者融合的结果。上卷曰《静读人生》，下卷曰《走读山水》，取"静以养心，动以养身"之意。与读者一道从吾乡的"诗"中觅画，从他乡的"画"中悟诗，做一名推介吾乡和他乡风情的志愿者。当然，这里说的"诗""画"，不过是一种诗意人生的表达罢了。

　　八十岁那年，一位文学同好在微信留言："八十不潇洒，人生岂有诗。"这里所说的潇洒，或是指是岁我出版了两部长篇小说，老而尚能为文，不做坐吃坐喝的闲老头；至于诗，那或是他认为我有一种旷达的心态和活法。同好所说的这二者，美则美矣，只是本人修为尚浅，难以比附。不过，其话语温雅养气，听了适意，权当朋友间的励志之言。等到本书书稿编就，要写几句开头话时，忽然将其想了起来：何不以它为题引起下文，并借此勉力躬耕，感恩乡土的馈赠？！于是就有了上述不成序文的闲言碎语。

王哲士
2023年12月31日

目 录

上卷／静读人生

乡土悠悠

人情世态

碑记选录

人物写意

序言书话

下卷 / 走读山水

晋游记

上卷／静读人生

乡土悠悠

品味一个字，读懂一座城

本文要说的一个字是"隰"字，隰县的隰——由此上溯是隰川的隰、隰州的隰、隰州总管府的隰——自隋开皇五年（585）设隰州总管府，迄今隰字与这方土地结缘一千四百三十九年。

不知是哪位古人说的，人之幼稚，不学则愚。儿时不谙事理，不晓得自己是哪里人，也不晓得住的这块地方姓甚名谁，确是有些愚。

直到第一次走进校门，学校是"隰县第一完小"，才知道这个地方姓"隰"，其后缀以县字，全称隰县。日久天长，祖籍并非隰县的我，也自然而然地以隰县人自居。既然是隰县人，就得认识隰字，会写隰字。老师说，隰字有十六画，从横折折折钩开始，到点点点点结束——一听就晕，更不用说写了。那时学生写仿。所谓写仿，就是写毛笔字，在仿影上放上一张麻纸描摹。一张仿多是二十个大楷，横四行竖五列，行间需填写小楷。当中的一行内容是固定的，"中华人民共和国山西省隰县城关完小×年级×××"。写仿是必修课，一日一仿，所以这个隰字也是必写之字。日久天长，写惯了，反倒觉得这个字点画排列紧凑，杂而不乱、繁而有序、工整庄重，就用心起来。老师阅仿叫判仿，写得好的字，在右上角画个圈，写得差的打一杠。这个隰字是最难写的，小字还可以蒙混，大楷便常挨杠子少画圈了。幸运的是，挨过不少杠后，隰字终于得了不少圈。不要小看这个圈，里边有老师的苦心和慧眼，有我自个儿的信心。从此，隰字好像是个标签，我走到哪儿它跟到哪儿，跟了我一辈子。

用句很文化的话说，一个历史地名就是一个文化符号，它承载的是一个地方的悠深岁月和人文内涵。

那么，拙文从哪里说起？

冥冥中，隰字好像与我有个不成文的约定，它以历史老人的口吻，给我徐徐从头道来。

我们这块地方，商朝时出现部落和城邦联盟式的方国。城南乡庞村曾出土商代铜器，当是那个久远年代文明的物化象征。 2005年发掘的瓦窑坡墓地，是隰县有史以来发现的最大规模的东周墓地，也是近年来山西地区东周考古的重要发现。该墓地的最高等级墓葬采用五鼎制，墓主人应该是晋国地位显赫的卿大夫或者镇守蒲地的地方长官，如此规模的墓葬在晋西南尚属首次发现，它是墓主人社会阶层和身份的反映。东周时期长达五百多年，史学家为了便于研究，将这段历史分成春秋（前770—前476）和战国（前476—前221）两个时期。考古学家凭出土青铜器器型和纹饰，确定瓦窑坡墓地的年代，从春秋中期偏晚，延续到春秋晚期，直至战国早期。虽然墓葬缺少铭文，但我们仍能从大量出土文物中得到很多历史信息，看到晋文化向北方发展的倾向，看到两千年前的隰县的文明影子。

下来该说说地名沿革。公元前665年，晋献公使士蔿筑蒲，称蒲邑。因皇室内讧，这里还发生过重耳奔蒲的历史事件。战国至秦称蒲阳，西汉置蒲子县。公元488年，鲜卑人北魏孝文帝改蒲子为汾州，州域北起今偏关长城，南至河津，西至黄河，绵延四百八十公里。一个州管辖这么大的地盘，总有些鞭长莫及，因此战乱频现，烽火不断。后北魏消亡，但北魏推崇的佛教文化却留存在这里，七里脚石窟当是隰县佛教所自的见证。北周至隋代，名汾州、龙泉郡、隰州，因时代变迁时置时废，反复无常。不过，笔者关注的以"隰"命名的地名终于在此时顺势而生。若以州论，隰州出现于隋文帝开皇五年；若以县论，隰川县（撤长寿县置隰川县）诞生于开皇十八年。无论称府，称郡，或称州，我们这块地方一直是区域中心。即使到了唐代，隰州总管府仍领六州十一县。民国年间，山西第六行政区督察专员公署驻隰县，下辖十五县。1946年，隰县解放，共产党领导的第九专区驻隰县，后撤区设隰县中心县，辖六县。1958年，隰县与大宁县合并，称隰宁县；不久，又合蒲县、永和、石楼等县为吕梁大县。忽而县，忽而郡，忽而州，忽而府，从建置沿革的变迁，可以看出此地经济社会发展的历史过程，也能看出一座城市发展的历史脉络。这就是历史上的隰县，虽非如雷贯耳但也久负盛名。今日县城中心大观楼上的"三晋雄邦""河东重镇""龙泉古郡""长寿遗封"四块牌匾，即是这种沿革演变的昭示，更是历史赐予的称誉。

因为打上"隰"字的印记，探究这个字的来历是绕不过的话题。十多年前，我们在拍电视专题片《隰州说隰》时，把金文、大篆、小篆、隶书、楷书、草书、行书及古今名人书写的"隰"字组成一面"隰"字墙，让这个在汉字中看似为低频字实则并不安闲的"隰"字，让平素无由会晤的各种书体的"隰"字，来一次难得的"雅聚"。看到由那些变化的线条体现出的难以言状的韵律和质感时，忽然间觉得它们好似在手舞足蹈，又好似在促膝谈心，每个字都在尽情演绎对称美和平衡美。这时才发现，我们对"隰"字的了解远远不够。好奇心驱使，你不得不一探源头，观演变而知世变。

把目光转向三千年前的商周时期，我们会从金文中找到最初的隰字，晋系文字用壐和它的异体字濕为隰。它的异体字还有陸、隰、隰、隰等。

表意文字的特点是通过字形的构造来显示字义，故不管哪个字都离不开它的本义"湿"。如翻阅古籍，原隰、阪隰、平隰、郊隰、皇隰、川隰等词语随处可见，特别是原隰一词用途最广。我国最早的诗歌总集《诗经》，出现隰字二十六次，说明它是那些富有生命力的汉字中的一个，是实用汉字大家族中的一员。三千多岁的"隰"字沿用至今，它的实用价值体现在哪里？《现代汉语词典》的解释是：一是低湿的地方；二是新开垦的农田；三是姓。隰县的得名，各类史籍均采用了《尔雅·释地》中的解释："下湿曰隰。"唐代《元和郡县图志》说，"以州带泉泊下湿，故以隰为名"。清康熙《隰州志》也称："隰地皆高原，名之曰'隰'，以城在原之下也。"古代的隰州处在二水交汇之地，以隰命名既符地理，又遂人意。

　　说到隰姓，多不为人知。20世纪80年代，笔者在县志办工作。接到一封来自北京的信件，写信人名叫隰瑞，问隰县是否隰姓的起源地。我吃了一惊：只知词典上说有隰姓，但现实中我从没有接触过姓隰的。查廖用贤《尚友录·隰姓》："隰，姜姓。齐庄公子廖封于隰阴为大夫，故以为氏焉。"就是说隰姓诞生在两千七百多年前的齐国，后四散分居。隰姓名人中，齐国有隰朋，晋国有隰叔，都是名臣。明朝开国皇帝朱元璋封他的第十三子朱桂的第十子朱逊㸅为隰川王，称号保留了一百余年。带着对隰姓朋友的念想，我后来去北京出差时专程拜访了隰瑞，隰瑞全家像迎接故乡人般盛宴招待。他说他们老家在河北徐水乡下，村里以隰姓居多；还说不管隰县是不是隰姓的祖脉，天下"隰"字一家亲。这话可说到骨子里去了，我们颇有些惺惺相惜的意味。由解一个字到爱一个字，由爱一个字到敬一个地方，由敬一个地方到重一道流脉，一个字的生命力如同一条江河般亘古不灭。

中国县以上的地名命名，多是两字或三字，甚至还有四字，隰县是比较另类的一个，即除了"县"外只有一个"隰"字，于是被称为"单字县"：或许是古人知道汉字的金贵，一字值千金；或许是一个"隰"字就囊括了此地的面貌，无须多言。那么，就让我们看看一字千金的隰县，承载了多少史事。

隰县地处晋西咽喉，地虽僻而位置险要。故而古代来守是邦或在此称帝的多是高才干练之人。春秋时晋公子重耳守蒲；西晋永嘉二年，匈奴人刘渊由左国城迁来蒲子县（即今隰县）登基称帝，国号汉；唐宗室李琛以及李渊第四子、巢王李元吉先后任隰州总管，唐朝宰相房玄龄长子房遗直曾为隰州刺史；清隰州知州钱以垲，后为礼部尚书，加太子少保。隰县为山西历史上十四处建过国都的地方之一。公元1091年，北宋鉴定家、收藏家兼诗人刘季孙，经苏轼推荐出任隰州刺史。苏轼还应刘季孙之请，兼用楷、行、草三体书写了欧阳修的《醉翁亭记》。书法大家米芾也曾写信给刘季孙，此信世称《箧中帖》。两件珍品均保留至今。这是文人交往的历史见证，也是时代造就的文化遗产，说隰州文事，少不了有刘季孙一笔。元代韩升任隰州刺史二十余年，为人仁恕，为政以德，"折豪强，杜谗佞，防欺诈，斥绝情，托发奸"，守隰而爱隰，后以隰为籍，终老于此。

隰州籍走出的名人列举两人。

一是曾立大誓"若不发明大事，誓不归矣"的宋代正觉禅师。宋建炎三年，其住持明州（今浙江宁波）天童寺，极盛时僧众三千，首倡"默照禅"，世称天童和尚。有《宏智广录》九卷、《宏智觉禅师语录》四卷、《宏智和尚语要》一卷等传世。因其佛法精进，圆寂后，宋高宗赐谥"宏智禅师"，所在的天童古寺被尊为"东南佛国"。宋代高僧释绍昙也写诗称颂："隰州佛放光，远射千峰顶。"诗借正觉比隰州，借隰州赞正觉。

一是身居涉钱涉物要职而拒贪拒贿，清白自持的清代顺治年间兵部侍郎、户部侍郎总督仓场、工部左侍郎的李呈祥。其殁后门楣高悬"社稷名臣"。

险要之区必是征战之地。公元957年，北汉攻后周，后周上演了一场隰州版的"空城计"。北汉以数千骑从晋阳方向向隰州进攻。隰州刺史孙义突然病卒，李谦溥临危受命，署理隰州事务，但城空兵寡，无力抵抗。李谦溥急中生智，巧用空城计，北汉兵怀疑有诈，收兵后撤。隰州人得此喘息机会，顿兵坚城。待北汉军再次准备攻城时，李谦溥已募得敢死队，会合援兵，深夜偷袭北汉军营，北汉大败。《李谦溥传》这样描述："谦溥服绨绤，挥羽扇，引二小吏登城徐步，并人望之，勒兵不敢动。"寥寥数语写活了一个人，与戏剧《空城计》里的诸葛亮何其相似乃尔。

1936年，红军东征，毛泽东、彭德怀率红军一万三千余人东渡黄河，在晋西转战七十二天，在当时的隰县活动四十余天。毛泽东在隰县大地留下了光辉足迹，也为隰县人民留下值得自豪的红色记忆。红军东征歼敌一万三千余人，壮大了抗日武装力量，播下了抗日的革命火种，推动了抗日救亡运动。

1938年，午城战役，八路军一一五师歼灭日军千余人，挫败敌人西犯延安的阴谋。是役为八路军继平型关大捷后又一次重大胜利，极大地振奋了全国人民的抗日爱国激情。

隰县人依恋"隰"字，见到"隰"字就有认同感、归属感、幸福感。这里列举两个有趣的文化现象。无论是本籍人，还是外籍人，大凡在隰县出生的孩子，父母惯爱起个带"隰"字的名字。如隰生、隰英、隰龙、隰牛、隰峰、隰根、隰珍、隰宝……留恋"隰"，感念"隰"的心情不仅溢于言表，还体现在名字上。今年春节，县城有面粉刷一新的长墙，上书真草隶篆各种书体的"隰"字，可称其为"隰"字墙，非常抢眼；还有"隰州总管府，晋西旱码头"字样的商肆文化亭廊，在雄踞县城中心的大观楼的映带下，令人着迷。观看的、拍照的、留影的络绎不绝。特别是从异乡回家过年的隰县人，在这里留影成了他们的首选。三女儿怡和外孙女连着两晚来这里观景、照相。怡在微信里动情地写道："好一个大写的隰字，字里山水纵横、梨果饱满、人民勤劳、田丰地肥，一个字生动展现了隰州大地孕育的一方文化，展现了隰州儿女的勤劳、幸福和自豪，展现了隰州人恋家爱乡、渴望团圆的赤子之心。"我想，亲近隰字，就是亲近这方土地。而抖落一身风尘的隰字至今依然熠熠闪光，值得深爱。

回首，记忆犹新；近观，"原隰郁茂"。何为"原隰郁茂"？碧云蓝天，绿波林海，杏雨梨云，苍颜新貌是也。说到这里，不由得从《诗经》里"隰有树檖"想到"隰有好梨"——中国大美梨、隰县玉露香——一颗梨富了一方人，一颗梨扬名海内外；由"隰有荷华"想到"隰有好人"——好人现象蔚然成风，如荷花溢香，最终隰县成为中国好人县。这是当今隰县的两张名片。至于说一城三"国保"（全国重点文物保护单位），指的是北魏千佛洞石窟、明大观楼和明清千佛庵（小西天）——现代和历史的交融彰显出隰县人的人文精神和不凡品格。一县三动脉：瓦日铁路、呼北高速、霍永高速从城下经过，隰县成为临汾市西山地区的交通枢纽，区位优势促使城市化进程加速。近两年，隰县多措并举打造"梨果示范县、生态康养地、区域中心城"，势头如虹。20世纪50年代曾任隰县县委书记，后任中共山西省委书记的李立功，离休后专程来隰县考察，看到这里翻天覆地的变化，欣然题词："喜看隰县大变化！"

品味方正质朴、温厚稳重的"隰"字，了解隰县源远流长的过往，由一个字读懂一座城，一脉相承下的万千风情就会展现在我们面前，"原隰生光华"。这该是多么诱人的前景。

写于2024年3月7日

说说小西天

小西天有来头。

宝刹"座下"凤凰山，山势呈扇形，扇头有一峰突起，形似鸟头。两道山梁如同扇子骨板有力地伸向县城。扇面杂树生烟、溪水交绕，犹如绢画一般。山脉前开后合，似鸟的两翼，故而得名凤凰。风水之法，以得山为贵，以得水为上。山得水而活，水得山而媚，山环水绕，藏风聚气，气应生生不息，风能欣欣向荣。佛寺高坐其上，飞凤驮佛，凤瑞佛觉。凤凰山又与城东堆金山（古称苍龙山）东西呼应，龙兴凤举，沾祥瑞之气，佑人文蔚起。相地合宜，构"寺"得体，由此大抵可看出开山祖东明禅师的睿智和乡人的愿景。

小西天有看头。

小小凤凰山上，密缀着二十来处建筑，殿堂廊庑，曲径幽洞，上下起落，虚实相间，安排得严丝合缝。若是晴天，堆珠嵌玉，光照之下，如凤冠霞帔一般灿烂；若在雨天，如雾海中的一叶孤舟，若隐若现，正应了慈航普渡的佛意。是巧合，还是人意，谁也说不清。小西天就是小西天，如果放大了就会失其精致之美；那么微缩了呢？又会失其博丽之雅。

小西天最有看头的是千佛同堂的大雄宝殿，最可说的是镇寺之宝的绝美悬塑。

统领千佛的是娑婆世界的释迦牟尼和东方净琉璃世界的药师佛、西方极乐世界的阿弥陀佛、莲花藏世界的毗卢遮那佛、未来世界的弥勒佛。诸佛结跏而坐，众菩萨两侧协侍，十大弟子陪护，诸天、罗汉和弟子簇拥，好不威严。主佛慈眉善目，十大弟子奇态异相，小沙弥憨态可掬，对比的妙用，增强了艺术效果和感染力。静者愈静，动者愈动，动静之间见神功。

小西天的五佛同殿既不是东南西北中五方佛，也不同于其他形制，说起来有些离经，但并不叛道。佛教在发展过程中的世俗化，和各宗派相互渗透的情形，在这里留下了难得的可供研究的实物依据。

天宫乐伎塑像围绕五个佛龛展开。亭阁轩榭、奇花异草、仙鹤飞天、各色人物，倚梁柱，托墙体，或依附，或层叠而上，或悬空而停，这就是令人惊艳的悬塑。乐伎们动作夸张，神情迷醉，观之，似有动人的旋律在其灵巧的纤手中流淌，从那婀娜的身姿中恍惚看到醉人的舞姿。环视佛殿，如金色大厅；细观局部，恰是玲珑剧场。悬塑的盛典来自这里，悬塑的叫法来自这里，悬塑的绝唱也珍藏在这里。

南山墙上方，西方三圣以弥陀佛居中，螺髻、金身，四层火焰纹的背光由身后的七宝华盖射出，照耀净土世界透亮通明。看吧，白云缭绕，紫雾盘旋，旗幡飘动，五彩迸发，鲜花竞放，是何等的明丽！八大金刚护卫，菩萨、诸天、罗汉和弟子拱手朝拜，乐伎天神一字排开，是何等的庄严！气象万千的佛国意境，于咫尺之间体味到百里、千里以至无穷。小小一组造像，堪称浓缩了的美妙的西方极乐世界，怎能不让人惊叹。

小西天有说头。

三楹之构耶能称作大雄？且看千佛是何等气派，西方极乐世界是何等浩渺，悬塑独一处，琳宫无二型，称大雄有过之而无不及。

由此看来，小西天不与天下拼大而拼精，不与天下比雄而比巧，不与天下争饰而争奇。因了它的特立独行而名扬四方，人们甚至淡漠了它的本名。须知，在全国重点文物保护单位名录里，它被称作千佛庵。

写于2018年12月

闲话鼓楼

鼓楼居隰县县城中心。小时候，夏日午后常常和玩伴上鼓楼歇息。说是歇息，实际上是瞎折倒，哪里能睡得着？！睡不着就"跟武路"（一种游戏。从玩伴中选出一个"领路人"，由他带领大家上山、钻沟、跳梁等，胆小掉队者为输），爬楼顶。我稀里糊涂地爬了一回，至今都想不明白自己是如何成功登顶的，反正好像听见从半空里传来急急的话语：快下去吧，弄不好要命的。当了一回"好汉"，却后怕了一生，我便想：这辈子再爬鼓楼就是孙子。

上学后，学校在东街烘楼台北侧，鼓楼成了每日必经之地。那时，鼓楼门洞里有卖好吃食的，比如洋糖呀，花生呀，锅盔呀，糁粉呀，馋得人直流涎水。每逢期终考试，学校照例要在这里出榜，像古时榜示秀才、举人一样，让过路君子品评。政府也在这里张贴布告。游行队伍通过门洞时，四个门洞就成了四个喇叭筒，震得四道大街嗡嗡响。有人站在台阶上演讲时，闲杂人等要通过门洞就很难，只得耐着性子听完。隰县流行一句老话："到鼓楼底下说理去！"为什么？鼓楼底下有气场——不是公堂的公堂。一到黑夜，总能听到从鼓楼上传来"农会开会哩"的沙哑吼叫声，那是由铁皮打的或硬纸卷的圪筒里传出来的，这声音在静寂的夜里格外入耳。最让人高兴不过的是，三两月这里便张贴有电影海报……对了，20世纪50年代，隰县首次通车，从介休开来的卡车进了县城西城门，又小心翼翼地开过鼓楼门洞，停在烘楼台广场让人们开眼。我和小伙伴们乘机爬上车斗，成了小城第一批乘客，风光了一场。

尽管鼓楼有这么多的暖心事，但我依然记得儿时的莽撞；所以，整个学生时期再没敢上鼓楼，也就没再当"孙子"。

1958年，"大跃进"开始了，街道拓宽了，鼓楼被孤立了——四个门洞一堵，开办了商店和杂货铺。虽说鼓楼变了味儿，但没有被拆掉已是万幸。须知，县政府大院的一口"声闻三十里"的金代大铁钟，都被砸烂当废铁卖了。再后来，我到文化局工作，因为要对老面的鼓楼进行维修，时隔二十多年，我再一次登上鼓楼，上了金顶。这一登就成了常客，早忘记"再爬鼓楼就是孙子"的狠话，还自我宽心：若论年齿，我辈应是鼓楼的二十几世孙——当几回"孙子"都富富有余。

再后来，工作变动，但鼓楼依然在我的工作范围内；只是时代变了，它的身价也高了，成了国保单位，一县之宝升格为一国之宝。不用说，我登楼登得也脚下有劲，脸上生光。在与鼓楼频繁地接触中，我或多或少得了些学问。如果给鼓楼开一份履历，该是这样：

鼓楼，本名大观楼，建于明万历四十五年。始建者储至俊，隰州知州，湖广靖州人。建筑格局：二层三重檐十字歇山顶。鼓楼通高14.31米（因为街面抬高的原因，比原高降低了1.5米）；一层减柱，二层原柱；一层、二层檐为三踩斗拱，三层檐为五踩斗拱；突出梁柱檩的直接结合，减少斗拱中间层次的作用，呈现了明代形体简练、细节烦琐的建筑特征，整体稳重大方、挺拔俏丽。

二楼的四块斗大的烫金匾额，反映了隰县的沿革和地位，读懂它，就读懂了何为"三晋雄邦"。门洞的四个门额，则是隰县的四维和坐标，了解它，就知道何为"河东重镇"。前人说它"高举屹峙，鸟革翠飞，四达之衢"，又说它"隐蔽街市，吞吐山林，萦绕河川，如舞凤，似蟠龙，珠彩照空"，文字着实很美——不知是它跟着鼓楼，还是鼓楼跟着它，受用了几百年。

如今，鼓楼门户四开，周边环境雅韵亮丽，人烟凑集。过路人，会看的，看它的美轮美奂；善感的，念它的乡情乡韵。

写于2018年12月

黄土故事

在隰县漫游，看那千沟万壑像脱缰野马在高原上奔驰，恍惚间，你成了高唱《套马杆》的那位牧人。在那些奔腾的"躯体"上，随处可见自然生成的彩色条带，犹如刻意涂上的油彩，引逗得你不得不多看一眼。这些条带，有的叠三五层，有的叠二三十层，既像层层堆叠的蛋糕，又像藏族妇女色彩艳丽的围裙。细看，颜色大抵以红黄为主。红的有玫瑰红、铁锈红、朱砂红、土红，黄的有金黄、姜黄、橘黄、土黄，等等。红的激情奔放，黄的青春洋溢，把隰县大地装扮得五彩斑斓。走进鸭儿湾十里彩色长廊，心里顿觉温暖，仿佛阳光和希望就在眼前，再看它们或长龙般起伏，或壁毯般垂挂，或塔柱般兀立，你会由衷地感叹上天造物的神奇，并因此胸襟开阔，充满活力。面对它们，你会暗自惊讶，原来大自然也崇红尚黄——须知红黄两色历来是中华的代表色，不知是大自然感化了我们，还是我们感化了大自然？

看景说事，黄土悠远。黄土，姓黄名土，如果前缀地名，便不只有名有姓，还有了归属，譬如午城黄土。这片名曰隰县午城的黄土早已经名传国际地学界，这让隰县人难免在平静中惊诧，在惊诧中更觉亲近——不为人，也为土。

我们脚下的这片黄土地，算得上是我们熟悉的"陌生人"。

说熟悉，是因为它地厚载山河，它是我们赖以生存的根基——面朝黄土背朝天，抬头不见低头见；说陌生，是因为没有几人能说得来它的前世今生。

好在，有地质学家给我们解疑释惑。这片黄土地原来是反客为主的"外来户"。千百万年来，这位不请自到的客人，不仅在我们这一坨安然定居，还覆盖了太行山以西，日月山、乌鞘岭以东，古长城以南，秦岭以北的广袤地区，造成世界上面积最大最集中的黄土分布区，这就是人们熟知的黄土高原。午城黄土所展示的即是黄土高原地质年代典型的地质剖面，它可说是黄土的代言者之一。

数千万年前，今天的黄土高原还是一片恣意汪洋的湖泊。它的西北部是一片广阔的沙漠，南边和东边是一片荒芜的山脉。那时，天气干燥寒冷，狂风肆虐，常常刮得昏天暗地。干旱是沙漠的成因，沙漠是黄土的来源，风暴使沙土搬家。正是有了取之不竭的沙土资源和乐此不疲的搬运工，西北部的沙尘才得以源源不断地向东部输送。粗大的沙粒先落，细微的尘土后降，经过上千万年的积累，湖底的沙尘日渐丰厚，形成依西向东，泥土层由粗到细的格局。

大约两千万年前，气候转暖，风暴日显气力不支，带来的尘埃越来越少。大约八百万年前，湖水终于告竭，在地球板块运动的作用下，黄土高高隆起，形成今天的黄土高原地貌。由此可知，黄土高原的成因主要是风力沉积作用，而黄土地貌的成因主要是流水侵蚀作用。具稳厚之德、有深载之功的黄土地上，生长着一群黄皮肤的中国人。他们深爱着这片土地，敬重着这片土地，以至顶礼膜拜着这片土地，他们在这里创造了中华文明。

"中国黄土序列的古环境研究之父"刘东生，对黄土有三个命名：即午城黄土、离石黄土、马兰黄土。午城黄土就在隰县午城镇柳树沟，其黄土层自上而下连续且完整，土层剖面出露清楚。它是我们认识千百万年以来地球地壳结构、构造运动和地貌形态演变，以及古气候、古环境发展变化历史的一把钥匙，对科学研究具有非常重要的意义。它吸引的不仅是中外地质学家，还有慕名而来的游客。

写于2019年1月

话梨原

梨原二字，单从字面上解释，或为梨栽原上，或为原以梨名，一句便了。倘若往深里推究，似乎很难用一句话说明了，这两个看似毫无关联的字，一经结合，便涵衍出新的意思——就如看似毫不相干的新疆库尔勒香梨和河北雪花梨，一经杂交便有了惊艳天下的玉露香梨一样，它的品质远远超出人们的期待。

还是先说说原吧。

古语有原隰一词，现在极少用了。《国语》韦昭注："广平曰原，下湿曰隰。"《隰州志》却说"高平曰原，下湿曰隰"，一字之别，道出隰县风貌之殊异——这个原不是平原是高原。再细翻，瞥见"环郡皆原"句，眼睛顿时一亮，这与欧阳修"环滁皆山也"有异曲同工之妙。是自悟，还是化裁，暂且不论，仅这四个字，就给你以足够大的想象空间。

站在城东堆金山四望，入眼都是高平的原。山哪里去了？原来是被大自然的"刨子"给推平了，不敢说推得面平如板，至少少了棱角，减了锐气——从沟里看是壑壑岈岈的山，到山上看是田连阡陌的原。志书又以"宽平漫延"作解，"环郡皆原"就形神兼备了。

对于原，隰县人多少有些偏爱。不要说面积达数千亩乃至上万亩的七个大原，就连那些"遗世独立"的小原，也都少不了赐它们个名字——人们依赖它们，也就顾惜它们。大原与小原联袂，便有了"环郡皆原"的气象。广平的原之下，涵育着下湿的隰，亿万年来，隰仰望着原，原俯瞰着隰，相互厮守，不曾荒了原，也不曾老了隰。

《隰州志》进一步就原说事，"民田咸在原上"。由此可以想见，祖辈的梨园也"咸在原上"。千百个梨园在原上铺展，犹如千百个儿女；乐见梨花盛开的原，一定乐见吮吸她甘甜乳汁的孩子们给这个世界奉献出沁人心脾的甜蜜。于是，一个新颖且富有生命力的名字朝你奔来，它就是"梨原"。

该说道说道梨了。

隰县的先民不晓得"北纬36度"为何物，也不知道昼夜温差"19摄氏度"有什么意义，当然更不明白"36度＋19摄氏度＝世界梨果专家公认的优质果品生产核心区域"。但是，他们在与高天厚土成百上千年的打交道中解悟，脚下这块土地就是宜栽梨树。久而久之，他们培育出了自己的"当家花旦"，这些"花旦"各有芳名，曰金梨、铁梨、香水梨、木瓜梨，她们是这片地方的尤物，深植于人们的记忆中。

回味起来，香水梨、木瓜梨，小巧玲珑、皮薄肉细，它们还早熟，不等中秋就上了市，咬一口汁液横流，生津止渴。金梨色黄似金，甜中带酸，拳头大小（当然不是小孩的拳头），众"花旦"里称姊号姐。即便到了十冬腊月，提篮的、挑担的，仍里外用几层麻纸将其裹得严严实实（为的是防冻，防风。其冻伤变味，遇风变色）到处售卖。因为金梨能熬日月，产量大，平素吃它能解馋，上火吃它能败毒，咳嗽用它和蜂蜜、葱白伙熬能平喘——用途广了名气就大，邻近县、邻近省到处能见到她的俏脸蛋。铁梨，听名字就能想到它的品性：生硬。它不图早而贪晚，贪晚的结果是，性软了，蜜甜也捂了出来——炎炎夏日正是她"一梨独尊"的时候。不知是因了天公有意，还是因了梨农有心，四种梨像四姐妹，早熟的早出阁，迟熟的迟嫁人，乱不了序次。儿时，只觉得梨子好态性，什么时候想吃，什么时候就有；但不曾想过，梨子怎么这么会讨人的欢心。其实，这是先民心血和智慧的结晶，他们对梨品的选择，应天时，合地理，顺人情。

中国梨"高寿"，大约有三千岁。中国梨生息繁衍，品种达三千五百多种，金梨、铁梨、香水梨、木瓜梨却只出现在山西万荣梨区。隰县是万荣梨区的主产区，是四大"花旦"的独有地。人们少不了要问，既然这些"宝贝"来自今日的隰县、往日的隰州、久远的蒲阳，那是不是可以说，隰县就是她们出生的地方、守望的老家？路家峪村至今尚有百十株三百高龄的金梨树，薛干村有十数株百岁铁梨树，这恐怕是尘世之珍稀，罕见有二，难怪隰县于1999年被国家农业部命名为"中国金梨之乡"。假若把梨原一词再拓展一下，释为金梨的原产地，此说似也可成立。

如果说"环郡皆原"，是隰县的地貌特征，那么"有原皆梨"，则是隰县的风光所在。走过"四大花旦"漫长的繁盛岁月，走过百十种梨品闹隰县的兴盛时代，走过酥梨、晋蜜梨风行一时的甜蜜光景，迎来玉露香梨一枝独秀、名冠天下的当今。比起三千岁的金梨，三十岁的玉露香只能说是曼妙少女、后起之秀。尽管隰县不是玉露香梨的发祥地，但却是玉露香梨的"发迹地"——目下，问道玉露香，离开隰县就无从谈起。隰县以二十三万亩的种植面积夺得"中国玉露香梨第一县"的桂冠，其梨以绝佳的品质赢得"中国大美梨"之美誉。

想探花，去踏春。走进梨园，冷艳的梨花如云似雾。站在高处遥望，花漫天际，香风扑鼻：这花事，盛大得不可思议。

想赏梨，待高秋。那时节，无数果实累累的梨园牵手装点起梨原。果多了，身沉了，百里梨原似不得不弯下腰。再看梨农，一个个却挺起了胸——今年的付出又有了回报。而那些赏梨人成了购梨人，他们喜滋滋地满载而归，梨园从不会让他们遭遇一梨难求的窘迫。

面对梨原，我看到了广袤，看到了深邃，看到了包容，看到了天赋和汗水造就的独一无二的梨品。

与此同时，还看到另一个耐人寻味的"梨原"，这就是隰县新近诞生的文学刊物《梨原》——感念梨之广益，原之厚生，从而以文学的名义畅想抒怀，祝福梨乡。名字好听，也接地气。我以我笔写梨原，我以我文走天下，应是《梨原》追求的境界。我想，无论是在自然的梨原，还是在文学的梨原，梨乡儿女都会以开阔的胸怀，乐观梨花雪海，收获黄金未来。

写于2019年9月

梨乡梨香

阳春三月。

忽一日，务"梨"人早起，见昨夜含苞欲放的梨花，经一夜和风吹拂，羞涩地从花苞里绽开来，粉嘟嘟地缀满枝头，把一个冬季的暗功全亮在"娇眉嫩面"上，亮在务"梨"人眼里。那不是一树两树的变化，也不是一园两园的变化，而是自南而北方圆百里之内，沟搽了粉，坡抹了脂，原涂上了面霜，千沟万壑被装点一新，那一地玉色便是梨花对春天的表白。

赏花人仿佛心有灵犀，百里千里不以为远，先是三三两两，继而成群结队，再后来浩浩荡荡——他们一脚踏进梨乡，未见梨花先嗅得气味——空气里暗香浮动，旅途劳顿登时撂到脑后：只见沟里一坨坨，山梁一坡坡，原面一片片，梨花仙子手牵手、脸贴脸，一树就是一只花篮，千树就是一个花园，纷繁的花如云似雾，随意漫延，到处留芳，梨乡成了一个大大的香包包。面对此景，女人们惊呼：啊，好一个粉面含春！男人们感叹：噫，这分明是"梨"海雪原！白头老翁钻进花丛，咧嘴笑。拍照者眼一晃，咦，人呢？原来白头与粉面混在一起——他在丛中笑。孩子们则围着花树转圈圈——身穿花衣裳，头顶花伞伞，那是一幅多么美妙的画图。

还有更美的画图：游者在花海中看到那些面黧手粗的务梨人，他们的笑在心里而不在脸上。与其说冲天的花香来自梨花，不如说来自梨农的心底，赏花赏出的是愉悦，是情思，是敬佩。你会说，天女散花的神话原来生发于人间。

如果说赏花是眼福，那么九九重阳来梨乡品果则是口福了。

那时你会看到，当初的"梨"海雪原早已是"万梨压树"，挂满铜铃。由花到果是自然的蜕变，由赏到尝是递进的体验。你又来了，来到曾经如云似雾的地方，却只见艳阳高照，金秋染黄了梢头——倏忽间，一朵玉容就成了一颗玲珑果。神手是天然，更是人为，护花人终于护得了春华秋实。只见梨儿色金黄、面丰满、貌端庄，加上泛着红晕的梨腮，娇嫩得掐一指甲就能滴下一串蜜汁，馋得人口水直往肚里咽。前思后想，梨花果真不负青春不负君，将花香变作果香，送给钟情于她的人。梨乡最甜的梨数玉露香，最香的梨也数玉露香，漂洋过海的还是玉露香。赏花时花香扑鼻，品果时香甜沁脾，作别时余香还在行囊中藏着，走一路，香一路。

写于2019年10月

说隰师

2018年是隰县师范学校（简称隰师）建校七十周年。受一位隰师人之托，写几句话，以示心仪。

若论出生年月，我与隰师同属四〇后，但隰师尚小我六岁，又长新中国一岁。就是说，它呱呱坠地于新中国诞生前夕。若说名体，我虽然长于隰，学于隰，业于隰，但个人经历实在微不足录；而这所名望之校，却不可以阙略。无论是隰师人，抑或是隰县人，乃至于晋西人，无不以高山景行仰视隰师——尽管她已消失在岁月的长河中。

隰师建在隰县，只要看一看隰县的山川形胜，查一查隰县的建置沿革，就能知道隰师为什么会建在这里。春秋时期的重耳封蒲，西晋时期的汉国刘渊建都，汾州总管府、隰州总管府、隰州直隶州的雄镇，使这里成为枢纽和首善之地。抗日战争时期的隰蒲特委、山西省第九行政区，解放战争时期的第九分区、第九地委、隰县地委，无不是以隰县为首府，为依托。这样看来，1946年隰县解放，1948年即成立隰师，既是时势的催生，也是形胜的必然。

首善之地必是文化之区。明清时期，里有私塾，州有学宫。清康熙年间创办的紫川书院，为晋西南首例，晋西子弟得以就近接受良好教育。后书院改学堂，同时出现了女子学堂。1919年成立的山西省立第九中学，开晋西新式教育之先河。山西九所省立中学，隰县有其一，可谓荣矣。隰县有何能何德奉迎这所学府来归？说到底还是沾了历史久远、教化流长、郡人争强的光。抗战时期，省立进山中学落脚隰县，主校区仍然设于九中。隰县教育香火绵延不绝，独领风骚于晋西南。由此看来，隰师的成立是顺天时承地利应人和的一件盛事。

一个地方，有一座好学校；一座学校，在一个好地方——这是地方和学校的幸事，或者说是双赢的好事。隰师从成立到撤并离隰，六十余年培养学生数以万计。隰师在隰，就是隰地的一棵大树。隰人可在树下看花，可在树上摘果。

也许有人会问，你对隰师如此钟情，不是校友，也是教工？其实，两者我都不沾边；只因为与隰师相处日久，少不了有些交往，生发一些感想。

1956年，我考进隰县初级中学校。是时学校刚成立不久，校舍不足，我们便在一墙之隔的隰师借住近两年。若干年后，又因县委党校"客居"隰师，临时帮工的我，便在隰师有过短暂勾留。我的印象，隰师师资水平高，设备先进，校风优良，每见夹着课本的老师匆匆而过，少不了向他们投去敬佩的目光，觉得有这样的学府，受益的不只是隰县。至今想起那段经历，或多或少有近朱者赤的感喟。

有句话叫相识是机缘，合作是因缘。本以为，我与隰师的因缘也不过如此。不承想，1998年隰师五十周年校庆，校方请我撰写校庆纪念碑碑文。愕然之余，也有些欣然。想起以上种种印象和经历，便以一个局外人的目光和一个当事人的心怀庄重下笔，一百三十九言，竟日而一气呵成。这是我写过的多帧碑记中最是简短、畅快的一件，可以将其看作是一位校外学子的校内情结和考试答卷。

借隰师七十周年校庆的机会说说隰师，既是宿缘，也是心仪，还是对五十周年校庆纪念碑碑文的注脚。更多的话，留给隰师人去说，相信隰师人扯开这个话题会收拢不住，如绵长细流，荡漾起更有情感的涟漪。

2017年11月10日写于一得斋

隰县三吃

圪馇

　　圪馇何物？圪馇即众所周知的和子饭。我的祖籍临县称其为米旗子，长治一带叫南瓜糊饭和菜调饭，唯有我的现居地隰县叫圪馇，这是一个很独特的名字。在外乡人眼里，像是土得再不能土、老得再不能老的名字。这里的馇，读zhān，基本字义是稠，如馇粥（鬻）之食；也有煮或吃（稠粥）的意思。鬻，读yù，本意为粥。说到馇鬻，《史记·孔子世家》有这样一个记载，说春秋时期宋国大夫正考父，身为几朝元老，但从不摆谱拿架子。他在家庙的鼎上铸下铭训："馇于是，鬻于是，以糊余口"，此语叫人唏嘘。此语意为，不论是煮稠粥还是熬稀粥，我都是在这一个鼎里，只要能糊口就满足。由此可见，知足，是做人的境界、做事的智慧。

　　所以多说几句，无非是想说馇字早在春秋就见诸典籍，并不是土头土脑的俗话，而圪馇也是养人养性的吃食。至于圪，只不过是一个前缀字，它只表音不表意，在晋陕一带，以圪开头的词很多，如圪瘩、圪坮、圪渣、圪疤、圪梁梁、圪篓篓等等。隰县人拉呱起来，圪里圪瘩的话随口就来。圪和馇放在一起，就有了气场，外地人想吃个稀奇，本地人想吃个兴致；尤其是当地老年人，清淡软和的圪馇是他们饭桌上常见的主食。如今，叫和子饭为圪馇，恐怕只有隰县一地了，算得上是这座两千年古城的文化遗存了。检点起来，许多趣味俗语仍然活跃在人们口头。正如清末学者黄遵宪所言："即今流俗语，我若登简编，五千年后人，惊为古斓斑。"圪馇的称谓，不就是"古斓斑"的一例？

圪馇这种吃食由来已久，但吃法似乎没有多大变化，只是食材随着文明前行，有了更多的选择，味道愈发地浓郁。从选材到制作，大抵可以随心遂意：食材随意，做法随人，吃起来随心。

圪馇三大件，米、面、菜。米是本地出的色黄性软的小米，面可以是白面，可以是豆面，还可以是莜面、红面。过去人穷，白面是稀罕物，只能用杂面代替。说到菜，南瓜、豆荚、山药蛋、红薯、白萝卜、胡萝卜可以随意搭配，还可掺以黄豆、豌豆等杂豆，添咀嚼之趣。

水开，入米、豆和瓜菜，煮至七八成熟时将面条或面片下锅。最后一道工序，也是顶顶要紧的一道工序，就是调料。调料少不了油、盐、花椒、葱花，如果有一掬炸麻花[1]更好。将调料用滚油急炒，即刻倒入锅内，以能发出哗啦声响为佳，然后立即盖上锅盖片刻。待揭开锅盖时，香味像开了瓶的黄酒，四下里乱窜。

一家人围坐小桌，人手一碗不稀不稠五颜六色的圪馇，就着自家腌蔓菁酸菜、凉拌小菜，吃得津津有味。地里做活的，须添上玉米面窝窝头，或谷子面、糜子面窝窝头，希图耐饱。这是清贫岁月的吃饭场景。小米的黏、面条的筋、南瓜和山药蛋的糊（南瓜、山药蛋和红薯熬到说化未化的程度最好）、各种调料的香，混搭在一起，要色有色，要绵有绵，要香有香，要顺溜有顺溜，易嚼易咽易消化。吃了，嘴一抹，扛着锄头下地，一天舒坦。城里人胃口小，吃上两碗，肚子平平整整地上班去。时近晌午，肚子应时而饿，给下一顿饭腾下空间，这是圪馇的功劳。

我眼喜此物，不仅因自小养成的习惯，还因了脾胃虚弱，不喜肥厚。

---

1 炸麻花：学名细叶韭。

年轻时面条可以吃两碗，圪馇便能吃三碗；现如今面条能吃一碗，圪馇还能凑凑乎乎吃两碗，有时不尽兴，便再舀半勺。遇到朋友宴请，如果条件允许，少不了点一道炸麻花圪馇，让它抢占"滩头阵地"，方才踏实。吃大鱼大肉就没这个感觉，未觉饱时便不敢再吃，若吃饱了就难活，因而不敢贪恋。用山西几个地方的话形容圪馇的美：临县人说"散天"，隰县人说"态活"，太原人说"受瘾"，运城人说"美炸了"。这些耐人寻味的词语，可说是与圪馇珠联璧合。

说圪馇，不得不给炸麻花美言几句。炸麻花，又称麻麻花。隰县及周围县叫炸麻花，山西南北因口音不同又有贼麻花、摘麻花、乍蒙花、出麻花、贼面面、茶麻花等多种叫法。炸麻花是一种类似野韭菜的野味，不能当菜吃，只能当调味品。因为它个矮、花紫，不打眼，常常乱入草丛，混迹荒坡，嵌于石缝，以它的貌不惊人来掩饰它的特异味道，故而易被路人忽略。炸麻花耐干旱，受瘠薄。过去农家土院墙头多栽此物。人们抬举它，它也识趣，虽说高居墙头，并不招展，不用浇水施肥，也无须管理，成了和主人热络的朋友。就是这个看似不打眼的小花，一经油炸，就会泛起神仙也说不来的异味，嗅来香气扑鼻，入口清醇味长，有着撩鼻子逗嘴、勾肠子吊胃的本事。话说回来，吃圪馇，离了它也不是不行，但有了它味道倍增。为什么过去不值钱的炸麻花现在百八十元一斤，并由野地走上饭桌，由乡村走向城市？人类的味蕾是相同的，只要你不俗，便不愁市场。

馈儡

馈儡二字，音近似"傀儡"，隰县人直呼"骨垒"。不知者还以为是珍馐美食，其实就是上锅蒸出的饭；但它不是蒸馍，也不是蒸糕，而是用菜面混合起来的块粒状食物。在我们家乡，这也是饭桌上的常见主食。

说到吃法，可荤可素，可炒可调。荤吃，将肉切成丁，入油微炸，出锅，杂以宜荤菜肴，拌面蒸熟，拌葱姜蒜椒，极香。素食的材料更多，家菜（番茄和瓜汁类除外）、野菜皆可，做法大同小异，视个人喜好择而用之。所拌之面，过去清贫，白面稀缺，一般用杂面、红面和玉面；现在多用白面，也有用豆面、玉面和莜面的，希图杂粮养人。

馈儡，各地叫法不同。晋西南一带叫骨垒，而晋中的灵石叫骨累，晋中至太原称泼烂子或不烂子，晋西北叫擦擦，陕北也同。到延安，街头巷尾，随处可见卖擦擦的幌子。或问擦擦何物，摊主揭开笼屉，啊，原来是馈儡。只不过擦擦多以马铃薯（陕北也叫洋芋擦擦、洋芋不拉、洋芋库勒和菜团子）为材料，以铁铡子铡成扁丝，拌上面，配以各种佐料，油锅炒出，香味四溢。过去土得掉渣的吃食，现在竟成了地方风味小吃。走在街上，未见饭，先闻香，搅得人肚里直叫唤。不用问，那一定是馈儡在诱惑。饭后打个饱嗝，香味随口喷出。路人嗅之，四顾寻看：嗯？这是什么味道？

馈儡在河南叫蒸饭。偶见电视介绍一位百岁老人，记者问她儿子母亲有什么饮食习惯，回说，母亲一生爱吃蒸饭，一天不吃难活得不行。大概这就是她的长寿秘诀。据说，当年慈禧和光绪避乱，路经山西，就吃过馈儡，稀罕得很。在山西，馈儡还有"葵路""阔利"和"酷利"等叫法。地区差异，势必带来习惯差异，叫法不同更能体现幅员辽阔、风俗迥异。做馈儡最好的食材当属马铃薯。它的绰号很多，土豆、洋芋、山药蛋、洋山芋等，隰县独叫山蔓菁，大约因它形似蔓菁，过去是山里的特产，也有道理。不管叫什么，这种从美洲与玉米一同漂洋过海来的"洋货"，早已经服了中国水土，成为饭桌上的主食。

吃了一辈子馈儡，却不知道馈儡二字如何写。曾一度将其写作骨累，也曾经想过，既无骨硬，又无乏累，何来骨累？至于擦擦，虽说形声相似，但不免局限。假如用肉和叶菜作材，就与擦无关了，擦是马铃薯的专利。说到不烂子，形似，也顺口，似可取。叫骨垒或块磊，联想其疙瘩状，且不规则，觉得名副其实，倒也有些意趣。有人问起，只能如此这般混说一通。友人崔春祥醉心方言，他说"骨累"的"正确"写法和读法应该是"餽（kuì）儡（lēi）"，本意是块粒状食物，解见《中华字海》。有了依据，就有了底气，再不用像往日语焉不详地支吾了。

我爱吃馈儡，看见这两个字，就会想起"隰"字，因其少见所以珍贵，乡愁自然会浮上心头。每逢外出归来，一碗炒馈儡，一小碟胡萝卜丝或咸菜丝，就着馒头和窝头吃，便接上家乡的地气；再喝一碗米汤，这顿饭就吃得十分好活。

我爱其好做好吃易消化，也爱其平民性格、大众风范。比起山珍海味，其或在"糟糠"之列，但于我来说，它永不会下堂。

糁粉

"说起糁粉，那可是古啦，久啦，年代有啦！"隰县人不免于亲昵中展开玄想。

古到哪朝，久至何代，谁也说不清楚。倒是有传说，糁粉的出现与汉国皇帝刘渊有关。刘渊迁都蒲子（也就是今天的隰县）之前，他手下的一支部队把征来的荞麦面煮成糊糊，正准备开饭，却传来敌情，待战斗结束，冷却了的荞麦面糊糊早结成了块状，士兵们只好将其切成条子就上佐料吃。谁知，歪打正着，这竟比糊糊还好吃，从此，就有了荞麦面饦饦的吃法。如果此说可信，算起来，碗饦这种吃食少说也有一千七百多年的历史。不过，任何一种食品的诞生和绵延，都因了一代一代人聪明才智的叠加和升华，糁粉也不例外。

"隰州城叫卖声声，西留庄饦饦糁粉。猛听得心火缭乱，吃一碗几天安生。"

小时候，小巷深处，总能听到"卖——糁粉来"一长三短的叫卖声。亲切的叫卖声，勾引得你肚里翻搅、心神不安。母亲给一角钱，便喜滋滋地去买一碗，就势圪蹴在货担跟前，顾不得细咬慢咽，三拨两下碗底见天。那时，西留庄人的身影总在城内外晃悠，庙会、赶集、红白事，他们都会凑热闹；因此，落了个勤谨生财的好名声。隰县人爱吃糁粉，源于善做糁粉，而善做又善卖是西留庄人的看家本领——难怪被人编成口歌四下里传扬。

西留庄糁粉用本地荞麦做原料：挑出籽粒饱满的荞麦，上磨脱皮，留下糁子备用。做糁粉时先用清水浸泡糁子，泡到用手能捻成面糊、拉成丝为止。接下来过滤，有的兑水用箩子过滤，去渣留汁；有的则是放到纱袋里一边揉搓，一边往下挤。过滤后得到的糊糊，像牛奶，但比牛奶黏；似豆浆，又比豆浆稠。把糊糊放到锅里边煮边搅，糊糊越搅越稠，颜色也越来越青，手感越来越沉。用勺子舀取，试着滴到凉水碗里，能凝固成形就算熟了。将熟了的糊糊盛到备好的碗里晾凉，就成了糁粉饦饦。

对西留庄人来说，糁粉始终是他们生活中一道割舍不去的回忆。一碗碗糁粉，调入的是农家的纯朴敦厚，吃出的是人生的百般滋味。从前，这个靠近县城的村庄，家家做，户户卖，虽说赚不来大钱，但对平常人家而言却是贴补家用的手段。如今，西留庄糁粉再不是一村的专利，糁粉已冠上隰县糁粉的大名风靡一时，成了城乡百姓待客佐餐的佳肴。

隰县糁粉，视之，色白泛青；摁之，柔韧且坚。它与外地的碗饦同源而异流，叫法不同，做法也不同。晋西北的柳林县称之为碗饦，是用荞麦淀粉涂于碗的内壁再上笼蒸出的，薄而劲道；陕北延安、榆林一带，叫法和做法与柳林的大体相同；晋中平遥一带还有用白面做的，也叫碗饦；有的地方叫碗秃或脱脱。大抵以饦饦相称者为多。唯独隰县因做法不同，叫法也与众有别。

查词典可知，古代，饦与馎（bó）组合称作馎饦，是一种水饼，原料不只荞麦。隰县的糁粉饦饦，不仅圆，而且厚，它和碗饦一样形似烧饼，可以看作是对水饼的演变，叫糁粉饦饦似乎蕴含更多的文化意味。食用时切条切块随意，佐以油、盐、酱、醋、辣椒、蒜泥、芥末、香菜。一口糁粉下咽，七窍生烟，泪涕成行；一碗糁粉下肚，五内俱爽，燥热顿失。若是冬季，则多热炒，同样的佐料，伴糁粉下勺轻炒，味道反倒醇厚了许多，吃它两碗就能顶饭，说不来地舒畅。

糁粉不独富有营养，且可清火败毒、降气宽肠、消积止泻，是家庭小吃、入席上宴、醒酒解腻的佳品。它好吃而难做，软硬、色味不易掌握。它既不同于碗饦的清爽，也不同于凉粉的柔滑，是隰县独有的一道名吃。

写于2001年至2009年

野菜谣

野菜姓野，身不贵，向来难登大雅之堂。家乡隰县地域广阔，野菜随处可见：塬坡沟壑，俯拾皆是。把这些无须培植，拣到篮篮里即是菜的野物变成钱，也是农村人的一条生财之道。再说，城里人肥吃海喝腻歪了，想起野菜的好处益处贱处来，便有意无意间把野菜也添进菜谱里。

清明前后，正是野菜登堂入室的起始时间。提篮小卖的，出城刨挖的，相互馈送的，剜野菜吃野菜成了一道应时风景，山野里便吟唱出一首"野菜谣"。

野菜谣的开场曲非小蒜莫属。

惊蛰一过，土地化冻，万物苏醒，最早破土露头的是小蒜。它的针叶刚一顶破地皮，就给眼尖的人看了出来，一镢下去，蛰伏了一冬养得嫩白溜圆的茎块见了天日。于是乎，一传十，十传百，村里人首得其利，城里人（大城市人没这个福气，只有山区小县城之人有地利之便）也不甘落后。专程的、顺便的，三五成群地在地里刨剜。小蒜一般长在熟地里，只要找对地方，一小块地剜一篮子不算事。剜小蒜的人爱挑拣，小小蒜是看不上眼的。他们专拣秆粗叶壮的剜，叶壮茎必大，能剜到小蒜中的大小蒜才算本事，才过瘾。不过，小蒜就是小蒜，剜到豌豆、玉米粒般大是寻常事；偶尔有出类拔萃的，可与大拇指头比。好在吃小蒜，根茎叶一同吃，无须太过计较。剜小蒜，就着野风说野话，有时也不乏情调。记得小时候，女娃娃们一边剜，一边低吟："剜小蒜，找老汉；剜麻麻，叫妈妈。"才想找对象，倒想当妈妈，好不害臊——两朵红云飞上腮颊，一阵嘎嘎的笑声绕过山梁。幸亏小蒜们傻头傻脑，全然不解。正因为不解，女娃娃们才敢在原野里撒娇泼野。

麻麻学名叫甚，没有查过。其体小，叶子呈锯齿形，根细白，可嚼，略有麻辣味。小蒜学名小根蒜，将其切碎，放入调料，用油炒出下饭吃；或者打入鸡蛋，搅匀，蒸熟，叫作"蒜蛋"，有创意。小蒜生命力极强，不管农人怎样糖耙滚打，只要根茎不离土，一样能生根发芽，子子孙孙繁衍不绝。做人，是不是也要有点小蒜的"托根无处不延绵"的劲头？

黄蒿苗轻吟低唱。它在唱什么呢？

紧跟小蒜之后的是黄蒿苗，时令到了清明前后。黄蒿苗也叫茵陈，经冬不死，逢春从根部生出新芽，故称因尘或茵陈。它不仅是人们喜欢的野菜，也是治疗黄疸的要药。刚出土时，其嫩苗簇拥着老根，抱团而长，仿佛一只鸡爪伸开。不管是食用还是药用，均以颜色绿中透灰者为好。食用时焯熟凉拌，或拌面上笼蒸，叫作馈馇。因其根须发达，叶面毛茸茸的，容易沾土，容易携带杂物，故好吃难择——不免想到"小曲好唱口难开"来。

苦苦菜登场，人心欢畅。

苦苦菜是尽人皆知的野菜，因味道苦涩而得名。其适应性强，熟地生地旱地水地皆能生长。芽折可发，根断可长，天旱不萎，雨涝不烂。"苦苦菜，根根黄，祖祖辈辈救命粮"说的是旧时灾年度荒以此充饥活命。看来，它自古就是野菜里的主角。既然如此，人类为何不像培育其他野菜一样，将其培植成家菜呢？是难以培育，还是培育后其失去了本色？不得而知。人与自然的微妙关系，当是一曲唇齿相依共生共荣的生命之歌。

苦苦菜叶呈锯齿状，根上黄下白，黄者老，白者嫩。无论叶或根，断口处都会流出液汁，乳白色，一看便营养充盈，是野菜中的上品。说到吃法，可炒可拌，配荤配素任由你做。隰地乡俗，大多用来凉拌，就饭。经开水焯过的苦苦菜，脱去大半的苦味和青草味，入口，前口微苦，后口微甜，下肚微凉。谁想清热下火，不妨多吃几顿。我个人肠胃素弱，面对此君，只能浅尝辄止。市面上有论斤卖的，每斤一元左右；也有论捆卖的，多是一元一捆。无本买卖，为的是好算账。野菜进城，给那些没工夫剜和懒得去剜却想吃青的人，带来莫大便利。近年来，城里人都好这口，故而包括苦苦菜在内的野菜身价倍涨，它们堂而皇之地登堂入室。听说拿到大城市的野菜，每斤飙升至好几块钱，甚至于有过十元者。

苦苦菜，是野菜中的老大，其身影遍及全县各个角落。人们剜得勤，它长得快，"菜"丁兴旺得很。前些年，我腿脚尚好，有时偕家人远足，大包小包满载它而归；有时骑单车出去，驮一面袋它回来；有时散步来至田间，顺便剜它三把两把，落个路不空行。苦苦菜一进家，家人便择的择，洗的洗，再下锅焯它，然后滗了水，握成小团，分装保鲜袋，置冰箱储存，吃起来方便。储存多的人家，可吃到岁末年初。

凡事只有亲身经历了才能懂得。如苦苦菜，反复咀嚼后，才觉得它非禅语所讲"苦苦，苦中苦，乐中苦"，而是舍不得放不下的苦，只有尝得这般苦，才能品出这份香。

榆钱好名声，槐花香满城。

说话到了雨生百谷的谷雨，雨水渐多，万物竞荣。各种野菜放开手脚疯长，"野性"随处蔓延。无意间，眼神往上一飘，咦，青绿的榆钱悄悄爬上树梢，银铃般的槐花已经成串垂挂。还有香椿，它的雏芽正在枝丫上探头探脑。树上结的，也算野菜？在一般人眼里，只要不是人工培植的就算。

榆钱，是榆树种子榆荚的别名，因其外形圆薄，极像古代的钱币，因而落了个动听的名字。榆钱看似轻薄，却富有营养，健脾益胃。其可生食，可熟食，随意做。关于它的诗（词）句不少。唐施肩吾《戏咏榆荚》："风吹榆钱落如雨，绕林绕屋来不住。"金董解元："满地榆钱，算来难买春光住。"确如所说，吃榆钱不要等到飘落满地，稍一迟顿，春光就过去了。

阳春三月，槐花粉丹丹，风过香满城。你可千万不要错过这道风光：采摘下来，走一路，香一路；带回家，香满屋；蒸出来，香中蕴甜，别有风味；下肚肠，好吃也容易消化。难怪自古诗人爱咏槐花诗，仅唐代大诗人白居易就有七首之多，如"槐花满院气，松子落阶声""槐花新雨后，柳影欲秋天""薄暮宅门前，槐花深一寸"。可见槐花之美、槐花之香，早沁入诗人心脾，要不哪来的兴致再三咏诵呢？

说了榆钱和槐花，顺便说说少见的香椿。它的嫩芽采下煮熟佐以调料，可以顶菜吃，有一种说不来的灵异之气，说吃遍天下无二味一点也不过分。令人遗憾的是，香椿树少之又少，能吃上是你的口福。倒是与香椿同属一科的臭椿随处可见，但人多不食。那味道真怪，怪的你闻了要退避三舍。其实，它也可以吃，吃法是我从邻居老安那里学到的。但我不吃，嫌它味道不爽。也许吃它如吃臭豆腐，惯了，臭也是香。

树上长的和地里生的一样，是有节令的，不麻利些抓紧时间吃，过了这个村就没这个店了。"榆钱黄，满天扬"，当榆钱树成了"摇钱树"时，榆钱就不能吃了；"槐花开，漫天香"，在花落如白居易所说的"深一寸"时，槐花就吃不上了。

家乡的野菜还有好多，能叫上名字的有马齿苋、灰条（灰灰菜）、绿穗苋、木根根（蒲公英）、薄荷、车前子、野枸杞、蕨菜、扫帚苗等等。从前吃野菜为充饥，现在吃野菜为尝鲜；过去不得已而为之，现在温饱之余生闲情。隰人久居山乡，菜外之菜吃出味外之味，实为人生福气。

邻居老安，名寅生，年过六十，依然身轻体健，是位野菜迷。每年开春，他第一个剜回小蒜，再后依时令将可食野菜剜回来。其剜吃的野菜，远远超出我的常识。他人勤勉、性友善，每剜回野菜，必分给我们这些老胳膊老腿的邻居——有时送上门，有时撂过墙，有时从大门缝塞进来。无功受禄，心下不安，屡屡推辞，他却照送不误。吃他送来的野菜，享受之余，更有温暖在心。每与妻说，寅生的野菜别有味道，妻便说，此话又添上味道。

2016年元旦夜草，2022年3月14日再改

窑洞春秋

有则谜语这样说："我家住的无瓦房，冬天暖和夏天凉。"谜底是什么？不言而喻：窑洞。

说到窑洞，《隰州志》有一段精彩的描述："民居皆穿土为窑，工费甚省，久者可支百年。有曲折而入如层楼复室者。每过一村，自远视之，短垣疏牖，高下数层，缝裳捆屦，历历可指。坡之高者，路峭而窄，老翁驱犊，少妇汲水，登降甚捷，殊不以为苦。平地亦多垒砖为窑。山木难购，且窑中夏凉冬暖也。"这本康熙版《隰州志》出自隰州知州钱以垲之手。钱以垲，浙江嘉善人，官至礼部尚书。江南才子的眼中所见，经笔一渲染，竟如此鲜活。

我这篇拙文，就从钱以垲笔下的窑洞说起吧。

提起窑洞，隰县人眼前常常会映现出一幅浓浓乡土味的娶亲图。某年某月某日，在黄土高坡层层叠叠的窑洞世界里，迎来一个令全村人为之欢腾的盛事。裹着羊肚子手巾的吹鼓手们，使劲地朝天吹着唢呐，鼓点咚沓咚沓地不停歇。从彼村窑洞里走来的迎亲队伍，来到此村的窑洞里迎上新媳妇，或骑驴，或坐轿，或行走，又回到彼村。婚礼一过，新郎将新娘抱进另一孔陌生的，但却是要盛载新娘一生的窑洞。进了窑，上了炕，也就入了洞房——名副其实的"穿穴而居"的洞房。从此，吃喝拉撒、锅碗瓢勺、酸甜苦乐，像演戏一样，将要在这孔窑洞里轮番呈现。由此看，窑洞尽管很小，却承载着人生大世界。而对游子而言，它不仅仅是一处居所，更是割舍不断的乡魂。

"层楼复室""短垣疏牖"是钱以垲所见，他形容得也够形象。如果再细分窑洞样式，给钱文补缀，能否增加一些意趣呢？

比如说山圈式窑洞。

这是最原始的、最粗糙的居所。下村坪村的老丁对我说："说起俺家的土窑，可是很有些年头了。俺爷爷说是他爷爷手里打的，那少说也有百十来年了……冬暖夏凉，省工省钱，又不占地面。听爷爷说，他爷爷是从山东逃难来到这里的。来时一副担子挑着两个娃娃，住在人家的山圈（即废弃的羊圈）里。后来，就依山穿了两个洞洞，用树枝柴草遮蔽洞口，这就算有了家。再后来，把两个小窑往大里一硠，安上门窗，就成了像模像样的窑洞。再后来，又打了几眼，一溜土窑，三代同居，虽说光景过得平常，可作为逃荒人，有了窝，就能遮风挡雨，就能心平气和，就能老婆娃娃热炕头、欢欢乐乐一家人。"

比如说石接口窑洞。

石家庄村的老曹指着他家的窑洞说："表面看，俺的窑是石窑，其实是石接口土窑。但比起土窑来，毕竟结实多了，又齐整好看，也能显示出主家的光景好赖。"

比如说砖接口窑洞。

它与石接口窑类似而所用材质不同，一者用石头，一者用砖。

比如说砖窑、石窑。

这二者一个是一砖到顶，一个是一石到顶——不只是好看、结实，也是主家光景的排面。

至于说窑上碹窑、窑上盖房，就不用说了，那是发家致富的做派。

三百年前的钱以垲已经看到"层楼复室"的状况，但再后材质的讲究和构造的繁复怕是他预料不到的。

我曾到陡坡公社三交村下乡锻炼，住在砖窑洞里。邻居老陈是江浙人，也住着砖窑洞。他对我说："老家门前是水，门后是竹，风轻水软。乍来这里，进了山，上了塬，天也高了，地也旱了，风刮得像刀子；更没想到的是，竟住进梦都没梦见过的砖窑洞。但住得久了，我才知道窑的好处。来到北方，那算是开了眼了。这不我也券了两孔砖窑——冬暖夏凉，养人聚气，我成了搬不动、挪不走的本地人。"

我来到隰县东川的庞派村、义泉村，参观毛泽东当年率领红军东征时的路居地，原来窑洞里演绎的不仅仅是平常人的故事，也曾演绎世纪伟人打拼天下的故事。

晋西革命纪念馆馆长成赟说："1936年，毛泽东和彭德怀率中国工农红军东征，历时七十五天，毛泽东在晋西七十二天，在隰县活动四十一天，三次路居庞派、两次路居义泉、一次路居蓬门，都是居住在老百姓的窑洞里。就是在隰县这些看似不打眼的窑洞里，毛泽东与周恩来、彭德怀等联名签发了大量电报文稿，决策了周恩来与张学良的成功谈判，决定了对阎锡山实行统一战线的策略。"

由此我想到，窑洞一词所代表的已不仅是简单的建筑样式，它还代表着民族精神、民族文化，给予人一种民族自豪感。就连毛主席也赞叹：延安的窑洞是最革命的，延安的窑洞有马列主义，延安的窑洞能指挥全国的抗日斗争。瞻仰这些烙上红色印记的窑洞，自然使人想起毛泽东的这句名言，敬仰之情油然而生。

说窑洞，少不了得探究一下窑洞的成因和演变。

人类的先祖是从天然洞穴走出来的，后因适应生存的需要和生产力发展的需要，发明了箍土为窑。窑洞的"先祖"——土窑是一律靠崖面掘进而成的，建筑材料是黄土，与众不同的营造方法是"减法"——把一座山头錾下来，从截面往进掏洞，洞越掏越阔，越掏越高，窑就成形了。再后来，为了结实好看，又发明了砖接口窑和石接口窑以及"窑上窑"（台阶式窑）。再后来，又有在平地上营造的独立式拱窑——砖质、石质窑洞和"窑上房"（类似楼房）。由"减法"造窑到"加法"造窑，不知熬过了多少岁月。不管是什么样的窑洞，大抵是随形就势和就地取材，这些以绿色材料建成的或简朴实用或风格典雅的窑洞，满足了不同层次人们的实际需要。

过去，讲究一些的人家，窑洞里往往有炕围子，花红柳绿的炕围画既有美化作用又可防尘。窑洞的门窗多用椿、榆、杨、柳木做成，窗棂构图简朴大方，有力之家窗上雕有"福""丁""万"字形，有"蛇抱蛋""柳叶花"等花纹，工艺讲究，典雅美观，再糊上白生生的窗纸，贴上五彩缤纷的窗花，别有情趣。窑门多为双扇实心木门，里侧有门栓。门下往往留一小洞，供家猫夜间出入。面对最可感受地气之灵和气象之盛的窑洞，我们不禁这样想象：黄土地上承载的窑洞和窑洞庇护的那些人构成了一幅耐读耐回味的风俗画，这画从远古画来，一直画到今天。回到钱以垲的描述，修窑之故，不唯方便，还省钱，更是为了取冬暖夏凉之利。窑洞有这么多好处，何乐而不为呢！

但是，世事变化，人心趋好。碹窑师傅感叹道："我家几辈人都干碹窑这个活计。到如今，不只是大批土窑洞成了'寒窑'，就连砖窑石窑也成了'寒窑'。照这个样子下去，用不了多久，老窑洞都会人去窑空，成为真正的'寒窑凉炕'。如果有人要寻找快要消失的行业，碹窑这个行当算是一个。"

住进窑洞里，虽然封闭，却温暖充实，有如还在母亲腹中那样令人安然。

在黄土高原，虽然还有不少人住在窑洞里，但随着人口的外流和楼房的兴起，被闲置或废弃的"寒窑"越来越多，传统的窑洞民居正静悄悄地渐次退出人们的生活。民居是一个地方的文化记忆，文化记忆消失了，文脉就断了。所幸的是，窑洞问题已经引起有识之士的重视。有位学者说："窑洞民居目前有被淘汰的危险，很大原因是她已经不能适应现代人的生活需要，如果在保留窑洞传统重点要素的同时，对其进行一些适度的现代化改造（如有些农家以PVC板贴窑壁，这使窑壁不仅光滑，室内也明亮干净，人住着也舒适，这就是一种新的创造），相信窑洞民居中人们的生活会更加惬意，而窑洞被淘汰的可能性也会逐渐变小。"是的，窑洞毕竟是一种民居形式，有了"民"，"居"才会有活力和生气。我想，可不可以把古典与现代的双重审美效果结合起来，让人们既得物质文明的滋润，又有传统文化的慰藉，这样，也许窑洞会与钢筋水泥建筑一同服务于现代生活。希望不仅我们，我们的后代也依然可以在"母腹"中感知黄土的温暖，感知先人赋予我们的深入骨髓的文化与精神。

2014年1月26日写于一得斋

端午节的隰县城

古称隰州的隰县，地处万山丛中。民风尚简，不事铺张。传统节日中，除春节是热烈隆重、不可忽视者外，其余大都只做个样子，走走过场。略有意趣的是端午节，流风浓而情味醇，似可一说。

"风和角粽香"，应时美味的粽子，是端午节时每个家庭餐桌上必不可少的美食。隰县少见粽子上市，因为包粽子是家庭主妇们当仁不让的拿手好戏。每年农历四月末五月初，集市就火爆起来。且不说时鲜副食是多么令人眼馋，仅包粽子需要的米、枣、粽叶就摆满街道，任挑任拣。

软米是本地产的，色黄粒大，煮出来黏得拉丝。但追求时尚的隰县人，却在疏远自己种的果实，转而争吃南方的江米，说江米色白细黏，可口。故而，多数人家已告别了软米粽子，即使包几个，也只是为了尝鲜，犹如近年来兴起的吃苦苦菜、黄蒿苗一样。红枣本地不产，大都从临县、永和、石楼运来，尤以肉厚、核小、色鲜、味长的临县枣抢手。粽叶出自芦苇，芦苇原是本地的出产，现在几近绝产，只得从山外一车一车往回拉。虽说价格高，可越高卖得越快。

米泡好了，粽叶煮得发了韧，红枣洗得光洁发胀。五月初四一到，家家户户就忙活起来。亲戚邻里来变工，各施展手艺。有以针纫叶尖穿粽收扎的，有以马兰草捆绑的，有以线扎捆的。不管什么包法，总以四角挺直、米枣多为好。晚间，用大铁锅压实粽子猛煮，再焖咕嘟，直至天明。是夜，粽子香飘满县城，家家户户入甜梦。

热闹不过端午节早晨。从熟睡中醒来的隰县人，第一件事不是急着吃粽子，而是纷纷涌到城外。所去何为？不是为向河里抛粽子祭奠屈原，更不是争看龙舟竞渡——那涓涓细流怕连纸船也漂不起，粽子也沉不下去。传说，农历五月是"恶月"，五月初五又是"恶日"，多禁忌。隰县古有"四民并踏百草""采艾以为人，悬门户上以避毒气"的习俗。现时不仅把采艾驱邪的习俗继承了下来，更添了盥洗一俗。

城西山沟多泉，纯洁甘甜；沟坡有艾，香味扑鼻。从千门万户出来的男女老幼，拎壶提瓶，乘天色微曦而来。路上，熙熙攘攘，问早道好，别样欢适。泉水里溪流里，搅动着一双双手。洗了手洗脸，洗了脸洗眼，让"恶日"的晦气随流水而去，直洗得姑娘玉脸水灵，男子笑脸光洁，老人皱脸精神，小儿嫩脸涨红。自己洗了不说，还要提壶水回去，让不能亲临的家人盥洗。水是长流不息的，尽可以洗，可以汲；艾却是有限的，拔掉不可能立时长出。人一多，手像镰，艾草丛生之地一片片像剃了光头。迟到者，不得不到更远的地方去，直至把城周围的艾拔个精光。

这天，也有躲藏起来的小生灵，譬如青蛙。传说古时，人们往往趁太阳未出山时，逮来青蛙把墨锭塞进其肚里。用经青蛙体液浸润的墨锭磨出的墨光滑细润，写毛笔字最好。我小时候，大家都已经有了青蛙是益虫的常识，很少有人再做这等残忍的事情。不过，受好奇心驱使，那时的我总想验证一下传说是真是假。寻来觅去，水里岸边都没有它们的影子，更不要说听见聒噪声了。大人们说，它们是在躲人。看来，这世上就没有不怕人的生灵，人类要学会与自然界共处，这个世界才有光彩。端午节，有它们的参与不是更有情趣？！

端午节早晨，隰县人的心情特别好，风格也格外高。早到者乐于把多余的艾分给迟到者，让他们不至于空手而归；携水者，愿把水分给邻里，为的是送出一份好心情。有的人还顺手给路过的人家大门上别一支新艾，不知情的主人，开门时看到，立时甩出一串动听的话来。盥洗和拔艾，须赶在太阳出山之前，这时水清湛、艾香浓。赶早的人们，一返回城里，便见大街小巷有了穿梭来往的馈送粽子的行人。有孝敬长辈的，有馈赠亲朋的，有让不能回家的同事尝新的。送来送去，品出个你的香、我的甜，品出个人情的淳厚、民风的纯朴来。

1991年5月写于一得斋

门前这条河

　　家在城里，城在河边。出了西城门，下个坡，就是河。多少年来，我总是亲昵地戏说我的家乡是"开门见河"，尔后才是"开门见山"——因为山还在河的那边。

　　城是隰县城，民国撤州设县，但至今"隰州"二字仍挂在人们嘴上，毕竟一千余年的文化积淀已深入人心。河是紫川河，有说因河里的石头发紫而得名，有说因祈紫气东来而获名；总之，不外是自然和人心的化作。这条源出县北诸山的紫川水，也就百十里长，向南，复向西，入昕水河，再下，汇入"河海不择细流"的黄河。

　　我打小便来到这里，扎了根，视外地人少见多怪的"隰"字为乡关符号，久而久之也就以隰县人自居了。这里的一切，我不能说了如指掌，但圪挤住眼也能说个七七八八。爱屋及乌，紫川河这条隰县人的母亲河，自然成了我永远流淌在记忆中的河。

　　裁一段记忆来写写，那是儿时时光，河的原色加上人的纯真，远去的童趣立时又浮现在眼前。

　　河谷宽约半里路，或者不止；河面只有半里之半——从此岸到彼岸也就几十步。水浅，可见底，故而载不动舟，也隔不断通行，算得是弱水一条。人们在河窄水浅处铺上踏石，不用花钱雇人，便有了"土造"的桥，且随坏随修。修踏石者，可能是你，也可能是他，因为谁修不好踏石谁就过不了河。民谚说"紧过踏石慢过桥"，很有道理。石在水中，只露个脊背给你，一不小心，脚板打滑，身子一歪，少不了去河里做客：不是鞋里灌满了水，就是裤腿湿到膝盖；还有唿隆通掉进水里的，和河水亲了个脸脸。你有些受惊，但河水以水花轻轻安抚你：不用怕，我这里容不下你。领了河水的好意，你扑腾着爬出河，衣裳紧贴到肉上，快要遮不住丑了，自己嘟嚷别人笑，狼撺上似的往家里跑。所以，过踏石时要"稳如钟，快如风"才行，不能像过桥般四平八稳迈八字步。踩踏石过河的人，滚在水里的不多，但没有湿过鞋的怕是难找。我们这帮顽童湿鞋湿衣裳是常事，小孩与小河之间，当有相顾无言唯余一笑的因缘。

那时，河水是"一带清溪"，人畜可以饮用——临河人家趁天不明汲水，牲畜想饮即饮，并无禁忌。小河优雅，清清浅浅、素面朝天，从不在乎你说长道短。小河斯文，什么时候也是不慌不忙的样子，款款而来，缓缓而去。小河还有点调皮，白日里叮叮咚咚，夜深了浅吟低唱。你不附耳倾听，它不怪，照旧做它的功课；你会意了，给它个笑脸，它也礼貌地回你个笑脸——那是你荡漾在水里的倒影。

河开草青，燕子从大老远飞了回来，河谷自然是它们觅食和衔泥的好地方。小河映照着不时掠过的喜鹊、山鸦、麻雀和不知名姓的鸟儿们的身影，听着它们的喳喳啁啾的鸣唱，映照着如疾风闪电一般飞过的鹞鹰，默视着蓝天之上静无声息盘旋着的苍鹰。天上是如此美好，那么小河呢？小河也是喧嚣的。耍水娃娃（学名水黾，也叫水马）在水面上滑来滑去，高兴了还会跳跃追逐、相互戏耍，视脚下的水为一块大玻璃——透明而不湿脚，光滑而不沉降。你一好奇，想捉来它看看，不等你近身，它早连跳带滑远避了你。小小虫子，你却奈何不了它，伟大的人类也有渺小的时候。

不知什么时候，河里生起一片片发绿的河苔，俗语叫圪蟆泥，它附着在水草和石头上，只见它随着流水摆尾，不见它摇头。河苔又像浮在水面的绿伞，其下如秘境般，是圪蟆们谈情说爱的理想场所，也是它们生儿育女的产房。它们多产，儿女成群，像墨点溅洒于河里，书上称之为蝌蚪，我们称其为圪奴。圪奴脑袋大，尾巴长，笨拙憨态，让你无法将它们和它们未来的样子联系起来。出于好奇，我和玩友们逮圪奴玩。它们虽在水下，却比在水上行走的水黾要好逮。把它们侍奉在茶缸里，拿回家去，看它们怎样吃东西，怎样长出细腿。其实，只怕等不及你弄明白，脆弱的小生命便会逝去。大人怕孩子们把这些小生命给糟践了，便叫放回河里去。不久，这些小不点像一滴墨悄悄洇开，渐渐清淡，先生出后腿，再生出前腿，尾巴也不知道哪里去了，身上显现出浅灰色斑纹，它们终于蜕变成圪蟆，蹦蹦跳跳到岸上四处觅食。圪蟆就是书上说的青蛙。

圪蟆们浪漫时，在河泥里蛰伏了一个冬天的鳖娃（不知为什么，人们在鳖后加个"娃"字，亲昵地称它鳖娃）们也苏醒过来，想探出头来晒晒太阳（俗称晒鳖盖），觅食果腹；当然，也少不了要在春天里倾诉爱意。它一有动作，水里往往会冒起气泡，岸上会留下爪印。但是鳖娃这东西鬼精，一有响动即刻隐没，不知去向；所以，人们很少能见到它。要想捉住它，必须下水去踩。那时，踩鳖也是一道稀奇的风景。

鳖娃的栖身之所一般在水深泥厚的地方。踩鳖先得踩窝——知道哪一块水域有鳖。找到藏匿有鳖娃的窝，裤腿挽到大腿根，也有索性脱去长裤的，咬着牙关，打着寒战下水。入水要轻，行走要稳，一旦脚板底下踩有硬硬的扁扁的滑滑的东西，十有八九就是踩着鳖了。踩着了，鳖的春梦就此消歇，踩鳖人交了桃花运（桃花开时鳖活跃）。好把式不但能踩着鳖，还得能把它捉到手。他们脚下有灵，知道踩的哪是头哪是尾，手麻利地下水入泥，以食指和拇指紧紧掐住鳖的脖颈，使它不得伸出尖吻张口咬人。踩鳖人一声喊，往河岸上一撂，鳖或四足朝天，或龟缩一团，露出一副恓惶相。作为胜利者的采鳖人，双手叉腰，一脸红光，得意地看着他的战利品，少不了扫一眼看稀罕的人们，人们便也跟着发起红眼来。大一些的鳖娃，还能驮上人笨拙地爬行，儿童们争着试骑，免费的驮脚谁不想坐？！不过鳖娃这东西，会咬不会放，一旦咬住东西，非咬你个二五一十不可。故鳖虽身贵，但踩鳖的人并不多，这是大人们和能人们的事，我们小娃娃只有看的分——奇景过眼，增加一点出风头的谈资。

　　天暖了，一年中的洗濯节令到了。不用看皇历，无须定时辰，小河水暖人自知。下河的人，先是三三两两，继而纷纷攘攘，女洗衣裳男洗身——那是要到避开女人、路人的沟沟汉汉里才行。这时，常年不出城的女人纷纷出了城，你胳肢窝夹一包，她脸盆里放几件，朝河里走来，河谷里便弥漫着女人的香脂味。县城的景致便都输于这条风香水软的女儿河了。女人们到了河边，选个水流宽而稳的地方，找来片石作搓板，再找一块圆石作坐垫。年轻女子看看没有男人，袖子一挽，裤子一卷，亮出白生生的胳膊和腿，这是她们一年中最舒坦的日子——难有个张扬场所。她们边洗衣裳边冲凉，好不快活。熟人见了，少不了拉家常，说闲话，曝笑料，说到可笑处，身子抖擞水花溅。老年妇女多小脚，少有人敢暴露她们的隐私。我妈妈的小脚比一般婆姨的还要小，我大了才知道那就是书上说的三寸金莲。妈妈是不肯往出亮脚的，最多只是在后炕圪塄里晒。妈妈洗衣裳总要叫上我，我既做帮手又是伴。那时我十岁出头，正是贪玩的年纪，一怕推磨踏碾子，二怕待在家里看书认字，三怕跟妈妈下河洗衣裳。光阴一旦被家人支配，我就丢魂失魄得少精没神。况且，跟上妈妈来到河里，看似开心，却没劲。她要你做这，要你做那，不管做成做不成，反正不让你胡跑野奔。不跑也行，我便设法消磨时光。一会儿站在河里乱扑通，把水花溅在妈妈脸上身上。妈妈擦一把，嗨一声，又埋头洗她的衣裳。一会儿我又捡个石片打水漂，石片压在水面上几次跃起身子。妈妈抬头看见说，字没认下几个，耍的本领倒学下不少。洗衣裳要用胰子（即肥皂），用不起的人家就用碱疙瘩化开的水，偶尔也用皂角水；如两样都不敷使用，便拔一把灰吊草捣碎凑合用。日头下，妈妈棒槌打着，手里揉着，水里漂着，累得满头汗津津的，薄薄的衣衫贴在后心骨，看着叫人心疼。只有到这时我才会收了心，陪在妈妈身边。她每洗一件，我便往草丛或石滩上晾一件。等到全洗完了，前边的差不多也晾干了，再一件一件收回来，由妈妈叠好。我背着一包洗净的衣服和妈妈告别小河，走进西城门，在门洞里凉快凉快，然后拣一条近路回家。

不跟妈妈洗衣裳时，我也总爱偷偷往河里跑，不为洗濯，只为耍水摸鱼儿。

那时，不懂得游泳一说，洗澡和游泳笼而统之都叫作耍水，或者叫"洗瓜"——像西瓜一样在水里漂。在清浅的河水里洗澡是穿开裆裤的娃娃的专利，于我这样上了学的而言就是有伤风雅了。要想耍水，得等待时机。什么时机？洪水。洪水在我们这里叫山水——山里下来的水。那时天上雨水多，山上光秃秃，一下大雨，准定有山水来，而且来势凶猛。河里盛不下，就上了地；地里还盛不下，就往城门口逼。一道宽宽的城川，霎时成了浑泥糊糊的汪洋世界，看山水又成了一景。每逢这时，人们纷纷跑出城门，朝河边涌来。山水小时，大家靠近岸边看；山水大时，爬到城墙上瞭。你看吧，暴躁的山水如长龙蜿蜒，似闷雷嘶吼，堂堂隰县城只能不动声色地看着它，露出一脸无奈。有一次，我背转大人跑到原本不是岸的岸边（山水太大，菜地作了岸），脚下河水横冲直撞，全没了规矩。水面漂浮着乱七八糟的东西，河里的石头被冲得乱滚，发出坚硬的碰撞声。有人指着河里的东西问，这是什么，那是什么。另有人回说，这是河柴，那是门板木料。快看，冲来了羊，冲来了西瓜、南瓜蛋子，都是找不到主的。还能看见长蛇游水、老鼠滚汤，它们见岸就往上蹿，吓得人们直往后退。山水来了，胆大的人下河捞河柴——这是老天送来的，不捞白不捞。我还见过有人专在山水河里耍水，这可是天胆：只见他踩着水走，逆着浪游，引来好多人围观叫好。后来读了《水浒》，才把他与"浪里白条"这个绰号想到一起。本地人多是旱鸭子，不会耍水，听说游水的人是从临县碛口来的，那里紧靠黄河，他们自小在黄河里耍惯了，我们这条山水河自然不在话下。

山水过时，会在岸边冲出许多圪窝，孩子们管这叫山水钵子，因为它形同做饭的大铁锅。钵子里蓄了水，像个池塘，满溢溢的，正是耍水的好地方。当然，谁也不敢贸然下水，下水前往往要拿块石头丢一下，听声音沉闷，一定是水深；听声音清脆，一定是水浅。大家一起找个水浅的山水钵子，急忙脱掉衣裳，再各自用石块把衣裳压住，怕弄混了。带头的孩子一般年岁较长或胆子较大，只见他扑通一声跳进水里，水只有齐腰深，其他孩子这才扑通扑通下了水。山里娃，大多不会游水，只能学着狗刨水，乱扑腾，游三五下就沉底，弄不好还要喝几口浑水。游不成个样就打水仗，你来我往，你说我笑，打了个昏天暗地。该回家了，却犯了愁：身上泥水，衣上泥水，回家还有好果子吃？只好边走边晒边揉搓，尽可能地消灭证据。即使这样费心，头发梢、后脖颈少不了留个泥水印，让母亲看见了，领现成是常有的事——说你贼胆大，问，谁让你往河里跑，不要命了？以后还敢不敢？只能回说不敢了。但小河像一块磁铁在那里吸引着你，一背转大人，早把"不敢"二字忘到脑后，偷偷摸摸又去了河滩。

河里的乐趣还不止这些，逮鱼捉虾弄些活物玩也能满足好奇心。门前这条河，《隰州志》说它"岸不生草木，水不产鳞介"，就是说不出产有鳞和甲壳的水生动物。书上虽然这样说，但那时的河里并不是"水至清则无鱼"。比方石头下或泉眼里有一种虾，色白，体小，曲蜷着身子，动起来一伸一曲，孩子们两手一掬就能捉几只，没多大意思。河里还有一种约手指那么长的东西，无鳞，滚圆，暗灰色，极光滑，一点也不像书本上讲的体扁、嘴尖、武装着铠甲样鳞片的鱼。可人们都说它是鱼，不知晓是什么道理。这种鱼，极机敏，稍有动静，迅捷消失。它跑到哪里了？小伙伴们把手伸进石头下面胡乱摸了起来。人有心，鱼也不傻，待你手一触到它，它娇小的身躯哧溜一滑，身上像抹了油，从你手里溜走。当然也有反应慢的，不幸成了俘虏。鱼受了惊吓，四处乱窜，不一会儿就乱了阵脚。清水被搅浑浊了，鱼也不知去向了。但其实鱼也看不见人，浑水摸鱼、人鱼混战的结果，自然是人占了上风——各人的铁桶和缸子里都盛满了鱼。于是大家唱着说着回了家。回家，等待你的照旧是大人们的训斥——因为夏天的河里容易发山水，下游晴天上游雨，猛然发来一河洪水，不小心就会以身犯险。

那时，我们这里人不懂得吃鱼，有的拿回去放到大水瓮里养着，有的转送别的伙伴。养着的倒好说，人鱼共水，我不吃你你活着；那些被转来转去的鱼，多半在转手中殒命。我们年复一年地摸鱼，鱼年复一年地繁衍，到告别童年时，河里的鱼还很多。此后，虽说再也没有下河摸过鱼，但此情此景回想起来仿佛就在昨天。也是在成人后我才得知，原来这种鱼叫泥鳅，是"水中人参"，营养价值极高。现今常见人们下河摸鱼、网鱼，不是为了玩，而是为了吃，以致河里的泥鳅越来越少。但比起鳖娃来，它还算幸运，泥鳅的繁殖力很强。鳖娃日渐稀少，自然踩鳖这行手艺也就跟着快绝迹了。

说话间，夏天便像拉洋片似的还没有等我看够便被拉了过去。日头不艳了，河里的水也凉了，女人们不再下河洗衣裳，男人们也不再偷偷摸摸下河洗身上，我们也不再下河摸鱼，狂野的山水歇了业，蛙鸣燕呢都远去了，小河里不再喧嚣。河水与蓝天相辉映，上下一色，便生了相互怜爱的闲情逸兴。一河明镜，一抹斜阳，返照着这座古老的城池。城池以它年深月久的阅历昭示城民：这只不过是冬藏前的序曲，朔风冰河随后就到。过冬前家家户户都要做腌酸菜。大家把泥叶泥茎的蔓菁、萝卜、白菜挑到小河边，再担回清清白白的块茎叶片。等各家的菜瓮满了，小河才算清静了。

　　不知不觉刮起了西北风，河面结了冰，河水只能在冰下低吟小唱；冰上的我们从不关心它们的闲情逸致，不过，看到它们隐身缩肚的恓惶样，我们少不了开导小河：不要怕孤闷，有我们给你做伴。当然这是一厢情愿，人家并不懂得刹住细流与你寒暄。每天放学后，小朋友们结伙来河里打滑滑——这是个极有乐趣的游戏。打滑滑，也即现在说的滑冰。挑一块平展的冰面，小伙伴们轮流上阵显身手。最好不过再下点雪，冰上有雪，滑上加滑，才是好玩。有能滑几步的，有能滑一二十步的，还有能滑半个篮球场的——当然，少不了跌跤摔屁股，这是必不可少的"学费"。跌倒的自己惭愧大家笑，滑得好的少不了领几下掌声。打滑滑打得时间长了，也能打出花样。有站着滑的，有坐着滑的，有蹲着滑的，有跪着滑的，五花八门，任意发挥。最有创意的是坐滑。找块石板，起步后将石板放在身后，屁股坐上，叫作坐滑车，省了不少脚力。打滑滑虽是愉快了自己，可是磨了鞋，脏了衣，免不了摔肿屁股碰疼腿，弄不好还会落个鼻青脸肿，那可是大人们揪心不过的事。要知道，做一双实纳帮子鞋，得花妈妈十多天的工夫，心疼着呢！但跌坏了身子骨，更是会跌疼妈妈的心。

　　那时节，门前这条河，在大人们眼里是孩子们的禁区，可在孩子们心里却是玩耍的乐园。这里有的是游戏资源。大自然赐予这条河粗犷的原始感、质朴的亲近感、水利万物而不争的怡然天性，它以它的富有和灵动滋养了孩童们的身心。我们因为有了这条河而快乐，这条河因为有了我们而不寂寞。

　　蹚过几十年岁月长河，人是老了，河却出脱得年轻了。说年轻，原来散漫的河滩被两道石坝约束起来，有了规矩，山水再不乱跑了。坐落在苍凉的河边的这座古城，南北扩张了一倍有余，城墙隐没了，城门消失了，代之而来的是满城的时尚。紫川河上建起大小二十来座桥，再不用垒踏石过河了。城边河里竖起一排排人字闸，拦蓄起一方方水，真个是翠湖环城、人家枕河，说它是一幅现代版的水彩画也许甚得其宜。话又说回来，河里水小了，那道近观浪里白条、远眺山水咆哮的风景，已成了隔年皇历。想亲近这条河，可河水再不能饮用，不能淘菜，不能洗衣裳，更没法耍水，再想想河里的那些可爱的小生命……不过，留得残梦说故事，不也是一件有趣的事？！而故事里的这条河，已经化作记忆里一幅绝版水墨画，长存心间。

写于2019年12月18日

旗杆巷

一

听老人们说，明清时隰州城内有四府第，清末民初有四牌楼。这样的建筑，在僻壤小城出现，不只家族风光，也为城池添了气象。

四府第，指的是西街张府、史府，北街李府，南街刘府。张府门楣高悬"都阃府"匾额。都阃，明代正四品武官，别称都司。史府主人史登义殷富尚义，"三次赈灾，一经教子"，官府曾建坊旌表。李府因李呈祥官居户部侍郎总督仓场，门悬"社稷名臣"匾额，其为正二品大员，非常人能企及。刘府门前竖旗杆一对，门额"金门待诏"，也是体面人家，本文所说的旗杆巷大约因它得名。

四牌楼，立于东南西三道大街。东牌楼曰"紫气东来"，州衙所在。南牌楼原建于清末，民国初年知事李崞龄重修，亲题"凡民兴起"。西牌楼一幢曰"气壮山河"，另一幢为节孝牌楼，失记。

说旗杆巷，少不了得说说刘府。但对刘府，人们知道得并不多，我的兴趣也不在这里，只是想借旗杆巷回望自己年少时的影子。

刘府门前为什么能竖旗杆，至今没人能说清楚。为此，我查过《隰州志》。明清时，隰州城小有功名的刘姓族人倒是有几位，但没有人能和旗杆巷合上口，可见刘府还算不得闻达之家。既是这样，为什么能立旗杆？

从"金门待诏"四字猜察，刘府祖上不是举人也是贡生，只有有了那样的功名，才有资格竖旗杆、讲排场。科举时代，中举人、考进士比登天还难；即便是考秀才，也不比如今考大学容易。所以，"金门待诏"是多少文士的梦想所在。

偶见一则故事，与刘府颇为相似，说的是清朝顺治年间，山东文登县富家刘某，府第落成，梦见堂悬匾额，上写"金门待诏"。刘某以为该梦大吉，预示自己将进士及第。谁知，现实与梦境正好翻了一个个，自己屡试不中倒也罢了，到后来子孙零落、家道消乏。刘某以为是宅第不利之故，遂将之转售马某。不想马某却因宅得福，中进士，入翰林，一路风光。据说马某属金命，那年又逢五行中的金，正应了"金门待诏"。刘某若得知，还不气个半死！

估计隰州刘府"金门待诏"的期盼也没有结果；要不，荣耀地方的事《隰州志》还能忽略不计？进而猜察，似和山东文登刘府一样，不要说等待皇帝召见了，就连家道也逐渐衰落。聊以慰藉的是，象征功名的旗杆倒了，而象征文化的旗杆（巷）却一直传名至今。这倒是州城三府第及山东文登刘府不曾有过的"恩宠"。当然，这个恩宠并非赐自朝廷，而是来自民间。令人费解的是，山东刘府的"金门待诏"匾额只出现在梦里，但其盛衰有迹可循；隰县刘府的"金门待诏"曾经真实地悬在门楣上，奈何其事渺渺难考。难道这是"街谈巷语，道听途说者之所造也"？真是世事无常，难以厘清。

二

1950年，我们家搬到旗杆巷王姓宅院。院说大不大，说小不小。正面是有隰县特色的明三暗五的砖券窑，窑上坐着楼，有说那是绣楼。绣楼总是让人联想到小姐佳人，但此时已是人去楼空，空留想象。窑洞左右，各有三间瓦房，正南是高大的客厅。客厅之前缀着一座小院，原是下人们的居所。两院东侧，有门南北对峙，中有小院，可以拴马卸货，可以玩摞包包、打瓦，是进出前后院的缓冲。小院再东是排场的大门。出门，南向是砖雕照壁，北向有以青石子铺成的带图案的甬道直通旗杆巷。庭院深深，藏而不露，看样子当年是富家，也可称王府。

西邻冯府，除少了绣楼，格局大抵与王府相似。窑后嵌块青石，上写"泰山石敢当"。不识字时不在意，识点字后老玩念它：这家人真脑硬，连泰山石也敢抵挡。殊不知泰山那里有位叫石敢当的人，是镇妖能手，凡修宅院者都爱立此石辟邪。

那时，刘府居巷首，院落好像是骑马式地跨在巷的南北。巷北老宅叫东院，房屋陈旧；新宅叫西院。西院大门森严，进门是照壁，主院侧面是正窑，客厅向南，左右侧门通跨院。巷南别有一院，其硕大的照壁回望着北向的主院，气势不减当年，但"金门待诏"的横匾和高耸的旗杆已不知去向。旗杆巷还有几条支巷，也不乏像样的院子，有的前后几进，有的左右连壁，也许差就差在少了"金门待诏"及旗杆。在小城，旗杆巷算是很装面子的巷道。但它已然陈旧、苍老、破败，在很多人眼里不过是一条陋巷而已。

旗杆巷西面是文庙巷（即今龙泉街）。文庙巷原是州城学宫所在地，往日气势恢宏的建筑现已成了一片瓦砾。其南有片不小的芦苇荡，芦苇长得很旺。城里长芦苇，得有两个条件：一是闲地，二是低凹的湿地。果然，《隰州志》有图考，州城地势东北高西南低，文庙居州城西南，前有泮池。听老年人说古，往日泮池有水，往南是莲花池，每逢夏日，荷叶田田，清香徐徐。学宫不在了，留下芦苇作证。这条巷既没了书香，打铁的、卖炭的、锢漏锅的、开骡马大店的，乘虚而入，一改风气。后来，供销、商业部门的公司蜂拥而至，无主地皮有了主，就成了今天的龙泉街。

若说这里曾是祭孔子以及郡学之地，听者还不瞪大眼珠子说，诳人！

旗杆巷和文庙巷是隰县最宽的两道巷。我家入住时，有的宅舍完好，有的残垣断壁，有的已被夷为平地——这里经历了日本人的两次屠城。空地无主，多被人家开出来种地。在妈妈的领导下，我们家也开了两块地，也有了种瓜得瓜、种豆得豆的喜悦。这种喜悦，似乎小胜之前拾荒的日子。

种不过来的空地，往往是野草丛生、鼠蝎乱窜。每年秋季，我和姐姐把野草拔了，晒干、打捆，堆进院内的空房。一个秋季的辛苦，换来一个冬季取暖和做饭的柴火。

那时天气奇寒，炭又贵，人们舍不得花钱，即使到了数九天气，顶大在炕上放个木炭盆取暖。每逢做饭，热气外窜，冷热相搏，人都罩在一片雾气里。做过饭，火上坐上鏊子，凑余火逼一逼室内的寒气、湿气。黑夜睡觉，总是蜷着腿，捂着头，好不容易温暖了身子，鸡却打了鸣。记得东房住家河南人，有三四口子，只一张大薄被，除了做饭，舍不得烧火取暖。早晨起来，水瓮冻了，尿盆冻了，小孩子冻得穿不上衣裳。

那时城门不关，城墙也有被挖开的豁口，一到黑夜，野物就进城瞎逛。狼在城墙上嗷呜地叫唤，叫声凄厉，撕破夜空。此时，不要说出大门，就连家门拴也要插紧，大气不敢出。夜半，睡得迷迷糊糊，又被叽叽喳喳的叫声惊醒。听父母对话，一说有人偷鸡，一说黄鼬吃鸡，但黑灯瞎火的，谁也没起床。天明，只见一院鸡毛，躺着两只鸡，冻硬了——黄鼬喝了血，还客气地给主人留下肉。

如果说黄鼬进城是为吃鸡，那么狼进城又是为了甚？有天，某农人拉了几只狼娃，穿过鼓楼，到东街烘楼台操场示众。稀罕事还能不凑凑热闹？！待我赶到那里，只见狼娃吓得挤在一起，浑身颤抖，睁着小眼睛，乞怜般望着陌生的人们，一点凶相也没有。听说那时狼多为患，它们糟害生灵，还伤人，故政府号召打狼。这个农民掏了一窝狼，于是进城领赏来了。狼这东西报复心极强，黑夜进城，怕是与打狼有关。后来，城里人烟稠了，农村狼也少了，恐怖的情景成了往事。

三

旗杆巷宽展，空地也多，正好可供孩童们游戏。玩的花样土里土气不说，其名称还多带个"打"字头。譬如，打瓦、打棍棍、打蛋蛋、打铁环、打琉璃蛋、打三角角、打茅屎官。我在《儿戏记趣》那篇文章里有过记述，这里就不再细说。

说说跟武路。这是游戏还是健身，不好说，反正是儿时的喜好。过去，大院人家多有花园，供养花休闲。但在我小时候，多数花园已经荒芜，树木杂草就势疯长。大人们不多去，这里就成了孩子们的领地。领头玩这游戏的，一般是壮实、胆大的孩子：有个叫石蛋的，胖墩；还有个叫来有的，精瘦，他们是芸芸众生里的"角儿"。人家上墙，我们跟着上墙；人家在墙上小跑，我们跟着小跑；人家上树，我们跟着上树；人家在树杈上歇息，我们也得爬到树杈上装睡。遇着细树杈，像荡秋千似的，吓得心锤能蹦出来。也有同伴从墙上滚下来、树上掉下来，不是墩了屁股，就是擦破皮肉，身上红一块子、青一片子，还流血；但大家都是用袖子擦把清鼻涕冷泪，用土一抹血了事。

玩得心野了，大家还会到城墙上疯跑野赶。那时，东城墙外因为横着堆金山，没有人烟，野坟一片，故而城门一直紧闭不开。每来这里，往下一瞅，瓮城里乱石荒草，一派萧索。偶尔有鸟儿蹿上来，吓你一跳，瘆得头皮紧掴掴的。到这里跟武路，跟的不是体格，而是心理。

东城墙也有招人喜欢的一面。若是秋末，城墙外红艳艳的一坡酸枣，还有崖枣——一种比酸枣大比家枣小，比酸枣甜比家枣酸的枣。这时的跟武路成了摘酸枣比赛——领头的边摘酸枣边从城墙上沿着土坡往下退，待下到城墙根，口袋里已装满了酸枣。酸枣好吃圪刺多，城墙好看难下坡。城墙上的顽童，有的试着下，有的在观望。听得下边的头儿咋呼："好汉下来，怂囊子滚开！"谁愿意做怂囊子？于是大家都挽住酸枣根，插斜着往下走。说是走，不如说溜，且还要看路、躲刺、摘酸枣，没有一丝闲心。但吃酸枣得付出代价，那就是被圪刺扎。我最要好的朋友三蛋，身板挺直，面白眼大，是众里挑一的帅哥；但人帅胆小，一不留神，脚踩空，竟往下滚。已下到城墙根的我，看得心悬在嗓子眼，惊呼狂叫。所幸，他三滚两滚，被一人高的大酸枣丛绊住，逃了一命；但浑身扎满了圪刺。拔了刺，一个眼一点血，点点画画的成了血人。自经历了那次弄悬，他再没有来这里，我则是后怕至今。

这样的险事是瞒着家长的，要是被他们知道了，轻则皮疼一顿，重则关在家里，不让出门，那可就受憋屈了。想起儿时的游戏，虽不雅，还冒险，但于锻炼体魄、增长见识不无益处。长大后，我喜欢运动；现在年龄大了，也觉神清气爽，这大约与小时候爱动爱玩有关。当然，也需要感谢旗杆巷的无私赐予。

四

旗杆巷既是根据地，也是出发地。每逢节日喜庆，我们便扔下玩的，走出旗杆巷看热闹。正月里，乡社秧歌队进了城。看红火的人说，城里的"西河滩"敲得响，骞家庄的高跷踩得险，石家庄的旱船跑得悠，小学生的花棍打得耀人眼……四道大街闹腾够了，他们又齐聚在东街烘炉台操场比试。入夜，还打铁花。这热闹，堆金山俯下身子瞅，大鼓楼支起耳朵听，小城的脸面，耀得真是风光。

闹红火的路过铺面，往往有人出来"截马脚"。掌柜的让伙计搬出方桌，搁在当街。那时的街道，只比鼓楼洞略宽，挡住了去路，你就得翻桌子而过。你出难题，我使高招。只见踩高跷的，一个个似鹞子，转身跳，倒栽葱，落地后，碰拐，跌叉，背拐，显摆一番。大人们高兴，孩童们害怕，女人们直揎眼。观众尽兴了，掌柜的脸上有光，一高兴，端出招牌菜七碟子八碗和大杂烩，放在方桌上，当众犒赏他们。原本是掌柜伙计们为高跷队喝彩，至此变成高跷队为美味佳肴叫好，更有看热闹的为两家喝彩。"截马脚"装了脸面，也晃了招牌，用现在的话说是"双赢"。

隰县设农历三、七月古会。三月会在春耕开犁前，七月会在秋收前，正是农事空闲档口。届时，四面八方卖市的和采买的都挤进城里。过会，城里人叫赶会，但于我来说，少买的，没卖的，赶会不过是"卖眼"，凑个热闹罢了。路过饼子铺，一个饼子五百元（旧币，相当于现在的五分钱），揣了揣口袋，有一千元，心想，吃它一个吧。正要掏钱，大摇大摆进来一个汉子，二话不说，一千元买了俩饼子，又以一千元买了猪蹄，把肉剥下夹在饼子里，吃得满嘴流油，害得我寡水直往肚里咽。摸了摸钱，吃了饼子买不起猪蹄，买了猪蹄吃不起饼子，"鱼与熊掌不可得兼"，也可"舍鱼而取熊掌者也"，但不知为什么我全给"舍"了。

顾不了口就"卖眼"，不用掏钱。看卖针的，手里捏几根针，嘴里唱着"我的针头尖，我的针眼大，我的针一天能缝一条裤"，接着用力一摔，那些针就排成整齐的队形扎到木板上；又拿出一块玻璃，上边放针，下边不知用什么东西一晃，针就齐刷刷地站起来，还晃头晃脑——真神了！后来才听说那是吸铁石在作怪，羡得心里直痒痒。回头又想，连饼子和猪蹄都不可得兼，你想吸铁石，吸铁石可不吸你。

东街文化馆和财神庙之间有一个场子，挤着杂耍的和拉洋片的。拉洋片，也叫西洋景，透过放大镜往匣子里瞧，天南地北的好景致扑面而来，五百元看一回，一回看二十片——原来"卖眼"也得花钱。花一个饼子的钱，剩一个饼子的钱，挺划算。拉洋片的，拉一片唱一段，然后是锣、铙、鼓敲打一通，算作伴奏。天热上火，嗓子嘶哑，又没水喝，只得干唱，钱挣得不易。至今还能想起看两张洋片的片段。一是"说汉口，道汉口，一天走不出大汉口"，对汉口的最初印象，就是拉洋片拉出来的；一是"往里看，往里瞧，这就是富家滩的机器煤窑"，富家滩这个名字也记在了心上。几十年后，出差路过富家滩，煤早已挖空，机器煤窑也收了摊子，大有看景不如听景的感觉。

过会，唱戏是必需的点缀。戏是娱乐，也是场面，用时兴话说，是道文化大餐——小城人谁肯错过这个难得的机会。两个戏场，烘炉台在北，财神庙在南；前者大，后者小；前者是操场，后者有围墙。听人说，会过得好不好，要看唱不唱对台戏。什么是对台戏？烘炉台和财神庙对着唱。两个戏班子，谁不想出彩！你唱文戏，我唱武戏；你唱武戏，我唱文戏。或者硬碰硬、软对软。你唱《莱芜县》，我唱《金沙滩》，比谁的阵势大；你唱《游花园》，我唱《沉香扇》，比谁的更煽情。当然，观众是检验戏文好坏的裁判，哪个戏场人多，说明哪个戏场的戏吸引人。娃娃们不分好坏，来回跑，凑热闹，看个囫囵半皮，拾点牙慧。我对戏剧的一点常识，大抵是从那时拾来的。

想起儿时的自己，既收不住心，更管不住腿，大人们说我是"疯跑野赶"、不务正经，因此常常把我约束在一孔窑里，企图叫我收心。岂知人小鬼大，父亲在家，我可以做到足不出户；只要父亲一出门，我就放开脚片子跑了。母亲小脚，撵不上；况且，她心慈手软，一般情况下吓唬不住我。

五

到了读书年龄，走出旗杆巷的机会多了，父母再也管不住儿子的两条腿了。

学校在烘炉台操场北边，原本是清末女子学堂。从旗杆巷出来，至烘炉台操场，下几十级石台阶，至王家巷（今先锋巷），学校大门面西，上写"隰县第一完全小学校"（后改为完小一院）。进门向东复向北，再上台阶，一条甬道挑两间教室。当院高高立一间教室，显得卓尔不群。教室左右花楞墙各开一个月门，进去，砖铺的大院坐三间教室，我的一年级就是在中间教室里度过的。

班主任姓吴，名芳梅，个不高，人白净，慈眉善目，教学生极有耐心。那时是春季始业，放年假时我已念完一年级。放假那天，吴老师当众宣布成绩，第一个点了我的名："王石生（因为我生在石楼县，故名），学习第一，操行第二。"邻座一位女生，也姓王，则是操行第一，学习第二。这就是说，功课和品德第一、二名都给姓王的学生包了。有道是"人生识字忧患始，姓名粗记可以休"。我生性贪玩，又得了学习第一，上课也不专心了，因而还没有尽尝做好学生的乐趣，就生了悲，到三年级时竟出息成倒数第一，天上地下，表扬批评，风光尽扫的滋味，确是尝到了。幸亏吴老师不带我们的课，要不，她的慈眉善目还不变成横眉竖目？！

又是一个放假日。三年前，我是一路小跑回家报喜的；三年后，我揣着《家长通知书》要扔不敢扔，要回家不敢回，毫无目的地在城里乱转。好像我走到哪儿人们的目光便跟到哪儿，面前是众目睽睽，身后是芒刺在背。直到天昏黑，我才硬着头皮走进旗杆巷。还好，大门没关，家门虚掩，灯也吹了。都睡了？我蹑手蹑脚进了家，忽听厉声呵责："到哪里疯刮去啦！"这是父亲的吼叫声。"连鸟儿都知道回窝，你怎么就心野得不归家！"这是妈妈的责问声。看来大人们都没有睡，在为我担心。接下来追问考试成绩，才知道我不归家是没脸见人。父母越发气上加气，数落个没完。那晚，我获得的"奖赏"是坐冷板凳。板凳小，还挨着门，一晚上我既冷又羞还瞌睡，摇来摆去坐不稳。不知熬到什么时辰，妈妈才放了话，让我上炕睡觉。我肚子饿得直叫唤，但没人提起吃饭这档事。罢了，罢了，我一咬牙钻进被窝。

人都说，惊一惊，慎一慎。升五年级时是全县统考，考不上要留级。想不到我这个倒数生竟胜过了一些正数生。鼓楼洞里出榜，王哲士（这时，父亲给我改了名，用意何在，当时并不清楚）三字赫然上榜。校舍也搬到完小二院（即现在的第一小学）。二院建在清末紫川书院旧址。当年紫川书院聘得平陆学儒张贯三任学长，为上一级学校输送了不少高才生。如冯纶，曾留学日本，后任山西法政学校校长、山西大学代校长，很为隰县人争面子。这些事，是我成年后才知道的。二院地处城内第二高地，孤峰耸秀，风光四见。爬陡坡，前门进是学校，后门出是旗杆巷。我在这里度过两年愉快时光。

回顾这段学习生活，一是爱上了读书，但不是课本，而是"闲书"。至今，赵树理长篇小说《三里湾》里的人物，我大都能叫上名字；还读过陈学昭的《工作着是美丽的》、苏联的《海鸥》等好几部长篇小说，以及儿童读物《杨司令的少先队》《饮马河边》《诸葛亮》《篝火燃烧的时候》等。觉得读书，不止能充实头脑，还能荡涤心灵，它的奇妙处，不是粗俗的跟武路比得了的。二是喜欢上写作。五年级时，竟然在作文课上递交了一首诗，题目是《敬爱的毛主席》。说是诗，其实是分了行的作文。老师当堂给予点评，我心里美滋滋的。之后，我隔三差五地写几行诗，还不知天高地厚地趴在煤油灯下写起剧本。三是贪玩的天性还在。下课，和同学们玩碰拐拐，这也叫斗膝、斗鸡：扳起一只脚，使之悬空，另一只脚蹦跳着，以膝部为武器，和对手或顶、或砸、或掀、或虚闪，谁把对手碰得双脚着地，谁就赢了。还玩倒栽葱。下课后，男生们沿墙根倒栽下一溜，衣襟溜到肚脐眼，露出光溜溜的肚子。夏天还好说，若是冬天，赤手撑冻土，肚皮吹寒风，血往头上涌，感觉像是亮膘。玩这游戏，谁撑到最后谁就是胜者。嬉耍行里，少不了我的踪迹。

儿时的我属于那种调皮却不捣蛋的学生。说调皮，是说我爱玩，躲着藏着地玩，有时，也会闹下啼笑皆非的事。看戏买不起票，我就翻墙。有次，黑咕隆咚的，我翻了进去，不想墙下竟是茅坑，弄得一身臭气。这戏还能看，这家还能回？又如，人家打篮球，我爬篮球架。有人怕我摔着，大声叫唤；我不等他走近，哧溜滑了下来，谁知裤子被圪节挂住，一条裤腿从裤脚扯到裤裆。我急忙遮住丑，一路小跑回到家——还好，爸爸不在，妈妈正午睡。偷偷换了条裤子，我便又跑了。可终究纸里包不住火，像前次发现臭烘烘的裤子时一样，妈妈拿着被撕破的裤子，对我好一顿数落。

说不捣蛋，是说我不借机生事，不无理取闹，也不和同学打架，不糟害人。小毛病是爱在课堂说个闲话，耍个鬼脸，影响别人听讲。有次，王伯绪老师看见了，说："王哲士，给我站起！"我霎时面红耳赤，觉得无地自容。王老师不客气地批评道："王哲士，你面黄肌瘦，捣什么蛋？"我有些不服，面黄肌瘦是我营养不良，捣蛋是行为不够检点，二者有什么联系？因而头一扭，略显不服气。王老师是刚来的代教，人瘦小不说，还戴着毡帽，勒着腰带，同学们说他是种地的老师。王老师见我这样，又说："同学，听说你父亲拄上拐棍了。他这么大年纪还供你上学，你不正经学习，怎么对得起老父亲！"一句话说得我低下头，一句话叫我铭记了一辈子。我最怕人说父亲老了。老了意味着甚？意味着离离去不远了，意味着你得挑起家庭这副担子了。可是年幼无知的我能挑得起吗？失悔之下，惊醒之余，再也没心情弄那些小圪捣了。

两年后，我考上中学。那时县中学只招两个班，周围没有设中学的县的学生也来参考，学校是不好进的。回想起来，正是王老师那席话刺到了我的痛处，才有了我的中学生涯。初中毕业后，我没有走读高中升大学那条路，而选择了上中专。倒没想过考上考不上的事，我只是怕父亲承受不住岁月的消磨，这只是我为能尽早养家糊口不得已做的选择；因为中专是包分配的，高中却没有这个政策，而大学又太遥远了。这样的选择，是无奈，也是必然，王老师的逆耳忠言点醒了懵懂的心。一句话，一世用，师恩难忘。

中学位于南关，家还在旗杆巷，我离家越来越远了。同步疏远的还有那些儿戏。整个中学时代，我爱过画画，爱过体育，但骨子里依然钟情于"闲书"，凡我感兴趣的书都借来阅读。少年爱幻想，我也不例外：做过画家梦，做过作家梦，还做过电影梦，终究美梦难圆。做电影梦，纯属偶然。那时，拍了部叫座的电影叫《柳堡的故事》，剧中人二妹子和小班长两情相依的故事本就打破了禁区，再配以动人心扉的《九九艳阳天》插曲，不知迷醉了多少年轻人。我除感动外，便是佩服编导的慧心。我又想，我们这里出梨，你是《柳堡的故事》，我何不来个"梨堡的故事"？由此，我订了《电影艺术》《大众电影》，每期都看，每篇必读，还把学校图书馆所有的电影剧本借来看了。夏衍、张骏祥、于伶等电影大师关于电影剧本写作的书籍我一看再看。兴趣驱使，工作多年后我还参加了电影文学函授班，拿到了结业证。虽说电影发展到今天，创作理念和手段远非昔日可比，但那时的阅读并非白费光阴。可惜"盛年不重来，一日难再晨"；否则，我至少能把自己的两本小说改编成电影剧本。

闲书是读进去了，学习却走了下坡路。每次考试，成绩理想一点的不外文史地，差池的不用说是数理化。但我给自己画了条红线，数理化不能低于六十分——不及格是要留级的。懵懵懂懂的想法是，学习上可以不拔尖，爱好上却不要委屈了。我带着这样的憧憬，飞出旗杆巷，飞到自己向往的地方。但雁飞千里总要落地，文不成武不就的我，飞来飞去还是飞回故园。此时，等待我的再不是旗杆巷，而是位于旗杆巷之南的父亲工作的县医院家属宿舍。宿舍依然是窑，依然窑上有楼，不同的是这里多了书香气、药香味。掐指算来，旗杆巷伴了我十个年头——正是人生清纯无邪、天真烂漫、丰羽欲飞的美好年华。

回想那段生活，旗杆巷不只是我此生的萌芽之地，也是众多小伙伴的成长之基。它放飞多少心比天高的雏鸟，留下多少诗意盎然的故事，一时间怕是说不清楚。我得感谢它，这个把历史的影子一直投射到今天的巷子。因为它的称谓和实体还在，就能牵动你的乡土情怀，延续一条巷乃至一座城的文脉。能在这里读出人之初的"诗"来，从诗里看到昔日那个且傻且纯且歌且行的少年影子，是多么幸运的事。

今日旗杆巷，旧居新潮，人烟辐辏，一座座老院子为新院子取代，"金门待诏"的冯府也不例外。略感意外的是，我家居住十年的老宅和与其毗邻的冯府还兀自矗立在那里，冯府墙根"泰山石敢当"的青石还在，但石面斑驳，字迹漶漫，我不禁为石敢当的英名担忧。我家宅院里的那座绣楼不知什么时候坍塌了，其下的窑院，苍老得我有点不敢相认。推开虚掩的柴门，看到西房塌了，正窑的窑面碱剥得起了皮，院里仅有一两家住户，还挂着铁锁。这里不复儿时的情趣。老宅是因为无奈才落到时代后面，还是只为留给后来者一段追思，当是旗杆巷的新话题。

2022年1月17日草，6月18日改定

三交村扶犁记

1977年开春，我有幸当了一个月农民。农民，当时也叫社员。

以往下乡，不是需要包村包队，就是被安排有临时性的专项任务。这次下去是当社员，以一个农民的角色生活、劳动，站在农民的角度反思干部的生活、工作，用时尚话来说，叫作换位思考。这样你得放下架子，把指手画脚那一套收了，把催粮催款、刮宫流产的揪心事省了，除了你的职务放在机关，工资本装在兜里，完全要像一个庄稼汉——听生产队队长派遣，听老农言传身教，听贫下中农讲过去的事情。对"三门"（家门、学校门、机关门）干部来说，这正是个先天不足后天补的好机会。有了社员这顶帽子，人生又有了一个印记，挺好玩的，这么看来我也挺幸运的。

接纳我的是陡坡公社三交村，一个并不陌生的地方。

到公社报了到，公社领导送我至三交村，把我交给生产队队长张文保。张文保把我安置在他家的一孔闲窑里，席子一苫，被子一铺，炉灶里点了一把火，寒窑凉炕就有了温度。尽管窑洞里四壁空空，可还是有些发霉——房窑是空不得的，只要人一住，就有了生气。

当晚，村干部及村里耆老聚在我住的窑里。

老支书贺智贞握着我的手，连说"认识、认识"。当时，贺智贞这个名字好像已经开始褪色，但若往前数二十年，那可是响当当的治山治水模范，而且全县农村最早的苹果园就是他在三交村作务起来的。我初识苹果树是在三交村，当然，平生咬第一口苹果也是在三交村。谈起隰县苹果，我就忘不了贺智贞。我以为，隰县人也不可以数典忘祖。

老队长也姓贺，他女儿和我一个单位，因事先得到女儿的提醒，所以，他只用一句话我们就成了熟人。

年龄不饶人，他俩都退了下来，但一个显得很精明，一个显得很憨厚，片片老年斑和道道抬头纹不客气地刻嵌在他们脸上，这就是风尘，这就是阅历。

现在村里的主事人是生产大队大队长兼生产队队长张文保——一个说话文，走路慢，做起事来却脸黑性嘎的人。他握住我的手——手如同被钳子夹着般生疼——连说了几声"欢迎"，又说，今天你就成了咱三交村的社员了。

听了这话，我心里畅快得如同到了家。

在座的还有一位特殊人物，插队干部老陈。他虽是江浙人，看外表，却缺点江浙人的灵动和干练，多点隰县人的憨厚和木讷。20世纪70年代初，他从省城被下放到农村锻炼，这一锻炼就扎了根，在三交村落了户，券了窑，并在另一个公社担了个清闲的差事。他说，这地方山高原广好出气，民风淳朴好处交——哪里黄土都埋人，不走了。

村医叫王林串，说是赤脚医生，却并没有给我泥腿子的印象。他人白净，也爽快，虽然还谈不上有多高的医道，但应付小伤小病还是中用的。他最大的优势是个头，往地上一站，嗬，鹤立鸡群。

第一天就这么开了头。

睡在柴门孤院闲窑里的热炕上，身暖心也暖。想得一多，夜卧不安，睁眼瞅着窗棂，直到鸡叫牛哞。

第二天早饭后，社员们都聚集在场院，等待队长派活。眼看安排得差不多了，还没点到我，我就有些急，向文保要活干。

文保问："你想做甚活计？"

我说："什么都行。不过，既然当社员来了，就拣最苦最累的活干。"

文保定懂了一下说："跟着妇女们点籽去吧。"

我想，一个大男人家，与其跟在犁后点籽，倒不如扶犁开沟，便壮着胆子说："就让我揭地吧。"我们这里称犁地叫揭地，揭翻的意思。

文保笑，我笑，众人也笑。笑的结果是，我终于如愿以偿，分了一犋牛、一张犁。

文保当众宣布："从今天起，王秘书就成了咱三交村的社员，大家都多帮衬点。从今天起，王秘书也成了咱三交村的秘书，村里有个写写画画的事，谁家有个书信什么的，就请他代办。"

瞧，文保多会说话，不把我当外人看。

我跟着犁地的把式们，牵着牛，扛着犁，还扬着鞭子，神气活现地来到耕作现场——即当年贺智贞作务过的苹果园。

果树已经老化，空出的地不少。地不能白空着，种粮食以补收成。把式们给我套好牛，再手把手教给我犁地要领：左手拉缰绳，右手扶犁，入垅时，将犁放正扶直，吆喝牛沿垅直行。要犁得深浅匀称，深了，牛吃力犁得慢；浅了，牛省力犁得快。犁到地头掉头前，提犁抖土，只有犁铧锋利，犁起来才能省力。

这是一块塬坡地，地不平不说，还得逢树绕行，慢说新手，就是老手，在这样的地里耕作也不省劲。第一犁入垅，犁把不听使唤，左右摇晃，垄沟跟着弯弯扭扭、断断续续。我一时又把不住深浅，深了，牛不走；浅了，犁在地表滑行。它无肝无肺也欺生。我想。

谁知有心有肺的牛也欺生。让往左，它偏朝右；让前行，它站着不动；抽一鞭子，它还不高兴地"哞哞"叫唤。见树绕行，最是见功夫。老把式们轻松自如地画一个圆绕了过去。轮到我,这圆则画得支离破碎,不成其圆,像小孩子在地上涂鸦。还有,下坡时牛跑得快,我跟不上;上坡时牛走得慢,蹩死人。扶了犁吆不了牛,吆了牛扶不了犁,到了地边掉不转头,掉转头又入不了垅。新社员遇到了大难题,看看日头,老在天上挂着,没有歇息的意思。这一天,真难熬。

日头最终下了山,第一天就这么稀里糊涂地过去了。一到家,顾不得洗濯,倒头就睡。从头到脚,不是酸,就是疼,腿不是腿,胳膊不是胳膊,都有些不听使唤。

第二天,文保问,还犁地吗?我说,犁。

来到地里,套上牛,扶起犁,鞭子一扬,"哒"的一声,泥土在犁铧的前行中被开肠剖肚,成就感立时涌上心头。人、牛、犁虽然还三分天下,但好在正往一统里走。

大约过了一个星期,果园的地犁完了,文保说我可以出师了。

之后,我转战塬头,那里地块大,也平整,犁起来顺溜多了。牛也听话,犁也听话,一垅一垅悠悠地耕着,深浅把握得住,宽窄也匀称。因为要下种,我后面还跟着两个人,一个撒粪,一个点籽,三个人就是一个组合。显然,我处在把式的位置。因为这个位置,叫我夸耀了一生。

陡坡塬上风多,春天尤其厉害。犁开沟,土就松了,容易被风卷起。撒干粪时,遇风来袭,粪会随风起舞。粪土掺和着朝人身上扑来,眼睁不开,嘴不敢张,一天下来,成了灰头灰脑的土行孙。中午吃饭,得找个背风的圪崂崂吃。三个人,一罐水、一碗酸菜、几条黄金板(玉米面窝头),这就是午饭的全部内容。用沾着粪土的手举着罐喝,夹着菜吃,拿着窝头啃,少不了还得就口刮来的灰尘。看看社员们,一个个若无其事,我这个新社员,也要装得若无其事才行。同吃同住同劳动,是那时最响亮的口号,违反不得。有句老话,不干不净,吃上没病。忽然想见,这样的"经验之谈"，或许是出于嘲讽和调侃，也或许是出于祖辈的祖辈的无奈。

　　下乡的"三同"里，同吃首当其冲。文保的意思，固定一两户做饭。我提出吃派饭。吃派饭可以吃百家饭，听百家言。虽然我不是来解决问题的，但是，访贫问苦、体察民情，是我的职责。这样，每天有机会坐一家的炕头，人熟了，海阔天空什么都聊，不能说聊出了老底，至少知道了七七八八。那时提倡解剖麻雀，带着这只"麻雀"，拿回去供领导"解剖"，也是拦羊砍柴——捎带的事。

　　农村生活普遍清苦，即使不差甚的三交村，也有缺吃少穿的人家。至于说日常用品，断不了缺这少那。比方说肥皂呀，红糖呀，乃至香烟、火柴呀，都要凭票购买。恰好，公社供销社主任是我的同学，我不时走走后门，买些日用品回来，分给众人用。一来二去，人混得熟了，走得近了，便忘了自己的身份。于是反躬自问：你是谁？不就是三交村的王社员嘛！

　　也许是因为时间短，也许是因为并没有成为真正的农民，我每日吃了饭上地，上完地睡觉，不像真正的庄户人，春种秋收，没个消停，天旱雨涝，愁肠百结。有时又不免反躬自问：假如有一天，你没有了工作，没有了供应粮，成为面朝黄土背朝天的农民，你还能不能这么达观？

　　没有答案，只有假设。一名临时社员和一名永远的农民，毕竟不一样；而一位干部和一位农民，因社会分工决定了他们的身份。但志同可以拉近距离，道合可以减小差异，这是不争的事实。

　　眨眼光景，一个月时间从眼前滑过，从犁垅里耕过。

　　当了一个月社员，扶了一个月犁，吆了一个月牛，揭了一个月地，没有计算耕了多少亩，但是汗却没少流。车来了，我准备回城，文保说甚也不让走。我说另有任务，不走咋行。

　　老支书贺智贞说："要不，吃了黑夜饭再走？"

　　已装上车的行李，又被大伙搬了下来。看来，只好吃这顿"欢送宴"

了。

酒是队长家的，肉是老陈家的，菜是老队长家的，众人一凑，就成宴席。我感动之余就是心疼。村酒粗饭，油少味淡，看起来没有嚼头，实际上香在后口，因为它有着奢侈席宴没有的手足情义。菜可以光盘，酒可以见底，但彼此间的话却像春蚕抽丝，总也没有个尽头。眼看月上中天，司机再三催促，我只好恋恋不舍地和大家告别。大家且行且说，一直把我送出村外。我上车，两行热泪忍不住滚了下来。

文保说："你这个社员没有白当。"

我说："我这个社员没有当够。"

挥手之间，看见月光下影影绰绰一片——我的走，惊动了众乡亲。

一别几年，没有去过三交村。听说老支书过世了，接着老队长也走了，心里一阵怅然。有年腊月，我去陡坡乡办事，绕道看望了文保和老陈。文保生了病，人瘦得一条条。老陈愈见老了，但江浙口音如旧。之后，文保终于抵挡不住病痛的折磨，撒手人寰。前年，我随电视摄制组来陡坡乡采风，特意绕道三交村，找到老陈家，门上挂着锁子。村里人说老陈上年也病故了，他儿子在深山里干活。通了电话，他儿子说，父亲走了，自己的孩子也大了，要成家，不受苦挣钱咋行。当年我在村里时，他还是流着清鼻涕的顽童，现在已经年过半百，继续着父辈的沧桑。村医王林串在城里坐了几年诊，我不知晓，偶然在大街相遇，他主动与我握手，我觉得面熟，但又想不起来。他说，你看个头。哦！这不是鹤立鸡群的王林串！已然头发花白，眼睛浑浊。

四十多年过去了，恐怕三交村人早认不出曾经的王社员，但王社员永远忘不了多情多义的三交村人，忘不了扶犁耕地的开心时光。

2017年6月15日写于北京大兴红星北里

浪漫谷

　　摄影家亚明说紫荆山有一处好景致，却没有名分，他赐给它个好听的名字叫"爱情通道"。通道，简而言之，就是可通的道路。在通道前加上"爱情"二字，这通道就惹人想象，生出浪漫，有些吊人胃口了。于是，电视人和摄影人慕名来采景，我和老妻也凑热闹前往一观。

　　时间在2017年10月16日，天气出奇的好。车出县城，越两架大山，穿十数里丛林，来到一处沟口。往里看，小道蜿蜒幽深，欲穷其所至，林深不知处，看不出浪漫的影子。亚明卖了个关子，说浪漫不浪漫，到时见分晓。为了这个欲知未知的浪漫，大家兴冲冲地钻进山谷。

　　沟呈喇叭状，越往里越挤匝，林木也更稠密。人们边走边左顾右盼，观天察地，满眼新鲜。天像一疋洗得洁净的蓝布，蓝布上绣着三两朵白色的绒花。秋阳清明透亮，依旧尽情地倾洒着光束。云或聚或散，没有定形，随风流动、变幻：时而棉絮，时而群羊，时而冰山，时而苍狗，不可捉摸。节令交替，秋不忍去而冬欲来，故峰与峰不同，沟与沟有别。绿的是挺立的油松，当别的伙伴脱掉夏装时，它却把夏装当成冬装，愈显精神。黄色是大多数树木的必然归宿。红色者是树中另类，颜色猩红如同火焰——临近休眠，它还要张扬一把。白的是落了叶子的白桦，它亭亭直立，清纯雅洁。至于谢了顶的，那是早眠了的林地，它们显得有些黯然失色。每年此时，大自然总忘不了在它的画布上涂鸦——率性张扬一把。这样一来，你便分不清是黄的浸润进绿的，还是红的覆盖住黄的，抑或笔速太快，留下了飞白，然而画面明丽、流畅、轻快、柔和、纯洁，称大自然是不用画笔的画家甚是相宜。

再往里走，小路越发阴暗。原来，两侧的灌木被高大乔木所压制，只能往里倾斜生长，极力寻找自己的生存空间。它们弯弯扭扭，交柯错叶，形同连理，或牵手，或拥抱，或接吻，分不清谁是谁的根，谁是谁的枝。亚明说，这里是通道的前奏。众人听了，"啊呀"一声，抹把汗水，加快了步伐。

偶尔有一线阳光透过枝柯射来，山路顿时有了神采。虽然看不到鲜花绽放，但因为有了斑斑驳驳的光点，大家好像走进万花筒。时有山风吹过，那些黄的红的叶片，簌簌地低吟着，款款地落地归根。那些豆粒大的各色野果，一簇簇地依偎着各自的母体，"母亲"则以密密的芒刺守护着儿女，唯恐它们被鸟兽和人类掠去。再往前走，头上枝条密集，犹如天篷覆顶；脚下厚厚的落叶，先是黄绿掺杂，继而黄色铺地。上得一带高坡，天篷裂开一道缝隙，阳光殷勤地筛了下来，满地的红叶便红得发亮、耀眼，如同铺了地毯，欢迎我们这些不速之客。亚明这才说，这便是爱情通道——三段不同颜色组成的隧道，犹如铺了红黄绿三块地毯，绿的给你以青春，黄的给你以明快，红的给你以激情。早来几天，霜叶未现，晚来几天，树叶尽褪，我们不迟不早来得正是时候。

浪漫就在眼前，还不快些动作！

气喘吁吁的电视人和摄影人，还有我们这些蹭饭吃的闲人，这才如梦初醒，你"啊"他"呀"地呼奇喊妙起来。于是，快门咔嚓咔嚓响，一个个好景收了进去。摄像机张开贪婪的嘴巴，恨不得把这个浪漫之地全吞进肚里。我这无事人只能用双眼来回扫视，把一幅幅画图叠印在脑际。

我遐想着，寂寞的树再美，也只能孤芳自赏；走来有思想、懂感情的人，树木也便有了"魂"，也便能让你顺心遂意。此时，我与其说在欣赏山，不如说在欣赏人——泡在浪漫通道里的人。老的浪漫成青年，青年的浪漫成少年，浪漫的结果，人人都在感受浪漫，人人都是别人镜头下的浪漫。帅哥靓女牵手出镜，空气里弥漫着青春气息。我和老妻也禁不住诱惑，让镜头摄下桑榆晚景。较之年轻人，镜头里的老眉老眼不免有碍观瞻，但我们心中的愉悦是相同的。在浪漫面前，不分年龄，不分行业，人人可参与，人人能享受，只要你有一颗年轻的心、爱美的心。

亚明见众人神采飞扬，更来了兴致，说，把爱情通道改称情人谷如何？我说，不如叫浪漫谷。亚明点头称是。一个浪漫，给人平添了想象。他年，也许只这一个浪漫，便能吸引多少红男绿女来这里寻趣。那时寂寞的紫荆山因了这诗情画意而多了人文的意蕴。

写于2017年10月

赶秋

车出隰县城北，沿古城河东行。

古城河因古城村得名，好古之人至此少不了生发联想。确实，古城村是一个很古老的村子。它的古老，在于这里是两千年前的蒲阳、蒲子县。你若是想一探究竟，山头尚有古城墙，地上尚有秦砖汉瓦等文化遗存等你考证。

往前走，路过叫桃坡的小村庄——名字好听，让人联想到"桃之夭夭，灼灼其华"。听其名，观其貌，过路君子谁不舒心。

桃坡村南有山巍然，上山的路因塬头的泉泉村而称泉泉坡。泉泉，两泉犹如人之双目，名字寄托想望。这种望梅止渴般的想望于今终成现实——清泉山上流，喝水再不愁。泉泉村是全县三百多个"泉泉"村的缩影。

爬上泉泉坡，来到隰县七大塬之一的北庄塬。

时当秋分，秋色在这天平分。素淡的早秋亲吻着浓妆的晚秋，在时光老人的见证下，悄无声息地交接着节令。此时，秋在塬下，尚给翠绿留点面子，让它们多炫耀些时日；秋在塬上，就没有那么客气了。金风吹来，草木披上黄袍，玉米穗耷拉下头，谷穗弯了腰，高粱穗却有些傲气，像一棒棒火炬，气宇轩昂地朝天立着。

也有弯而后挺的，譬如漫山的梨树，因为卸去果实的重负，枝丫终于可以舒展，在养息中酝酿明年的花事。——可惜我们没有赶上采摘玉露香梨的盛况。中国大美梨，隰县主产地，那气势真是"树树挂铜锤，园园堆黄金"，误了秋来第一景，不免令人惋惜。但去了袋的苹果白白胖胖地挂满枝头，正等待秋阳涂色，或可一补眼福。

看了地，再看天。沟里看天，多少有些井中观天的狭隘感，所感也觉贫乏。站在塬头，地是一抹平，不知它的尽头在哪里。远望，天气澄明寥廓，太阳给予这里的热情比沟川更多。一时间心随天空清净，身融气象怡然。在塬头，仰天察地，自觉渺小、卑微。

一条笔直的油路连着塬北的北庄村和塬南的上留村，车像箭矢霎时从这边射到那边——据说那边的上留村"秋意更浓"，心生欢喜，便着意浏览一番。

上留，清代称上留里。这个里，是里甲制的标志，一百一十户为一里，十户为一甲。清亡，这个尾巴就自然脱落，直呼上留。此地以刘姓为多，不远处还有下留村。我想，上下指方位，刘留谐音，借留喻刘，大约有留住刘氏族人之义。另外，古人写字有上留天下留地一说，也可拿来喻生活铺排有序。

因是心血来潮说走就走的出行，人轻装，头脑也轻松。没想到，上留村的出类触动了我的好奇心，竟人闲心不闲地琢磨了根底又琢磨现今。

进村，见街巷整洁，院落清爽，污秽都被打发到其该去的地方，留下一片净土。能够净洁了环境，当也能够净化了心境。

房舍簇崭新，排列有规程，更有文化娱乐活动场所点缀——虽算不得精舍雅筑，也够得上佳居新苑。量力而行，不只让农人实实在在得以享受生活，也使游客有了真真切切的感觉。

人都说，家境好方能环境好，心境好才可地境好。村中，柳丝拂面，花草碍脚，四围田园，巧作美加上自然美，堪为塬上一处难得的佳境。

想起一件事，不妨拿来一说。

《隰州志·艺文卷》载《上留里复业碑记》，说的是清康熙年间，世事艰难，上留一里，人逃地荒，国课无归。官署招集本里流亡复业，招募四外良民入籍，肥瘦均分，苦乐相当，为复兴一里从而振作一州的事。以当时的时境，即使再勉力，也不过户有地、人得食而已。如果彼时的上留里人穿越回此时的上留村，怕是两眼茫然地惊呼误入仙境。

今有上留村，古有上留田。地名的来由是"兄不字其孤弟者"，村邻为其悲歌，故称上留田。文人们在其后缀以"行"，"上留田行"又成了曲名，曹丕、李白等历代诗人都有诗咏叹。同是上留，却有着不一样的过往和故事。同是诗文，上留村留誉甚多，温暖也多。省级卫生村、省级民主法治示范村、山西美丽休闲乡村等品牌，赢得诗文盛赞。时不同，事有异，曹丕、李白等有知，还不欣然咏叹，写一曲"上留村行"。

现今天时地利人和远非昔日可比。但一地的变化仅靠外因推动似嫌不足，还得内因发力、特色引路。手机上一查，果然，上留村的蝶变，得益于发展特色产业，壮大集体经济。特色在哪？可采摘：草莓、樱桃、葡萄以及梨果可随节令依次采摘，游人可在全县最大的采摘基地尽情享受田园之乐；可休闲：既是山西美丽休闲乡村，品牌之下便是有趣有味的民俗体验和农家乐。果然集体有了钱，事情就好办。心往一处想，劲往一处使，自然就会大囤满了小囤流。一个好领头带动了一村人。这个好领头名叫刘志锋，在外打拼多年，回村支书主任一肩挑。

农家九月少闲人，一地庄稼收不停。随处走走，人家多挂着门锁。从门缝往里瞅，一畦瓜豆，几丛花草，安详雅致，竟引逗得众人有了留住之意。偶见一家大门敞开，院里堆放着玉露香梨，主人出门迎客，忙将梨递给你。又见人家正晒核桃，院里院外、巷里巷外铺了个满，主人说随便吃。我想见，好年胜景，仅仅露了一角。再过些日子，地里的庄禾都收回来，还不堆天摆地成另一番排场？！我心生欢喜，进而升起一股敬意。一个历史上曾经人逃地荒的村落，如今变得花园一般，成了宜人居住、宜客留住的好地方，不禁感叹：上留，留住了一个时代的记忆。

从上留村出来，日头西斜，余晖尚艳，驱车来到习美塬。习美，古称惜米，名字似从"谁知盘中餐，粒粒皆辛苦"化来，言浅而意深。沿途果树连片，庄稼茂盛。显眼的是谷子，像为着你的到来而躬身致意，粗壮的穗子有如细脖颈上扎着根粗辫子，随风微微摆动——这使人想到，非惜米无以成此习美。

路过解家河移民新村，注目看时，亮汪汪的不亚于县城的小区。这座从河沟迁到塬面的小山村，无论是地理还是光景，恰似"出自幽谷，迁于乔木"。适逢乔迁之喜，当为之深深祝福。

往前走，经过隰州古八景第一景"谷城佳砌"所在地的黑桑村，见一通沧桑的石碑矗立路边，上书"谷台旧基"，这给隰县又添了一处怀古思今之地。谷城原址就在今天的黑桑村。碑文记载，此地为神农尝五谷、教人耕种之处，先民为保护古迹、祭祀神农，纷纷捐地、捐钱修筑尝谷台。也许，此神农非彼神农，但黑桑村"神农"作为远古稼农智慧的化身为人纪念由来已久。

碑前是路，碑后是村，周围是果园和庄稼。村民说：油路平，村子新，地出粮。极目远眺，好一派金风秋韵。昔日的神农教人稼穑，今日的"神农"改天换地。

赶秋至此该收步了，有人说，还有道景致不可错过。

下山，沟壑纵横，黄土地突然变成红土地，原来车驶入隰县黄土国家地质公园陡坡园区。细看，一座座山似舞动着红黄彩条，明媚动人。晚霞透过红高粱斜射过去，天上的红、地上的红和高粱的红交融在一起，编织成火红的古道新歌。

　　你会觉得，这秋赶得值。它浓在天地，化在人心，秋日胜春朝。

写于2021年10月20日

寻访一棵树

　　十年前，因筹建梨博园展览馆，和曹小虎、曹霞一起，踏访县内古梨树以及稀有树种。虽一路翻山架圪梁，但收获的喜悦远胜流汗的辛劳。记得我们在薛干村发现了百年铁梨树，在峪里村找到了香水梨树，在青宿村看见了木瓜梨树。世事无常，本来随处栽植的寻常物，转眼间却成了罕见的珍品。它们的存在既是梨乡悠久历史的实证，也是梨博园扩容保护的对象。你不由得想，大自然因它们而增姿添彩，人间因它们而故事绵长。走近它们，抚摸它们，仰视它们，我们有着如发现宝玉般的惊喜，我们由衷地敬畏这生命的招展。

　　途中，那些无关梨树，却亦让人心动的古槐、古柳、古楸、古杏也进入我们的视线。别看它们一个个树皮开裂、苍苔染身，但不打瞌睡不弯腰，翠绿依然，那粗壮的身躯，想拥抱一下也难。它们孤傲地立于梁峁沟岔，自成阵势。看它时，你的眼睛会不由自主地发光。

　　这里只说一棵树，它曾让我们眼里发光。它，说古不古，说新不新，权当老树看待吧。

　　龙泉镇无槐村，俗名木魁村（也有写作木盍村的。村人只知发音却写不出字，我只好用了一个自认为能说得过去的同音字）。虽说我们在这里没有找到老梨树，却看到一棵十分眼生的树——在县域内未曾见过。其躯干粗而树冠大，远看像一把硕大的遮阳伞。说它是杨树吧，近前看，树形少了点端直冲天的昂扬之气，叶片倒有些零珠片玉的可爱，非杨树也。其旁枝侧条，向下垂挂，柔态似柳，却难与柳归为一类。叶如秋枫，掌状三裂，但碎小玲珑，若与枫树认亲，以我们的见识，难下结论。问村人，说此木叫"得胡木"，但是不是这三个字，谁也说不上来。

无槐、木魁、得胡，寻常村子怪异名。若问来历，无槐倒是有据可查，老地图上均可见，但不得其解——问村里有无槐树，答有。既有槐树，为何又称无槐？至于木魁、得胡，只口口相传，无有凭证，也就无人能说得清楚。那次寻访，我们是带着欲知未知的疑惑和未知想知的希冀走的。

一别就是十年。

其间，免不了想起这棵树。它是什么树，为什么奇姿秀容却无人知晓。也想过再探芳容，不为研究，只为还愿——一次神交激起的心灵之约。

不知是造化还是缘分，十年后的盛夏某日，得闲，又与曹小虎和曹霞结伴出游。古城村游毕，本该回城。曹霞却把车头一调，说到无槐村吧。小虎心领神会，立即响应。不用说，放不下这棵树的不只是我，还有他俩。三人行是巧合，无槐行虽是临时动议，实属心照不宣，好奇心里蕴藏着我们对一棵老树的念想。

爬上北庄塬东行，说话间来到无槐村。

地里一派浓绿，日头斜挂西山，经余晖涂抹，大地披上耀眼的金色衣衫，高旷的塬面显得格外精神。村外路口，农人正收拾用具，准备收工。问起这棵老树，有位汉子爽快地说就在他家坟地里。来得好不如遇得巧，一下就问到地儿。指路不如带路，好客的主人径直把我们带到地方。

树还是那棵树，依旧旁枝侧条，柔态似柳。因年初一场暴雪，枝条多有折损，柔美的形态不免打折；欣慰的是，那把鲜艳的绿伞撑得更高，更大。森森浓荫，覆地一片，站在其下，禁不住打了一个寒战。有道是十年树木，十年间，这树不只自个见长，也添了许多家口。四周新生多株嫩树，老树怀中又添一棵国槐。国槐挣扎向上，或是想分庭抗礼，与老树一决高下。然而老树明了这一切，它撑着华盖，宠溺地说，你就在膝下乘凉吧。媚态之外，又多了几分憨态，甚觉可爱。

给我们带路的汉子姓周，名候福，年近六十，人如这棵老树般一脸憨厚。问起树名，也说叫得胡木。问哪几个字，也说不知道。再问树的年龄，回说生下他时这棵树就长在这里。问树的来历，说离村子不远处的后沟坟地里，原先也有一棵得胡木，两人都搂不住，人说几百岁，福寿树，可惜主家砍伐做了家具。他父亲拦羊时挖了棵小苗，栽到自家坟地里，上心看护，没想到成了气候。父亲要在世，年龄已过百岁，那么这棵树少说也有八十岁了。又说，此树身高七米，腰围约身高的七分之一，木质比柏木、榆木还硬，是做家具的好木料。我们听了，齐"哦"了一声。八十岁，小树面前可以称老，古树膝下尚属青年，叫它老树是不是会惹它嫌弃？

曹霞拍了照片，用手机软件识别，原来，这棵树叫粗齿枫，与枫树同属是没的说了，只不过是少见的一脉。令人生疑的是，种子落地，本能借助外力繁衍，为何这么多年此树唯无槐独有？

此次寻访，树看似变化不大，情却像年轮一样，添了几圈。结识了周候福，不期然敬畏起这位守护者。他没有砍伐这棵树，是他的耐心让它有时间繁衍出许多小树。他年，如果这些小树能走出无槐，得胡木的子孙还不遍及天涯？！

寻访一棵树，不在乎它是否是古树名木，它生气盎然，有着孤芳自赏的秉性、大美不言的气度，我们见识了它散发出的生命光芒。

这就够了。

2023年6月26日写，7月7日改

梨仙聚

这真是人间奇观！

在晋西南隰县，玉露香梨的栽种面积已达二十三万亩。年轻的玉露香梨树们簇拥着百余株老态龙钟的金梨树，这珠围翠绕般的风光让老金梨树仿佛忘记了自己的年岁，与新秀们一起晒花事、比浪漫。若问老梨树年高几何，老辈人传下来的说法是，少者逾百，长者三百挂零。虽是美人迟暮，依旧年年开花，岁岁结果。这真可说是一肩风雨，满园故事。目睹老梨神采，谁能不为她旺盛的生命力惊叹。你不免遐想：这莫非是一场梨仙聚会？人有了心思，林果便也仿佛有了灵性，于是，择其形肖神似者录出，为老梨树代言。

吉祥三宝 三棵树呈三角形站立，不远也不近。一棵丰腴，一棵消瘦，一棵矮小。它们老干嫩梢，枝叶交错，拉拉扯扯。赠它们一块"三世同堂"金匾，赐它们一个"三贤聚首"，想来不会有人吝啬。它们于天清气朗时窃窃私语，于惠风和畅时谈笑风生。不知山外事，不晓天下烦。正如人常说的"闹处挣钱，静处安身"，清静了才能听见自己的内心，无欲时才能身健寿高。

想起《吉祥三宝》这首歌——它们不就是吉祥的一家，三生有幸的结合？

百年好合 两株树，躯干歪歪扭扭，皱纹嵌满颜面，看上去很是沧桑。如果仅仅拜读两张饱经世事的脸，它们不只是老，且有些朽，甚至好像就要逝去此生的故事。可是，它们两手相挽，不离不弃，痴迷于开花，醉心于结果，这给了仰慕者一个信念：它们的路还很长，它们的故事还很多，它们甜蜜的事业会持续下去。

躯体可以衰老，但爱，永远年轻！

古梨齐年 你俩粗壮相当，高低不差，紧紧相偎，迎风而立。是什么原因使你们远离族群？是主人一时高兴，率性而为，还是昔日同伴早你们仙逝？作为生命的延续，你俩承担起神圣使命，一天天，一年年，在这里坚守。你们从岁月深处走来，还将朝漫漫长路走去……

你们或许是同胞的弟兄，或许是同年的朋友。好兄弟，干一杯，友谊感天动地。

忘年之交 你俩离群索居，个头小一些的在前，个头高一些的在后，犹如老人和孩子相偕而行。个头高一些的那株树，还伸出满是青筋的枝丫前探，如同战战兢兢的手。是怕孩子走失，还是想传递一点关怀之情？那个像孩子的树扭转身躯，回头张望。是应答，还是依恋？在老少树面前，代沟、隔膜这些词语显得是那样苍白无力。忘年缘相交，天涯芳草多。

儿孙满堂 容易引起人联想的事物，一定有某种难以说道的玄秘。譬如这株槎槎丫丫的老梨树，即使双脚未至其近前，脑海也会浮现出枝繁叶茂、果实累累的庞然大物的形象。这真是一位儿孙满堂的英雄母亲，老蚌生珠，老当益壮。看这劲道，它不知乏力，不觉厌倦，仍自得其乐。

既然它感觉良好，人们哟，当给它良好感觉才是。

老来俏 它似乎无视年老致仕的规则，不管不顾地经营着一亩三分地。春天了，它打扮得花枝招展；秋节至，它捧出精心孕育的儿女。垂柳笑它俏，白杨说它痴，古槐怪它没老没小……

它用自己的形象告诉四邻：走自己的路，让别人眼红去吧。

小老汉　土窑柴扉、鸡鸣狗吠之院，长着一棵梨树。歪脖子，弯着腰，枝梢仅能探出院墙。但它并没忘记自己的本分——含蕾吐蕊。既然开花，想必也能结果。上下端详，估摸它的芳龄不是豆蔻，便是二八，大不到哪里去。

过来一位耄耋老人，说："别看它长得小，辈分大得去了啊！听我爷爷说，他爷爷出世时，这棵树就站在这里。年年开花结果，就是不长个儿。人们送了个外号，叫'小老汉'。"多形象的比喻，多亲昵的爱称。

由此想到，浓缩的是精华。别把小老汉不当回事，说不准它是老梨园中最有资格的代言人。

梨仙聚　家峪湖西，有群老梨树，约莫三四十株，人称它们为梨仙聚——名字动听，也耐咀嚼。它们绿叶铺天，浓荫覆地，同声相应，同气相求。忽有风来，"哇呀呀呀"吼；但有雨至，"飒飒拉拉"响。这阵势，莫非在演奏一支风雨交响乐？人常说百年一聚，而你们却是一聚百年；人常说有聚有散，而你们从未想过要分手。禁不住问梨仙："你们是合族而居？"

梨不语。

我心下说："择善而交。"

写于2013年8月

咏花三昧

在中国传统文化中，花是美的化身。观花，陶冶性情；赏花，获得美的享受；咏花，便上升到创作层面了。从前人留下来的成千上万首咏花诗可以看出，他们已把花卉作为独立的观赏对象来品评、吟咏，把人的思想情感融入其中。这样一来，"人面桃花相映红"，而我们的生活也因花而美丽，因诗而精彩。

我生活在黄土高原，每遇春来，遍地花开迷人眼——有看头，有画头，有写头，更有咏头。故，愿和读者一同到姹紫嫣红的自然画廊中，去赏读古人吟咏较多且在本地极有盛名的相关桃花、杏花、梨花的诗句。

多情的桃花

桃花，别称妖客，好似娇娆弄色的大家闺秀。

每当春天的脚步匆匆走来，桃花便应时露出灿烂的笑容，用苏东坡的话来说，是"争开不待叶，密缀欲无条"。多形象呀！不等绿叶露头，花朵便争先恐后地开放；因为花繁缀满树枝，简直看不见一根枝条。

清人马曰璐写道："山光焰焰映明霞，燕子低飞掠酒家。红影倒溪流不去，始知春水恋桃花。"花如红霞，辉映天地；燕子低飞，掠过桃花掩映的酒家；明净的溪水倒映着桃花的芳姿，镜中看花红，水流影不去——

原来，春水也在留恋桃花。这诗读来含蓄隽永、耐人寻味。唐代诗人刘禹锡以借花寓情、托物言志而著称。他的名作《竹枝词》有这样精彩的描写："山桃红花满上头，蜀江春水拍山流。花红易衰似郎意，水流无限似侬愁。"诗的前两句描绘的是优美的风景。然而，姑娘并没有被眼前的景色陶醉，而是因景触情，想到失恋的痛苦，因而就有了后两句的比喻：桃花是易谢的，如同薄情的郎君一样轻佻，而无尽的流水，正好比自己绵绵的痛苦。展读至此，谁能不为它比喻得鲜明确切而心动。

两首诗有个共同点：桃花和流水总是形影相伴。但现实生活中并不见得是这样。艺术表达似乎形成一种模式，仿佛桃花、流水是一对恋人，桃花因流水的滋润更显妩媚，流水因桃花的映照方才动人。在古诗中，这样的诗句比比皆是。如："桃花尽日随流水""春来遍是桃花水""水上桃花红欲燃""夹岸桃花蘸水开""桃花临水弄妍姿"等等，均是叫人过目成诵的名句。

桃花的美远远不止这些。否则，它凭什么能得到一顶倾国美人的桂冠？"夭桃变态求新悦。便是花中倾国容""为问桃花脸，一笑为谁容"。在众果花中，它最妖娆多情，故才有了小桃红、桃花运之说。最脍炙人口的一首咏桃花诗，莫过于唐朝诗人崔护的《题都城南庄》："去年今日此门中，人面桃花相映红。人面不知何处去，桃花依旧笑春风。"据说，崔护于清明日独游都城长安城南，因口渴而轻叩农家柴门。门"吱呀"一声，闪出一位女子，面如桃花，明眸含情。翌年清明，念念不忘旧情的崔护重游城南，桃花依旧灿烂，唯一令人遗憾的是女子家门挂锁。崔护遂题本诗于门上，以表心迹。过了几日，不见"人面桃花"心不甘的诗人，再次造访柴门，听到的却是一片哭声。一老夫问："你就是崔护郎？我女儿看了你的桃花诗，十分伤感，数日不食而死。"崔护为女子的真情感动，放声恸哭，说："我来了，我在你面前。"冥冥中的女子听见写诗的人来了，竟奇迹般的复活，两人得以团圆。一首诗写出一段生死恋，留下千古名句"人面桃花"。是花引出了诗，是诗燃起了情，是情圆了梦。真乃是："爱惜芳心莫轻吐，且叫桃李闹春风。"

隰县多桃。春来红桃绣野，万枝丹彩，一片片的红桃宛若明霞。红男绿女，劳作其间，更添一分生意。而那穿梭在桃林里的姑娘，不就是一个个人面桃花？是她们用汗水和心血养育出千娇百媚的桃花，是她们收获着芳香诱人的蜜桃。她们创造了美，她们比桃花更美几分。

炽热的杏花

杏花，人称娇客，正如青春勃发、热情奔放的小家碧玉。

诗人笔下，桃花是多情的美人，总是依依不舍于流水；杏花是感情炽热的仙子，常痴情于春雨。一句"杏花春雨江南"，六个字的白描笔法，看似随意，却是妙笔天成。这如诗似画的江南春色，你不心醉神往能行？而"杏花消息雨声中""霏微红雨杏花天""沾衣欲湿杏花雨""隔帘微雨杏花香"，写尽了春雨和杏花的缠绵之情。杏花天的艳丽，杏花雨的迷蒙，杏花香的清幽，分明给我们一个特定环境的特殊感受。

细雨沙沙，微风吹拂，千万树杏花绽苞开放，碧澄的江水倒映着花影，是杏花染红了江水，还是江水滋润了杏花？——这就是唐代诗人王涯《游春曲》"万树江边杏，新开一夜风。满园深浅色，照在绿波中"所展现的杏花春雨江南中的一景。花也罢，水也罢，人也罢，都交融在一起，在这个春天里共鸣。

北方虽然少雨，但清和明快的农历三月，同样也是"春色撩人不忍违"的好时节。原隰上下，农家院落，无处不"艳杏烧林"，充满激情。唐代诗人郑谷的"女郎折得殷勤看，道是春风及第花"、姚合的"江头数顷杏花开，车马争先尽此来"，宋代文学家欧阳修的"林外鸣鸠春雨歇，屋头初日杏花繁"、宋祁的"绿杨烟外晓寒轻，红杏枝头春意闹"，绘声绘色地写出杏花的醉人之态。而宋代诗人杨万里的"道白非真白，言红不若红""白白红红一树春，晴光炫眼看难真"，曲尽杏花含苞纯红，绽开变淡，落时成白的"娇容三变"之妙。难怪农村姑娘不乏以杏花为名者，原来，农家对杏花的情感比诗人更赤裸坦白。

古人吟咏杏花名作不胜枚举。宋代大诗人陆游的《马上作》给人以鲜明的立体感："平桥小陌雨初收，淡日穿云翠霭浮。杨柳不遮春色断，一枝红杏出墙头。"因春雨初收，才有了淡日穿云；因杨柳不遮，才有了红杏出墙。诗人以层层推进、交相呼应的手法，让墙头的红杏最后亮相。生活中的体察，造就了艺术上的升华。稍后诗人叶绍翁的《游园不值》，可谓更高一筹："应怜屐齿印苍苔，小扣柴扉久不开。春色满园关不住，一枝红杏出墙来。"顺着诗人的笔触，我们仿佛进入这样的境界：诗人闻听园中红杏绽开，兴致勃勃地穿上木屐，在缀满苍苔的小径上留下两行轻轻浅浅的脚印。可是不知为什么园门紧闭，久敲不开，真是让人大失所望。当诗人怀着懊丧的心情就要离去时，忽然发现一枝伸出墙头的红杏，鲜艳耀眼，好像在向他招手，诗人转忧为喜，千古绝唱"春色满园关不住，一枝红杏出墙来"就这样诞生了。细细品味，大约有诗人游园不值的嗔意，也有自我安慰的成分：你能关得了园门，却关不住园中的春色；你不欢迎我，自有红杏伸出手臂向我示意。当然也许还含有，有生命力的事物总是难以扼杀的含义。叶绍翁的"一枝红杏出墙来"似从陆游的"一枝红杏出墙头"化裁而来，但更含蓄蕴藉。此后，效仿之作不断，每有佳句上口。如："一枝红杏出墙头，墙外行人正独愁""杳杳艳歌春日午，出墙何处隔朱门""独照影时临水畔，最含情处出墙头""独有杏花如唤客，倚墙斜日数枝红""一段好春藏不住，粉墙斜露杏花梢"。显然这些都是从陆诗和叶诗那儿"偷"来的，且皆不足以和叶诗相昆仲。宋代文学家王安石的《北陂杏花》，却另辟蹊径，翻出新意。诗中写道："一陂春水绕花身，花影妖娆各占春。纵被春风吹作雪，绝胜南陌碾成尘。"意思是说，花儿即使被风吹落清池，也绝胜委身泥淖，遭受践踏。全诗显示出诗人坚贞不屈的顽强意志和冰清玉洁的高尚情操，故成为借物咏志的名作而传世。古人爱杏花成癖，也便留心栽植。医界有一名联："药按韩康无二价，杏栽董奉有千株。"这后一句说的是，三国时名医董奉，为人治病不收报酬，而要治愈的病人给他栽几株杏树，以致杏树成林、杏花盈野，后世称美医界为杏林。

杏花，以它的美丽，给人间带来欢乐，真是一位春心自得的宠儿。

雅洁的梨花

梨花，雅称淡客，俨然良家淑女。

它缺桃花的艳丽，少杏花的热情，却有着独具一格的粉淡香清、雍容高贵。金代诗人庞铸说它："孤洁本无匹，谁令先众芳。花能红处白，月共冷时香。缟袂清无染，冰姿淡不妆。夜来清露底，万颗玉毫光。"通过艺术加工，把它的品性、特征、风采写得惟妙惟肖。想象是诗人的天赋，没有想象，笔下形象便失却光泽，写花尤其这样。唐代大诗人白居易有云："最似嬬闺少年妇，白妆素袖碧纱裙。"元代诗人元好问有云："梨花如静女，寂寞出春暮。"艺术的夸张似乎脱离了生活的实际，但要照搬生活的真实，就会失去艺术的真谛。

诗人笔下，梨花和明月、白雪结为姐妹，相映成趣。"忽如一夜春风来，千树万树梨花开"，是以梨花写雪；"雪作肌肤玉作容"，喻梨花冷艳之美；"梨花白雪香""梨花雪压枝"，极写梨花的洁白无瑕；而"云满衣裳月满身，轻盈归步过流尘""梨花院落溶溶月，柳絮池塘淡淡风""冷艳未饶梅共色，靓妆长与月为邻"，极写梨花的淡泊素雅。想象一旦插上翅膀，觅得合适的载体，灵感就会迸发出熠熠光泽，吟咏的客体便成了诗人的宠物而被传颂。

宋代大诗人苏轼是咏花高手，在《和孔密州五绝之一东栏梨花》中咏道："梨花淡白柳深青，柳絮飞时花满城。惆怅东栏一株雪，人生看得几清明。"借花抒怀，立意高远。其中"一株雪"，从杜牧"砌下梨花一堆雪"意境而来。而陆游的"粉淡香清自一家，未容桃李占年华。常思南郑清明路，醉袖迎风雪一权"，又从前二人的妙句化裁而来。一权、一株，不仅是量的妙喻，也是质的渲染。一堆，喻其多，好比影视镜头的远景。生活中每有这样的体验：站在原野，极目远眺，这里一片白，那里一堆雪，臃肿挤匝，甚是壮观。故"一堆"应似浓妆之形。一株，喻其少，当属近景。须知赏花有诀窍，盆花宜近观，树花宜远望。一朵梨花微不足道，一株梨花足见精神，故一株似素裹得体。一权，介于一堆、一株之间，身姿肥瘦可人，饰妆浓淡相宜，这应是中景给人的感受。梨花娇，诗人更巧。生活是诗的源泉，激情是诗的灵魂，没有细微的观察，哪来梨花的冷艳？没有生活的热恋，哪来梨花的娇贵？梨花有幸，假诗人之手争来如此光景，自己不知，世人皆晓，这就是艺术的魅力所在。

写于1998年10月3日，2024年3月6日改

旅园小记

　　年轻那阵，家庭人口多，手头不宽裕，买地建房成了遥不可及的梦，只得借住或租住他处，居无定处，搬家频繁。因了这样的境遇，我把每一处住过的简陋的房院看作旅居之地，还戏称之为旅园。以园喻院，不过是聊以慰藉罢了。

　　给旅园作记，可说是夙愿。一个钟情生活的人，理应热爱他的生存环境，不管它雅俗与否，总能给你留下一些印记。

　　最难忘的是我居住时间最长、园址最大的一处。

　　此旅园地处县城高阜，地僻且静，宽不过五丈，长不过其倍，除过"房厨路厕"外空间已所剩无几。我和妻相地取势，匠心安排，几畦薄田便给旅园带来农家的生气。日出日落，春去春来，园的故事在这弹丸之地诞生和演绎，园的色彩在这富于生命力的地方生发和渲染。

　　春雷动，园事兴。记得父亲曾说："春来也大兴农事，时至矣小试身手。"可不，大地解冻，万物复苏，广袤的田野正浓抹重彩等着大作文章，我的旅园虽仄，却也可以供我轻描淡写小试身手。

　　使出浑身解数，在希望的旅园耕耘，随着汗水和心血的注入，一个美好的憧憬便在这里孕育。首批入土的种子当是油菜、菠菜、水萝卜之类。它们喜水贪肥，只要勤浇饱施，就一个劲地疯长。水是不缺的，引自山泉的自来水长流不息；肥也不必多虑，自产自销的粪便足够它们解馋。小苗日渐长高，园中翠绿一片。畦间地塄是我劳作和观景的所在，一日数次出入，吞吐气息，目迷青春，不禁忘情其间。5月末，青菜吃腻了，间作的瓜菜已然开花结果，不久，棒槌似的黄瓜吃不胜吃，羊角般的豆荚摘不胜摘，笑红了脸的番茄令你垂涎。秋分时节，又播下小葱、香菜等越冬作物，以备来年吃鲜。当然，四围的地畔也不忘栽植茎蓝和白萝卜之类，可说是寸土必争，地尽其用。地是刮金板，人勤地不懒。因我们的精心作务，这一小坨土地奉献的蔬菜，竟可以解决家人一半的食用。旺季时吃不完，还可周济邻居，很为平日捉襟见肘的我家装脸。有趣的是，菜畦和厨房只五步之遥，下得班来，顺手摘一把菜，随即升火搭锅，霎时，一股香味便弥漫旅园。有时，吃饭中间添个把小菜，尽可以跳进地里，揪一把小葱，摘几个辣椒，或其他什么的，略微调拌便可佐餐。因为是自种自销，不费市贸之劳，无须担心污染，更不为缺斤短两斤斤计较，居市井之内，享农家之乐，也算是难得的福分。

这样看来，旅园或可称作菜园，但其实又不尽然。因为，庭院还养着十数种盆花，加上各种各样的菜花，从春到秋，此消彼长，花事一直很旺。每年，孩子们都要在花团锦簇的园地中照相留影，在他们眼里，旅园即是花园。

俗话说，家有梧桐树，引得凤凰来。本人不才，不曾引来凤凰；倒是一棵苗壮的果树，引来了小鸟的栖息、知了的聒噪、蜂蝶的飞舞。有了满园的花木菜蔬，吸引了众多的昆虫，它们来来去去、忙忙碌碌，在小小园地里觅食、繁衍或嬉戏。有时也少不了上演"螳螂捕蝉，黄雀在后"的故事，食物链形成了生物圈。

白天，有燕雀、黄鹂和不知名的小鸟光顾；傍晚，有雨燕、蝙蝠往返穿梭。夜间，透着光亮的玻璃，看到飞蛾和蚊虫的影子——它们的聚会，自然会引来贪婪的螳螂和神出鬼没的壁虎。每当万籁俱静，偷越"国境"的蛐蛐，会在你床下轻轻弹奏起美妙的小夜曲。这时，你又会觉得旅园简直成了庭院自然保护区。尽管众多小生命不会个个对你有益，讨你喜欢，但这种情境既有田园般的野趣，又有回归自然的真切体味，更有物我同乐的悠然自得。

如此说来，旅园于我大有益处。它的益处不仅仅是生活上的实惠，更重要的是身心上的满足。当我精心装扮庭院时，很大成分是出于利己目的。叫我始料不及的是，无心插柳柳成荫——小小旅园竟然孕育了一个活泼泼的生物圈。当面对千疮百孔、呻吟不止的"地球母亲"时，我暗自庆幸，自己的行为对疗治"母亲"的病患也许有一丝补益。

写于1995年6月

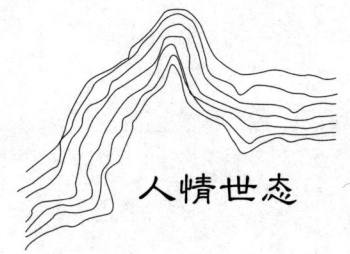

人情世态

忆父亲

父亲出身中医世家，像祖父、曾祖父一样，将年华付于辨证施治、救死扶伤中。他的医术，儿女们未能延续。在这里，我怀着"诚可叹也"的心情，记下父亲一生的行状，权作对他精神之承继。

修为于心

我成长在气氛平和、色彩单调的家庭。平日，父亲并无多少说教，也极少对儿女们有亲昵之举。和我们家走动的，除了病家，便是医界同道。丝丝的肃穆之气，淡淡的清和之味，即是我们家特有的气味。这样的气味，酝酿不出浓浓的烈酒、甜甜的米酒，而是莫名其妙的敬畏和踪行学步的自持。

从我记事起，父亲就蓄着胡须——不是浓密的络腮胡，也不是矜爽的八字胡，而是一握飘逸的山羊胡，再配上他的高鼻梁、深眼睛，显得眉清目秀、风神疏朗。

父亲清癯的脸总是静如止水，偶尔开心，也只是笑容微绽，很少张口大笑。从站姿、行姿和坐姿上最能看出一个人的修为。记忆里，父亲站着时像一棵挺直的树，既不提腿出胯，也不手舞足蹈。有稀客来，父亲或下炕，或出门，抱拳作揖相迎。有时遇到疑难病症，他便下地一边来回走动一边思考；有时闷了，去院外散步；偶尔来了兴致，也出城去看风光。但觉累了，他从不席地而坐，要不踅回家里，要不就近到熟悉的铺面和主人叙聊。他行走时，总保持一条直线。东倒西歪、东瞅西看这类词语似乎和他毫不相关。

刻印在脑海里的一幅图画，是关于父亲的坐姿，用一句老话形容，那就是正襟危坐。我们家乡多山，多山就多窑洞，窑洞里盘炕，坐炕是必修功夫，父亲功夫尤其到家。他的坐姿是双腿盘曲，一条腿在上，一条腿在下，腰挺直，有些佛家结跏趺坐盘腿入定的样子。带抽屉的小炕桌及炕桌上简单的物什，如脉枕、笔墨、处方笺、老花镜、常用医籍，是他的良友。在家是这样，在医院也是这样。

那时，父亲所在的医院靠近城墙。城墙原本是土筑的，医院就势在城墙上打了几孔土窑洞用于办公。院方知道父亲的习惯，便在窑洞里盘了土炕，炕上摆了诊断用具，让父亲由嘈杂的门诊部搬到窑洞里。父亲的门诊号限量，一天大约二十来个，都安排在上午。下午说是休息，实际上不会安生。如果下午父亲在医院，有的患者便背过护士悄悄溜了进来，父亲笑一笑，招招手，就势把起脉来。如果父亲在家中，患者就更随便了，人们知道，王先生（人们习惯称父亲为先生而不称医生）医术精，人缘好，除非卧病不起，否则是不会拒患者于门外的。

我上小学时，父亲已年近七十，依然不避寒暑，拄杖出诊。县城内的病人，父亲是有请必到，城外的病人则视病情轻重和路途远近能去则去，不能去的或施药方，或转请别的医生前去。有时病家夜半叩门，父亲即应声而起，在灯笼或手电微光的导引下出门而去。儿时，我脑海中的医者，就是或拄杖或骑驴的一介布衣，与常人没有什么两样。父亲有次去岢岚金村出诊，下山时因毛驴受惊，父亲从驴背上摔了下来，摔坏了胳膊摔坏了腿。父亲因此在家养了一个冬天，可即使这样，父亲也没有埋怨病家一句，最多只是为不能出诊而叹息。

说到生活，父亲是寻常衣着家常饭。菜蔬以山药蛋、萝卜、白菜为主，主食爱吃捞饭钱钱汤、米旗子（和子饭）和搁锅（汤面），乡土饭食素淡养人。当然，父亲并不是素食主义者，他也爱吃腐乳肘子肉——将红烧肉切成片状，配上佐料及腐乳，再滴点酒，上笼蒸，既绵又香，也容易嚼，又有营养。父亲很早就牙齿不全，到七十岁后牙齿尽脱，但他拒绝镶牙。这一如他穿斜襟衣裳，戴核桃帽，扎裤脚——人进入新社会，穿戴却半旧不新，跟不上时尚。

父亲嗜烟，却从不吸纸烟，认为纸烟不合口味，况且嘴叼香烟的样子他也看不惯。他从市面上买回金黄肥厚的烟叶，不能说九蒸九晒也差不离，之后将椿树籽炒好捣碎，与黄酒、香油一起搅匀拌入烟叶中，"王氏旱烟"便做好了。炕桌上，烟盒是必摆之物。父亲的烟袋杆有两尺多长，玛瑙嘴、铜质锅。没事时，父亲可以连抽一二十锅烟。青烟缭绕，半遮了面目，当是他过瘾或思考的时候。

闭目养神，是他最好的休息方式。盘腿，靠着被摞，眼睛微闭，嘴角松弛，不时捋一把山羊胡须，脸上的皱纹像被熨铁熨过，沟沟壑壑都被熨展，安详的如坐禅修行——尽管他从没有出世的浮念。每逢这时，全家人屏声静气，连走动都要踮着脚尖，唯恐惊扰了他的静虑。

父亲在家在外是两个样。家中严父相：我们的言谈举止都得中规中矩，稍有逾越，即会招来训斥。出门慈医心：与同事和颜悦色，对病人呵护有加。春风般的温暖总是对外人而不是自家人。年少时，弄不懂父亲为什么这样。年长后，才明白这就叫严己宽人——为人本色。当年乡人赠匾"三世良医"，即是对一个家族行善和守礼的精神回报。

读书是父亲的人生必需。听说他年轻时看书很杂，浩如烟海的医籍不说，经史子集也是他的嗜好，故他博学多才，擅长书法诗赋。晚年杜绝闲书，独钻医籍。《黄帝内经·素问》《伤寒论》《金匮要略》《本草纲要》《傅青主女科》等是他经常翻阅的书本。那本发了黄的、毛了边的《黄帝内经·素问》至今仍被我保存着。如果说看病是父亲的终生职业，那么读书则是他为了更好地救死扶伤而积蓄功力。父亲一生不曾懈怠，晚年又加了一件十分劳人的事情，那就是著述。看病，读书，著述，是他人生的三件乐事。看病乃本分，读书求补益，著述为启人。三者相融，增益互补，这是一位善医者应有的修养。

父亲生活简单，他的小炕桌伴他度过一生。生活的天地虽小，施治的天地却无边际。

修善于人

"医乃仁术，见死不救，仁安在哉？"这是父亲一生的信条。

因为我长期生活在父亲身边，不时为父亲抄写医案，所以一些典型案例深深印在心头，至今依然觉得很有借鉴意义。

案例一：

余昔在籍，城内李姓之子，年十五岁。秋初病热，身微酸楚，能食能跑，不以为然。十数日后，卧床不起。延医治疗二十余天反而增剧，昏愦不省人事。众医束手，诿之不治。后乃延余，至则同前医会诊。彼等皆言阳证见阴脉，不可为力。余诊之，脉象若有若无，舌干苔黄，舌面有白泡。按腹坚硬，呼吸似难，热势炎炎，是挟食无疑。与众商议下法，佥谓牛黄服了二钱多，清下之药，早已服过，况脉象见败，恐不胜再下。余曰："今此病结胸证悉具，又兼挟食，急下尚恐不救，缓则祸不旋踵。虽脉象见伏，因邪火内郁，阳证似阴，伤寒温病间有是脉，可舍之勿论。"众默然，似有难色。惟时患儿之父恐吾作难，直曰："吾子犹兄之子也。固知病已凶多吉少，然尚有一息，不得不尽人事。请兄速赐一方，拯儿命于万一，殁齿不忘大德。"其辞意恳切，动人心坎。遂援笔将方疏讫，欲与众商，讵知彼等一见大陷胸汤加甘草，竟不言一齐辞去。余忖彼等既不相商，必定散布流言，恐李闻之生疑，则偾事矣！即将甘草与甘遂相反相使之义为之解释，安危在此一举。座中患儿之舅父，即欲市药，余止之请三思而行。伊等同声曰："漫不说相反，就是砒鸩也在所不疑，请兄勿虑。"须臾市归，付余检验。验毕，嘱服药后至夜半大便行与不行告我。时有未申之交，余出街散步，遇友人某者仓惶告曰："李之子，前数医皆推诿不治。闻兄以大陷胸汤加甘草予之，现在满城风雨，言今晚必死。兄何不恤名耶！"余曰："吾固知不免旁人讪诮，但义不容辞。况医乃仁术，见死不救，仁安在哉？吾宁怫逆同道诸公，决不忍见死不救。满城风雨，云何伤乎？"晚间，正欲就寝，子父忽来，言大便已行一次，所下甚多，烦兄再往一诊。余即偕行，至寝所，视便下之物，黄水与脓相参半盆，内有干粪十数枚。脉息似有起色，按腹较软，仍是呼唤不醒。恐阳亢伤阴，即以西瓜参白糖，用杓灌下。初时不咽，后慢慢下咽。越灌嘴张得越大，咽得越快，一连灌了十余匙。嘱二煎药不敢再服，今夜要轮流看照，不可有误；米汤、西瓜，徐徐服之，不可有缺。可能大便还下两三次，来日再视。及天明，子父登门笑容可掬言："果然不出所料。自兄走后，又便二次，所便之物，秽气比初次更甚，肚腹绵软，塌陷成凹，熟睡良久。黎明呼之，能张目要吃，请兄再诊。"诊之，脉静身凉，遍身微润。须臾睁目良久曰："王老伯何时来？"一家人皆笑。说毕竟要吃羊肉包子。余曰："病新瘥，休说羊肉包子，就是米汤也不敢稠吃。俟一月外渐渐再加面食，方保无虞。不然有犯《素问》'食肉则复，多食则遗'之戒。"是役也，若非李之笃信，患儿舅父之赞助，余虽守正不阿，救人之心切，能如之何？陈修园曰："病人之吉凶，寄之于医。然权不操诸医，而操诸用医之人也。"诚哉斯言。[1]

父亲受私塾教育，惯用文言；但为顾及读者，不得不文白夹杂。尽管如此，此仍不失为一则文从字顺、意随笔到的文辞。每读此则医案，旧景浮现眼前：半城包山半城临水的临县小城，平静中潜藏着焦躁，一边是病家的惊恐，一边是同道的讥诮，一边是友人的担忧，一边是父亲力排众议后的欲静难静的等待。形形色色的人、林林总总的神态，都在为这场惊心动魄的抢救揪心，可谓山雨欲来风满楼。一生谨慎的父亲，该出手时就出手，使这位看似"不可为力"的病童化险为夷，同时也回报了病家的信任，平息了沸腾的众议；当然，也兑现了父亲那颗"决不忍见死不救"的拳拳之心。

有医者问父亲，大陷胸汤加甘草，药性相反，离经叛道，虽说侥幸治愈，先生何故冒天下之大不韪？父亲解释道："前人说过，用古方治今病，如拆旧屋而盖新房。人只知甘遂、甘草相反，不知二物还能相使。要知甘遂佐甘草，是激之以猛。我师法仲景，于大陷胸汤中反佐甘草，是制之以缓，一猛一缓，虽所治之病不同，道理是一样的。所以，孙膑减灶胜庞涓，武侯添灶退仲达，运用之妙，存乎一心。医法如兵法，无所拘泥，才能变通应对。"

父亲临床每不得已用此法，总能奏效。当然，我在此也不忘告诫初学者，二药性味相反，没有十分把握，不可轻试。

---

1 本文所举案例均选自山西人民出版社 1978 年出版的王修善所著《王修善临证笔记》，选入时，略有改动。

案例二：

余堂兄，体质素弱，商于外，病伤寒。发汗太过，遂漏汗不止。气息奄奄，肩舆回家。诊之，六脉微细欲绝，一身手足冰凉，是汗多亡阳，治宜回阳。服四味回阳饮，药下咽三、四小时竟逝矣！天将晓，佥叩门，知事不谐，启门果然，佥邀我商殓事。至其家，已横铺木案，死在床边。询之，气绝二、三小时矣！因热肠所迫，以手加鼻，气息全无。摸头微温，按脉，尺中一会如有似无。余曰："无哭。在证虽无活理，在脉犹有生机。"急针人中，鲜血淋漓，忽然大咳一声，唾出稠痰一块，睁目良久曰："如何将我睡在木案？"早饭后，两眼赤肿、面赤、厉声大骂，不避亲疏，饮冷食凉，忽又自己下地欲走。家人骇怕，问于余。余曰："无恐。此因昨晚病势危急，用药太猛，药性暴发，阳明受之，此经多气多血，热盛发狂。"以安胃饮合黄连解毒汤服之，一小时许即睡。天明，其病如失。

一针决生死，犹如一箭定军山。如果不是艺高胆大，怎能起死回生于须臾。

有医家这样评说："王老治疑难杂症、危急重症，多能应手取效……从这则病案中可以看到王老为医洞察秋毫的高超技艺，也验证了'胆愈大而心愈细'古言之不谬。"

父亲常说，"知常易，知变难；知末易，知本难"，为医者必须懂得"尊经、博采、通变"的道理。尊经始有源，博采众长方可自成裁化，通变才能求实。

父亲善治疑难杂症，妇科尤其突出各科。《王修善临证笔记》妇科门开首一例，讲了下面这样一件事。

案例三：

　　一室女十七岁，身体素弱，从未行经，而文化尚可。瞒父母偷看言情小说，渐渐积思成劳，肢体疲倦，饮食不思，肌肉消瘦，往来寒热，皮肤甲错。脐下偏右起有积块，推之不移，按之疼痛。医以血枯经闭治，专用一派通经行瘀之药。余曰："非其治也。"脉寸关弦硬，尺中稍紧，病得之有所欲而不遂。即《素问》谓"二阳之病发心脾，有不得隐曲，女子不月。"盖隐情曲意难以舒其衷者，致心气不开，脾气不化，不开不化，则水谷日少，血乏来源矣。至于脐下之积块，大抵因气郁血滞，或外因风寒、内伤生冷，凝结而成有形之病。证状虽多，总以解郁健脾为先。治宜加味逍遥散，连服数剂，精神稍振，饮食稍增。继以温经汤、桃仁桂枝汤加减，循环服之，寒热渐退。戒以再不要看黄色小说，因它意卑词鄙，内容荒唐，青年人爱逐情节，少动脑筋，容易中魔，毒害身心。又嘱家中人日日引她散步，做一些力所能及的营生。锻炼体魄，帮助消化。从此，边劳动边服药，两三月后，腹内之块渐渐软小，皮肤渐渐滑润，面有光泽。后间服归脾汤、双和饮，诸恙悉除，月事以时下。

　　有道是身病好治，心病难医，只有探得病因，方可因症施治。此案款款道来，温文尔雅，病家暖心，读者惬意。读医案也是受教诲，论病情还可启心智。慢性病，耐心治，视变以变，循序渐进，方能奏效。

　　医者以善待他人为出发点，以坚守职责使命为初心。当年，祖父所以给儿子取名修善，取字至宝，除了衣钵善举，便是器重成才。人如其名，父亲做到了。

修学于医

修学于医，学而有得，须有学而不厌、研而不倦的治学精神。在茫茫医海中，父亲是探索者，也是远航者。譬如脉学，他就有自己的领悟。

中医的诊断手法被高度凝练为四诊八纲十二个字。四诊即望闻问切，八纲即阴阳表里寒热虚实。在这个世界上，这可说是独一无二的诊疗体系。在人们的固有观念里，看一个中医是不是行家里手，先看你会不会把脉，也即四诊里的切脉，又称号脉——这就如同西医的听诊器——一个借助耳朵，一个借助手指。把脉的神奇在于三指的感觉，技巧却是三部九候二十八脉象的判定。

尝观父亲号脉，手指轻放病人桡骨，力度或轻或重，时间或长或短，或三指同时起落，或两指并触，或一指独触，仿佛弹钢琴一般。凭着指尖敏锐的感受力和大脑精准的判断力，父亲瞬间就能区分出不同患者的不同脉象。

父亲把脉时眼帘低垂，有时甚至眼睛微闭，静静感知指下的脉象。脉的浮沉迟数对应人的表里虚实，在医师看来，这如同琴声的抑扬顿挫。琴师陶醉于琴声，医师细品于脉息，一静一动，其实用心是一样的。医师只有抽丝剥茧，找出不和谐的声音，才能对症下药，让不谐和的声音谐和起来。如此看来，医师如同琴师，以弹奏出悦人的和弦为使命。

手下有知，心中有数，再观再问，再闻再寻，屏气凝神之间，病情便清晰地浮现于脑际，处方便自然流注于笔端。父亲那端庄秀气的字迹，正是他清亮心境的外化。

看病过程，是考验医者学力深浅的过程，号脉不过是四诊八纲的一个手段，医者将病者的脉象与主诉和自己的观察相结合，才会给出结论。医界素有"上医听声，中医察色，下医诊脉"的说法，所以靠脉象确定症状不是医生的唯一手段，只有四诊结合，八纲兼顾，才能作出准确的判断。

但不可否认，号脉确确乎不可忽视，它一直是中医师所以为中医师的一种象征和看家本领。

父亲手头有本书，叫《三指禅》，是专论脉学的。我很好奇，问，为什么号脉叫三指禅？父亲说，三指者，寸、关、尺之谓；禅者，静、思、悟之道。当时，懂不得许多道理；今天想来，用佛家的禅悟解释，禅是修持方式，悟是修持结果，唯静才能禅，唯禅才能悟。《三指禅》作者说"医理无穷，脉学难晓，会心人一旦豁然，全凭禅悟"，或许讲的就是这个道理。医者从脉象得到真相，从静虑得到觉悟。佛教的解脱在于"无我"，医者的解脱在于手到病除。当医者把提高患者对生命的体验感贯穿于诊断的全过程时，这位医者才是称职的医者、上乘的医者。我想，父亲正是这样一位医者。

父亲常说，一位医者，要有人气、柔气和胆气。人气，即用医术和医德获得患者的信任；柔气，即对病人柔和耐心，以唤起病人战胜疾病的信心；胆气，即在四诊娴熟应用基础上的当机立断的自信。所谓"三指禅"，虽然是指通过静、思、悟发微于寸、关、尺，但也可以延伸为对患者的尊重、了解和施治，还可以化转为天、地、人的相克相生的自然观。人气、柔气、胆气，不也可以看作是精神境界的三指禅？父亲正是怀着"须知薄技顺人天"（父亲的诗句）的抱负，以精益求精的医术，挽救了不计其数患者的生命。

由三指禅想到父亲的一生，由父亲的一生想到三指禅，"三指"已经超脱了医者的医术，而成为一位医者的担当。"禅"也超脱狭隘的修禅之意，而成为一种职业的需要。阐述禅定的含义，不外是令心神专注于某一对象，而达于不散乱的状态。父亲的"禅"并不是作超脱红尘的玄想，而是在闹中求得片刻的静谧而已。他的静是为了更好的动（诊断），红尘滚滚，医海茫茫，若不能静求其道，又何能为病人施以援手。只有正心明道，才能行路致远。

修书于世

父亲一生积累了大量医案，散记于处方笺、小纸条、笔记本。如何将毕生经验公之于世、传之后人，是他长久以来的心结。随着年齿渐高，此情越发急迫。

父亲对写书虽有热情，但也有顾虑。顾虑什么？怕身体不给他做主，怕半途而废；怕写不好丢面子，他毕竟是名声在外的老医生；怕有人叫好没人拍板，古来写书难出书更难。又想到，不是每一次的付出都会有收获，但是，每一次收获都必须付出。在领导的关心和同仁的支持下，父亲下定决心：要成事，必诚心。苦过累过有我，就不信苦尽甜来没我。

1958年，挥汗如雨的三伏天，父亲终于在未知的田地里"开了犁"——写书如耕耘，毛笔即是犁。开了第一笔，积聚多年的验方和医话如同江河决堤而泻，一发而不可收。土炕头上一坐就是半晌，而且是盘着腿。堆满资料的小炕桌上，只留得方寸之地用来誊写。我常看见他累得捶腰捏腿，捉毛笔的手打战，实在支撑不住时，才靠在被摞上闭目养神。等略微松快了，他又坐在小桌边开始工作。写作得意时，虽看不见他眉开眼笑，但至少是神清气爽；失意时也不烦躁，只是以手支颐、以肘顶桌，埋头苦想。那时电灯不明，是昏黄的，映照的人脸是蜡黄的，双手青筋，双目深陷。夜半，我常听到他在睡梦中的呻唤声。经两年奋笔，1960年夏书终于脱稿，取名"王氏验方汇集"，由县政协寄山西省政协转山西省中医研究所。省中医研究所专家审阅后回信道："该书经验丰富，处方近三百，疾病二十余种，对妇科尤为突出。许多种沉重疾病都能用几服药见功，非经验有得者曷能这样妙手回春。观其方用药，都得中肯，足供临床参考。建议进一步将病种分类，字句加以修饰，就更好了。"

父亲得此鼓励，满怀信心，又用两年时间润色，充实内容，条分缕析，竭尽严谨之心。书名先改"梦医录"，继改"至宝验方汇集"。这时恰有山西省政协一位同志专程来院就诊，得阅此书。其病愈返回省城时，便亲手将书稿转交张隽轩副主席。张副主席与父亲有旧，展读后认为极有价值，又亲手将之交与省中医研究所领导。父亲信心满满地等待佳音。一年过去了，两年过去了，不承想等来"文化大革命"，作者和编者都被打入"反动学术权威"之列，人人自危，出书的事自然化为泡影。

那时节，父亲脸色灰暗、目光呆滞，要么静坐不语，要么吸闷烟，要么躺在炕上想心事，饭量减少，身体也大不如前。人尚无出头之日，书岂能出版？父亲陷入深深的绝望之中。但父亲毕竟胸有志向，情知大限将至，仍强打精神，再度修订医案，把生命的最后一束光献给了医学事业。难道他不知道"文化大革命"的冲击吗？知道。但我知道那时他内心想的是"虽云小道体天道"（父亲的诗句）。生命就是天，于世有益的东西，就是道。只要是合乎天道的东西，总归会有用武之地。所以他老人家拼尽最后一口气，精选医案，剖析病理，润饰文字，最终审定为四卷本，正式定名"临证笔记"，嘱我以毛笔抄出。序言提道："久欲将得心应手者录之公诸于众……聊尽利人寿世之夙愿。"得心应手，是父亲著书立说的根柢；利人寿世，是父亲的毕生追求。医如其人，书亦如其人。

话再说回去，当书稿装订成册，我双手将其呈给父亲时，父亲紧绷的脸终于舒展开来，露出一丝会心的笑。他要亲手题写书名，颤颤巍巍举不起笔，好不容易举起笔，半天落不下纸。不知是毛笔沉重，还是书名沉重——想必都抵不过心情沉重。此刻，问心无愧的是，一生心血化作墨迹；留有遗憾的是，未竟之事（能否付梓面世，能否亲眼看到）终于未竟。不过，有求索的人，骨子里终究不会安分。久久，父亲再不犹豫，执笔写下"临证笔记"四字，手颤尚有骨力，墨枯神气不散。这应是父亲心灵的呼喊、最后的嘱托。

此后，父亲身体一日不如一日，茶不思，饭不想，拒绝服药，静等人生长夜的到来。有天，他让我拿来书稿，翻来翻去，眼里刚透出亮光，很快便被浑浊的泪水遮住，长长叹息一声。我知道这声叹息的分量有多重，有多痛。作为人子的我无能为力，只能宽慰他："放心吧，爸爸，书，您手里出不了，我手里出！"

虽然我心里有些底气，但有时仍难免会瞎想，有道是沧海遗珠，万一父亲的书就是那颗被遗忘的珍珠呢？

父亲终于带着遗憾走了，而我背负着对父亲的承诺心事重重。正在茫然无着之际，山西人民出版社突然打电话给我，说山西省卫生厅、山西省中医研究所和山西人民出版社联手，拟出一套山西省名老中医经验丛书，第一集十册，父亲的《王修善临证笔记》也被选入其中。

"初闻涕泪满衣裳"。人非久旱逢甘霖、磨难闻佳音，难以体会老杜诗句真实的夸张。之后，我按照出版社的要求，细心校正文字，并作了技术性修订，书稿很快得以定稿出版。此时，离父亲去世已经八年，离书稿脱稿将近二十年。

越二十年，又有人民军医出版社和山西科技出版社重新编辑出版父亲的书——连同内部印刷的，已有好几个版本了。人民军医出版社将之收入"现代名老中医珍本丛刊"，并增补《异授眼科》及有关评述和诗文，是各种版本中最为丰富完备的一种。可以告慰父亲的是，我的底气来自国家政治清明的底气，来自父亲毕生心血结晶的底气；所以才有了发光机缘，少了遗珠之憾。父亲在天有灵，定会感恩时代的厚赐。

写于2019年4月10日，2023年9月20日修改

淘诗记

　　我们家里，父亲少言，我寡语，所以父子间不怎么交流。必须交流时，也不过是父亲要我做什么，我唯唯应承；我有问题请教，父亲谆谆教诲，少则三言两语，多则十来八句，说完便了。父亲把行医的谨严态度用于家庭，做子女的不由得照着父亲的行为习惯行事。这样一来，生活中少了点活泼，情绪上总有些压抑的感觉。

　　比方说，放学回家，见父亲不在，就不必绷紧神经，该说说，该笑笑，好不自在。如果父亲在家，就得多长个心眼，不要惹他烦心。如不小心惹恼父亲，他便高着嗓门拖长了声调"嗯"的一声，那时你就得赶紧安静下来。如不这样，父亲的"嗯"就会变了腔，从提醒变成警示。若再不听话，他往往会加重语气喊："爹爹把你……"后边的话总是不往下说。这一省略胜过挑明了直说，严重后果任你去猜——不猜还好，一猜就不寒而栗。

　　不过父亲不轻易动手。在他来说，不雅的举止如同不雅的话。只记得有次写仿，我捉笔不直，字写得歪歪扭扭，父亲再三调教，愚顽的我就是改正不了。我急，他也急，我捉笔的手就挨了一旱烟锅，毕生唯一的一次，至今清晰如昨。这倒不是我爱计较，而是我自觉辜负了父亲恨铁不成钢的教子之意，以致一生与墨池无缘，更不要说像父亲那样写一笔秀逸洒

118

脱的字。现在，每每想起来心里充满惆怅。这一旱烟锅与我差强人意的人生有何因果，不好说。但正字如正人、严中有爱的育人理念，却让我受用一生。

上中学后，我开始懂得人情事理，也能写写画画。父亲大约觉得儿子有了长进，也便对我有了好脸。虽说交流依旧不是很多，但交流的范围不知不觉宽泛了。交流的气氛一轻松，便有了质量。这里所说的质量，一是指交流时情感融洽，二是指交流的内容有味道。淘诗就是一例。

记得是一个冬日，阳光从窗棂射进屋内，洒下一地明亮，也带来丝丝暖意。父亲正"负暄闭目坐"（白居易语）。负暄，用现在的话说，就是晒太阳，取暖暖。母亲和弟妹们都在外边，我呢，正翻《唐诗三百首》，静悄悄的家里只听见翻书的声音。父亲以为我在翻医书（他多么希望儿子能继承衣钵，但不争气的儿子并不喜欢医道），忙睁开眼问道："看的什么书？"

父亲没有直接问是否为医书——万一不是呢？留了点余地。

我说；"《唐诗三百首》。"

父亲"哦"了一声，听声音是余地留对了。刹那的诧异散去后，他便一脸平和地说："嗯，好书，好书。"

父亲从后炕挪到前炕，坐到炕沿，我拿了小板凳和他面对面坐了。一老一小，一高一低，就这样在明媚的阳光里聊开了诗。

父亲接过书，翻到第一页念道："兰叶春葳蕤，桂华秋皎洁……"是张九龄的《感遇》。他边念边讲，说这是诗人冲和雅正、品格高尚的表达。又翻到李白的《静夜思》、杜甫的《望岳》、孟浩然的《春晓》、王之涣的《登观鹊楼》等等，说读古诗，要懂得诗人的心境，懂得诗的意境，效仿他们的品格，学习他们的作诗方法。比如韵律的抑扬顿挫，结构的奇思妙想，境界的高远深邃等等。说了不少，我记在纸上，却不大能省悟。让我开眼界的是，父亲不只深谙医道，一样懂得诗理。我就动了一个念头，父亲既是通晓诗理，又能著书立说，一定有吟诗作赋的功夫，我何不乘机像淘宝似的淘一盆诗呢？！

也许是因为有了这次聊诗的经历，再加此后我长期给父亲抄书，有天父亲兴致很高，不知怎么又谈起了诗——机会来了，可不能放过。我问父亲："光聊别人的诗，就不能说说您的诗？"

父亲摆摆手说："凡夫俗子，只能用大家的诗疗饥解馋，哪敢显摆自己的粗词俗句。"

我说："大家有大家的品位，小家有小家的意趣，各是各的路数。今天把《唐诗三百首》放一边，摆摆您的诗吧。"

我就手取了一张纸，举起笔，蘸上墨，摆出随时要记录的架势，想让父亲"就范"。

不知是父亲聊诗的余兴未去，还是父亲想给喜欢文字的儿子露个底，或许此刻父亲的心语是："你哪里知道为父曾经有过'便引诗情到碧霄'的豁达呢。"父亲随即口授了一首——功夫不负有心人，父亲的诗就这样被我从他记忆的仓库里淘了出来。

单刀赴会（得刀字，五言八韵）

逆料非良会，雄心竟不逃。

扬帆行匹舰，决胜赖单刀。

为国何辞苦，忠君岂惮劳。

筵前持大节，腹内挟兵韬。

藐视江东士，轻看陆口豪。

无殊完璧赵，恰似击盟曹。

浩气冲牛斗，英风冠俊髦。

满腔存汉室，一念在三桃。

诗说的是关羽单刀赴宴的故事，读过《三国演义》的人都对此不陌生。起笔即写关羽明知这是鸿门宴，却把生死置之度外，依然扛一把大刀，带三五随从应诺赴会，有"明知山有虎，偏向虎山行"的凛然。结笔破题，所以有如此胆略，源自"满腔存汉室"和"一念在三桃"的忠诚和义气。关羽的故事很多，父亲只选了这一情节入诗，对此父亲并没有过多解释；但我觉得，诗首尾呼应，一气贯通，言简意丰，读来畅快，字里行间满是对这位忠臣义士的敬畏。

此诗父亲写于盛年，几十年后他还能一字不落地诵读下来，非苦心经营不会字字刻印心头。

欲再淘诗，父亲笑而不语。我心急地说："父亲既能写诗，就不会只此一首。不如您全说了，我全记在纸上，存作留念。"

父亲缓缓拿起旱烟袋，我给点着。他在青烟缭绕中闭目深思，陷入回忆。半晌，又念了一首。

元旦日在药房饮宴（七律）

斗柄回寅岁又新，屠苏酒暖宴同人。

三杯大道谁能蕴？一斗百篇我效颦。

但愧才非医国手，且凭薄技润家身。

虽云小道体天道，造物之心一样真。

诗中的"三杯大道"，出自李白《月下独酌》："三杯通大道，一斗合自然。"是说三杯酒喝下去，可通晓人生的大道理；如若喝一斗酒，人便达到浑然忘我的境地，融会到大自然中。"一斗百篇"，典出杜甫《饮中八仙歌》"李白一斗诗百篇，长安市上酒家眠"。此诗应是父亲早年作品。那时他年少气盛，又有才名，想必受诗庭之训，有过向往诗仙咏诗言志的追索。但祖父既不赞成他出去做官，也不满意他借诗酒浇愁的浮飘，而让他回归现实生活，从"医之始，本岐黄"开始学习，继而接过了三世医家的衣钵，终生过着"虽云小道体天道"的悬壶生活。

尽管只淘得父亲两首诗，但那诗似乎都闪现出思想之光，难得的金贵。反复玩味，觉得清词丽句，雅正脱俗，饱含思想，有诗人气度。这激发了我进一步淘诗的兴致。此后好多年，遇父亲有余暇，并且心情好时，我便来"淘"一把，检点下来，共录有十多首诗。如同在为父亲抄写书稿的同时我学了写字、文言、医道般，我在淘诗的同时也探访了一位医人（医生）的不为人知的隐秘世界。

后来我家多次搬家，我生怕遗失这些诗抄，便一抄再抄，以致原始底稿竟找不到了，个别字句免不了有误。这正如时光不能倒流，我再也无法复原当年的情景。不过，在此录下这些诗作，大略感受一位医者的诗意人生，亦是一件有意趣的事。

偶成七律二则之一

为爱岐黄妙术玄，一心向往力求前。
东听西诊无宁日，北去南来何计年。
但愧才非医国手，须知薄技顺人天。
虽然衰老身多病，此志拳拳不变迁。

父亲这首诗写于晚年。颈联"但愧才非医国手，须知薄技顺人天"，看似重复了前诗颈联的意思，但从"润家身"转变为"顺人天"，可说是认识上的提升。全诗道出父亲自谦之心和他对医道乃顺应人世和天意的见识。既然没有医和（秦国名医，为晋平公治病，不仅诊出被女色迷惑而丧失心志的病因，也由此谈论到国情政事，治了身病，也治了心病，留下"上医医国"的赞誉）的本事和能耐，那么就凭自己小小的医术为大众解除疾病吧。在这里，诗就是医，医也是诗，诗医不分。父亲就是用悬壶生涯来实践他的志向的。

病困有感而作（七律）

八十光阴又四周，人生至此更何求？

已超梁灏魁多士，却少伏生年几秋。

总角交游皆物化，同胞兄弟尽荒丘。

百年三万六千日，迟死无如即早休。

这首诗作于1968年，是年父亲八十四岁。这首诗的意思是，以年齿论，我已越过宋代八十二岁的梁灏，却少汉代九十岁的伏生几岁，比上不足，比下有余，应该满足了。回首往事，童年时与我玩耍的和成年后与我交游的朋友皆成了故人。同胞弟兄四人，二兄一弟也皆早逝。

因时值"文革"，父亲受到冲击，况兼老病，不免悲观，随手在处方上写了这首诗。做儿女的担心父亲禁不住这个打击，就此消沉衰萎；但又想，梁灏八十二岁高中状元，伏生九十岁还传授《尚书》，父亲虽说于诗中只拿二人年齿自比，但难道他真不曾想过梁灏和伏生无终身之憾，而自己却有未竟之事吗？他那部凝聚毕生心血的"临证笔记"还没有着落呢！他肯定想过，且是朝朝暮暮、岁岁年年祈盼，只是无力回天罢了，所以才有此厌世之作，读来令人不胜唏嘘。

读西门豹治邺有感（七律）

河伯娶妻言岂然，愚民无识甚堪怜。

胡行巫觋欺三界，何故闺娇丧九泉？

痛失红颜遭薄命，哀哉玉骨煮深渊。

青天白日西门豹，力挽颓风救倒悬。

这首诗也是父亲早年的作品。《西门豹治邺》是历史名篇，它的著名，不仅是由于文章写得好，更是由于歌颂了一位匡扶正义、抵制邪恶的正面人物西门豹。正如欧阳修所说的"正直者，不可屈曲"，西门豹就是一面镜子。人常说，一个人可以没有某种能力，但不能没有正直的骨气，不能没有浩然正气。父亲一生不近歪风邪气，一介儒医，或许称不上浩然，但却如古籍说的那样，做了一个"正气存内，邪不可干"的实践者。

国庆（七绝）

国庆欣逢十月天，万民欢唱政声贤。

五风十雨真昌世，稻谷千重大有年。

此诗作于1963年。那时，三年困难时期刚刚过去，国民经济恢复向好，人心欢快。国庆节，县文化馆举办菊花展览，我陪同父亲前去观看。只见菊花姹紫嫣红、娇艳夺目，人在花海中，喜气荡心头。花给人以愉悦，国给人以福祉，人逢喜事精神爽，回到家，父亲即提笔落墨独自吟诵此诗。

父亲关心国事医事，也偶有咏伤感怀和兴来寻趣诗作。

悼亡女（七律）

梦里娇魂坐语前，省来不禁泪如泉。

当年弄瓦空欢喜，今日埋珠实可怜。

孰意一朝成骨肉，足知千古痛牵连。

天公何事辣施手？拆散人间父女缘。

这是悼念亡女的诗作。父亲的女儿，也即我的大姐，十七八岁即为人妇，二十岁出头香消玉殒。为医的父亲救不了掌上明珠，骨肉拆散，父亲痛不欲生，大病了一场。

诗语浅而情深，字字戳在心头。尤其是首联和颔联，先写梦里见女，足见爱女之绵绵。醒来禁不住泪如泉涌，足见伤心至极。继写生女时喜悦，葬女时伤悲，喜而后悲，空余撕心裂肺。关于大姐的死，父亲从不提起，怕勾起旧痛；只是给我口占这首诗时，才不得已粗略说了。我与大姐虽从未谋面，读罢此诗，手足之情，一样痛心。

父亲的诗，大抵以清真为主，偶有出律，亦不以辞害意。

父亲也不总是板着一副面孔，其实他也有闲情逸致生诗心的另一面。他曾写有《咏嗜睡》《偶成》《七夕桥》等诗。

咏嗜睡（七绝）

宇宙红尘弗我牵，枕边日夜结良缘。

虽然不托周公梦，却喜优游自在眠。

偶成（七绝）

绵绵秋雨困人天，咫尺江山不可前。

睡起情思无甚趣，闲看儿女斗鸣蝉。

前诗说睡，睡梦之中了无牵挂，难得的自在。后诗说醒，困雨取乐，难得的消遣。父亲一生，为人诊病不分寒暑日夜，即使卧病在床，但有一丝精力，从不拒病家于门外。看病间隙，或伏案著述，或手不释卷地读书，劳人草草，从不懈怠。悠然自得于父亲而言不能说没有，但闲吟平仄敲小诗的事实属少见。性情中人必有性情中事。生活小景，读来生趣。

七夕桥（七律）

耿耿银河如练悬，云桥七夕喜横填。
翎毛接处羽车动，翠翅翻来云辇连。
灿灿星光千载侍，煌煌月亮一边还。
年年只有今宵乐，会短离长应未眠。

记得小时候，每逢七夕，月儿高照，母亲总是在当院摆上小桌，小桌上置放瓜桃梨果以献天上星宿七姐。姐姐妹妹们随院邻女儿至葡萄架下穿针纫线，乞巧祈福，甚有童趣。父亲另有"葡萄架下语悄悄"语，即是指此景此情。我暗自思忖，父亲所以有七夕诗，除了描写眼前景况，大约也有触景生情，忆念当年爱女在葡萄架下学乞巧的天真身影之意吧。可惜天人相隔，新月如旧月，昔人却非今人了。

父亲少年学诗，或自咏，或唱和，写的诗一定不在少数。但他晚年沉醉于医道和著述，无暇顾及，故诗作存留不过二十首，想起来甚觉惋惜。我虽没能淘个盆满钵溢，却也可说沧海一珠。至今读他的诗，仍能感受到一位医者的情感境界，仍能给我以精神滋养。

遥忆旧事，心中仰望：悬壶一生事，见诗如见父。

谨以拙文陋句献给医人亦诗人的父亲。

写于2023年9月26日

念念菜

春天里，妈妈领着我和姐姐出了村。我七岁，姐姐十二岁。

母子仨，一人提着一只竹篮篮，妈妈的大，姐姐和我的小，篮子里都搁着把小铲铲。

妈妈在前，姐姐在后，我被夹在中间，一起朝村东的麦地走去。我们到这里，是为挖一种叫念念菜的野菜。

这个季节，如在山里，还没有见绿，可平川就不一样了——冬天薄寒，夏天酷热。每到农历三月头上，日头便耐不住性子，开始热身。它一热身，麦子仿佛听到上天传来的细语温言，不失时机地显摆出它的嫩绿。这种绿连缀起来，成为 碧万顷的新鲜。

念念菜，叫着顺口，听着顺耳，唯独没有想过何为"念念"。长大后才知道，念念菜也叫荠菜，还叫护麦菜。其茎部叶片丛生，状似莲花座，叶片呈羽状分裂。晋南多麦地，麦地里不缺肥水，所以它喜欢和麦子共生，也许为的是"蹭吃蹭喝"。它叫护麦菜，但麦子没有得到它的庇护，反倒是它靠着麦子养活了自己。而这个顺口顺情的名字，或许只是因了人类的武断。

把念念菜挖回家，淘洗干净，开水焯过，搁点盐当菜就，断粮了也可当饭吃。那时，粮食接续不上，菜也买不起，只得跟着妈妈见天儿往麦地里跑，直到念念菜蹿了苔，开了花，再不能食用。为了糊口，瘦弱的母亲，迈着小脚，没少在近田远地颠簸。

夏熟时，母亲又领着我和姐姐出了村。姐姐在先，母亲在后，我在前呼后催中懒洋洋地走着。

这一次没带铲铲，只提着篮篮，还拎着口袋。我问母亲，又挖念念菜吗？母亲说，傻小子，五黄六月哪来的念念菜！那做甚去？拾麦子。麦地一片连着一片，黄压压的没个尽头，看得人黑眼珠成了黄眼珠。那时人仔细，麦收得净，走三五步都不一定能捡到一穗；即便捡到，也是人家不值得弯腰的瘪穗。母子仨头顶着日头，背弯成弓，汗从每个毛孔眼里往出冒。我哭闹着嫌天气热，受不了。妈妈说，咱在麦茬里捡食，捡一穗算一穗，捡十穗顶一口。你怕累，就不怕饿瘪肚子？妈妈的话，是不是命令的命令，我只好跟上再拾。口渴没水喝，肚子叫没干粮，汗把衣裳湿透，日头又把衣裳晒干。每人衣裳上洇出一块一块的汗渍印，像绣上的白花。就这样，人家收完田了，我们像篦梳一样再将田梳个遍，竟有一两斗的收获，这可是全家人个把月的吃食啊。姐姐拍着小手说，拾来的麦子就是咱家的念念菜。妈妈说，说的是哩！你念它，它念你，念来念去就有了挨靠。

秋风起，母子仨又提篮荷铲出动了。人家收秋，我们拾荒，饥不择食，见什么拾什么，连白菜帮子、萝卜叶子都不放过。拾到篮篮里都是菜——救命菜。今天一篮，明天一袋，一个秋天，拾来了一个冬季的吃用，尽管这些东西入不了别人的眼，上不了别人家的饭桌。爸爸回来看见，苦笑一声。是笑母子们的眼贱，还是笑自己的落魄？这不是我和姐姐那幼稚的头脑能理会得了的。

妈妈从不叫苦喊累、怨天怨地。不是她不知累，不觉苦，是明白千说不如一做，千怨不如一德。所以，她总是不笑亦不恼地操持着这个穿风露月的家。有了吃的，就有了用捡来的棉花纺线线的心劲。妈妈不会纺，就学。学会了，还带着姐姐纺，一纺就是小半夜，一个冬天的收获变成堆在炕角如小山似的线穗子。冬纺线线春织布。嘤嘤嗡嗡的纺线声还在耳边盘旋时，咣当咣当的织布声已在茅屋响起。妈妈依然是先跟上人家学，学会了，便借来机子自己织。一个春天，除了带我们挖念念菜，就是独自坐在织布机上，手来回穿梭，脚上下踩踏，还得前后拉筘，在"唯闻机杼声"中把全家人换季用的布织出来，把全家人的温暖和幸福织出来。可让人难过的是，这一冬一春的忙乎，妈妈瘦得都快脱了形。

妈妈纺织时，姐姐操持起家务，洗刷做饭，忙里忙外，一副小主妇的样子。我呢，也不闲着。一手提筐，一手拿铲，到村外大路上拾骡马粪。要那做甚？卖钱。这也是妈妈的主意。我倒是没有多想，因为离开妈妈的视线，有了自由，可以边干活边玩耍。

回家吃饭，残次萝卜、红薯、蔓菁蒸了一笼。我噘起嘴说，又是一锅念念菜。妈妈怔了怔说，念念菜怎么啦？知足些吧，天天能吃上就不赖，是咱离不开念念菜，念念菜可不懂得念想咱。简单的道理，总会被我简单的头脑忽略。原来，念念菜木无心，有情的是我白个。

那时，凡能叫我们填饱肚子的饭菜，我都看作是念念菜。

儿时的一幕，至今仍不时在眼前闪现，不容我遗忘。那时，父亲因战乱来到异乡，为了生计，他总是四处奔波，悬壶苟活。母亲带着我们姐弟常年拾荒，用拾荒来遗忘心里的话、身上的累。我们虽然懂不得给妈妈说句感激话，但养育之恩却烙印在心。现在想来，既悯其劳作之苦，更怜其内心之忧。

想起貌不惊人的念念菜，就想起以一双小脚为我们撑起一片天地的母亲；想起母亲，便想起我们与念念菜的不解之缘。

其实，我何尝不是一株念念菜？！以寸草之微，受益于三春之晖。至今念兹在兹，无日或忘。

2017年3月1日写，2020年7月12日改

起名儿

20世纪50年代初，我也就十岁出头，正读小学。

国家第一次实行普选，凡有资格的选民都要登记。一天，人家送来《选民证》让填写，恰巧父亲不在，母亲不识字，历史的使命便自然而然地落在我的肩上。父亲是名医，是公众人物，因此我觉得父亲的名字也是庄重的，不可随便涂画；所以，从没敢乱写过父亲的名字。这次不写也得写，心里竟生出一种说不清楚的虚荣感。

轮到填妈妈和姥姥的时，才想起我竟不知道她们的名和姓。平时叫惯了妈妈和姥姥，从没问过名字。我问妈妈叫什么名字，妈妈笑而不语；再问，才说没有名字。这就怪了，世上哪有没名字的人？没有名字怎么填表？我眨眨眼睛疑惑不解地问姥姥："这是真的？"姥姥看看妈妈，也忍不住笑了起来："你妈说没有就没有呗。"

连负责给妈妈起名字的姥姥也这样说，真叫人疑上加疑。她们是开玩笑，还是有什么难言的苦衷？但不管什么原因，《选名证》总归要填的呀——没有《选名证》就没有选举资格，这可是一件大事。我又问："没名总归有姓吧？"妈妈说"姓李"，姥姥说"姓秦"。

我长到这么大，才知道妈妈姓李，这也算是一个不小的收获。可光有姓还是不行呀，情急之下，我也顾不得犯上不犯上了，直直地说："真要是没名儿，我可要给你们起名了！"见她们不置可否的样子，我便当真地动开了脑筋。

不知天高地厚的我便花呀，兰呀地一口气说了几个名字，可妈妈和姥姥都说使不得，使不得。我转念一想，冒出一个字眼"氏"来。这是旧时标明姓氏的字眼，母亲姓李，就叫李氏，一来没有褒贬，不至于引起麻烦；二来"氏""四"发音相似，又巧合了妈妈的排行。话一出口，妈妈首先同意了，姥姥也点了点头。妈妈的名字就这么定了。

姥姥说："你也给我起个名字吧。"

姥姥年过七十，一字不识，脸上还有几颗麻点。要做到名如其人、人如其名，我还是力有不逮。

那时，有一幅招贴很有名气，名叫《我们热爱和平》。画中，两个天真活泼、笑容可掬的男女少先队员，怀抱白色和平鸽，背景是蓝天白云，它向世人昭示：为了孩子们，我们要反对侵略战争，争取世界和平。我家里也不例外地贴有一张。当我的目光触及这幅招贴时，脑子灵光一闪，高兴地叫着："有了。"

妈妈和姥姥忙问起得什么名字，我说："姥姥姓秦，名字就叫和花吧！和平的和，花朵的花，请姥姥做一朵和平的花朵吧。"

姥姥说："使不得，使不得，快入土的人啦还赶时兴。再说，姥姥的眉眼哪里配得上花呀草呀什么的。"

妈妈说："不就是个称呼嘛，就依孩子吧。"

于是，姥姥就有了"秦和花"这样一个雅不雅、俗不俗的名字。这个名字大约就用了这么一次，后来姥姥回了原籍，可以想象，这个名字自然而然地就被人遗忘了，再后来名字随人一起烟消云散。

但其实，姥姥和妈妈都是有名字的。可奇怪的是，不仅她们不想说给子女听，就连父亲也从不谈起。打我记事起，父母亲说话总是直来直去，从不呼名道姓。姥姥和妈妈之间，除了妈妈呼娘外，姥姥从不叫妈妈的名字。按说父亲是文化人，我们几弟兄不仅有名还有字，有的还有号。如果说妈妈的名字不中听，父亲可以给她重起一个动听的名字。但是，父亲没有那样做，妈妈一辈子"隐姓埋名"，且心甘情愿。她把自己的名字藏在心底，使它从后代子孙的记忆中隐去，我不知道这对于母亲而言是不是一件痛苦的事。

我想起，母亲陪伴父亲几十年，父亲总是正襟危坐，"主宰"着家庭，而母亲总有点寄人篱下的样子。试想，一位是饱读四书五经和《黄帝内经》的知识分子，一位是目不识丁的农家女，这样的结合，十有八九不会是幸事。

现在，我已做了长辈，为孙儿、外孙们起名字时颇费苦心。每逢这时，我会不由得想到为妈妈和姥姥起名字的事，把这当作一段趣事讲给家人听。但家人或许无法体味我那样复杂而伤感的心情，也许不会想到那是不得已而为之的事。也许他们根本想不到，女性的姓名权还事关一段沉重的历史。

在父母驾鹤西去后，我仍不知道妈妈的真实名字，原籍的老一辈人大多成了故人，我也就绝了打听母亲名字的念头。按理说，不知道，可以四处查问，总归能问出来。但是我没有那样做，因为我总觉得那样做似乎有违母亲的本意；况且，她已有一个曾经发挥过人生代号作用的名字。

可是随着年齿渐长、华发满头，我越来越觉得当年的想法有些自私狭隘。对待长辈的尊号，应当保持应有的敬畏，别让过去的缺憾延伸作将来的遗憾，我们这一代人应给子孙一个交待。

于是，在母亲百年忌辰时，墓碑上郑重地刻了三个大字：李金换。

直到那时，我才深深悟到，母亲和她的这个名字是那么贴切。母亲娴淑庄重，一生相夫教子，从无索求，唯有甘愿付出。在她面前，即使金子也会黯然失色。在我心里，母亲的这个名字会永远发光。

写于1997年9月

远去之际

母亲怕是要去了。与父亲辞世仅一岁之隔。

父亲上年弃世，身体素来羸弱的母亲，因心力交瘁，再也支撑不住，病倒了。

正月初八深夜，五弟突来敲门，我顿感事情不好。及至赶了过去，只见母亲以手摁腹，来回扭动，豆大的汗珠从额角往下流。好在家与医院一墙之隔，我和五弟六弟将母亲背至医院。检查结果是患了肠梗阻，导致肠梗阻的原因医生怀疑是肿瘤作怪。猛听此话，如惊雷炸响，弟兄仨顿时蒙了。考虑到母亲的身体状况以及手术风险，院方建议采取保守治疗，我们不甘心，又带着母亲到邻县一家设备较好的医院求诊，那里有从山西省中医学校下放的一批医生，其中有曾和我家为邻的朋友。检查结果，正是我们最怕听到的字眼：直肠癌！

医院的几位熟人，其中有两位曾为父亲入殓，一齐跑到放射科看望母亲。母亲已移身担架上，准备上救护车，见熟人进来，热泪先自忍不住滚落下来。她紧紧握住熟人们的手，纵然有满腹话，一时竟不知从何说起。我相信她这一握胜过千言万语——那心头的话，通过手心的一点微热，传递到故旧的心里。临别，将行者和送行者抱头痛哭，泣不成声。

既已无做手术的可能，我们只得带母亲回家养息。可母亲腹内的肿块越长越大，已是大便不通，茶饭不思，只凭着一点点稀食和糖水度日。连绵不绝的疼痛终日折磨着母亲，也折磨着家人。疼痛，疼痛，这世界上还有比疼痛更摧残人更折磨人的病症吗？

和父亲豁达大度地静等死神召唤相比，母亲总是愁肠百结地拒绝死亡。她留恋人生，因为她才刚要跨入花甲之年，本应有一段好日子过；她还有三个儿女尚未成人，他们的工作、婚姻、生活等一应事体还需要她再劳心一程。她对尘世有太多的眷恋。所以，直到最后一刻她都不肯说一声"我不行了"，而是不断说着用什么药，用什么法或许能治她的病。虽然当时我们都生活窘困，但我们仍倾尽所能地挽救母亲的生命，只是这种挽救并不能逆天改命。

有天，母亲听得家中有鸟鸣叫，唤我循声去找。声音原来是从墙角缝里传来的，既像老鼠叫，又像鸟叫。

母亲说："听这叫声恓惶，怕是遇到什么事了，去看看清楚。"

我踩了把椅子上去，手电一照，原来是只雨燕跌在窑洞的缝隙中。母亲说，这种燕子不像家燕会衔泥垒窝，它只是在房檐下或墙壁的洞里安家。我把燕子救了出来，拿给母亲看。母亲轻轻用手抚摸，仿佛这是她喂的雏鸟，一时间，仿佛忘记了病痛，好一会儿才说："人常说'燕燕，燕燕，过得有样样'，说不定这对咱们家来说是件吉利事。快把它放了，让它逃个活命，也许它会把我身上的病魔带走呢！"

我打开天窗，双手把燕子向上一举，燕子呼扇着翅膀飞出窗户，眨眼间没了踪影。母亲用浑浊的双眼看完放生的全过程，她欣慰地笑了——这是母亲留给我们最后的笑容。

全家人都寄希望于那只雨燕，愿它能带走灾难，送来福音。谁知，母亲的病不见好转反倒日渐沉重。像守护父亲一样，我守护起母亲。每晚我挨着母亲和衣而卧。说是睡觉，哪里能睡得着？！不时为她翻身、喂水、换尿片，还时不时摸摸她的腹部。那肚腹越胀大，我的心就越收紧。再后来，母亲大部分时间都昏睡不醒，无法交谈；偶尔醒来，眼睛无力地一转，便困乏地闭上，有时挣扎着张开，也只是漫无目的地凝视——看来神志就要散逸。我知道，她不想这么早就撒手人寰，想想母亲的养育之恩，我心里悲痛极了。

人常常是事中迷，事后知。现在想起来，父亲命途多舛，母亲自然也活得不轻松。打她十五岁过门后，就永远失去了无拘无束的生活。一个农家女子，要遵从三从四德，要忍受颠沛流离，要看族人的眉高眼低，要在父亲一次次大病时担当起这个家。可以说，母亲在和父亲相伴的四十余年岁月中，忧患多于安宁，辛劳多于享受——这是促使她早衰的根源。但这一切，母亲从没有给儿女诉说过。

也只有到了现在，我才会细捋母亲的一生。

母亲能担待。她一过门，就成了父亲前房三个儿子的母亲。论年龄，她与我大哥、二哥不相上下，可全家人吃饭，她总是最后一个端碗。听姐姐说，我们流落石楼县时，大哥来家，恰逢父亲不在，每顿饭，大哥坐炕，母亲在地，大哥吃一碗母亲端一碗，不嫌不弃，形容如常。大哥矫，母亲忍，连小姐姐都看不下去，但看似弱小的母亲却理智而又有雅量。

母亲能吃苦。日常琐屑事体，里里外外，全靠她应付。父亲除了看病，不多过问家事。20世纪40年代，因战乱全家过着漂泊无着的日子，一年几搬家，四季无宁日。为了贴补家用，母亲总是带着我和姐姐挖野菜、捡麦子、拾棉铃。棉铃拾回后晒、掰、弹，弹成了棉絮，颜色不白，发黄。母亲一个冬天没明没黑地纺棉，又一个春天没明没黑地织布，到了春天，全家人终于换上春装。母亲的这些本事，不是与生俱来的，都是给生活逼出来的。

母亲善持家。她不识字，不会记账，但一应开支心里有数，该花的咬咬牙也要花，不该花的一分钱也不肯花。父亲的吃穿用度总是优先，因为父亲是一家之主；儿女们是量人施用，量事开销。我上初中后，要跑校，一到冬天，光穿空心袄就有些吃不消。母亲便破天荒地为我买了一件二衣——比大衣短，比常衣长的那种棉衣。这不仅在家里是独一份，就是在班里也颇抢眼。三年困难时期，粮食紧缺，连享受高级知识分子特供的父亲都饿得两腿浮肿。那时，我在省城太原读书，母亲把从牙缝里俭省下的粮食兑换成粮票，每学期寄我十斤粮票，生怕我挨饿。那时，十斤粮票差不多够一个人小半个月的口粮。看到粮票，我心痛不已。原样寄回不敬，悉数用去不忍，只得留上点，再寄回点。假期，饿了半年的家人，靠母亲平日点点滴滴的节俭，和我一道享受一个月的饱饭。母亲总是尽了老的尽小的，我们饿，她更饿；我们穿得不好，她穿得更差。母亲冬穿斜襟子薄棉衣，脚穿单鞋，夏穿斜襟子洋布白衫或蓝布衫，一年四季扎着裹腿，从没见她穿过一件裯缎衣服。在母亲的操持下，人面前，我们虽谈不上有多体面，但也绝不寒碜。家中没有节余，也没有赊欠，平淡日子平常景。

母亲性内敛。少言语，寡交往，不惹事，是母亲给我的印象，关键是，她对我们也不过分亲昵。"宝贝圪瘩惹亲娃"一类的话，在母亲这里好像同俭省过日子一样被俭省了——她的爱在心里而不在嘴上。父亲不爱说教，但靠威严和身体力行来教化儿女。母亲化用父亲那一套，却是和风细雨、丝丝入耳，比如迎来送往要知礼；比如站要有站样，坐要有坐姿；比如用饭不可弄出声响，笑不可大声，吃饭不可大张口，走路要提起鞋，不要趿拉出响声来；比如吃山药蛋要连皮吃，饭碗一定要拨拉干净，不能留下碎屑，等等，虽说一时难免觉得拘束，但受用的却是一生。母亲极少发火，有时我们不听话，搞出事来，她也免不了动动火气。但她最多不过是以指甲掐一下，用鸡毛掸子拍一下，绝不会伤筋动骨。

一天，母亲心绪较好，要来镜子反复照看，只见浮肿的脸上爬满皱纹，头发花白且稀疏，便一把推开镜子，仰天长叹了一声。母亲和镜子的"诀别"，使我想起父亲同他钟情的著作的"诀别"，当是一个不祥的信号。

这之后没多久，母亲就走了。

母亲去世多年，我仍常常思念，总觉得母亲给予儿女的不止八九，而儿女回报母亲的不及二三。母亲健在时我不曾细想，总以为日子一天天过，却极少想人也一天天往老里走；总以为高堂在屋，举家安详，不承想高堂终有归去的一天；总以为来日方长，待自己翅膀硬了才好补恩报德，没想到"子欲养而亲不待"。母亲一生，没有玩过收音机，没有听过录音机，更没有见过电视和手机；没有坐过汽车，没有坐过火车，更没有坐过飞机。看看我们现在，吃的用的，穿的戴的，游的玩的，哪一样母亲都没享受过。我常常感叹，若是母亲健在，这些个"没"，都可以变成"有"。令我失悔终生的是，母亲此生连一句"妈妈，您辛苦了！""妈妈，谢谢您！"也没听上就走了。如今阴阳两隔，即使再厚祭诚祷，怕只是于事无补了。何不果有此话早说，果有此心早报呢？！

母亲，我只能用这篇文字报答您了。

写于2019年10月30日

忆“虹冠”

虹冠，不是人名，也不是地名，而是一栋住宅楼的雅号。

在海口最有气派的龙昆南路打问虹冠大厦，便会有人指着一栋灰白色的大楼说："那不是！"你的目光随手势望去，"虹冠大厦"的标牌便赫然入目。若问门牌号数，硬杠杠的坡博路一号。在这条路上，老大非虹冠莫属。这时你方醒悟，虹冠二字原来是有含金量的。

刚入住虹冠时，住户并不多。白天人烟稀少，入夜灯火稀落。一二楼铺面房大张着口，无言地等待着客商的租用。街上没有路灯，街面本来不宽，还被臭水沟占去半幅，窄上加窄。臭水沟是蚊蝇的安乐窝，行人路过便侧头掩鼻，步子不由得要加快，有人戏说这里是老舍先生笔下的《龙须沟》。

不过，开心的事也不少。仰望云天，太阳总是乐呵呵的，天总是蓝莹莹的，偶尔飘来几片云朵，仿佛弹暄了的棉花，悬浮在清丽的天空中。一早一晚，海风应时而来，冬天吹面不寒，夏天吹凉送爽。空气澄明，少见扬尘。水清冽，入口发甜，暖水瓶用几个月都没一丝水垢。虹冠大厦小区内有半亩方塘，塘内有假山，临塘有亭，亭外有草坪，环草坪有曲径。曲径两旁是叶如巨扇的椰子树，是气根如胡须飘逸、着地即是树干的榕树，是光溜溜、直挺挺、没有枝杈，只头顶绿阳伞的槟榔树。杧果、荔枝在稍远的地方静静待着，风骚的三角梅变幻着色彩，从地上攀缘而上，从墙上纷披而下，尽显岛花之美。每日在庭院小憩纳凉，活动健身，时不时抚摸这些身着"奇装异服"的绿色生命，想象着脱了盛装的北国群芳，恍然有同天不同风，同时不同貌的感觉。从大老远来的"候鸟"，有了过冬如过春的感觉，有了和其他"候鸟"们相识的机会，眼前不称心的事只能暂放一时静观待变——因为这座名曰海口的城市正酝酿着"蝶变"。

临近2000年时，我们夫妇入住虹冠，最早认识的，是来自太原的庆红霞和杜秋凤。庆红霞是北京人，眼大脸白，大大咧咧，为人直爽；爱人老韩，正好与妻子反了个个，人敦实，黑黢黢的，话也少。老韩原是山西省京剧院的琴师，据说曾经为京剧大家李胜素操过琴，但老韩对此绝口不提。他夫妻二人是从北京一艺校毕业后分配到太原的，直到快退休时才跟上女儿来了海口。杜秋凤比庆红霞小十来岁，爱人在海南工作，天南地北难相见，不得已扔下工作来这里陪爱人和女儿。她长相乖巧，为人实诚，和庆红霞一样有人缘，有回头率。我爱人那时才五十出头，岁月还客气地留给她一抹风韵，于是三个资深美人便凑到一起，或跳或唱或聊，就像一家人似的。小杜和我们住楼上楼下，每有好吃的，必送来分享；我们回乡时，多是由小杜和爱人开车送至机场。庆红霞虽说住另一单元，却也断不了送这送那，热情得叫你不好意思。

我爱人善做烙饼、油糕和莜面，在虹冠大厦，朋友们都品尝过她的厨艺。她还学海南话，从一二三四学起，至今还能读出一至十。老林和老陈两口子是海南万宁人，退休前在保亭黎族苗族自治县工作。老林面白，老陈面黑。他们人精瘦，性稳重，重交情，和来自山西的我们很能谈得来。我们有时在一起吃吃饭、喝喝茶、聊聊天，除了口音有别外，我们常能想到一起。

后来，各地入住虹冠的人越来越多，我们的朋友也与日俱增。记得有次安徽的老朱做东，宴请清一色的山西人。他的妻子小张烧得一手好菜，客人到了，菜摆上桌子，可谁也不动手。为什么？大家在等一个人——等我妻子"冯大姐"和她的葱花烙饼一齐入席。多么感人的一幕！还记得，我们这些"候鸟"在太原人李杰的组织下，游文昌铜鼓岭、宋庆龄故居，游琼海万泉河，游儋州苏东坡流放地，游热带动植物园，给风轻水软的天涯留下一路豪放的说笑声。

因为同住一个单元的同一层楼，我和妻子与太原的薛逢明、李汾玉夫妇走动得较多，吃的喝的不用说，用的做的也不分彼此。记不得是哪年大年初一，老薛一早叫上二单元的老乡，到其他三个单元的老乡家"走基层"——贺新年，送温暖，虽说是张口抬腿的小事，牵动的却是人心。我岳父病故，他联络虹冠的朋友们，发来唁电，远亲莫若近邻的情谊让千里之外的我和妻子十分感动。大家习惯称李汾玉为老大姐，不止是因为她年纪大，还因为她热心助人。我们回家乡后，她帮我们看门、打扫、晾房，还雇人刮墙修补，做完了还要电话"汇报"，可谓名副其实的好邻居。

安徽六安的老朱，嗜酒，脸上经常红扑扑的；爱茶，出门常提一壶酽酽的茶水。想不起和他怎么交往上的。有次我俩散步，边走边说，不觉从南端的坡博路穿过海口腹地，到了北端的海甸岛，往返少说也有四十来里。有年返乡，老朱送我们去机场，我们省心了，他却累得满头大汗。直到进入安检口，隔着玻璃窗，望着他瘦小的背影淹没在人海里，泪水已是在眼里打转了。没想到的是，那天正是首届博鳌亚洲论坛启幕，美兰机场至海口的大道禁止机动车通行。好喝茶忘记带水，好喝酒无酒解乏的老朱，顶着烈日，徒步三十来里回到家。得知此事后，我向老朱道歉，老朱坦然一笑，说那算什么。可令人猝不及防的是，就在今年春节前夕，他不声不响地病故在安徽老家。接到电话，我和妻子连饭都吃不下去——一位不是老友却胜似老友的好人，就这样匆匆走了。想起他，不止是我们，虹冠的朋友们无不怅然若失。

再说道说道李杰。那时李杰才五十来岁,人生得黑,也长得壮,虎虎生气,曾在太原某区文体局工作,是虹冠"候鸟群"里的核心人物。在茫茫人海里,你认不出别人情有可原,认不出李杰就成了咄咄怪事。好多消息他先得知,好多事情他拿主意,好多杂事他主动跑腿,时间一久,大家觉得少了他不成。少了他,就像一锅烩菜少了盐一样提不起味。李杰这人的好处是,痛快,点子多,又肯舍身子,你有事喊一声,他立马会出现在你面前。有这样的朋友,谁能不感到踏心?!要知道,他是三到我们老家探望我们的熟人。

可说道的人太多了。因为爱一座城市大家聚集在一起,因为爱一个地方大家成为朋友。至今想起海口,我就会想起虹冠,想起在虹冠结识的天南地北的朋友。

2012年,我和妻子入住虹冠已十二个年头,人亲地熟,有些"此心安处是吾乡"的意味,但妻子因为身体原因决定结束候鸟生活。那时候,虹冠大厦名字依旧,环境却日日见新。首先是那条臭水沟消失了,其次是长期无人问津的临街商铺都开张营业了。马路宽了,路灯亮了,荒草空地也成了高楼大厦,商肆众多,人流如潮,早已有一幢幢的高楼大厦超越了虹冠,但虹冠应是这座正在华丽转身的南国名城的一个历史见证,她依然焕发出熠熠光彩。

告别虹冠,如同告别天涯海角的首府海口。曾经沐浴过的椰风海韵,曾经亲历过的繁花四季,曾经仰望过的清丽云天,无尽情丝与你缠绵,却情知一别难再谋面。聊以慰藉的是,在这栋有温度的老楼里充溢的人间真情,在这座活力四射的新型都市里收获的累累硕果,叫我思念至今。

写于2019年4月3日

闲趣袁家村

吃趣

　　袁家村地处关中腹地，"到袁家村尝小吃"很为人们热捧。这不，我们"王氏家庭旅游团"，不远千里，由晋到秦，留住于这个"小村大市"。

　　因为三女儿之前来过，所以她一看见挂面铺便勾起馋瘾，毫不犹豫地领了全家人进去点了挂面。不知是谁说，千万不敢多点，一顿吃饱了，可不恓惶了余下的美食！这是实话。四个女儿，加上我们老两口，六个人共吃一碗面——坐着的，站着的，你一筷子，他一筷子，轮番上阵。挂面软绵细长，还特别筋道。那个汤，既酸又辣还麻——三味合一，就是香了。众人三拨两挑，一大碗面就没了踪影。或许有人问，不就是挂面吗？走遍天下还不是一样的！话是这么说，可做起来可就是两个样。人家的挂面只煮两分钟就能出锅，你的能行吗？人家的汤是骨头汤——从天亮熬到日升中天，直到熬出骨子里的精髓，当日熬当日用，绝不隔夜，你能做到吗？葱姜韭蒜都是上等品，辣椒醋酱都是地道货，你能这么精心吗？虽说是一碗挂面，吃的不只是手艺，还有诚心。我向来不喜吃挂面，但这一次却吃出了灵味。不是我的习惯改变了，而是袁家村的挂面改变了我的喜好。

　　挂面铺隔壁是搅团铺。搅团是什么东西？我没有听说过。物以稀为贵，食以美为上，四女儿麻利地点了一碗。一打眼，搅团既像凉粉，又像碗饦。和铺老板一说，老板摇摇头说都不是，你吃过就知道了。入口，没有凉粉的滑腻，也少了碗饦的韧性。究竟好在哪里？好就好在稀奇，好在绵软，好在前口麻辣后口留香。搅团应是关中人的独创。

人是吃货，见饭就馋。哪个吃货不海吃呢？可我们这个"旅游团"团员以中老年和女性为主，哪有海吃的本事！只能十里挑一、百里挑十地吃。走着走着，遇见一种叫作烙面的吃食。烙面？难道面还能烙着吃？谁也没听过，没听过就试吃。于是，一碗烙面就上了桌。这种面不像一般面光洁滑溜，倒像切成丝的牛百叶。细品，才晓得是烙饼切丝浇汤而成，这也是老陕的独创。据说，这种吃法源于古代两军交战无暇做饭，士兵们便将藏在身上的烙饼切碎用水泡着吃。面可饱肚，汤能暖身，方便快捷，因而秦地一直流传至今。

一路走去，从小吃街转到祠堂街，又从祠堂街转到回民街，再从回民街转到书院街。这里的街如同这里的小吃，有味。味在哪里？味在含蓄。曲径通幽，见头难见尾。一泓细流，浅吟低唱地跟着你跑，不知这精灵来自哪里，去往何方。铺面形形色色，在关中民居风格的大格调中张扬着个性。小吃铺面，一间者居多，两间者少见。站在铺前，一眼就能把前堂后灶或前灶后坊瞅到底——它们似在向你宣示：货真价实，无须犹豫再三。家家都有承诺书贴在墙上，从食材的来源、加工方式到价格，敲明亮响。"如做不到以上几点，甘愿后世远离仕途，坠入乞门""店主发誓，如掺假甘愿祸及子孙"的承诺，近乎毒誓，却肝胆照人，你能不实信？这里店店有幌子，幌子即品牌，微风过，幌子摇，心旌亦随之摇荡，于是便不免多瞅一眼，多问一声。一瞅一问之间，免不了再发馋瘾。

醪糟是普通吃食，但袁家村的特别，味微甜，甜中带酸，酸而软绵。大女儿只抿了一口，就买了六碗。于是一人一碗，围坐方桌。粉汤羊血，辣子足，麻味重，现做现卖，门前排着长长的队伍。袁家麻花，公然亮出限购二十根的牌榜——越是这样，越能撩拨起你的欲望。袁家酸奶，一天要卖出上万瓶，仅这一项年收入就达千万元。没见过大钱的我，听了直咂舌，想想也骇怕……

小吃虽小，聚众成大。袁家村本身就是个大品牌，村里的小吃是大品牌里的小品牌，品牌叠加品牌，不轰动四方才怪。袁家村小吃，是百家店铺百家饭，绝没有重复，要想吃遍就得耐心住下，耐心等待肠胃的蠕动消化。假如你的食"磨"不快，劝你不要难为娇气的脾胃，单等到食欲重振，再来消受也不晚。

有意思的是，因为味蕾作怪，我们这家人，走着走着，大集体分化成小组合，散落在村里的各个角落。有意思的还不只这些，论吃相，坐着吃、站着吃、走着吃，全然顾不得斯文；论出手，平时买苗菜还要挑来选去、锱铢必较，现如今，从兜里一把一把地往出掏钱，也顾不得掂量，还说什么免得省下银钱吃后悔药。奔袁家村的游客，是否都持这个心态，我不得而知；但潮水般涌来的人，可都是两个肩膀抬着一张嘴。

在袁家村的二日，苦了脚板，累了眼睛，磨了嘴巴，辛苦了肚子，临末，还落了个肚饱眼馋，只吃了"冰山一角"。想想大街小巷花里唿哨的小吃，就觉得要吃遍它，很有些任重道远。我们家，从来没有为吃这么疯狂过，这回可算出了一回风头。

照趣

一条短而窄的小巷，把小吃街拦腰斩断。这里有家前门为馆、后院为景的生态照相馆，是一个小巧玲珑、闹中取静的幽雅之地。我们穿过这条小巷时，照壁挂着的淑女靓照吸引了女儿们，她们看来看去，有点惊羡眼热的意思。次日，女儿们以推迟两个小时起程的代价（好在是家庭旅游团）完成了她们的夙愿——拍实地实景旗袍淡妆照，这真是个破天荒的举动。

拿到照片，四个女儿让我发表观感，作为父亲无法推辞，便逐一予以点评。

先说单人照。

大女儿燕手提皮箱，体态优雅，神情端庄，正从竹篁小径的门洞款款走来。主人公的身份可以有多种解释：风尘仆仆留学归来的学子，下班回家的职场女性，离家日久的主妇。背景，不免使人联想到五四时期；地点，仿佛十里洋场的上海。

二女儿黎支颐凭栏，虚握一柄团扇，笑容可掬，春风满面。那种笑是得意的笑，会心的笑，衣食无忧、单纯幸福的笑。她似乎在向观者暗示：面对纷扰的生活，不妨笑口常开。

三女儿怡以竹林为背景，自是显出一片青翠，一派生机。世界青葱，人也清纯，侧身回眸，笑意微微，靓丽可人。传递给观者的是小家碧玉式的温馨和笑对人生之旅的坚韧。

四女儿华白衫短裙，背靠廊柱，神情专注于书本，遐想驰骋于苍穹。她是书香门第的小姐，还是苦读经典的学生？好学、上进、端庄是她给观者的第一印象。她的装扮使人梦回那时、那地，她的清纯使人想到今日、今境。

再说合影。

看着相框，我首先是眼前一亮。古色古香的廊檐下，四姐妹一袭旗袍，站着，笑着，望着，依偎着，给人古典清雅、纤秾合度以至岁月静好的感觉。细看，三个妹妹手里拿着团扇，大姐无扇可拿，只得急中生智，以手比画。孰料，画龙点睛的一指，成了定海神针——即使局外人，一眼也能看出她不仅可以引领众人，而且善于凝聚众心。四人眼手所向，看似留白，实则有深意。她们动作协调、表情自然，在小不同中求大和谐，我于无声中仿佛听到玩味不尽的画外音。

难得的行旅，难得的留影，更难得的是家人各自的朋友圈里传来同一个声音：王家四姐妹，真是出彩！

到家，三女儿怡把儿时姐妹的合影与今日之合影拼到一起，黑白与彩色、布衣与旗袍、青涩与雍容，四十个春秋，变化之大，难以同日而语。毕竟她们从岁月风尘中走了过来——她们长大了，成熟了。她们既扮演了家庭角色，也扮演了社会角色。不管人生路上曾经有过多少忧愁，她们血脉里流淌的欢乐基因总能去积极化解。作为父母，我们深深地为她们祝福。

写于2017年6月18日

词短情长

　　七年前深秋，北京香山的红叶正红。我也是正好来北京办事，又正好那天休闲，几个正好凑到一起，便有了与香山一次难得的照面。说它如火炬般鲜艳，我信；说它似红海般浪漫，我服。人回来，身心仿佛还在那里勾留，放不下，心难静。随即吟了几句诗，以志观感。

　　几日后，我由京郊旅舍搬至地处沙滩的文化部招待所。这是一座深挖洞时的产物。我沿着弯来曲去的阶道，好不容易找到房门。一位年老的客人见我到来，缓缓从床上坐起，并点头致意，我忙向老人回礼。寒暄中我才得知，原来面前的这位长者竟是著名诗人王玉堂（笔名冈夫）。我曾经读过他的诗作，仰慕已久，孰料在此不期而遇。

　　因为同是山西老乡，自然情也近来话也多。冈夫问我来京贵干，我说为整理我们家乡的史料，前来访问几位老同志。我问冈夫先生有什么事体，他说是为出版一部小说而来，同时还带来一本诗选，正在润色。谈到诗，我急不可待地捧出咏香山红叶的小诗，向他求教。当他读至"风过处淡/霜重处艳/直当霓裳舞香山/捧着也香/看着也馋/红叶如丹照岁晚"时，竟念出声来，连连说好。无名小辈受到名家好评，既有点受宠若惊，又有点赧颜，我暗暗责怪自己的唐突卖弄，赶忙声明："班门弄斧，不好意思。"冈夫毫不介意，摆摆手示意不必多心。他在地上来回踱着，一番品味之后说出他的看法，我自然欣喜若狂，求之不得。

当他站在房中的吊灯下时，我才看清他的相貌：身材瘦削，面容和善，稀疏的白发下一双眼睛炯炯有神，给人以严谨平和之感。举止神态，全然不像古稀之人。

后学见先贤，话题自然离不开写作。冈夫先生一直专注地听我讲自己的习作经历，间或插一两句话。就这样，以诗为媒，我们很快消除了相差三十个年轮的"代沟"。

冈夫高兴之余，取出《冈夫诗选》稿本，请我"批评"。我诚惶诚恐，一阵踌躇，但最后还是接过了诗稿。当时，我正患眼疾，视物不清；但为了不辜负老人的一片厚爱和信任，还是忍着痛楚认真读完，并把对某诗某句的看法另录一纸，毕恭毕敬地呈上冈夫，然后像冒滒老师一样等待他的"发落"。谁知冈夫看完，竟欣慰地笑了："哲士，你的意见讲得中肯，大都可以接受，就照你说的改。你的文学修养不错啊！"我不好意思地说："王老，您太过奖了。"

秋末的京华气候多变，昨天阳光还在精精神神地照着，今天忽然隐在铅灰色的云层里，并扯起大风。对旅人来说，这颇有些凄凉的况味。白日，我们各自西东忙事，晚上才得聚首。不过，由于两人秉性寡言，谈话总是断断续续，气氛也不总是那般热烈。那绵长的话外音，只有躺在各自的床上，眨着眼睛去慢慢品味。

冈夫不愿讲自己，也不喜欢自诩。不过，我还是从诗作和言谈中，粗略地得知他的一些情况。冈夫1907年生于山西省武乡县一个贫苦农民家庭，幼时在村学读过古文，及长，考入公费的山西外国文言学校。在校期间，受西欧和苏联文学影响，开始了文学创作。

我约略知道，1932年冈夫在北平参加了左翼作家联盟，因为写了许多忠于现实、鞭挞黑暗的诗歌而于同年被捕。不久，他在草岚子监狱加入中国共产党。出狱后，他一直从事抗日救亡工作，担任过党的地方领导，又长时间担任晋东南文教界抗日救国总会理事，写出大量的诗歌、散文等，成为唤醒民众、宣传抗日的一名号手。解放后，他先后担任过山西文协主任和山西文联副主席等职务，出版了多种诗集，并参与电影《虎穴追踪》的剧本创作。就是这样一位革命文艺战士，"文革"中被诬为"六十一人叛徒集团"的成员而无端遭受审查折磨，他写的长篇小说《草岚风雨》被打成为叛徒歌功颂德的毒草，全家被迫离京远赴太行山区，身心受到极大摧残。"文革"后，党中央为"六十一人叛徒集团"案平反，他的小说自然也获得解放。二十多年磨一书，其中甘苦不言而喻。

他说《草岚风雨》的出版还没有最后敲定，还要等待一些时日。我急于回晋，小住数日后即匆匆登程。临别，冈夫欣然赠诗一首：

> 木落京华晚，孤灯羁旅迟。
> 为君留一宿，相与论新诗。

沙滩街头，秋风扫着落叶，飞来卷去，寒气袭人。冈夫站在那里，默默无语，任凉风吹拂那几绺白发。我怀着莫名的惆怅，依依不舍地和他告别。彼此没有多言，只有埋藏于心的祝福。我握着冈夫苍白的手，以"红叶如丹照岁晚"的诗句相赠，或许这正是冈夫火一样的生命的写照。

此后，因各自忙于事务，竟有数年未得晤面。只有寥寥的信笺，短短的话语，诉说着一老一少的关切之情。大约是1986年春天，我收到先生寄来的《冈夫诗选》和《草岚风雨》。呵，虽然难产，可它毕竟问世了，实在可喜可贺。见书如见人，深情厚意尽在赠书者和读书者默契的神会中。

捧着冈夫的书，轻轻嗅着散发出的油墨香，我仿佛又回到北京旅舍感人的时光，冈夫不老，丹心照人哪！

我很快读完这两本书。受小说感染，写了一首《读〈草岚风雨〉》寄他：

> 苍木霜余逢盛世，梦回昔日枕戈时。
> 清诗玉韵犹萦耳，惠赐书来叹妙辞。

此后，冈夫又寄来三首感怀诗。其中一首写道：

> 人近夕阳花近秋，东篱采菊亦将休。
> 扬鞭恰遇十三大，不敢悠悠息老牛。

为人为文，坦荡谐美，无须絮叨，读者自会从中得到感受。

此后，有年余时间没有书信来往。一个红叶如丹的季节，我因事来太原，顺便拜见了这位久违的师长和友人。虽说数年不见，但他一眼就认出了我："呵，哲士，你来了！"他的双眼格外有神，脸上露出自然朴实的笑容。我握住老人的手点头答道："来了，来了，看看您老人家。"这时，他已步入八旬，依然耳不聋，眼不花，腰板直挺，步履轻捷，岁月的风霜好像并未在他身上过多地留下什么。我们轻声交谈，倾诉埋藏在心间的思念。我留心室内的陈设，一件老式立柜，一张漆面斑驳的桌子，加上一对过时的沙发，他就是在这样简朴的环境中过着离休生活。他喝茶，轻轻呷上一口即止；他吸烟，吸两口掐灭，少息，点燃再吸。一身洗得发白的布衣，一双圆口布鞋，和在北京时没有两样。清淡的生活、质朴的言谈，使我无拘无束。我们依旧谈诗、谈人生，依旧没有冗长的话语，以致每每沉默对望。在眼神的交流中，都有心照不宣的话语在心中滚动。我祝冈夫先生寿比南山，新诗不断；他希望我工作上进，多写一点，不负沐浴我们的大好时光。

　　此刻，想起他写的诗句：

　　　　在匆匆离别的时刻，
　　　　我要唱出我的离别歌。
　　　　别离吧。别离吧。
　　　　我情长而词短。

写于1990年7月

画家金临的岭上梦

有个江南人，还是画画的，在一个偶然的时间，走进紫荆山犄角旮旯里的一个小山村，不免让人好奇。

这个村子叫"岭上"。

岭上不仅是黄土镇最旷远的村子，也是离县城最远的村子。这里山高天气凉，一片莽苍苍。不仅外地人足迹罕至，就是本县人也罕有前往。

那么，这位独在异乡做异客的江南人来这里做甚？该不是访朋探友，该不是拜会三姑六姨，该不是……嗨，其实这没有原因，只讲一个缘分。

这个缘分从哪里说起？有一年，他来山西灵石煤矿采风，后随在岭上扶贫的朋友顺道过来看看，没想到，他这一看就像被吸铁石吸住一样，再也撂不下了。

他看到这里的山是绿的，水是清的，天是蓝的，人是淳厚的，山里的粗茶淡饭是别有味道的。生活尽管不免单调，但人们脸上仍挂着笑意。虽说这里难与小桥流水人家的江南相比，却有着圪梁梁树林林天蓝蓝窑洞洞牛羊羊——黄土高坡独具的奇景异俗，仿佛一个崭新的世界展现在他眼前。从此，他喜欢上这里，每年都要来个一两回，和村里人一搭里吃喝，一搭里干活，骑摩托，蹬三轮，走邻村，看风景，游古迹……人家去的地方有他的足迹，人家不去的地方也有他的足迹。他用好奇的眼光发现生活的本真——在与村民的接触中，体验生活，体察民情；在与好山好水好风光的厮守中，寻求自然的造化。时间一长，有了生活，长了精神，他对岭上也有了依恋感，作品自然就信手拈来。他那幅入选第五届中国油画展的《岭上村民会》，就来源在岭上的生活实践。

这次他来岭上，时当10月尽头，天气转凉，黄叶飘零。而他所在的杭州依旧青山绿水、阳光明媚。由南到北，由暖到凉，为的是什么？为的是看一看岭上的乡亲们，看一看满山红叶似彩霞的隰县风光。

我们相随去了趟岭上。

一进村，他像回到老家，不停地打招呼。碰上在地里掰玉米的刘老师和老顾两口子，他们硬是让晌午到他们家吃饭。我们忙说我们要到镇上去吃，他却回说已经说好要在三嫂家吃。

三嫂炒了几个不同寻常的菜：凉拌黑芽子、辣椒肉丝炒蕨菜、土鸡蛋炒野木耳、肉丝炒鸡腿菇、炖土猪肉排骨，稀罕、稀奇、稀有。大家碰杯、举箸，边吃边说，主客情谊都融进一桌浓浓的野味中。我嚼着咽着，心里却在想，这顿饭与其说是三哥三嫂招待的，不如说是他和三哥三嫂一起招待的。饭桌上，我忽然有了写写这位外乡人的念头，甚至题目也不假思索地起好了，叫作"一位画家的岭上情怀"。很难想象，这位清秀敏捷的江南人，这位腹有诗书字画的学者、画家，这位穿着简朴、说话和气、气度儒雅的异乡人，比我们这些本地人还要本地。

他是谁？他叫金临，一个江浙人。他自小就喜欢画画，现在仍在画画，是江苏大学艺术学院的一名美术老师。

从他身上，我悟到一个理儿：人若爱上一个地方，就会爱上这里的一切。这如同他爱上画画——先后考进几所美术院校攻读，由学士到硕士，由硕士到博士，登堂入室；还在国内高级研创班和国外学习，多次参加全国美展，有了名气。当然这不是尽头，如今他仍在油彩中孜孜不倦地追逐梦想，讲述充满诗意的中国故事。

岭上是不是可以看作他人生中的又一所大学，又一次进修？创作的灵感，来源于生活；学问的上进，离不开发现。他发现了岭上，而岭上也接纳了他。人这一生，谁不在寻找与自己灵魂契合的地方？唯有走在路上，才会有所发现；唯有发现，才会让心灵充实。对金临和岭上来说，发现和接纳是双方的默契、共享的福分。为了感谢生活的赐予，他不只是自己来，自己画，还引画家朋友们一起来，一起画。我看过油画家管建林画的《岭上风景》，那就是叫人眼前一亮的好作品。宁谧醇和的岭上风景，正契合画家内心的情感。金临想把岭上说与人听，想让更多的人一起来把岭上说与人听，把这张名片亮给世人。问起金临为什么对岭上情有独钟，他说"我有一个梦"。他有句诗是这么写的："我有一个梦，把岭上说与你听……"他说，你听，岭上的故事便不止在他这位外乡人的心里了，也会印在你的心里。这就是他的梦想。

写于2021年11月20日

把灵魂安放在这里

永和关与延水关只一河之隔。永和关前有关后有村，下有渡上有宅。村分前村、后村。我称前村为关村，因这里有渡口和关隘。后村为九十眼窑院，颇有气势。永和关白家原来就居住在这半山之上的九十眼窑院内。这里居高临下，可以扫视关村，关村却只能仰望它。由此不难看出永和关白家的机巧之心。我的长篇小说《大晋商》，原名《永和关》，出版社为有利销售而易名《大晋商》；去岁在作家出版社另出版时得以复原。当初以《永和关》命名，便是因小说是以富有人文魅力的永和关为背景而展开故事的。

画家金临和文友曹小虎细读过《永和关》，也收听过中央广播电视总台录制的同名有声小说，少不了交换意见。金临以艺术家的眼光，从书中看笔墨，悟形象，揣立意。他认为此书以九十眼窑院之僻，反衬各色人物精神世界之广；以永和关之小，折射时代风云演进之大，与作者创作的初衷甚是契合。

没了写作任务的我再游永和关自然轻松惬意，而带着期盼之心的金临和曹小虎则将展开一场探寻之旅。我们在秋阳的关照下出发，百十里路程只花费一顿饭工夫，一条大河便横亘在面前。长桥卧波，车辆穿梭，桥头伏卧着一片不甚打眼的民居，那里便是见证白家由盛而衰的黄河古渡口永和关了。

在动手写《永和关》之前我来过这里三次，还下榻白家"主流"白老五的客店，与白老大（白斗南）、白老二（白炳南）和白老五（白云南）有过长谈，从他们那里及关村长老口中获取了不少素材，也亲身感受到黄河沿岸风物的殊异。关村尽头，那株守护白家四百年的老槐依然躯干挺拔、枝叶婆娑——我每至必拜，视其为圣物。《大晋商》出版后，我的家乡隰县和永和关所在的永和县电视台都各自邀我作过访谈，其中永和县电视台访谈的背景，就选择在这株老槐树下，可谓用心良苦。可以这样说，老槐树不仅见证过白家四百年的盛衰，也见证了一个写作者的辛苦跋涉——我把自己想象成白家人，每有出行必拜老槐。是诚，是信，是爱，是护，皆在一拜之中。金临和曹小虎将眼前所见，与小说故事虚实对照，好似听到了生命的呼唤。因而，他们与老槐合影留念，也算今生一件快事。我不禁暗自思忖，对那些抱有期望者来说，这一拜，说不定就是未来的画中物、文中境。

拜别老槐，跨清泉桥，折进清泉沟，沿陡峭石路而上。沟两侧有一排排垒石痕迹，这便是白云南给我指认过的戏台遗迹。因为河阔地少，白家人不得不在这条沟壑上动了心思——券涵洞，平场地，盖戏台。本是一个不打眼的戏台，但"台下清泉潺潺，台上琴声悠悠，山上老风呼呼，山下黄河滔滔。四面来风聚一台，一台好戏响四方"，故而有了"四声戏台"的名号。四声戏台的巧设让白家人很有面子。一行人说起《永和关》开篇为白永和唱贺官戏和中间跑长船唱还愿戏，借戏台演绎了戏外之戏。大家钩沉稽古，四声戏台的弦乐好像还在沟谷回响。

真正让金临和曹小虎惊喜的是四声戏台以北、欢喜岭台地之上那片窑倒墙塌、荒草没膝的石头窑建筑群。

金临是画家，又热衷于考古，一见此景，便"啊呀"一声，"太美啦，太震撼人啦"地叫唤起来。

曹小虎虽然少言寡语，但他的眼神已传达出同样的心声。

"这就是让人浮想联翩的白家北村，小说里生发故事的主场地——九十眼窑院。"我指画道。

站在残砖断瓦中，捡拾瓷片碎物，他们终于触摸到《永和关》故事的根基，吸纳到些许"地气"。走村道，绕院墙，观窑洞，有似曾相识的感觉。我指着高处的三孔窑院说，这就是小说里白老太爷和白贾氏的墩台院；又指着十二孔窑洞说，这一溜窑以墙隔成三个小院，小说里把白家三位公子安顿在这里，白三少爷与两位妻子杨爱丹和柳含嫣就住在边院——这样设想是便于演绎情节。村中有一片空地，空地上有株枣树，小说借景设戏，让白老太爷和与他同年的侄儿对弈，老太爷老输，老不认账。我指指点点——在小说里，这里发生过什么，那里发生过什么，他们也仿佛当起真来，将书中所写与现场对应起来；虽是想象，并无实据，仍不免激起微澜。金临在随后的微信里说："老伯（他对我的称呼——作者注）一边带着我们看，一边指着窑口告诉我们：这是白贾氏住的，这是我设计给爱丹的，那又是给白家二少爷的。小虎和我，仿佛进入小说里的情境，并一一对应。我们忽而惊喜，忽而沉思，被这九十眼窑院里的故事所感动……"又说："老伯在回味他小说里的安排时，是否也和我们一样，心也激动着……"

说说我吧。我是为温习来的，来得多了，心便静了，也有些自得。这种自得并非自诩，而是在竣事后的自我释怀。我每来一次，便重温一次这里独有的气息。因为写东西要接地气，永和关就是地气，九十眼窑院就是地气，一旦沾了这个地气，心里便会生发灵气，这灵气就是给我结构小说、铺排情节、塑造人物，并从中提拔出一种让人感怀的精神底气。为了这部小说，我前后来永和关达七次之多。成书前来是因为有需求，我如饥似渴地汲取；成书后来是为了感恩，完成一件事后有个回馈。因为小说里的人物，他们身上的故事，不是凭空来的，是从这片废墟中千淘万滤得来的。人物是虚拟的，情节是虚构的，故事是借平生生活知识的积累想象出来的。但没有这片废墟的感召，没有深入其中的探寻，即使你再费心思，也不能无中生有地写出这部小说。我得感谢这片废墟，这片被我称作九十眼窑院的地方，曾被黄河滋养，充满人情、风情、世情；因而，它成为我为书里人物安放灵魂的地方。每每来此，我既触景生情又触景伤情，书中人物的喜怒哀乐，等同我的喜怒哀乐，村落的盛衰荣枯，牵动我的心。回想第一次来时，村中窑洞大都安好，居所尚能看出当初面目，从没来得及搬走的家什看，最后一批人家撤离的时间距离那时也就十来八年光景。此后，我每次来，都觉得它在渐次萎靡，直至遭遇今秋百年不遇的淫雨，好多窑洞轰然倒塌，狼藉一片，惨不忍睹。不难想象，再倾圮下去，这地方将不复存在，后人只能钻进书本里去寻章摘句了。

金临是南方人，又在大学执教，博学精业，眼界开阔，对生活中哪怕一丝发光的事物都有兴趣——读了小说《永和关》，并来偏居一隅的九十眼窑院感受，不是性情中人，不是对艺术执着的人，不会如此陶醉于印证生活。

问，今日游历有何感觉？

金临说，作家的寄托在这里，因而小说人物的灵魂被安放在这里。虽然这里已是废墟，但灵魂必将永生。两相观照，虚实相生，我竟有了画幅画的冲动。真个不虚此行！

小虎感慨，一片沧桑地，一部《永和关》。九十眼窑院废弃了，白家后人会在更广阔的天地与时代同行。九十眼窑院不会说话，《永和关》却在为它的过往代言。由此看来，废墟的灵魂即是书的灵魂，书的灵魂也是废墟的灵魂。

我说，面对废墟，你不觉得它在向你诉说，等你发现，令你遐想，给你思考，向你展示一种残缺的美？它与身边的黄河一样，也是一道不可错过的风景。这道风景诉说着古今，映照着虚实，联结着你我。或许，《永和关》能给这道风景提供一个可能和想象。

2021年11月15日写于一得斋

《挂画》乱弹

　　我的家乡隰县与吕梁市接壤，过去这里是晋中与晋南的交界，风俗习惯是在城北能找着北面的影子，在城南又少不了南面的濡染。譬如看戏，城北人爱看中路梆子（晋剧），城南人爱看南路梆子（蒲剧）。城区中心，则是南北通吃。也许因幼时在南路临汾、洪洞小住的缘故，也许是少年时代住县城之南的原因，只要听见蒲剧的急板高腔，我便心向往之，不免一阵激荡。

　　人小可以耍赖，看戏从不买票——蹭戏。与父母进戏园看戏的机会不多，他们去看戏，我就得照看弟妹。我看戏，一般会在戏园门口"守株待兔"，见了熟人，甜甜地喊一声"叔叔"，让人家将自己"捎"了进去。等不上熟人，瞅中一个目标，硬着头皮喊声"伯伯"，在被喊的人还没有反应过来，把门的误以为这是一家子的节骨眼上，拽一把人家的衣襟，先自闪进戏园。蹭戏也不是那么容易，常常是进了戏园戏已演得过半，看尾不知头，好比吃人家的果核。有时站在园外实在无机可乘，只好硬着头皮憨等，等把门的放松警惕，急忙溜进戏园，谁知刚进去戏客们便蜂拥而出，散了戏。好扫兴！心里直骂把门的。在戏园泡得久了，开场锣鼓一响，大体能辨别出来哪是中路梆子，哪是南路梆子，哪是弦子腔等等。脑子里也装了些戏文，高兴了哼它两句，多是吐其音不知其意的即兴哼唱。

一些名角的艺名、戏迷的俗语，也钻进耳里，虽然只是一知半解。其中有两句俗语至今仍挂在嘴边，一是"宁看存才《挂画》，不坐民国天下"，一是"误了收秋打夏，不误存才《挂画》"。

存才何许人也，有这么大的能耐？《挂画》又是何方神戏，看了它能不食人间烟火？长大才晓得，存才姓王，蒲剧名伶，男扮女角，他演的《挂画》最是出彩。而《挂画》玩的是椅子功，脚底还踩了跷——类似清宫戏里女流辈穿的花盆底鞋。说椅子，实际上是长条板凳。表演时，在凳子上跪跳腾跃，并能踩在条凳一端而凳子纹丝不动，这是王存才的绝活。这两句俗语，把王存才神化了。神化归神化，王存才确非等闲之辈，要不，两句经典的俗话，怎能在晋陕甘豫流传开来！我在创作长篇小说《永和关》时，穿越时空，把王存才请到黄河岸边的永和关，让他在"四声戏台"亮相献艺："下边的人看得目瞪口呆，屏声静气，什么滚滚黄河，什么婆姨娃娃，什么鸡毛蒜皮，统统撂到了脑后。"创作灵感就来自少年时代听来的这两句俗语——闲时攒下忙时用。在书中，我借存才的戏，衬托主人公白永和与新人柳含嫣的缠绵情感。戏里是新郎男扮女装上门来娶，书里则是未过门的情人千里迢迢找上门来成婚，一反一正，相映成趣。临末，还借柳含嫣的嘴说："舞台小世界，人生大舞台，戏里唱的不就是咱自个的事？"由听《挂画》到观《挂画》，由观《挂画》到写《挂画》，竟蹉跎了半个世纪。由此可见，看一出好戏最多只能是勾走你的魂，而写一篇成熟的文字简直是会要了你的命。这是后话。

存才之后，再没听说男角演《挂画》，倒是存才的女弟子韩长伶的《挂画》演出了名气。韩长伶没在鞋底绑跷，难度看似小了，但将条凳换成了圈椅，风险增大了，观赏性却更高了。要在一把圈椅的扶手上做存才在长条凳上的活，底功薄了哪行！那时多想见识一下这位名伶的椅子功，可惜走不出去，饱不了眼福。

真正让我大开眼界的是任跟心的《挂画》。记得参加临汾地区第一届文代会时，久违了的蒲剧古装戏在临汾人民大礼堂恢复演出，任跟心一出场，偌大的礼堂便亮堂起来——小荷才露尖尖角，便把人物演得入木三分，害得全场人眼睛瞪得灯盏大，神魂全跟着她。任跟心得韩长伶的秘传，凭着扎实的功夫，两度荣获中国戏剧梅花奖，可说是蒲剧界新一代领军人物之一。任跟心的《挂画》，唱红了一个时代，把一幅含情脉脉的画、心旌摇荡的画，挂在千万人心上，不知迷倒了多少人。我算不得戏迷，只能说是她的一个仰慕者。

大世界有时是小乾坤，山不转水转。多年后，作为临汾市蒲剧院院长的任跟心率团来我县演出，我奉命接待——仰慕者与偶像之间成了可以平等对话的工作关系。台下的任跟心素雅恬淡，与台上那个活泼泼的挂画女子判若两人。当时与任跟心商讨的多是演出事务，并没有涉及演艺，当然也无从向她讨教出演《挂画》的心得（可笑我不自量力——即使有这个机会，我也未必听得明白），倒是她弟子演的《挂画》让我有了衣钵传承的感慨。巧的是，任跟心爱人来我县任职，认识了他，我自然联想起任跟心，进而想到任跟心的《挂画》，便有了看《挂画》说《挂画》的念头。向任跟心爱人要来《挂画》光盘，闲暇时放放。虽说外行看热闹，但热闹之余脑子也不闲着，总想着要说道说道。

《挂画》是传统戏《梵王宫》里的一折，说的是贵族女子耶律含嫣在梵王宫庙会上与猎户花云一见钟情，回家后无处倾诉，竟致茶饭不思，人瘦带宽。其兄耶律寿为富不仁，欲霸占书生韩梅之妻为妾，引起含嫣的愤慨。花云母察知隐情，与含嫣暗中定计，将花云扮作韩妻，送耶律寿府上成亲——巧设机关，李代桃僵。耶律寿没有捞到好处不说，还受到元末义军的惩处，而耶律含嫣与花云有情人终成眷属。

生旦净末丑，《挂画》是旦角中的花旦戏；唱念做打，《挂画》是一出典型的做功戏。任跟心既是花旦，又以做功见长，这出戏让她来演，可说是如鱼得水。

大幕开启，含嫣相思成病，茶饭不思，懒施粉黛。眼看日过正午，还没听到迎亲的锣鼓，就有些耐不住性子，提着心，吊着胆，唯恐好事生变。你看她眼无神，身慵懒，步犹豫——看戏的胃口就这样被吊了起来，做戏的似乎却并不着急，只愁眉不展地支颐闷坐一旁。这出戏，除了开场和结尾的几句唱，大段是做功戏，也就是人们说的哑剧。

正在这时，丫鬟急匆匆跑来告知，花轿已从花家庄动身。花轿动身，意味着郎君就要上门，郎君上门意味着好梦就要成真。含嫣猛然惊醒，头帕这么一撩，斗篷就势一甩，站起来，动起来，笑起来，欢实得像换了一个人似的。她这时才想起，新房还没洒扫，新衣还没穿戴，于是连忙催促下人们把新房洒扫净了，看看墙壁，还得两张画添喜才是——左挑右拣，兴许挑了"龙凤呈祥好姻缘"，兴许拣了"并蒂莲花双鸳鸯"……着丫鬟踩上圈椅去挂，谁料她人小个低，够不着钉子。情急之下，含嫣令丫鬟下来，自己一个上蹿——你眼还停留在地上的那个含嫣身上，眨眼间，含嫣已跃上椅子。在戏曲中不要说跳椅子，就是跳墙，对戏曲演员而言也不过是小菜一碟。作为演员，演的是戏，露的却是真功夫，来不得半点矫揉造作。设置悬念往往是引人入胜的妙方。含嫣上了椅子，才知道不是丫鬟无用，因为连自己也够不到那地方。她的眼神、她的动作，流露出她的窘态，这种窘态也只是瞬间——郎君就要上门，容不得多想。一不做，二不休——想常人之不敢想，做常人之不敢做，这才是含嫣的性格。要不，她就不会冲破门阀羁绊与贫民花云结合。只见她双脚起跳，单脚踩到椅圈上，人是站得高了，但头晕心跳，身子摇摆：前倾如"童子献佛"，后仰似"丹鹤鸣天"，险极，娇极，美极，先声夺人，好戏才开了头。

眼看含嫣仅凭一只脚站在方寸之上，无依无靠，实不知她会就此罢休还是铤而走险。此时，她是"身悬"，你是"心悬"；她在表演急，你是真心急。钉钉子要准，她便来个猴子摘果的架势，手眼身脚并用，仅凭空手抡锤，柔里带刚几个往复，就让观众对钉好钉子一事信以为真。这种传神，凭的是艺术的想象和动作的娴熟。含嫣欲转身取画，蛮腰轻转，来了个"鹞子翻身""椅上探海"的架势，骇你一跳。为了挂这幅画，含嫣时而单腿跪椅，时而单腿跳椅，时而双腿交跳，时而跪腿扫椅，使上浑身解数。你看她，站立时像钉子入木，腾跃时如燕子轻捷，攀缘时似猴子灵活。种种高难动作，大多只依托于一个支撑点——"金鸡独立"。若送任跟心三句话，那就是：一脚定乾坤，双腿显神功，翩翩若惊鸿。剧中人的盼、忧、娇、急、窘等种种心态，都可归纳为一个"喜"字，从内到外的喜。任跟心娇中含俏，内心的喜通过外在的美得到了完全的展现。椅子功给我的启发是：脚下有灵方寸大，此时无声胜有声。不是吗？

画挂好了，迎亲的锣鼓响了起来，敲乱了含嫣的心。挑衣裳，一挑再挑。穿新衣，直至三穿，才发现反穿了衣裳。失笑之余，将衣裳往上一撩，双手一伸，转眼间衣裳早穿在身上，慌乱不失幽默，小拙才衬大巧。锣鼓紧，心潮涌，含嫣有些不知所措，竟被地上一块小石子硌了脚。只见她左脚挑，右脚踢，石子早落在手心。小小插曲，把人物此刻的心潮澎湃演绎得淋漓尽致，引起台下一片尖叫。这一手也有来头，叫"魁星踢斗"。"新娘"（其实是新郎）花云被迎入洞房，含嫣想揭盖头，一揭怯，二揭羞，三揭时自己反成了"新娘子"。"三穿衣裳"和"三揭盖头"，虽是椅下功夫，但却是椅上表演的精彩延续。任跟心演《挂画》，动作畅而不滞、繁而不厌、惊而不乱，没有丝毫做作，如同名匠做活，严丝合缝，不露痕迹。她凭着天赋和灵性，让观众随着她动情。真是演"疯"了！梁漱溟有《谈戏剧》一文，云："唱戏的是疯子，看戏的是傻子这两句话很好。我虽然不会唱戏，可是在我想，若是在唱戏的时候，没有疯子的味道，大概是不会唱得很好；看戏的不傻，也一定不会看得很好。戏剧最大的特征，即要能使人情绪发扬鼓舞，忘怀一切，别人的讪笑他全不管。"此话用在《挂画》，真是再好不过。

观《挂画》，想《挂画》。挂与画，画为次，为虚，为陪衬；挂为实，为技，为戏眼。只有演好时时令演员履险的"挂"，才能把"画外情思画内藏"的画挂在观众面前，令观众过目难忘。时至今日，《挂画》仍是印在我脑海中的一出好看的戏、一首无言的诗。

《挂画》的故事因蒲剧的椅子功越传越远，而《挂画》的演技也为别的剧种，如晋剧、京剧等引进。观之，总不如蒲剧的表演抢眼。某日，观央视节目，有位叫亢宇航的蒲剧小演员演《挂画》，重拾王存才的跷子功，但难度胜过王存才。同样是踩跷，王存才是在长条凳上表演，而亢宇航是在圈椅上。小演员形象、演技俱佳，一腾一跃有招式，一颦一笑皆文章。她的表演似乎更注重舞蹈性和韵律感，从她的形体动作中能看出任跟心的影子，往远里说，也有鼻祖王存才的影子，但她师其意而不泥其迹——世事进步，艺术也得长进。

文章该煞笔了，还有话想说。想到《挂画》，戏中的画是虚拟的，自始至终，看不到画的影子，但眼球却离不开那幅似有似无的画。为什么？这就不得令人感慨优秀演员强大的控场能力，他可以叫椅子为臣为奴，叫画作为情为境，一齐来为这出戏服务。装扮一上身，演员便身为含嫣，心为含嫣。唯其如此，才能把戏做得逼真，演得传神。假戏真做，贵在真；欲求真，先求功。戏谚"台上一分钟，台下十年功"就是大实话。想起书写虚构文本，多少人每为欠缺以虚带实、实仗虚行的功夫苦恼，那么不妨想想《挂画》的前世今生，看看它的台前幕后，也许便会有所启发。实为本，虚为用，虚实结合既是艺术，也是功夫。要想笔下生花，没有十年磨一剑的韧劲难以做到。我写这篇拙文，储备了三十年，思索了二十年，方才落笔纸上，真叫个苦。即使这样，还不一定能把这张"画"挂将起来。

　　蒲剧也称乱弹，形成于明代嘉靖年间，是山西四大梆子中最古老的一种，素以"四子"即胡子（髯口）、翅子（帽翅）、鞭子（马鞭）、梢子（甩发）外加椅子功闻名于世。借乱弹作比，东拉西扯乱弹了一通，就像儿时玩琉璃蛋，倘若弹到地方，就算没白费劲。

2016年5月8日初稿，10日再改

随想录

其一　拐棍

一棵树生气盎然地挺立着。

一根藤少气无力地伏卧着。

一天，过厌了"寄人篱下"生活的藤乞怜地说："树大哥，看在邻居的分上，您就拉我一把吧，让我也直起腰杆风光风光。"

憨厚的树人哥心有所动："好吧。说好了，我扶你起来后，可得独立生活，不能老依赖别人。"

藤忙说："那当然，那当然。我还过不惯你那挺胸抬头的生活，多累呀。"

树伸过手，扶起藤那杨柳小蛮腰，豪爽地让藤依偎着自己的身躯攀缘而上。

时间一天天过去了，藤因为有了树的支撑，长得枝繁叶茂，凌空起舞。而搀扶着藤的树，躯干被藤勒出一道道沟痕，呼吸急促，萎靡不振。

树不得已向藤说："藤老弟，咱们说好的，你要独立生活，可你为什么老缠着我不放呢？"

藤不好意思地说："不是我缠着您不放，都因您热情的搀扶，使我染上依赖别人的毛病。人常说，帮人帮到底。既然跟着您染上了恶习，还需要您再支持支持我，直到我能完全站立为止。"

树无可奈何地叹口气："好吧，不过，可不能把我当拐棍！"

时间一天天过去，树越是想摆脱藤的纠缠，藤越是抱着搂着亲着他不放，树只好自认倒霉地承受着藤的"爱抚"。渐渐，曾经伟岸挺拔的树弯腰驼背，未老先衰。而藤呢，因有了忠诚的"拐棍"，她可以天天向上、怡然自得了。

结论是：

取信于人的人，总是宽厚容情。取利于人的人，总是贪得无厌。

其二　口舌

口舌者，犹是非也。冯梦龙有"口是祸之门，舌是斩身刀"之说。可见，挨打的总是嘴巴。公耶？不公？

口舌于人有害，于己惹祸，上可误国，下可毁家，谁不惧哉！

对症下药，试着开列四剂处方，看哪个适用。

一、"闭口深藏舌，做事处处牢"。先贤的箴言虽好，不免城府太深，神秘莫测，有老好人之嫌。

二、"多说惹祸，少说积福"。固然不错，又有只扫门前雪，休管他人瓦上霜之虞。似可取，似不可取？

三、敞开心扉给人看，话语虽多无口舌。化"口舌"为"口实"，则积德多多矣。

四、自己不拨弄口舌，也谨防小人搬弄是非。鉴别口舌的良方是："来讲是非者，便是是非人。"前人之言善矣。

其三　谦虚

谦卑——高山仰止。

谦恭——礼贤下士。

谦让——扶人抑己。

谦和——惠风和畅。

自谦是虚心，人谦是虚怀，过谦是虚伪，寡谦是虚骄。

其四　骄傲

骄傲有四种境界：

一曰为国为民骄傲，这是气度恢弘、爱国如家的骄傲。

二曰为他人的荣誉骄傲，这是宽厚待物、纯朴率真的骄傲。

三曰为自己的功名骄傲，这是小人得志、不可一世的骄傲。

四曰为自己的雕虫小技骄傲，这是妄自尊大、忘乎所以的骄傲。

其五　正与才

某领导自拟联云："政自正出，财自才来。"可谓言简意赅，一语中的。

正者，政德也。从政者光明正大，影端形正，何愁政令不行？欲为政，先务正。自不正，何为政？君不闻"上梁不正下梁歪，中梁不正塌下来"的警世名言。

才者，财主也。人才可谓"财主"，庸才则是财奴。若使人才如泉涌，无尽财富便会滚滚而来。

欲主财，先育才，不育才，何主财？只有博求人才，广育士类，方可使财源茂盛、经济腾达。

其六　距离

人与人之间，不可没有距离，也不可总保持距离。没有距离，人类岂不成了一盒饼干？如一味保持距离，鸡犬之声相闻，老死不相往来，那不成了隔墙如隔山，见面如路人了？

距离是衡量人际关系的一把尺子，远近亲疏，有度最妙。

其七　说话

说大话的人办不了大事，说假话的人办不了实事，说鬼话的人办不了人事，说闲话的人办不了正事。那么，说真话的人呢，有时又不太好办事。

写于1998年7月29日

碑记选录

新开滨河路碑记

自古修路如镌碑，此碑即是口碑也。修路通衢乃造福乡梓之盛事，有口皆碑之善政。

隰县古称隰州，地当晋西孔道、区域中心。"三晋雄邦"喻其源远位显，"河东重镇"则指其为山西要邑。近年来，随着人口剧增、商贸活跃、城市扩张，隰县老城已不堪重负。加之二〇九国道穿城而过，以路代街，尘埃蔽日，交通拥挤，事故频发，严重影响居民生活，制约城市发展。开路扩城，宜居宜业，实为市民之冀盼。县委、政府察乎县情，体乎民意，发出"昔建古隰州，今造新隰县"之号召。此议一出，群情激昂，全县上下，踊跃参与。然而，草创伊始，万般艰难。一曰修路必修河，动一牵二，两倍其工。二曰心比天高，县贫囊涩。耗资两亿，钱从何来？三曰穿两乡过九寨，动迁事大，劳心担险。然民生之重，不容退却。决策者忘身勤事，躬行践履；内仰父老，外说各方，精诚所至，金石为开；规划者设计二级公路，实施一级公路质量，打造五十年正常使用之工程；施工者夙兴夜寐，抢时赶工；社会各界，勠力同心，攻坚克难。

滨河路北起千家庄，南至隰州大桥，全长十公里、宽三十五米。动迁安置四百四十九户，动迁面积近四万平方米，动用土石一千六百余万方，管网、人行道铺装及绿化、亮化工程一步到位。工程始于2010年3月，竣于当年11月，两年工期，八月即毕。

一路之通，今非昔比：县城面积由六平方公里扩张至十二平方公里；一路之通，满盘皆活：路街拥挤因它而缓解，城市扩容提质有它来奠基，居民生活因它而巨变。然而还不止如此：临汾公路建设史上的"隰县速度"亦由此诞生，"敢为人先，艰苦创业，众志成城，决战决胜"之隰县精神也因此而锻造。

功成景现，气象生动：路若玉带，水像碧练，车如流水，楼似林立。北城新区，蓝图恢宏，开发建设，势如破竹。隰州广场、奥体中心等九个场园沿路亮相，梨花街、西延街等十条大街相继开通。走新路、住新房、看新貌，正成为市民热议话题。此举乃功在当代、利在千秋之大举措，惠政迭兴之大手笔。特立石碑，述其事，彰其行，励志后人。

2012年11月8日立

治理城川河碑记

　　紫川河，源出交口县之牛槽沟，百里迤逦至隰城，又五十里悠悠至午城，汇东川河入昕水西注黄河，纵贯县境南北，惠利两岸苍生，诚县人之母亲河也。然天下事无不利弊相连、福祸伴生。历史上，因山洪暴发，决岸冲地、毁城伤民之祸频频发生。进入新时代，经济大发展，流域环境污染问题随之显现，城川河尤甚，河水浑浊，污秽堆积，虾鳖绝踪，行人掩鼻。母亲河蒙垢，隰郡人无光，"治理紫水，还我清流，安我百姓"之呼声日高。

　　兴邦建业，始于忧患；关注民生，执政要务。县委、政府倡导建设"富裕文明、和谐幸福、山川秀美新隰县"，打造宜居城市、建设生态家园实属当务之急，治理紫川河之城川段则为诸事之先。工程北起庞家庄渔场，南至污水处理厂，总长近十公里，河上宽五十五米、下宽三十六米，跨城南、龙泉两个乡镇，五个行政村。2009年3月破土动工，2011年9月完美收官，共动石二十万方，动土百万方，总投资六千五百余万元。上游河堤修砌复式断面斜坡平台，下游采用重力式堤防护砌。裁弯取直，水流顺畅；河道清淤，底平岸宽；污水入管，清粼再现；亲水平台，观光便当。铺设五千二百平方米植草砖，砖靓草盛；栽种五十余万株乔灌木，绿荫夹岸；建设三十座钢结构梯级人字闸，清塘层迭；紫川桥、天天桥、堆银桥、吊桥、凤桥次第落成，横卧紫水；凤凰桥、车家坡桥、隰州大桥拓宽改建，宛若长虹；水上乐园、龙凤潭公园，水车睡莲，嬉水玩沙，景似江南。"一川碧水，两岸锦绣"，装扮北国水韵之城；二十里水景生态经济文化长廊，点缀隰县诗意家园。

　　毕此善举，不啻还我清流，增强防洪能力；更现优美环境，提升城市品位。每当花晨月夕，红男绿女，翁妪童稚，或桥头赏景，或林荫漫步，或奥体健身，或场园歌舞，见证山城变迁，陶然人水和谐。观此情景，能不爱吾家乡，再绘华彩！爱书其事，勒石为记。

2012年11月8日立

隰州广场碑记

隰州广场乃隰县首座大型集会广场，标志性建筑。以隰州命名，知古彰今，一脉相承，用意深矣。

隰州广场所在，原为紫川河弯道，裁弯取直，弃旧建新。广场之下，为大型购物商城，商文比邻，一举两得。广场北南，文化大楼与隰州大酒店相望；广场东西，商业一条街与滨河大道呼应。居北城新区之腹，沾四临便捷之利。漫步其间，疏朗时尚；开放腾飞，乃其理念。观礼台坐东面西，功能齐全。其上天棚，如鸟之两翼，寓意凤凰展翅、吉祥隰州。其下雕塑，展现悠久历史、灿烂人文。广场之西，为音乐喷泉，水珠晶莹、乐声悦耳。喷泉正中，一柱擎天，巨星灿焕。大型不锈钢球体，昼则呈青现蓝，喻西山宜居之地；夜则五彩斑斓，具活力四射之寓。广场四角，四个附属不锈钢球体雕塑与之呼应，隐含西山明珠、晋西要枢之意。大理石地面，光洁如镜；莲花灯饰，典雅秀丽；健身器材，老少咸宜。千人歌舞，万人集会，休闲健身，读书购物，无不称心随意。诚市民理想活动场所，为县城平添靓丽景观。

广场之大，合四十亩；广场之筑，约二万六千平方米；广场之费，计两千万元。念其之惠泽，当铭记在心。感其中之艰难，应倍加珍惜。

　　是为记。

2012年11月8日立

南园记

　　堆金山龙脉，森林公园南侧，是为南园也。昨岁造访，残塬切沟，荒草没膝，尚不见胜景。今载来观，亭台翼然，雕柱巍峨，花木扶疏，水帘涓涓，俨然一俊秀园林！造建之功，仿佛朝夕之间，令人良多感慨。

　　予观之，南园虽小，却颇具匠心，值得一书。

　　一曰可意。千年古郡，向无园林。东堆金，西凤凰，即为游历休闲之地。而堆金童山秃岭，了无意趣。经多年营造，虽漫山葱茏，惜无园可憩。而今以民生为本，共享宜居之福。东街延伸，与森林公园贯通，广场首竣，南园继成，居高临下，鼓楼市井，一望清明。休闲有地，旅游添景。斯园之设，莫不顺情适意？

　　二曰可体。南园之大，三十余亩；庀事所费，千五百万。然而园筑坡坂，草创艰难。造园者相地布景，去芜理乱，辟路径、筑廊亭、盘栈道、立雕柱、引水源、植花草、碹窑洞、设商铺、筑护坡。山尽其用，天然韵成；人尽其力，巧夺天工。可谓园不在广，有容乃大；林不在深，得趣则佳。

　　三曰可爱。南园与烈士陵园、承志广场毗邻，浑然一体且各具特色。聚贤亭重檐八角，凌空欲飞。镜廊陈列隰县史上要事石刻十一，坡道矗立六柱汉白玉浮雕。两列浮雕柱间，三迭瀑飞泻而下，高山流水，堪觅知音。把玩小景，恬逸自乐；坐看紫川，气象万千。人与自然融洽，心随视野开阔。

诚然，南园地隘，依势迭砌，但钟情于兹自觉可爱，取悦于人不亦陶冶！近年，县内公园从无到有，从有到精，南园即其中景观小品、四季画屏。值此开园之际，仅以寥寥数语，聊记观感与始末。

2012年11月8日立

龙凤潭记

　　龙凤潭得名，源于古老传说。相传，龙生九子，个个英武。一日，九子遨游，见彩凤集于此地，遂眷恋顾怀，不忍离去，于是有了九龙戏凤于隰州的动人故事。

　　龙凤潭与龙凤山隔河相望，与水上乐园毗邻。景区广约百亩，水域十之八成，画廊清潭，舒眉展眼。愚以为，选址相地合宜，构园得体：

　　一曰龙腾长廊。廊长一百六十八米，立柱一百零八根，两数之设，寓吉祥圆满之意。逶迤北岸，背负苍龙，仿佛临水舞动。左龙凤阁，右龙腾阁，中观凤亭，亭廊相携，宜憩宜赏。廊脊之上，九龙盘踞，形若腾飞，得名龙廊。廊内画梁雕栋，绚丽夺目。廊北侧排列护廊石三十有九，风貌原始，上镌古今龙凤图形和字形，尽显龙凤文化精粹，展示龙凤图腾演变。二曰岁半平湖。廊南谷地开阔，紫川聚流，水光潋滟，冬冰夏波，各有意趣，故有是称。三曰碧潭清影。一带长堤，数亩方塘，天凉澄清空明，炎热戏水飞花，此乃龙凤潭之潭所在。四曰九曲玉带。桥如玉带，九曲迂回，碧潭明月水中天，此景难得几回见。五曰飞凤凌空。九曲桥筑凤亭，亭脊塑凤凰，五彩备举，仿佛振翮云头，与九龙和鸣呈祥。龙廊、凤亭、碧潭，三者一体，景谐名雅。六曰柳堤春晓。九曲桥南，是谓柳堤，烟柳万丝垂，含情润心田。七曰沙软荷香。龙廊之东，一片平沙，细软如绵；一方水塘，荷叶田田。八曰水车风情。江南之景，现身北国，吱呀声声，卷水如银。

龙凤潭公园，热闹不过三伏：成人来此纳凉游泳，儿童到此戏水玩沙，热衷歌舞者柳林聚兴。壮观难比夜晚：华灯初上，流光溢彩，上有九龙泻珠，下有喷泉屑玉，左有九曲卧水，右有州桥明月，也一人间佳境、梦里水乡。

龙凤潭之筑，始于2010年9月，成于2012年5月，费资一千三百万有奇。龙凤潭昨日一无可看。所以能化腐朽为神奇，仰凭党政领导树开拓之志，谋民生之福；职能部门给力谋事，兴水之利。沉醉其间，睹物思情，龙腾凤翥乃隰人精神，龙凤和鸣乃隰人风尚，团聚龙凤传人、昌盛龙凤故乡乃隰人愿景。

是为记。

2012年11月8日立

隰县奥体中心落成碑记

两川汇，风水聚，辟荒芜，现奥体。

尝言培智在于教化，健身在于运动。吾隰古为州治，千载文明之地。兴学育人、运动强体向有传统。而今，县内教育发展，体育并进，运动场上，时破纪录。然困于县域经济，场地设施依然落后，竞技体育、全民健身亦被束缚，各界呼声日高。有鉴于此，新一届县委、政府，顺应民众需求，多方筹集资金，于此治秽造地。2011年3月至2013年11月，三易寒暑，历经艰难，投资三千九百万元，终建成占地面积一百五十亩的隰县奥体中心（含幼奥中心）。中心既成，八场尽现（四百米标准塑胶跑道田径场、草坪足球场、单侧看台公共体育场、网球场、篮球场、门球场、羽毛球场、乒乓球场），造型新颖，功能齐全，为我县体育场地之标志性工程。奥体问世，圆县人梦，长县人志，助县人强，实乃奥运自我挑战精神和体育惠民理念的体现。

隰县奥体中心，滨河傍路，位置优越，近与水上乐园、龙凤潭公园、火车头主题公园、紫川小瀑布群、幼奥中心五景相依，地标形胜；远同隰州广场、小西天景区、堆金山森林公园此呼彼应，风光四合。身临其境，一派生气，几多魅力，令人陶醉。吾愿自此体育运动，蒸蒸日上，为幸福隰县平添和谐音符，为美丽家园再增夺目光彩。

2013年12月立

小西天莲花广场碑记

莲，花中君子也。喻人，高尚雅致；喻爱，并蒂同心；喻佛，尽善无瑕。广场冠名莲花，仰西天圣境之洁，得翠湖清莲之香，蕴好人隰县之风，可谓境近意远，实至名归。

小西天自明末肇始，多赖世人精心守护，乃得近四百载风采不减。然寺内金碧辉煌，寺外杂草荒岗，且景区局促。后虽有修葺，仍难与西天圣境相谐美。

2012年春，乘强势推进大县城战略之际，小西天莲花广场始动工兴筑。其间，县委、政府领导不时踏勘，悉心指导；主管单位勠力同心，劳心劳力；建设者不避寒暑，精心施工。2014年秋，功成告捷。是役，移山十万立方米，新增面积一万一千余平方米，其中，建筑面积一千余平方米，停车场面积一万余平方米，景区面积较前扩张六倍，总投资二千八百万元。山水寺观，园场廊亭，融汇自然人文精粹；大气别致，华丽炫目，堪称县城景观之冠。其间，小西天景区荣膺国家四A级旅游景区。

予观之，莲花广场赖丹明玑，风光四合。西为翠湖，青荷吐蕊。再西，辟寺院盘山栈道，蜿蜒幽远。东为飞凤园，它山之石，垒壁似凤。白昼，水帘垂挂，九龙吐珠；入夜，灯光闪烁，彩凤飞舞。南北两桥，北名凤凰，南名莲花，古拙轻巧交相辉映。飞凤园之上，游乐雅筑，石壁雕塑，飞天与彩楼同舞；长廊画阁，赑屃驮石，古朴与隽永并美。莲花台为广场象征。台上喷泉笼雾，凌空飘洒。杨柳、鱼篮、山水、持经、持莲五尊观音塑像环台而立，端庄慈祥。台下莲池，碧水如玉。台南为凤凰舞台。更南，为阎锡山旧居、天主教堂，与佛法道场融为一体。

飞凤驮佛小西天，风雅长存天地间。自此，西天圣境得莲花佳境，珠联璧合；城带灵光而寺沾祥瑞，悦人利游。此乃呕心力作，传世功业，故勒石以记。

2014年11月立

重修趋善桥碑记

余以为，言善不若心善，心善不若行善。倘若如是，曷能不趋善而谐？

凤凰山下有桥，名曰"趋善"，倡言善道，意味深长。桥自清初问世，几经修葺，多不可考。本次重修之旧桥，为单孔石拱便桥，建于20世纪70年代中期，材粗工简，陈旧失修，不唯影响行人，也有碍观瞻，文物部门久有重建之意。

周君旭晨，山西森太科技有限公司董事长，少有抱负，乐善好施，在外发展，事业有成，人与旧桥齐年，心系家乡福祉，之前曾捐价值五万元之小西天沙盘模型；因见寺院辉煌，桥独颓然，良多感慨，遂萌发振兴之志，乃以三十七万余元献助，慷慨解囊，以就懿德。

常君富顺，临汾市政协主席，一向关心桑梓，多有善举。闻知此事，即以万元见赠，并引荐蒲县籍善士刘宝全捐资九万元，襄赞其事，以为民倡。

工起于2009年8月30日，竣役于10月30日。桥长二十二米、宽四点五米，三孔不等跨拱式结构，青石铺面，汉白玉双面浮雕栏板。此外，铺设趋善路钢筋混凝土路面，构筑青石栏板、护坡、绿化带等计划外项目十多处，总计费耗四十七万元有余。各方竭诚合作，施工精细，监理严格，质量优良，收到事半功倍之效，颇受乡里称道。

今新桥落成，迎来送往，通达便捷，与小西天相映成趣，为隰县城平添一景。余观之，斯桥古朴典雅、玲珑端庄：朱壁银栏，孔如串珠；虹桥卧波，掩映生姿。其与凤山、古寺、碧水、烟柳融为一体，谐和为美，实为匠心之作。登山言佛事，入世趋善行。游客至此，能不见其桥而思其人？能不观其茂行而效慕？

是为记。

2010年5月1日立

千佛庵彩绘泥塑修复碑记

　　千佛庵，俗名小西天，向有中国彩塑博物馆之称。其大雄宝殿，以三楹之小饰三世十方千佛，层楼叠接，悬绕不绝，超凡脱俗，美而不俗，诚大度涵容、以微显著之杰构。更兼绝无仅有的五佛同居、十大弟子同塑、三界九地与琉璃世界同观的布局，为研究明清佛教、彩塑、民俗、音乐等诸多方面提供了可视依据，具有很高的艺术价值和历史价值，堪称中国佛塑登堂入室之作，惊艳天下的悬塑绝唱。窥古视今，千佛庵之前乏有先例，千佛庵之后绝无二型。

　　因为身贵名重，尤须倍加护佑。多年来，国家、地方投入巨资，加固山体，葺理寺宇，状貌焕然一新。唯大雄宝殿虽不失堂皇，但表面积尘，彩绘褪色，胎体空臌，局部损毁等建筑病害明显，令人担忧，如不及时排除，恐精丽渐失，难以为继。

　　故此，经县文物旅游局呈报，国家文物局于2012年立项批复，下拨工程资费五百三十万元，由陕西省文物保护研究院勘察设计，西安文物保护修复中心施工。工起于2014年6月，毕于2018年10月，为本寺近百年来彩塑饰缮之最。

　　此次修复，各级文物部门支持，县委、县政府关心，文物旅游局争取项目资金，并对修缮工程用心要求。施工单位秉承科学精神，应用新技术，对彩绘泥塑逐一体检，以原材料、原工艺修复如初。污者洗，朽者换、残缺者补，不当修补者除，空臌、起甲、酥粉、断裂松动者加固，直至圮剥消弭，旧容恢复。此役，乃悬塑瑰宝和人类相依，与山河同在的一件功事，不可不知，不可不记。是故聊叙数言，以表赞喜云云。

2019年1月29日

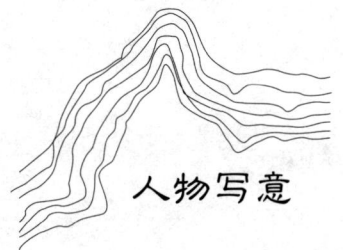

人物写意

她从长征走来

如果她还健在，今年一百零三岁。由此上溯，她2001年去世，八十四岁；1947年落户隰县上均庄村，三十岁；1935年参加长征，十八岁；1934年加入中国共产党，十七岁；1933年参加红军，十六岁。十六岁，正是人生的碧玉年华，她即投笔从戎，走上亘古未有的长征路。

她，名叫安庆英。

我多年前曾采访她，那情形至今历历在目。她中等个头，面色白里透红，说话高喉咙大嗓门，震得招待所本不结实的木窗户嗡嗡作响。她乡音浓重，经历奇特，气场强大，听了她的故事你不被吸引才怪。如果不是事先知道她的身份，一打面，你准以为她是被南下开辟新区的丈夫带回的川妹子。

她是学毛著的积极分子，县里要召开学毛著大会，领导责成我为她写发言稿，因此有了那次难忘的采访。

一旦触及往事，安庆英眼里盈泪，声音哽咽，浑身发抖。一个人非经历奇崛，心潮不会如此起伏。

安庆英说，她并非因穷困潦倒到生活无着才参加红军，她是凭着一腔抗日救国的热情，才在生死未卜的漫漫长路上跋涉寻觅。依她倔强的性格，认定了的路绝不会回头。不难想象，从踏上长征路到放牛归马日，她经历了多少常人难以想象的艰难困苦。

一晃五十多年，安庆英的事迹时不时在我眼前回旋，这样的记忆，在我职业生涯中是不多见的。因此，以她传奇人生写部小说的念头一直在心，但我始终无法动笔——她的故事太悲壮、太感人，叫我心颤得不知从哪里下笔。与其写不好，不如搁笔缓写或不写，这是为文者的本分。

查资料得知，参加长征的两千五百多名女红军，仅有三百五十余人胜利到达陕北，安庆英即是这三百五十人中的一位，够得上人生传奇。

安庆英人生悲壮的行军：两爬雪山、三过草地。

1933年，苍溪县龙山镇走来一队红军。红军一到，满街通红："红军是武装起来的工农""打倒帝国主义，建设苏维埃政权""组织北上抗日先遣队"的标语随处可见。正在镇上学校读书的安庆英，眼里看着红军，心里想着红军。她和小姐妹们天天跟着红军，看他们操练，看他们演出，听他们演讲，小心眼就活动开来——参加红军去！父亲开着杂货铺，虽然不是大富，但也不穷；见女儿对红军着了迷，便生怕年幼的女娃子跟上红军走了。谁知，十六岁的安庆英还是不声不响地离开了生她养她的这个家。

安庆英参加的是红四方面军，她被分配到妇女独立团。

1935年3月，红四方面军从苍溪县塔山湾强渡嘉陵江，从这里走上长征路。这支队伍里，就有重返故乡的红小鬼安庆英。当她即将离开故土时，并不知道什么时候才能回来。她擦了把泪，心里默念着："爸、妈，恕女儿不孝，你们可知道参加红军，解救天下受苦受难的父老乡亲是更大的孝道吗？爸、妈，你们千万要平平安安的，一定等女儿回来！"

踏上长征路她才知道，这是一条险巨的路。为了躲避敌人的追击和围堵，红军走的是人烟稀少的羊肠道，跨的是汹涌奔腾的大江大河，翻的是鸟兽绝迹的茫茫雪山，过的是无边的泥淖草地……安庆英爬雪山，穿着单衣，拄着木棍，喘着粗气，脸和手冻得黑紫。草地方圆几百里，草丛汊河，曲流交错，不时有雨雪冰雹袭来，死亡的威胁就横在红军战士面前。饥肠辘辘，便吃树皮吃野草吃牛皮；人困马乏，天当铺盖草地当床。有多少战友长眠在雪山草地！

好不容易走出草地，上边又传下命令，原路返回。原路返回意味着重过草地。当时她并不知道这是因为张国焘企图南下另立中央搞分裂。她随队伍再过草地，重走雪山。一路上不时看到第一次过草地时牺牲的红军战士的遗体。他们大都保持着牺牲前或相互搀扶，或背着战友趴在地上，或向前爬行的姿势……这一路她不仅走得身体疲惫，而且走得心情沉重。安庆英咬紧牙关暗暗嘱咐自己：你一定要争气，一定要活着，只有活着才能走完长征路，只有活着才能见到父母亲。

不久，张国焘南下失败，中央电令队伍再度北上，与中央红军会合。这时已经是连长的安庆英正在病中昏迷不醒。队伍既不能带上她走，又不能停下等她病好，只好把她安置在老乡家里，开拔走了。等她苏醒过来，不见了部队，急得出了一身冷汗，就要起身去追。老乡劝安庆英留下养病，或者回家——这里还不算太远。安庆英说："我哪里还有家？！红军就是我的家。跟上红军走，走到天尽头！"于是她拄着木棍，踉踉跄跄地去追赶红军。

肚子饿了，不是乞讨，便是到庙里吃献品，实在没吃的，就吃观音土和青草充饥。白天还好说，一到夜晚，狼嚎狐叫，寒气逼人，无处藏身。有一天，她终于看见红军的影子了，她拼命追呀，追呀，在一座大山下追上了，她身子一软便瘫倒在地上。首长叹口气，说，好一个铁了心的红军娃。想带她，又怕她病体未愈，就好言劝她留下，兴许能活命。安庆英心想，与其留下来死去，还不如跟上红军去"光荣"。于是她二话没说拽住马尾巴，站了起来。牲口驮着给养，她便拽着马尾巴一步一颠、两步一摇，硬是跟着红军上了山。

两爬雪山，安庆英没有掉队；三过草地，安庆英没有倒下。但是红军却付出了本不应该付出的巨大代价，八万多人损失半数。安庆英所以能跟着红军转战南北，凭的是信念和毅力，凭的是有一个能够支撑生理极限的强壮体魄。

走出草地的安庆英又随红军西路军西征，被数倍于红军的国民党军堵截，损失惨重。安庆英和战友们在弹尽粮绝、命悬一线的危急时刻，幸遇前来解救的中央红军，这才得以逃出包围圈，才得以走向她梦寐以求的延安。

安庆英一辈子刻骨铭心的事：骨肉绝命于黄河。

到延安后，安庆英被分配到被服厂工作。安庆英年轻、漂亮，又有文化，自然是年轻人注目的对象。后经人介绍，安庆英与一位团职干部相识相恋，并相偕走进婚姻殿堂。沉浸在新婚喜悦中的安庆英，怎么也不会想到，婚后第三天丈夫即奉命率队远行，这一去便没有了音讯。她四处查问，登报寻人，可她的这个"三天丈夫"，就像断线的风筝，再也没有回到她身旁，成为她心头永远抹不去的牵挂（这件事，她深埋心中几十年，直到临终时才说给家人听）。

1937年，她与同是长征过来的同乡何占青成婚。丈夫因长征时负过伤，身体极度衰弱，只陪伴她到五十三岁便撒手人寰。这是后话。

1947年3月，国民党胡宗南部二十五万人向延安大举进攻，党中央决定撤出延安。安庆英夫妇随后方机关一路朝东撤退，走到黄河渡口，眼看就要上船，眼看就要过河，眼看就要到达山西解放区，不料国民党的飞机俯冲轰炸，驮着安庆英两个女儿和全部家当的毛驴受惊，挣脱缰绳，失蹄掉进滔滔洪流……

讲到这里，安庆英哽咽着说不下去，我也心急得不行，连问：怎么样了，怎么样了，怎么样……

安庆英哇的一声号啕大哭，我猜到了那个结果，但又不知道如何去安慰她，只能陪着她流泪、叹惜。她哭够了，擦干了泪水，才艰难地说："只一眨眼……一眨眼呀，一切都没了。刚才还和女娃逗笑说，过了河，咱们喝山西的小米粥，吃大红枣，谁知话音刚落……转眼……成了一生的痛。当时，我俩撕心裂肺，就想跳河捞人，被战友死死拉住。谁能想到，长征路上一次次生离死别的悲剧在这里再度上演。"

想想看，一个转瞬间的悲剧，一个完全意想不到的悲剧，纵然是铁石心肠的人也会因此动容。孩子没了，夫妻俩泪眼婆娑地望呀，望呀，送别一双女儿……

一个人走得再远，也不会忘记出发的地方。安庆英在离家三十五年后终于又回到故园。

1968年春天，安庆英的爱人何占青与世长辞，夫妻"双红"成了"单红"，安庆英一时间陷入"片云孤木"的境地。人在孤寂的时候越发忆旧：这里是她的家，但不是老家；这里的亲人走了，老家的亲人又怎样了？之前，多少次联系，多少次失望；现在，倒不如暂时撂下这头回一趟心里牵挂着的老家。那年9月，安庆英在儿子的陪同下，穿吕梁，过黄河，翻秦岭，终于来到大巴山下那个她朝思暮想的家——四川省广元市苍溪县龙山镇——一个山清水秀、"鸡鸣三府，货通九州"之地。

下了车，安庆英一头扑进曲曲弯弯的街道，她的心提到了嗓子眼。近乡情更怯，果真不假。她盼回乡，试图找回昔日的温馨；也怕回乡，一走几十年，音讯全无的这个家会是个什么样子，亲人们能不能禁受得住岁月的磨砺？为什么一次次去信一次次被退回？难道……她不敢往下想。她找她的老宅，但忘了在哪道街哪条巷；她打听亲人们的下落，可惜现在人不知当年事。寻来寻去，终于在一堆聊天的老人那里打听到靠实的信息，原来有个改了名字的弟弟依旧守着故居——怪不道书信不达呢！脚步急，心里跳，一抬头，梦中的那个青瓦覆顶、青砖铺地，前店后院的故园在眼前闪现，久违的气息迎面而来。安庆英抑制不住如潮似浪翻涌的心绪，进院就喊"月德"，闻声出来的安月德却一下子愣在了那里。安庆英大着嗓门道："我是你姐庆英呀，我回来了！"

"啊？"大梦初醒的安月德这才明白发生了什么——这位从天而降的女人就是失迹几十年的姐姐！姐弟俩同时扑向对方，抱头痛哭起来。

安月德拍着安庆英的肩膀问："姐，这么多年你都去了哪里？我们还以为你早不在……"

安庆英答非所问："这么多年我时时惦记着这个家，为什么我写的信都被退回来了呢？"

"姐，你可知道，你那一走，爸爸像疯了似的走上寻女路再也没有回过家，连个骨殖也没留下。一家人老的老，小的小，不知是该先找你还是该先找爸爸。找来找去，谁也没有找到，倒把妈妈给气得病故了。好端端的一个家一下就散了摊子。姐呀姐，你走了你省了心，可知我们是怎样熬过来的？"

"对不起，弟弟，全是姐姐惹的事。那时姐姐年纪小，怎么能想到走了我一个祸及全家人呢！"

"姐，我不过就那么一说，不怨你，不怨你。如今时过境迁，苦尽甜来，咱们家出了你这位红军姐，咱家光荣啊！"

这真是：

十六从军行，迟迟五十归。

断肠人两隔，泪落雨霏霏。

巴山父母双亡，黄河丧女一双。为了追求理想，安庆英竟付出如此大的代价。安庆英哭了，安月德哭了，所有在场的人都哭了。谁能不为之动容！

离家，安庆英抛弃了母女情；过黄河，安庆英又失却了母女情。上有愧于走失的父亲、病逝的母亲，下有愧于一双年幼的女儿。安庆英这一生，不曾有愧于她的理想，却欠下亲人们一份份难以弥补的情分。

安庆英来到母亲坟头，烧香化纸，连连叩头，哭得呼天抢地，几乎昏厥。她有一肚子话要给母亲倾诉，她要给不知下落的父亲赔罪。但这为时已晚，什么也不足以报答父母对她的养育之恩。"坟中的妈妈，女儿对不起你；天边的爸爸，恕女儿不孝！"

再苦、再难，安庆英也没有忘记过自己从军的初心。

想当年，在黄河边丢了女儿的安庆英、何占青擦干泪水，冒着敌人飞机的狂轰滥炸抢渡黄河。队伍被打散了，他俩相互搀扶着，硬是到了对岸的山西。一路上，心尖滴血的安庆英，还得搀扶病痛交加的何占青——这一对天地间的患难夫妻、革命道路上的并肩战友。

安庆英给我描述过当时的窘况：春寒料峭，山路崎岖，因为丢了行李，上衣只有半袖衫，下衣只有半腿裤，两个肩膀抬着一张嘴。冻也得走，饥也得行，病还得跑，因为他俩没有忘记自己是红军，没有忘记有新长征在召唤。他们好不容易找到设在碛口镇的中央后方工作委员会报了到，要求分配工作。鉴于他俩的身心状况，首长认为他们不宜再随军行动。上级发了证件和给养，让他们随南下工作队来到新解放区隰县就地休养。就这样，他们在隰县一个叫上均庄的小山村落了户并度过了后半生。

在农村，安庆英仍像长征时一样，风风火火、吃苦耐劳，掏茅粪，吆牛车，搬石头，开荒地，一点不输男人们。村里的麻烦事、难缠事，有她在场矛盾就好解决。人家叫她老红军，她说她是老农民——有红军的肝胆，无摆架子的资格。几十年来，各种荣誉接踵而来，从村到县，从县到地区，从地区到省，谁不知道隰县有位长征过来的女红军安庆英。尽管老红军得到国家优待，可几十年来，她从没有向组织张过嘴，伸过手。

几十年间，我们偶尔会相遇，有时在村里，有时在城里，说起那次难忘的采访，她说谢谢我的文笔，我说感动于她的事迹。每见面她总是红光满面，总是高喉咙大嗓门，总是怀念她的长征。问她生活过得怎么样，她总是说，红军当年追求的目标实现了，我追求的幸福也盼到了，我安庆英从来没有像今天这样安逸过。儿女们、孙辈们守着我，围着我，哄着我，你看是不是子孙满堂，苦尽甜来呀！我说，长征如史诗，幸福像花儿。于是我们俩会心地笑了起来。

她从长征走来，我以这支拙笔书写她的长征，是献礼，也是敬仰；是怀念，也是追寻。

写于2020年12月5日，改于2022年7月25日

仰望老县长

第一次见到老县长任国勋，是20世纪50年代末的事。那时，适逢老城改造，街道拓宽，学生们也参与进来。有天，我们带着工具准备拆西城门时，走来几位干部模样的人，为首的对着城门和我们指指画画，听意思是拆城墙搬城门活太重，危险大，不要让学生娃们干。有人对着那位指指画画的人称任县长，这引起我的注意。以我有限的阅历，我猜想县长就是过去说的"县官"。"县官"近在眼前，我既好奇又起敬，虽不敢正视，也偷偷扫了一眼：蓝布衣裳吊着四个兜，看不出有什么特别之处。

后来，学校组织我们到大礼堂听报告，作报告的又是这位任县长。他坐在台上，还是那身朴素衣着，一张略显沧桑的脸，一口浓重的蒲县话，让人觉得可亲可敬。他讲起话来铿锵有力、滔滔不绝，讲得起劲时，稿子也不要了，椅子也好像碍事，站将起来，脱去帽子，用手巾擦把汗——会场气氛也跟着热烈起来并且掌声阵阵。那天会议还有谁出席还有谁讲话我全然没有了印象，只有任县长几句让人爽快的话至今仍在耳畔回响。这几句话的大意是：要开展植树造林，先要绿化城跟前的堆金山；将来栽上果树城里人就有果子吃；架起葡萄不止能摘葡萄，后生、汝子还能在葡萄架下谈恋爱……因为当时恋爱这个词显得有些前卫和时髦，人们还不大好意思说出口；所以，任县长这么一说，整个会场乐翻了天。也就是那次会，我第一次聆听任县长讲话,风趣幽默;第一次知道城东的这座山叫堆金山,为我后来关注这里播下一粒种子;第一次感受到这座山和县城的唇齿相依,为后来一再给它作文写歌找到了一个浪漫的由头。如今的堆金山已建成森林公园,郁郁葱葱。在隰县人眼里,这不止是年轻人谈情说爱的好去处,更是大家怀抱青山陶情冶性的好地方。这座"金山"的发轫,也许就源自那次会议。所以,每想起任县长鼓舞人心的言谈,为民辛劳的身影,不由得要仰视一番。

后来,我参加了工作,任国勋还是县长。不知是他舍不得隰县,还是隰县离不开他,他依旧像一位家长不知疲倦地操劳着。由此,一个好县长的形象立在我心中。再后来,经过"文化大革命"的他仍站出来工作,人们对他的称呼不知不觉间带了个"老"字,这个老,不单指岁月无情催人老,还指隰县历任县长的任期无出其右者,更有老而弥坚的意味。在我也走上领导岗位后,任县长已经离职休养。此时的他,确实是老了,头发花白,脸上皱纹纵横交错,连原先挺直的腰板也佝偻了。此时的他已经完全是个老百姓了。按说人年纪越大认得他的人越少,但任县长、好县长、老县长种种称呼却一直活跃在人们的口头。及至暮年,他又得了一个称呼"任老汉"。如果称谓也能反映民意,那最平实的才是最容易贴近民心的。政声人去后,民意闲谈中——正是此意。

那时,我对老县长的了解,多是来自人们的口头或资料——一位风华正茂的年轻干部,为了百姓的福祉,在隰县大地上留下了一串坚实的脚印,他婉拒升迁,不求享受。在他行将离休之际——很多人在即将退下来时一门心思去谋求落脚处、营造安乐窝——他却一心只想站好最后一班岗,扎根隰县,直把异乡当故乡,更将隰人当亲人。

案几上放着老县长小女儿任静编就的《追忆父亲》,其中有老县长口述的家史纪实,有当年一些下属的回忆,有子孙们的追忆,还有一些相关文字和图片，所记大多是我不知其详或压根儿没有听说过的。展读再三，一位有血有肉、有胆有识的老公仆形象树立在我面前。到此时，我才算真正认识了这位老县长——从最初的好感到今天的感动，竟跨越了一个甲子。

他在县长任上一干近十年，其间作为如何？有人总结说，创下隰县十几个第一。比如，第一次引进金皇后玉米品种，使得亩产提高一倍有余，农民的吃饭问题有了着落；引进栽培苹果，使得隰县成为当时山西栽植苹果第一县——他应是隰县所以能跻身梨果大县的奠基者；兴建水厂，使得隰县人第一次喝上自来水；改造旧城，拓宽街道，使得老城面貌焕然一新；新建幸福院，老红军、残疾军人有了养老之地；组建兽医站；创建剧团和艺人食堂；修建石马沟、下庄水库和车家坡大桥，等等，无一不是兴县富县的拓荒之举。

老县长是位有故事的人。大故事令你感奋，小故事叫你感叹。比如，县委每次开会，他总是第一个到场，李立功（后任中共山西省委书记）书记问为什么你老是这么早，他说没有手表，怕迟到误了会。李立功当即借钱给他，他这才买了平生第一块手表。要知道他那时是一县之长，而且已在县长任上干了好几个年头了，却依然没有多余的钱买块手表——听了这事谁能不为之唏嘘！他老家蒲县克城与隰县东川毗邻，不过百里路程，可他回家探望老母亲从不坐公车，而是骑自行车，车子还是向别人借的。有次下大坡，车闸碰巧断了，他被摔到山沟里昏迷不醒，要不是路人发现，还不知会怎样。还想说两件更"小"的事情。一件是，天凉了，民政局的同志用幸福院的车子给他家送去一车柴火。谁知他不仅将人家拒之门外，还告诉来人：用公家的车拉公家的柴，我不能烧。一件是，他带着小女儿上街，偶尔遇到一个卖苹果的，摊主认出了他，忙给孩子递过两颗苹果。老县长笑了笑，把苹果放回筐里。摊主说，俺们的苹果还不是你给栽下的？！漫说孩子吃两颗，就是送你两筐又算甚哩！老县长说，你们种果树不容易，我不能白吃。遂带着女儿走了。现在看来，这些针头线脑的事，在一些人眼里好像摆不到桌面，但那时、那地、那个人，就是把针尖大的孔当成斗大的风。难怪，在他治下，政府部门风清气正；在他影响下，他的家庭清水一潭，儿女们安分守己，从不炫耀。政风家风，一脉相连，这在当今社会，最难能可贵。

老县长还有一句很平实却又很受听的话："帮人一把心里安，让人一步自己宽。"一安、一宽，是境界，也是情怀。难怪他一生走了那么多地方，经了那么多事情，处理了那么多问题，却极少传出有关他的是是非非。"文化大革命"时，县城大字报铺天盖地，没见过有他的一张——不是说他同情"造反派"，或者"造反派"想偏袒他，而是"造反派"在他身上实在抠不出可供批判的"罪证"。世上的事，看似纷繁，只要与人为善，为民谋利，看似复杂的问题都会变简单，简单到用一个字来形容，那就是"正"。政自正出，一句便了。老县长就是凭着一身正气赢得生前身后名！

2020年3月1日

小记恩隆

认识恩隆同志前，他已经是县委办公室主任，而我却是参加工作不久的无名之辈。那时，因参军未果，毕业分配受挫，受累于家庭出身，一时间茫然无助。几经辗转，由勤杂工到正式工，已经心满意足，再不作他想。可是，你不想，有人却想你。蓦然间，一纸调令使我的命运发生了转变。

这是1965年岁末的一天，上级突然调我到县委办公室工作。事前一无所知、事中惊愕惶恐的我，怀着忐忑不安的心情到县委办公室报到。给我谈话的就是这位我只闻其名、不识其人的大人物。他姓毛名恩隆，山西五台人。他给我的第一印象是，高挑瘦削，面黧黑，双目有神，喜怒不形于色，颇让人有些望而生畏。他快人快语，三言两语就完成了组织谈话。临末，留下一句掷地有声的话："把工作做好！"

因为这一调动，使我踏进从政之门，而他的这句话，叫我铭记了一辈子。一个毛头后生，并不具备当时用人的政治条件，却突然调进一个县的神经中枢的办事机构，不能不说是人生的一个重大转折。

恩隆同志对人对事极其严格。在他身边工作过的同事，戏说他是严肃有余、活泼不足。有两件小事，至今记忆犹新。刚到办公室时，他让我写几篇小稿——意在考察。因为我有在县报社工作的经历，所以满以为能应付下来，谁知几篇稿子都不中他意，被退了回来。再写，仍不中他意。我越写越拘谨，他越看越不满，竟至于用摔稿件来"送客"。有一篇七百字的稿件，我改了七遍才勉强通过。我想，我在报社好歹也算个写手，到了县委办，反倒连一篇小小文章都拿不下来了，一时间失去了自信，有了不如离去的念头。好在，情况随着他的耐心观望、我的努力适应渐渐好转。不久，恩隆同志把主办《县委通讯》和全县通讯报道工作交给我。我这才明白，他是要给我加担子，故有恨铁不成钢之意。

恩隆同志敏于行而讷于言。敏于行，走路大步流星，做事风风火火，高节奏高效率，对下属有着高且严的要求。在他身边工作的日子里，我总觉得跟不上趟；再加沟通较少，有时不免产生敬而远之的距离感。1966年春，我随恩隆同志去山西日报社改稿——那是报社约写的一篇很有分量的稿子。我们住在报社招待所按报社所提意见改稿。我努尽力气却总达不到他的要求，因而总是看不上他的好脸。我想，你是恨铁不成钢，可谁不想尽快变成一块好钢？！但由铁到钢得熔炉冶炼才成，这是需要时间的。心里虽这样为自己找借口，但实际上我已在努力加紧学习，以适应他的工作节奏和严格要求。

讷于言，是说恩隆同志性格内向，不喜闲聊笑谈，至少在下级面前是这样。处得时间长了，透过表象看出他的藏愚守拙，才觉得这应是他的一个长处。在机关，我俩"比邻而居"，若没有事，彼此走动得不多，因为我也性格内向。说到这里，又想起那次在报社改稿的事。我们从"近邻"变成"同室"，不用说我心里有多别扭。他少言，我寡语，我们除了商量如何改稿外几乎没有交流。有次，报社给了两张山西省歌舞团的演出票。晚上没有公交车，我们只能步行前往。从报社招待所到长风剧院有五里路，他大步流星在前，我大步流星紧跟，一路上，只听见脚步的沓沓声。走到剧院，还没开始检票，我们便坐在门外的台阶上休息，他吸他的烟，我想我的心事，照旧是默默无语。等看完演出，甭提我内心有多高兴了，这是我生平第一次观看省级剧团演出，恰是"山猫土豹子见了大天"，那支优美动人的《洗衣舞》，后来竟在我心里舞动了一辈子。即使这样，我们两人谁也没有喜形于色，演出结束，我们沿着来时的路返回，依旧是默默无语，依旧是只听得脚步声沓沓。好在心血没有白费，稿件见报时，四五千字的长文，还配发了编者按，产生了不小影响。我知道，这凝结着他的心血，没有他的思想见地，没有他的文字功底，就没有这篇报道的诞生。我压根没有想过署名的事，当看到我们两人的名字并列印出，我既受宠若惊，又暗自惭愧，还略有一丝成就感。恩隆同志对下属不吝帮扶和提携，这源于他那种助人不求回报的秉性。

我在恩隆同志身边只工作了不到两个年头，"文化大革命"中断了我们这种关系，却没有中断彼此的情分。"文革"中他受了大冲击，我受了小冲击，为了"过关"，我只得给他贴大字报；不过，我那大字报的内容只涉及生活琐事。尽管这样，我一直抱愧在心。

那是"文革"中相对安宁的日子，他无官，我无事，且少了上下级关系的羁绊，我们才有可能作了彼此间的第一次长谈。我谈到他的冷面、他的少言、他的令下级敬而远之的威严。他笑说："其实我也知道我这个毛病，可一忙起来，就忘了别人的感受。当改，当改。"我又解释了给他贴大字报的事。他说："那是什么事嘛，我也给我的领导贴过，时过境迁，当一笑了之啊！"

我和恩隆同志，算不得深交，但算得上知心。我们相识几十年，走动却并不是很多，我也从没有给他送过礼物，请他吃过饭，为他做过事；也没有请他用他手中的权力，给我或我的亲友办过事。但我知道，我的涉足政界，源于他对人才的爱惜。我说过，调动工作时，事前我不知，事后没答谢；他事前也没和谁打招呼，事后也从没向谁提及。不难看出，他对我的了解来自观察；反过来，我对他的观察亦使我更钦佩他。我们之间，没有客套，不讲究礼尚往来，有的只是了解和信任，而信任就是知心的基础。在"极左"岁月，一切事物均要经有色眼镜过滤，像我这样一个"根不正苗不红"的小人物，能走进县委办公室，实在不是件容易事，甚而引起一些"根正苗红"之士的嫉妒——他们张贴大字报责难恩隆同志就不足为怪了。我从没有想过从政，是组织给了机遇，尽管只给我打开一扇门，但门里的风景伴我从毛头后生直到年过花甲，禁受了人生历练。每念及此，我总是心存感激。

恩隆同志是我的领导、师长，也是我的知心朋友。我与恩隆同志的爱人亚丽是中学同学，但我从没有想过要通过这层关系走他的门子，他也没有因为我是他爱人的同学而偏袒我。随着他职务的节节高升，我们之间的走动却在减少。原因，在我这里。我总以为人家位高事繁，不便打搅——自然走动就少。

走动少，不等于彼此不关心。一旦见面，恩隆同志总是用亲切的目光注视我。有时遇到饭点，他总会留我吃饭，我也不客气地蹭一顿。记得他任地委组织部部长后，我去地区开会，顺便去他家里探望，他非要留我用饭，还要和我一块喝酒，说，最好再叫一两位你中学同学热闹热闹。这真是日头从西面出来了。我叫来时任地区医药局副局长的王海清，一块和恩隆喝酒。没过三巡，有人来访，雅兴被冲淡，再喝不下去。亚丽说："他总是这个样子，食不甘味。"我说："在我的记忆中，他从不用酒，今天怎么有了雅兴？"亚丽说："他见了你高兴。"一句话胜过千言万语。

在县委大院，恩隆同志的敬业是有目共睹的，而他的嗜烟也是无人不知的。他写东西到了废寝忘食的地步，吸烟也到了无以复加的地步。毫不夸张地说，他是工作不止，吸烟不息。一天能吸几包，有时连他自己也说不清。那时，还没有带嘴烟，他工资不高，舍不得吸好烟，一边写材料一边抽烟，写一天就抽一天，烟头舍不得扔，一个一个接起来。他接烟头的本事也真叫绝，两眼盯着文件，手捏着烟头，一手拿着一支烟，看也不看就接了起来。

在隰县，他不只是有作为的好领导，也是当之无愧的大笔杆。当然，在临汾地区他同样是领导干部中不可多得的"秀才"。不知底细的人，还以为他若不是书香门第，也受过高等教育，殊不知他仅仅读过几年村学，是典型的"寒门贵子"。他知道，先天不足后天补——出自幽谷的人，往往有迁于乔木的精神，而欲达到这种境界，就要比别人多付出几倍努力。他的上进表现在写作上，也表现在工作上，他的领导水平总是与时俱进的。在隰县县委书记任上，他的两山治理、林业建设和帮战友活动，都因其独创性而受到上级表彰；在地委组织部部长任上，他又因"十百千"活动受到中组部表彰。

由此，又想到他的嗜烟上来。其实吸烟并不有助于思维，那只是一种习惯而已。为了戒烟，他想了不少办法。有人说吃糖能戒烟，他便口袋里经常装着糖；有人说嗑瓜子能戒烟，他桌子上便总是摆着瓜子，还有戒烟香烟、戒烟茶，等等，能派上用场的办法都用上了，可他就是难以割断与那缕袅袅青烟的"情分"。最终，烟瘾毕竟拗不过"本钱"，在他年逾花甲身体不支时，才不得不痛下狠心戒掉了烟。晚年，他后悔莫及的是曾嗜烟如命，聊以慰藉的是自己做到了三命而俯。因了三命而俯，他在为人民服务的道路上树立了口碑。

恩隆同志虽说做工作严谨，但对工作以外的事并不讲究。比方我到他家里，极少称他毛书记，或毛部长，觉得那样生分。背地里，我们惯于称他"老毛"，有时甚至简化到不能再简化的一个"毛"字。比如说"老毛"说了什么什么，或者"毛"如何如何，等等。大家乐意这样称呼他，他也默认这个事实，这是一种老相识之间的默契和本情。

有两件事我拂逆过他，而他却没有见怪，现在想来我仍心有愧意。一是某年县上准备换届，时任革委会主任的他，即将改任县长。有人告诉我县上要调我任政府办主任。我得知后惴惴不安。因为我有过办公室工作的经历，自己性情呆板，不善周旋，要适应这份工作较别人费力；同时也因为有过这样的经历，深知高处不胜寒。于是总想找恩隆同志说说。一天，巧遇恩隆同志，我顺便问起，他说有这个意思。我婉转地表达了自己的想法。他笑着说："看看，我有心而你无意，是我一厢情愿了！"这虽是幽默之语，却令我心里颇为不安，忙说："岂敢岂敢！既是你说了，哪有不从之理。只是我这人愚蒙古板，恐怕难以胜任。"事过，我出了一次长差，甫一回县，情况发生了变化，他担任了县委书记，当然也就"消"了我去政府工作的"号"。我在祝贺他的同时，又有一种解脱感。后来，他又问我愿不愿意去县委办当个副职。那时，县委办的门槛依然很高，即使是任副职，也被视为提拔。我说，您就高抬贵手吧。果真，他再没有提及此事。细细思量，作为领导，人家想着你，你却不体谅人家的用心，于情于理都有些不妥——这也就是我这个人的愚钝之处。另一次是在他退休之后，回到隰县，问我提前一届退下来准备做甚，我说了我的想法。他说他新近任了临汾市老龄学会会长的闲职，看我能不能在其中做点工作。我说，我之所以这样选择，主要是想做点自己感兴趣的事，至于社会职务最好免了吧。如果以后有工夫，给老龄学会写点东西还是可以的。恩隆同志点点头，表示理解。对于恩隆同志的宽厚，我既觉感激又觉歉疚。我总想着该为一位关心过自己的老上级做点什么，但人微言轻的我帮不了什么。最可遗憾的是，在他走到生命的尽头时，我没来得及见上最后一面，铸成终生遗憾。

回顾数十年的交往，我心里有他，不只因为他是我的领导，而更因为他是我的师长，对我的成长产生过重要影响，他那句"把工作做好"这看似浅显却做来不易的话，至今仍在我耳边回响，鞭策我一直为做好公家的事情尽心。在县委办公室工作的十年间，我与多位县委书记有过工作交往，其中令我难忘的有三位：毛恩隆、王学厚、高光挺。他们对我有知遇之恩。他们对我的提拔和任用都建立在信任和公慎的基础上，绝不在功利和私情中拉扯。我的成长与进步，与他们的扶持和指点分不开。我曾经和光挺同志谈到这些旧事。他感叹地说："那时，人与人之间，好似一汪纯洁的清泉。"此话受听。王学厚如此，高光挺如此，毛恩隆如此。我也在向他们学习的过程中，逐步完善自己的人格，尽管还不那么称心。

　　一句话概括这篇小记，那就是人淡如菊，贵在相知。前者说人品，后者说交往。生活琐事，在我看来并不小。诚然，人无完人，金无足赤，恩隆同志身上也有弱点，不免为人诟病。但看一个人，不应以小恶弃大美。

　　我忘不了与恩隆同志的君子之交。

写于2010年6月6日

家有警察

——三位女人的心语

赵兰梅

赵兰梅曾经是警嫂、警妈。而这个"曾经"，带给她光荣，也带给她悲痛。

1976年，赵兰梅的爱人柴志林离开军营来到警营。四十个春秋，他将自己的青春献给了人民公安。同是警察的大儿子柴文武，于2002年因公殉职。刚刚脱下军装的二儿子柴文宝抹掉眼泪，毅然投身警营，与父亲战斗在同一个战壕中。

当我问赵兰梅既当警嫂又当警妈是什么感觉时，她仰了仰头说："体面。"

我请她先说说警妈这个角色。

未曾开言，赵兰梅眼中便泛起泪花。我注意到她在努力地控制着情感，没让泪水决堤，却也没法不让泪水涌现。

赵兰梅说，她这辈子心里最痛的是大儿子出事。

他那天从家门出去，就再也没有回来。生他不容易，养他不容易，人殁怎么只一眨眼光景！

"身上掉下的一块肉没了，活着还有什么意思？当时我想到了死。"

怕她难受，我忙调整话题，让气氛轻松一点。但是，谈话又跳不过这道坎，这是她永远抹不掉的痛，所以话绕了一圈又转了回来。

"孩子走时才二十五岁，结婚七十二天。他本来可以像他父亲那样光荣退休，可惜只干了三年，只干了三年警察呀！"

领导安抚，亲戚相劝，丈夫开导，赵兰梅慢慢想开了：兰梅呀，你不能倒下，你要倒下，上边的老的，下边的小的，中间的那个有泪往肚里咽的丈夫，还不得都跟着趴下！自己不好活，全家人跟上都不好活。儿子因公牺牲，值！警察之家就要拿出警察的那股子劲来。

后来，二儿子柴文宝沿着父亲的足迹从警，既承继了哥哥未竟的事业，也抚慰了父母受伤的心灵。

说到这里，赵兰梅眉头舒展了，我也轻轻舒了口气。乘势转变话题道："说了最痛的事，咱们说说最快活的事。此生心里最平着（音piē zhe。隰县方言，意为舒心）的事是什么？"

"我男人柴志林最让我平着！"

"此话怎讲？"

"他当了几十年警察，没落下一句闲话。"

当"几十年警察"难，没落下"一句闲话"更难。

在赵兰梅心里，这仿佛是权衡一个人价值的天平。

在赵兰梅眼里，男人是位只知警事不知家事的人。做刑警时条件差，出警先是骑自行车，后来是骑摩托车；家里没安电话，男人又没手机，他一出差十天半月，像断了线的风筝，赵兰梅的心就十天半月地吊着。有时人好不容易回趟家，半夜有人来敲门："志林，快起，出事了！"男人便一骨碌穿衣出门，后来男人当了看守所所长，总对赵兰梅说："咱管的是人，是犯了法的人，你知道咱的责任有多重？"男人神经绷得紧，连年三十也不回家。赵兰梅免不了唠叨两句，男人总是那句话："咱干的不一样。"

　　"咱干的不一样"成了柴志林的口头禅。

　　赵兰梅说："说起来不怕你笑话，我俩刚结婚时，连一片瓦都没有，借住在单位。那时他工资低，一个月才三十来块钱，上有老，下有小，但他依旧每天乐呵呵地上班。他是个怪人，自当了警察，再没有穿过夹克，更没有挨过西装，四十年如一日警服在身——即便洗得发了白，发了毛，也舍不得扔掉。哪个女人不想把男人打扮得帅气一点？可我做不到。开初是因为家穷，要俭省；后来是因为他固执，恋上了那身警服。我从来没有怨过他，怨也没用。我这一辈子唯一盼的是他平安，他平安这个家就平安。穷日子穷过——穷夫妻穷乐何尝不是一种活法？谁叫我嫁给他了呢！后来我们在窑上村租下地方才搬出单位，再后来我在这里入了队，志林说农村户口挺好，不用为找工作求人。志林工作忙，总不在家，我一个女人家受苦太重，累下一身病。没钱治病，就拖着，这一拖就是十年，直到我们有了积蓄后才有了去住院治疗的底气。

　　"二儿子有了小孩后，他也退休了，享开了清福——看看孙子，种种瓜菜。我从为父子二人担心变成只为儿子担心，担子轻快了。儿子工作忙，得空来看我们，老柴总是说：'你要把自个把握好。'清闲日子清闲过，真是舒坦。谁知祸从天降，不知是我的命不好，还是他的命不好，好不容易熬出了头，他好好的一个人却突然得了个脑梗，从那以后好跑的他再也不能跑了，好说笑的他再也说不出话了，一辈子好不容易盼来个清闲日子……他还答应要带我去旅游呢……唉，天打地对，这个家怎么就这么多事……"

　　"这可怎么办呀……"

　　我的话还没有问完，她便快人快语地说："他这一病，几乎又把我打倒。我左思右想，不能自个把自个打倒，为了老伴，为了这个家，我还要像二十年前一样站起来，陪伴他走到老。你问我现在生活过得怎么样，

218

我说过得幸福。尽管老柴病了，但他在我身边。渴了，端碗水，看着他喝了，就像我渴了；饿了，端碗饭，看着他吃了，如同我吃了。我推着轮椅带他在院里晒太阳，他露出笑容；我给他讲过去的事情，他点头能听懂。我看见他眼里噙满泪水，那是从来没有过的激动。风风雨雨几十年，我觉得做警察的妻子脸上有光，做警察的母亲心里骄傲。守着他们，我幸福！"

"守着他们，我幸福！"说这话时，她的眼中竟闪出光芒。

朴素的语言发自肺腑。七个字浓缩了赵兰梅的七十个春秋，折射出她心灵里那份纯朴的爱——爱丈夫，爱儿子，爱家庭，爱他们父子从事的这个工作——尽管她不会说冠冕堂皇的大道理。

我有点惊讶，为她难能可贵的幸福观。不知什么时候，我的眼睛也泛了潮。

刘晓玲

她个儿不高，但人端庄，脸白净，坦率健谈，显得有活力。我以为她最多四十出头，岂知她已年近五十。她道出这个秘密时全然没有一丝顾忌。她还笑谈自己骑电动车摔跤磕掉两个门牙："幸亏戴着头盔，要不难免碰个头破血流。"最近交警大队正推行"幸'盔'有你，'系'住平安"活动，她坦言要配合警察去现身说法。

警嫂就是警嫂，给你的第一印象是"不俗"。

她叫刘晓玲，隰县第一中学高级教师，毕业于山西师范大学，至今执教二十六年。

缘何嫁给一位警察？她说：一来自小就崇尚军人和警察；二来我丈夫警校毕业，人精干实诚；三来他追我追得紧……（笑声）于是，他有了当教师的妻子，我有了当警察的丈夫。

她丈夫李兵，曾任黄土镇派出所所长，现任隰县公安局反诈中心主任，至今从警二十七年。

我问刘晓玲，在你眼里李兵是怎样一个人？

她说他是叫她最放心的人。

李兵人敦厚，一是一，二是二，从不来虚套套，也不惹是非，工作起来全身心投入，还有一副热心肠。有次，下李村有个孩子被开水烫伤，刘晓玲和老师们一块为孩子捐了钱。回家后她说她捐了一百元，李兵在夸赞妻子的同时说自己捐了几个一百元。"你看看，同是一家人，做事的风格怎么就相差这么大呢？"刘晓玲夸谝丈夫的同时也说，"你办好事怎么还瞒着我？"李兵讪讪地以笑作答。

过端午时，素不相识的小女孩送来十个粽子，刘晓玲摸不着头脑，不接受。小女孩不得已道出实情："李所长资助过我，我送几个粽子表点心意。"刘晓玲这才接过粽子，说声："谢谢！"拆开"谢谢"二字，当是一谢孩子的感恩，二谢丈夫的好义。后来她问起这事，李兵只"嗯"了一声，再没有下文。有关丈夫的事，她常常是从别人口里听来，她想，她不知道的事也许还有很多，但她也不多问。因为丈夫行端影正，她放心。

她最放心的人，也是她最担心的人，这个担心不在生活而在工作。李兵在刑警大队时她担心他破案遇险，到派出所后她又怕他事情太多精力不济。李兵虽然个子小，但腿脚利索，跑得快，破案抓人，常常冲到前头。就算嫌疑人拿出匕首和他对峙，他也从没退却过。有次实施抓捕，嫌疑人家的大门紧闭。李兵说他身子轻，便毛遂自荐翻墙进去，进了院打开院门，保证全队圆满完成了任务。这些事她都是从外人那里听到的，听得她心惊肉跳。她问李兵："假如刀子夺不下，假如外边的警察进不去，里边的歹徒出来和你拼命，怎么办？"李兵说："顾不了许多！""万一有个三长两短，丢下我们母子怎么办？"李兵笑了笑没答话。他知道，此时无声胜有声。

以前住平房时，刘晓玲不敢独居，常常是请人过来做伴，直到李兵回家。她不敢打听破案的事，打听李兵也不肯说。有时李兵还没出门，她眼前恍惚就上演起武打片、警匪片。所以，刘晓玲看电视从不看警匪片，看了总忍不住要担心男人。她最怕空闲时光，最怕独处时光，那时节一闭眼，眼前都是刀光剑影抓歹徒的紧张画面……

刘晓玲说，我嫁给了李兵，可李兵却像嫁给了警察这个职业，家里的事全推给我。我若问他，他总是说"我有事"，再问他"甚会儿没事"，他总是说："没头的事，谁知道。"好嘛，他的事，都是事；我的事，不算事。

刘晓玲说叫她最难受的事是，李兵在外忙工作，孩子在外边读书，自家常常是一把钥匙一把锁，一人做饭一人吃，从来没有一家人相跟上散个步什么的。有时提起，李兵说："你不能把电视打开做伴？"刘晓玲生气地说："和电视做伴，还要你做甚？我要的是人与人的交流！"这些道理李兵当然知道，但为了工作，他不敢夸这个海口许这个愿。刘晓玲也知道，气话只是说说，她又能怎么样？既然嫁给警察，就要与警察同心同行。他为"大家"付出，我为"小家"付出。只有我肯付出，他才能没有后顾之忧地去付出。人生只有付出了，才活得有意义。

李兵不顾家，也不会照顾自己，不讲究穿戴，不讲究吃喝，连手机用的都是老掉牙的。但他人阳光，心坦诚。李兵最爱唱的歌是《少年壮志不言愁》和《警察之歌》。"几度风雨几度春秋，风霜雪雨搏激流，历尽苦难痴心不改，少年壮志不言愁"，仿佛说的就是他的人生，"你回家总是疲惫的步伐，你心中总是愧对辛劳的她，只因为帽檐上的警徽闪亮，你顾了大家舍了小家，你的爱总是不会去表达，你的情总是系着万户千家，只要有人民需要的时候，你放下碗筷即刻出发"。每当听到李兵的歌声，刘晓玲觉得这就是不善表达的丈夫唱给她的，她心软了。歌为心声，她听懂了这个动人的音符：眼前的丈夫心怀大，志向高，有情义。每逢这时，已到嘴边的怨言就又被咽了下去。丈夫爱唱，妻子爱听，感染得三岁的女儿也能跟着唱几句。夫妻之间，无须誓言，只要理解；父子之间，沟通虽少，记挂在心。今年的警察日，儿子给父亲发了一条微信："老李同志，节日好！"随后又给父亲买了一部手机，还给母亲说他崇拜父亲，崇拜英雄。刘晓玲嗔怪地说："我把你拉扯这么大，你不崇拜妈妈，倒崇拜起爸爸来了？"儿子笑了，李兵笑了，刘晓玲也笑了。

难道没有叫刘晓玲欣慰的事？刘晓玲说有，那就是听到人们夸她丈夫。

她抽空去黄土镇派出所看丈夫，人们听说李所长的妻子来了，围到她身边七嘴八舌地夸李兵："李所长真不赖，别看他个小，本事真不小，把咱黄土治理得安安稳稳。"那一刻她心里甜得像喝了蜂蜜水。为警一方，平安一方，群众的口碑就是明证。

李兵工作要强，刘晓玲也不落后。家里的事她不叫丈夫担心，学校的事她不让领导操心。刘晓玲带高三语文课，2021年，她的学生武艳红高考六百零六分，语文考了一百二十七分（满分一百五十分），被北京大学录取。学生送她"最美老师"锦旗，学校评她为高考功勋教师，县上表彰她为"最美警嫂"。夫唱妇随，珠联璧合。为了社会安宁，当警察的丈夫付出得值；为了兴学育人，当教师的妻子付出得值！

田一丹

"我有钥匙，谁敲门也别开。""锁好门，有事打电话。"

在一丹的记忆里，小时候听妈妈说的最多的话就是这两句。

一丹是在县城里读的小学。因妈妈无暇顾及她和弟弟，大多时候都是爷爷和奶奶照顾他们；只有到假期，他们才有机会和妈妈住在一起，享受"奢侈"的待遇。但妈妈是刑警，这种"住"也会时不时因突发事件而打断——或者来不及给他们做饭；或者答应他们的游玩无法兑现；或者要出远门，只好"请"他们回爷爷奶奶家。这样的情形，促使一丹自小就学会了安排自己的生活。她那时就朦朦胧胧有了一个念头：做个"小大人"，安排好自己就是帮了大人的忙。但她那时还没有意识到"我有钥匙，谁敲门也别开""锁好门，有事打电话"的嘱咐是因为妈妈既放心不下工作，也放心不下儿女。

后来一丹考上了临汾平阳中学，她选择了住校，应该说这其中有让母亲少分心的小小考虑。一丹和弟弟一前一后在临汾读书差不多有十年。出外读书，考验了姐弟俩的自理能力，但"儿行千里母担忧"，十年间，每个周末，妈妈只要不出差，定会风雨无阻地开着车奔赴临汾，独自去，独自回。那时一丹没有特别的感觉，没有想过妈妈会为此付出多少。直到现在她才体会到，十年十万公里，占用了妈妈多少光阴，耗去了妈妈多少精力！妈妈虽然从不说些什么，但那深深的母爱分明融进岁月的长河。人世间的里程可以计算出来，人世间的母爱却是深不见底的海洋。

本文开头妈妈嘱咐的那两句话，也是有由来的。

1999年，一丹的父亲、隰县公安局警察田强殉职于公务途中。那年田强二十四岁，女儿一丹才三岁，儿子一鸣尚在妈妈腹中。

这之后，妈妈也走进警营。妈妈名叫景阳，从警那年也是二十四岁。

我对一丹的采访，是在视频上进行的，因为此时一丹远在长春。

视频上的一丹，青春靓丽、儒雅大方。谈起往事，虽然不无感慨，但并不像我事前想象的那样自哀自叹。因为她长大了，成熟了，对人生、对世界有了客观的认知和理解："父亲突然离去，母亲只得独自支撑起这个家。我景仰作为警察的父亲，他有着短暂却值得后人缅怀的人生；更景仰在艰难困苦中没有消沉意志、笑对人生的母亲。母亲不仅拥有一般母亲的爱心和慈惠，还有着父亲的严厉与睿智。她热爱生活，乐观坚强；她对工作兢兢业业，默默奉献；她对子女体贴入微，加倍呵护。我知道她希望我们能从这种呵护里感受到父亲那份来不及表达的爱。"

"警察是个特殊的职业，尤其是刑警，需要二十四小时备勤；作为警察的母亲，可能比常人付出更多。"话语不多的一丹给我说了两件事。

"有天放学回家，见到好几天没见的妈妈，我正高兴呢，却看到奶奶冲着妈妈发脾气。奶奶说：'杀人犯身上带着刀！你做什么事情之前能不能先想一想孩子。他们的爸爸已经不在了，如果你再有个什么事情，孩子们怎么办？'妈妈面带歉意地安抚奶奶道：'当时情况紧急，没想那么多，接到任务直接就上了，以后一定小心。'仔细听奶奶的唠叨，我才知道妈妈这两天去太原抓捕杀人犯了。根据警情需要，妈妈假扮成杀人犯女朋友的朋友，约杀人犯见面，并配合同事将其当场擒拿。晚上睡觉时，奶奶还和我说，她想见当时的情景都害怕。我那时年龄还小，不懂这件事情的危险性，现在长大了才明白当时奶奶在担心什么。

"还有一次隰县小西天文物被盗，妈妈和同事们千里跋涉去四川将文物追回。妈妈到家后二话没说倒头就睡。事后才知道，妈妈他们赶回隰县时因司机不够，她便和另一位同事轮流开了二十多个小时车。一个女人家，长时间开车，她的累可想而知。"

这就是警察，这就是妈妈。警徽在心，一身担当。奶奶的担惊受怕让一丹感到警察职守的神圣；妈妈的事迹登了报，叫一丹不由得骄傲。

我说："人民公安是英雄的群体，你妈妈无疑是其中的一位英雄。"

一丹说："妈妈或许算不上英雄，但她有一身英气，我打心底佩服她！虽然自小父母陪伴我们的时间是比别的孩子少，但我为我的父母是人民警察而自豪。而这种自豪感又促使我理解母亲工作的忙碌。妈妈用言传身教教会了我什么是正直善良，什么是独立乐观，什么是勇于担当。

"这样的事情太多太多，而这样的经历让我更早懂事，所以我很独立，出门在外也能照顾好自己，只为不让妈妈担心。妈妈越省心就越专心，越专心就越安全，越安全就越能为人民多做工作。"

"想过像妈妈那样做一名警察吗？"

"想过。大学毕业后报考过警察，一心想着为我们的警察之家再续写新的故事，但因所学的专业不符要求只好作罢。"

"借这个机会，给妈妈说点什么？"

一丹说："虽然没有当上警察，但有妈妈这朵'铿锵玫瑰'，我们一样跟着芳香。我要向妈妈说，我喜欢您既是警察又是妈妈的样子。女儿永远支持您！"

数千里外的景阳听见女儿如是说，定会展现会心的笑容。

一丹今年二十七岁，纯诚、理性、阳光，正用她学到的工程建筑知识为我们这个社会注入青春力量。

一丹，丹心可鉴！

写于2022年6月29日

寨子河村两才女

寨子河村远离县城，是一座依偎着一条小河的小村寨。村小，四五十户；人少，二百来口。地多在塬坡，沟里叮咚着一线细流，也镶嵌有不多的沃田。祖祖辈辈，人们安于刨个坡坡、吃个窝窝的自耕自足；因此，鲜有靠读书而发迹的，也少有靠做生意而风光的。寨子河是一个被人冷落了的角落。20世纪70年代初，我在那里下过三年乡。

多年没去，我与寨子河也有些隔膜了。忽听人说，村里出了位能画画的，画的人娇，画的花艳，画的寨子河就像照的相片，心里不免咯噔一下：这么个小地方哪来的画家？当今，能画画的人多的是，没什么可稀奇的；稀奇的是，原来这个画画的是个村妇、两个孩子的妈妈，从没有拜过师……这便惊得我半天合不上嘴。

无独有偶，还是这个寨子河，不久又出了位写诗的，可巧的是，同那画画的一样也属于妈妈级人物。她写了几本诗，想与人交流，被眼尖者发现，称读她的诗如品茗，淳厚香远。有这么神？我将信将疑。现今诗逊于文，能诗者寥寥。寨子河竟有人张扬着写诗，且不说诗品如何，仅乐于与诗为伍就值得为她高竖大拇指。

一个村寨，两位女性，一作画，一写诗，我除了惊讶还是惊讶。这种风雅之事怎么能和寨子河关联起来？不管你信不信，沉默的村庄突然有了文人雅事，在外人眼里就仿佛成了诗中有画、画中有诗的风水宝地。这不，文艺圈里的朋友，开始关注起寨子河，我的脑际偶尔也会闪过两个村妇的影子。

一个夏日的午后，我至怡心花园纳凉，亚明打来电话，说他和一位写诗的朋友来到花园，问我想不想见。听说是诗者，我心头一喜。于是，这位叫李霞的女士便进入我的视线。李霞何许人也？原来正是传说中的那位写诗的寨子河村妇。只见她身着粉衫长裙，明眸皓齿，言谈举止落落大方，配上那副轻巧精致的眼镜，显得洒脱而睿智。我心里琢磨，这哪里像村妇，分明是从都市转生到偏僻乡村的另类。果然，如我所想，她大学学的中文，毕业后来寨子河小学任教。李霞说，她写诗，一者因为爱好，二者因为孤独，用诗歌排遣内心的寂寞……

孤独？寂寞？难道……她好像不大乐于谈自己的身世，但面对我狐疑的目光又不好意思不谈。原来，她是隰县人，爱人是阳泉人，两地相距近千里，她不想放弃正式工作回阳泉相夫教子，他不愿舍弃优渥的生活来山区打拼，牛郎织女两相望，梦里关山枕中诗。她爱诗，两地情、事业情给了她写作诗歌的动力。这样的日子艰难地过了快三个年头，还不知要挨到哪年哪月——想必夫妻二人都在纠结，愁肠百结的常常是女人，伤不起的也常常是女人。后来读了她的作品，知道她对诗的理解超脱于孤独和寂寞之上，她认为，人"有些灵魂里的高雅和精神上的独孤是一件必要和踏实的事情，否则会迷失和空寥"。看来，用诗来排解孤独寂寞仅仅是她人生的一面，往阳光处看，这是她对诗品和人品境界的追寻。

三人正这么东拉西扯地聊着，敝人老妻也来到了怡心花园。李霞只看了一眼，就近前道："阿姨，您是王老师的爱人吧？"

我、亚明和妻子面面相觑，都惊异她何以知之。李霞说："凭直觉。阿姨的气质好，猜想应该是王老师的老伴。"好一个"应该是"，大家都感叹李霞好眼力，识得了人。我则多想了一层：不愧是写诗的，观察的也够入微。

晚秋时节，地方上举办笔会，意外地与寨子河那位画画的村妇同行同游，传说变成现实。她叫王改莲，衣着简朴，面容姣好，肤色黧黑，行动敏捷，青春气息甚于乡村气息，一看就是见惯了风雨的主。她背着硕大的行囊，装着照相机和写生板，走一路拍一路，偶尔也画上几笔，最是活跳。我不便打搅她，只与她作简短交流，也没涉及画。

来到浪漫谷，秋叶红中掺绿、绿中洇黄，头上枝丫交接，地下碎叶横陈，最撩文人秋思。大家纷纷在此留影。只见王改莲左一个姿态，右一个架势，或与人合影，或独自留影。一同参加笔会的李霞，大多时间站在一旁"观阵"。我问，你不想留影？她摇了摇头；但最终，还是禁不住诱惑，选了个与众不同的背景，拿出手机，请我帮忙拍了两张。

此后，我与二人聊过诗，聊过画，也聊了家常，还找来她们的作品欣赏。我虽然喜欢诗，但却不谙诗道；也喜欢画，却不懂画技。我只是想透过她们的诗画，探求她们的人生志趣，那些不同于常人的地方。一方土地出了两位才女，生活因情趣的充盈而充实，村庄因她们的光彩而耀眼。这恐怕是我写此文的初衷。

读李霞的诗，如同读一幅画。她的诗，有着用蘸足彩墨的画笔，在洁白的宣纸上洇润出水墨一样的奇特意境。品她的诗，不是一下就能嚼出味来，就像一滴墨融进水里，慢慢向四下里扩散，你的咀嚼随着水墨的漫延由浓到淡，尔后在淡然中释放出它的灿然。优美的诗句、徐缓的节奏、叙中融情的浑然、含而不露的冷静，应是她追求的风格。她写过多首咏荷花诗，在《荷语》中这样写道："打开卷轴的是江南的烟雨/亭台曲廊/数声风笛/兰舟催发/轻系罗裳/你一袭梦里水乡/邀谁月笼寒沙？——相思浸透脉脉水流/佛在那时已默然打坐/一缕香魂绕过经筒/这千年的祈求/几生的等候/曾醉里含笑调薰风/曾粉融薄妆生动四季。如今伫立尘世幽深处/却黯然销魂眉间心上/并非不闻踩过青石的哒哒马蹄/并非不视帘卷西风的隐隐惆怅/只是领略了冷色岁月终结玄冰/不如长久地净素开悟。"如梦如幻，亦虚亦实，让你在古典雅致、意味深长的品读中得到美的享受。李霞说过，一条路、一个人、一弯新月、一种心情，走过便是一首诗、一程沧桑。她是在人生之路上探索诗歌之路，在诗歌之路上升华人生之路。

如果说李霞是嫁出去的媳妇，那么王改莲则是娶回来的妻子。王改莲娘家在永和县，她念了四年半小学，放了十来年牛，然后嫁来隰县寨子河村。王改莲说，她不如李霞，文化底子薄，圪爬爬字不识几个。说起画画，她说她是瞎打冒碰撞上的。在娘家时，家境不好苦又重，既没这个工夫，也没这个心情。自嫁到这里，虽说依旧是农民，但心境好了，心境好了就有了乐趣。闲暇时描龙绣凤，做窗帘、门帘、枕头、鞋衬时绣个花呀鸟呀人呀马呀，自己做了不算，还给村里人做，一来二去，巧媳妇、能手手的名声就传了出去。正式画画还是前年的事。乡里要搞一个展览，抽她去帮忙，懵懵懂懂的王改莲第一次画了一幅画。人生在世，无瘾心静，有瘾难活。不爱串门，不爱闲聊，不爱打牌的王改莲，从此有了画画瘾，几天不动笔墨就难活。

王改莲的画给我的突出印象是稚拙。那种扎根泥土的原始趣味、自然天成的表现形式，给人一种朴素可亲的感觉。她的画，构图简洁、线条流畅、色彩浓艳，富有想象力。一位只读了四年半书又没有高师指点的村妇，何以能画出有模有样的画？她有着天生的不凡的领悟力，更有着大自然这位"高师"；由此便有了这位泥脚泥手画者对乡土风味谙熟的表达——《喜鹊登枝》传神、《梨乡春韵》艳丽、《金童送福》古拙，这些可看作是她的代表作。别看画画是她忙里偷闲的消遣，其实，她把她的生活、她的情感、她的祈盼都融进其中，她为它们插上想象的翅膀，让它们在田野里翱翔，那是她放飞的人生希望。这就是王改莲与她的画。当然，她的画刚刚起步，离真正意义上的创作尚有距离。她还需要时日和经验，需要思考和研习。

假如将王改莲的画与李霞的诗相比，李霞的诗更具有画的意境，而王改莲的画还缺乏诗的气质。如果用声乐作比，李霞无疑是美声，王改莲则是原生态。一个村子里既有阳春白雪，又有下里巴人，雅俗同台亮相，那是多好的一台戏啊！不过话说回来，她们现在毕竟是处在"学步"阶段，我们既不能苛求她们，也不便拔高她们，还是多多给她们营造挥洒诗画的氛围才是正理。

在我看来，无论作诗画画，都是源出对精神的渴求，那并不是生活的必需。正如李霞纠结于工作和家庭，却仍以工作为重，写诗只是情趣的小补和志向的吐露；正如王改莲长年忙碌于农活家务，从不因画画耽搁生计，笔墨只能是闲时的逸致、生活的调剂。

王改莲说得好，咱是农民，种地是本分，有吃有穿才有心情和能力画画。近日，天降大雪，不少人用相机摄下莽莽世界的非凡气象。王改莲就是其中的一位。她把寨子河的圪梁、河沟、村落拍了个遍，传到网上，引得不少人"眼红"。其实，我不知道的是，此前她已拍了不少照片，"照龄"和"画龄"难分伯仲。她上地时也常常带着照相机，记录下生活的点点滴滴；当然，也积累了绘画的素材。依我看，她的摄影作品还是有看头的，这种看头会影响她的绘画。快门所摄，其实也是画，其和笔墨成景有异曲同工之妙。其所摄与所画，传递出健康明朗的情绪，折射出阳光的心态，只不过照片有水墨画意味，画作则朴实浓艳了些。将她的摄影作品与画作相比，我更看好她的镜头感。

常言道，深山出俊鸟。李霞和王改莲可以称得上"俊"，但翅膀还不过硬，还得假以时日。对未来，我们可以设想，可以祝愿，有朝一日她们会飞起来的。李霞说："会的，慢慢来。做蜗牛，虽娇小，却柔韧。"说得好，欲做凌空鸟，先学蜗牛爬，功夫全在韧劲。

李霞三十四岁，王改莲三十四岁，同年也有个大小。但我也没有问，留点想象空间也好。两人有着不同的文化背景、不同的生存状况，但这并不影响她们的友谊和憧憬。她们在这里掇拾朝花、吮吸夕露，将诗画装满青春的花篮。

她们活得精彩。

写于2015年11月26日

肖雅之"雅"

此时，窗外下着鹅毛大雪，便想到"有冬无雪少雅韵"这句话。写诗的人会寄情瑞雪，作文的人也会由此生发雅兴。这不，我正饶有兴趣地写篇短文。

短文讲的是一个叫肖雅的女孩的励志故事。

五年前的某天，肖雅经她姨妈介绍来寒舍造访。她个头不算高，穿戴寻常，剪发头，鹅蛋脸，戴一副圆框眼镜，显得温婉亲切。入座后端端正正，出言得体，给我以有教养、有学识的印象。

问她芳名，回说肖雅。问在哪里就读，回说中国传媒大学读研。我正猜想她来访的目的，她会心地说："我拜访您一来很景仰您，想结识您；二来我正在做一部微电影，想顺便看看先生这里有什么可用的素材。"

原来她是学电影编导的，想必有一定的文化功底，我深为山区小县能出这样一位学子而欣喜。那次见面，记不得还说了些什么，只记得给这位不俗来客的"礼物"是我的长篇小说《小西天》的打印稿。

五年后的一个夏日，家里来了两位不速之客。我和老伴先是愣怔了一下，旋即我认出那位年轻姑娘是肖雅。和她相跟的年长但不显老的女人是谁呢？肖雅见我们一脸疑惑，忙介绍说这是她母亲。不等我们反应过来，她母亲快人快语道："认识，认识，一个城里的，你们家的人我都认识。"

一句话说得人心里热乎乎的。

我说感谢你们母女来看望我们。她们说："晚辈看望长辈还不是应该的。"

我问肖雅现在在哪里上班（不知听谁说肖雅研究生毕业后找了工作），不等肖雅开口，她母亲又接过话："不上班了。俺肖雅考上博了！"眉宇间那笑意都能溢出来了。

我暗自寻思，要是背转人，这笑意当会裹着泪水一块往下滚。母亲是这样，那女儿呢？！还不得放声大哭一场！

当然，现时有喜同喜，我和老伴也笑出声来。

"在哪个学校读博？"

"北京电影学院。"

这可是艺术殿堂级学府，不易啊！

我和老伴投去祝贺的目光，母女脸上洋溢着幸福的微笑。

士别三日需刮目相看，何况是几年！在从读硕到读博的逐梦路上，耗费的心血、承受的压力、强往肚里咽下的泪水，是常人难以想象和难以忍受的，所幸她在微笑中走了过来，没有让所有关心她的人失望。

人生上了一个台阶，年轮又多了几圈，谈婚论嫁是自然的事。她母亲说："以前一提起结婚，她总是说不急，要不就不搭理。她就是倔，她谋下的事不办成就不肯放手。这次考博，怕我和她爸爸阻拦，连个气气也没有露，结果不声不响考上了。这下好了，再不用为考试急迫了，该为婚事操心了。"

我老伴也说："谁说不是呢！女大当嫁，该是组织小家庭的时候了。"

肖雅只是抿嘴笑，并不插话。

用"人生难得她得到，人生难遇我遇到"形容那天的情景，可算切题？

记得与肖雅的微信交流有过两次。一次是2020年我的长篇小说《小西天》正式出版。肖雅得知，等不及我寄送给她，在网上购得一本，不知读了几遍，还给我发来挺有见地的读后感。我便请她站在电影编导的角度写篇评论，她不假思索地答应下来。评论有特点，先说故事之内的领悟："历尽苦难的情节美、佛国禅宗的通达美、小巧精奇的建构美贯穿于全书，文学书写赋予美轮美奂的小西天更加丰厚的审美意韵。"后说故事之外的浮想："纵然故事结尾处的逝去或出走被看作虚空，但三个人三句话，虽各表一枝，但因一件事、一生情，结缘笃行，非笃行无以成大事。良好的实践便是目的本身，意义不在结果，而在求索的过程。"文字不长，言之有物，又能直言得失。看得出肖雅为文有才、做人有道。

最近，我编一本书，想请有文字雅好的肖雅写篇文章，不知正在读博的她，能否答应。没想到她果断回答我：能行。做人通达，做事痛快，是她的风格。不几天，文章发了过来。我一看，行文不枝不蔓、淡定从容，且不落窠臼，便回复道："请你写这篇文章时并没有设限，但你果然打开一扇属于自己的窗户，写出了与众不同的感受。"

也是在这次交流中我才得知，别看她现在一帆顺风，其光鲜背后的坎坷曲折却多了去了。仅高考复读、考研三年、考博三年的消磨有几人能承受得了，又有几人能矢志不移？！上大学之前，肖雅还是个懵懵懂懂的女孩子，从小到大，总是沉醉于故事性的作品难以自拔。放暑假看电视剧，可以不吃不喝，一看就是一整天，学习成绩总在后边掉着。回忆起那段经历，她这样写道："求学路上的挫折，其实是自己在和世界不断碰撞，过去成绩不好的时候总是被漠视，从来都很边缘，找不到自己存在的理由。直到第一次作文被当成范文表扬，第一篇文章被发表的时候，自己才被别人关注，才找到自身的闪光点。"

好不容易考上一所传媒学院，进校一看，不是她想要的那种学校，于是退学回家在县一中复读。父亲嫌她瞎折腾，一整年没有跟她说话。上文化课，学艺术专业课，都由母亲接送。考入成都理工大学后，她学了影视文学专业。她从电影里看到，原来世界那么丰富，人有那么多种可能性。电影里的一切都那么迷人，她爱上了电影，第一个学期就考了全年级第一，这对一向倒数的她无疑是一次逆袭。好胜心被激发，锚定要在专业上发力，年级第一的成绩她保持了四年。毕业时，她作为优秀毕业生站在学校礼堂的讲台上给学弟学妹分享经验——这位总是坐在最后一排的差等生，终于从边缘走向了中心。

肖雅是永远不满足现状的姑娘，她认为，学任何东西一定要去最好的地方学，比如北京。于是，就有了后来的三次考硕、三次考博的不同寻常的经历。提起这段往事，肖雅三天三夜也说不完。读博以后，父亲的态度由观望和冷漠变成了佩服和支持，也觉得孩子进取心特强，没有因一次次打击而放弃梦想。在肖雅来说，消解非同一般压力的能量来自她的天性乐观，来自她的喜欢运动和写作；而至关重要的是来自那份"差等生也渴望被看见"的自尊和自强。

写完这篇小文，天已经黑了下来，纷纷扬扬的雪花知累而歇。透过窗棂，见天地茫茫中万家灯火，别是一番情调。性情中人该不会放过这个诗性的夜晚吧！我想，不管有多少首诗，其中有一首应属于雅志高云的肖雅。因为她的励志故事带给我们的不仅有感动，还有启示。这就是：人生的收获不在于一时目标的取得，而在于回归内心，活成自己心中想要的模样。以前如此，以后也如此。因为未来有更辽阔的人生和事业在向你招手。这不，肖雅已然描画出她的美好愿景："贾樟柯导演拍出过属于自己的'汾阳三部曲'，我也有同样的想法，希望能够在大银幕上播出属于自己生命体验的电影作品，把小县城的生活经验与女性成长故事分享给观众。"

期待她美好愿景的不只是我，还有家乡父老，以及大银幕下那些热衷于生命体验的人们。

写于2024年1月19日

序言书话

守望与描摹

——解耀庭散文集《乡情乡韵》读后

或许是童年时我在耀庭先生故乡生活过一些时间的缘故，至今那一派水乡泽国的天地，那田田荷叶、悠闲游鱼、吱呀水磨，不时光顾居室的螃蟹，隆冬时节散发着清香的黄韭芽，与村童泥里来水里去嬉戏打闹的场景，仍不时浮现在我脑海。我与耀庭先生并不陌生，而他所描写的情景不仅唤醒了我的旧梦，也使我对他的文章倍感亲切。所以，从不与人作评的我，竟为他笔下的乡情乡韵所陶醉而写下这些粗浅的文字。

我感佩于耀庭对乡村的真挚情感。

乡村是大多数中国人的诞生地和出发地，因而也是大多数中国作家的生命出发地和精神源头。对于早已融进城市的耀庭来说，虽然身在城市，但那颗农民儿子的心依然赤诚如初。正因为如此，他的笔下才能有如此丰富的农村生活。压卷之作《清水河》，把一条清粼粼的小河写得那样鲜活迷人，那样丰硕动人，非对农村有深厚感情者写不出这样丰满、真切的文字。所以以它为开篇，我以为它的象征意义在于：生命之水、源头之水。水是万物生存的命脉，农村是我们赖以生存的地方，也是创作的源头。纵观全书，无论是写景叙事的篇章，还是怀人旧忆的篇章，无不充盈着一个农民儿子对土地，对父辈亲朋、乡里乡亲的挚诚热爱。如《铭记于心的"三寸金莲"》，刻画出含辛茹苦的外婆的动人形象。事虽平凡，情却饱蘸，养育之恩和反哺之情流露在字里行间。耀庭的真情还表现在对环境污染和传统文化消失的忧虑上，《无声的衰鸣》《消失的土沙包》就是对这种担忧的反映。农村的水磨、油碾、草纸坊、老戏台，以及形形色色的农具、用品，都在他笔下有细腻的描述。这种描述透露出他的眷恋，也传达出他对传统手工艺及民间文化传承渐渐式微的隐隐担忧。这种担忧，正说明作者的忧患意识和良知所在。当然，有些事物的消失是社会进步的必然，但作家把它忠实地记录了下来，这无疑对后人会有好处。这本以怀旧为主调的散文集，以它丰富的素材、真挚的情感，不仅打动了如我这样的过来人，相信也会打动一些关心农村变迁的年轻读者，它的熏陶、浸润、刺激、化移之功也会在被阅读的过程中显现出来。所以说，文学作品一经作家创作出来，其美学价值便客观地存在于作品之中，它不会因文化环境的变迁而变迁。我想这本书的价值恐怕也在这里。

我感叹耀庭对农村生活的熟稔和状物的精到。

曾经和朋友议及耀庭的《乡情乡韵》，由衷敬慕他对农村生活的了解之多、了解之深，亦为他对乡土风情描写之精细、描写之从容深为惊叹。从四合院、煤院到戏台、土炕，从水磨、油碾到水田、乡土，他把那时那地的人情风俗表现得淋漓尽致，把神奇的手工工艺描写得令人神往。在《水磨情思》中，他把"水磨的神奇、神秘、神功"一一呈现在读者面前，令久居旱原的北方人眼前一亮：原来，黄土高原上还有这么一块神奇的土地！作者并不把脚步停在好奇好玩之间，而是引导人们去谛听那"美妙的音乐、动听的歌曲"，去领略"那震撼不已的磨面声、箩面声、水流声、回声，交织成辞旧迎新的交响乐"。这一段描写尤其细腻新鲜，让人过目不忘，可说是情至深处文自成。再后来是水流的衰竭、水磨的消失、"磨倌"的失业。作者为之感叹："水磨没有了！它是在磨破了多少磨片，磨灭了多少梦幻，磨碎了多少人生，磨砺了多少岁月兴衰交替之后走了。"从社会进步的意义上来看，新陈代谢是历史的必然，但对于与水磨厮守长大的耀庭来说，"那震撼心灵的回声和那剪不断的情缘"，似乎会伴他一生一世。对水磨了如指掌，才能下笔有神；给水磨注入感情，水磨也就活了。另一篇写草纸坊的文章也有异曲同工之妙。我惊叹作者的有心、用心，对生活的观察入微——只有这样才可能驾轻就熟、精雕细镂，把常人忽略或不知的事物跃然纸上，给人展现出一幅涂满生活原汁的家乡风俗画卷。正因为耀庭热爱生活、用心观察，他才有可能从容铺陈、娓娓道来，才有可能把读者带进他精心营造的世界里。我以为，耀庭是写农村、写农民的一把好手，他以犀利的文笔，道出对文学乡村的认知和对现实乡村的感悟，较之那些快餐式的乡土文章，无疑难能可贵。他的可贵，在于生活态度的真诚、创作态度的严肃。他的这些长处，正是我等应该学习、效仿的地方。

我感慨耀庭文字的朴实和为人的纯真。

通观全书，总的感觉是文字朴实无华，这正应了耀庭朴素无华的品性，文如其人在他的文章中得到生动地体现。不矫揉造作，不无病呻吟，不以华丽辞藻编织外衣以掩饰空洞的内容，是本书的一个特点。以农民的语言写农村，以农民的感情写农村，这样写来才有滋味，才显真实。读了他的书，不由得使我想到与耀庭的一些接触：话语不多，有啥说啥，简单质朴，表里一致。

要说缺憾，以我的粗浅感受有以下几个方面。一是发现生活是他的长项，而经营谋篇却略显不足，写法比较单一。二是文字多朴素，少隽永；多清淡，少醇厚。朴素、清淡固然是长处，但少了隽永和醇厚，无形中削弱了可读性。三是因为对生活的场景，特别是对某些手工流程或事物情状写得过细，多少给人以琐碎的感觉。散文要紧的是发现别人之未发现，写出别人之未曾写，不单单是为了叙述某人某事。若把描写、抒情和思辨糅在一起，精心剪裁，删繁就简，突出细节，那定会直达读者心灵，那样表现力就会更强。

少年爱幻想，老来多怀旧。这是一句老话。耀庭的怀旧之作怀得有根有苗、有滋有味，与书名《乡情乡韵》十分吻合和熨帖。通读本书可以看出，作者更多地表达的是守望农村故园之情，展现的是乡情乡韵的意趣，作者意在散文的广袤田野里开拓出一方有自我精神自我风格的浸透理想的土地。同时，作者也在暗示人们，对式微的曾经有益于人类的事物不应忘记，对一些现代文明进程中所产生的不尽如人意的地方应该尽力摈弃。当然，文学的功能更重要的是精神层面，作家应与时代同步，与人民同行。这一点耀庭作了有益的尝试，希望他把这种尝试进行下去，在坚守中获得一个更为理想的收获。

写于2012年11月16日

《姚培章书法》序

　　五十年前，隰县来了两位林业专科学校毕业生，一位叫李殿清，一位叫姚培章。前者来自吕梁山的离石，后者来自太行山的榆社。他们是同校同班同年岁，学得种树，人长得都像树干，又穿戴破旧，虽都在省城求学多年，但骨子里依然散发着大山旮旯的气息。他们人虽土气，但谈吐不俗。可巧的是，两人均有一双大眼睛，仿佛学问都藏在明亮的眼中，使你不可以貌取人。他们除了是同学同事外，还有一个同好，那就是习字。后来，那位不修边幅、风流倜傥的李殿清，走南闯北，眼界大开，书法自成一家，在西安"扎下营盘"，名气与日俱增。而留守隰县的姚培章，因一心扑在工作上，无多少时间练习书法，到头来，成了李殿清的粉丝。好在姚培章也是位"知不足，然后能自反也"的主儿，一发奋，竟成了"读书写字到三更""饱蘸金墨斗室香"的痴者。如今，他的字突飞猛进，在隰县及其周边县，也可说小有名气。

　　在我看来，习书者字如其人、人如其字，方能往复濡染，酝酿精神。这是因为，人的精气神贯通笔墨、力透纸背，且无不在线条中展现、结构中奔涌。我与培章，职业不同，难得在一个锅里搅稀稠，算不得深交。不过，小小县城，四道大街，低头不见抬头见，断不了得闲弈棋谈天，偶尔论书品文。几十年下来，他成了我不可忘记的朋友中的一位。他为人方正，做事谨慎，一生无大起也无大落。

观培章的字，用笔周正，讲究法度，给人以生龙活虎般的视觉冲击。这不禁使人想到，他的字有根基，不张狂；有规矩，不任性。从培章《学书感悟》得知，幼时，他经严师指教，得书法结构的最初启蒙——这样的童子功，对后来的习字大有裨益；曾临过骨力劲健的柳公权、平正峭劲的欧阳询、笔墨淋漓的颜真卿——踏踏实实一路走来，如同他的做人。比及一些初习书即龙飞凤舞者根基牢、底气足。因而，读他的字时，觉得书者的精神和追求，亦得到鲜活的体现。

培章多以行草行世，这可能是他的喜好和长项。行草以中锋开路，气推腕行，转折方圆随行——他的《学书感悟》，既是心得，也是书论，颇有见地。大凡书家，无不是书论与笔墨相济的智者。培章对用笔、行笔和收笔自有见解，那就是：用笔太肥，肥则形浊；用笔太瘦，瘦则形枯；多用锋芒，露则意不持重；深藏主角，藏则体不精神。只有肥瘦、藏露适中，才会各尽其妙。他认为，行笔迟以取妍，速以取劲，当疏不疏反成寒气，当密不密必至凋疏。故从他作品用笔的迟与速、方与圆，布局的疏与密，大抵能窥见心机。一个习字者，终生要在肥瘦、藏露和迟速、疏密中劳神，"为伊消得人憔悴"，即使这样，亦少有突破"八字重围"而洒脱畅达的。培章有这个感悟，也在向这个方向努力，是位习书的明白人。

尝观李殿清挥毫，如骤雨旋风，纵横恣肆。精瘦的身板何以呼来千军万马？是胸中自有千军万马故也。观培章运笔，笔酣墨饱，清健俊爽。一样是清瘦之人，哪来的鸾翔凤翥？是胸中舞动鸾凤故也。近年，培章书法留意方家卫俊秀先生和同窗李殿清先生，从二人那里又悟得一些道理，字愈见老道。从同窗书友到视友为师，可见培章为人之谦恭。这是他为人处世的可爱之处。关于此事，我曾与李殿清谈及，殿清笑着说："学卫老可也，学我不可。"问其何故，答曰："本人浑身没有二两肉，腹内空空墨水少，学我，还不把他带到沟里？"这是另一种谦逊和可爱。由此观之，二人皆有可说可爱之处。可说，即可圈可点；可爱，就是招人喜欢。我不谙书道，但喜观墨宝；因此，自然也眼喜培章及殿清两位朋友。我在这里多次提及殿清先生，是因为要说清楚培章，必得殿清作陪。

书法家李敦甫说："髫龄善弄墨，六十方知书。"可见，达到知书明理的境界何其之难。七十有五的培章，醉心此道，知难而进，在这条路上踽踽独行。在他看来，笔墨乐趣能充实生活，书法境界可写意人生。一个习书者，如果能做到这些，就会受用终生。

写于2015年1月18日

说游

我的业余生活，说不上丰富多彩，但也并不单调乏味。有两件趣好至今仍孜孜汲汲，难以割舍，那就是写东西和看风景。

之所以说写东西而不说写作，概因写作是件儒雅的事，非平常所说写写画画能够比拟。而我的驽钝之笔，大抵耕耘些不抢手的"东西"——冥顽不化，明知不入时流，还是乐此不疲。缘由是，写东西可以把思想变成文字，可以当作没事偷着乐的佐料。有幸露脸时，还可与知音共娱。

之所以说看风景而不说旅游，一是忙里偷闲，行色匆匆，多走马观花；二是一旦出游，景好看，囊羞涩，抠来抠去，好风景往往被抠走了。

两相比较，写东西似乎少有挂碍。写成"东西"时，便拿给人看；写不成"东西"，就让它沤在肚里，反正不吃文字饭，何必和自己较劲。

看风景则不然，出门三件事，食宿行，哪样不破费能行？！往远说，天下之大，风景之多，难以胜数。不说普通百姓，就是力所能及之人，也未必能尽游遍览。况且，不加选择地旅游，难免劳神伤体。以我亲身体验，看风景和写东西一样，可则行，不可则止。人生风景等闲看了，反倒常常有景，满目风光。

我把旅游分为"出游"和"家游"两类。"出游"即"身游"。手头充裕时，不妨出去看看，打一枪换一个地方，每看每新。它最具诱惑和挑战，却又最受各种条件的限制。

"家游"又可分为若干。茶余饭后，卧榻之上，对着电视品茗，足不出户，绮丽风光尽收眼底，雅称"卧游"。它最随常又最易被淡忘，好在天天有景可看，旧景去了新景来。

也有看景不如听景一说。那么，听听张三的见闻，问问李四的奇遇，过一过不花钱的"耳游"瘾。

再不然，找来古今名人的游记读读，眼前青山隐隐、碧水迢迢，艺术化的山水，有时比真山真水还解"馋"，此是谓"书游"。

闲暇，闭目养神，追忆某山某水，神往某地某景，熟知和陌生的景象次第变幻，魂儿也要被勾去，古人称之为"神游"。

你是"网民"，可以在网络世界纵横驰骋，"眉睫之前，卷舒风云之色"，网游的感觉奇妙而多彩。

日有所思，夜有所梦，偶尔也有"青山明月梦中看"的"梦游"凑趣。

世上"游路"如此之宽，尽可任君心驰神往，阅真览胜。一生兼而为之，每得心与天游、神归自然的愉悦。

游历既久，视野随蓝天碧野开阔，性情得高山流水疏放，阅历缘文化濡染长进，生活因缤纷世界美丽。山水灵性一旦激发灵感，眼中风景便随缘化作笔下的"东西"，于是，就有了这些不大打眼的山水游记。游记是一种眼前有景道不得、说来容易做来难的文体。即便拙笔如此，也是以苦作乐的结果，拿来"显摆显摆"，权当茶余饭后的消遣。

写于2001年4月9日

拍客亚明

　　这是一本摄影集，书名《醉美隰州》，作者亚明。书的特别之处是，隰县籍摄者拍隰县风光——按说天时、地利、人和全占尽，不想还有摄者的倾心、全力——以唯美的画面展现了这边风景独好。这不仅是个人的收获，也是隰县摄影界的一个收获。应亚明之邀，聊叙数言以表一孔之见。

　　怡情的美文离不开生活，同样，养眼的美图也源自生活。我以为，这本画册的问世，离不开好山好水的滋润、厚重人文的熏陶和纯朴民风的濡染。在这片土地上，七塬八川、千沟万壑，沟中小天地、塬上大世界，既藏风聚气，又开阔宽广。信步漫游，果园盈野，林海茫茫。再往澄幽处看，深山藏古寺，珍禽异兽多。历史浩歌与它承载的万物，同沐一片蓝天，共守美丽家园。

　　亚明便是这片蓝天下的一位奔忙者、美丽家园的记录者。作为本土摄影家，他对家乡的关注更甚于他乡。举凡四季轮替、阴晴雨雪、民俗风情、生态景观、城乡变化，都逃不过他的视线和镜头。他总是从看似寻常的风光中发现不寻常的奇景，从常人视而不见的美中寻找到大美，以至于常令摄友称奇：为什么相偕而摄，却落得两样境界？外地人则常面对着他的作品感叹：此是隰县的桃花源？！

　　亚明是有心人、有情人，能吃得了苦的人。因了这些，他的作品才每每现出奇异的光彩。山里的路，他拍得蛇行逶迤，动感十足；苍茫林海，每于浓绿中透出一抹红，或于苍黄中涸出一片青；寻芳梨园，或带雨的梨花，或累累的硕果，于宁静中透出一派生命的奔放。古寺名刹小西天，经他手竟拍出雾海行船的画面，用另一种形式诠释了慈航普渡。一花、一木、片云、霞光，抑或是窑洞人家、时尚建筑，通过他的镜头都能让你读后眼里发亮，见微知著。作为追风逐光的摄者，他深知风光永远不会动——动的是他这个人，累的是心眼手脚。亚明的作品，正是经年累月不懈追求的结果。他的照片，构图简洁、用光讲究、色调和谐、主题鲜明、细节生动，于细微中见丰满，在丰满中凸显亮点。于此让我想到，"贪婪"的食客，贪恋的是盘中的美味；"贪婪"的拍客，则能为读者献上自然的精髓，把本真美转化为艺术美，从而感染更多的人。两者相比，好这一口的终究会败在爱这一业的手下，敬业者最终会得到大众认可。

最美的风景永远在路上。他肩挎与瘦小身材不大相称的沉重背包，手提锃亮轻便的相机，踽踽独行在盘曲山路、果园林莽。他有时成了落汤鸡，有时泥浆溅满身，有时鞋破衣撕、饥饿难忍，有时孤寂得喊山吼天。这一切的一切，都是为了发现美，留住美，传播美。以家乡美为美的摄影家，其心里无疑有一汪清泉，这汪清泉就叫"乡愁"。把这汪清泉放大了，说不准就是一幅美图，而亚明正站在图里。

这不是风光照，这是我为亚明写的一纸"文字照"。但愿不会贻笑大方。

写于2017年3月12日

《黄土苏氏二甲家谱》序

考苏姓，可以上溯自皇帝后裔颛顼高阳氏。颛顼生称，称生老童，老童生吴回，吴回生陆终。陆终有六个儿子，长子名樊，在夏朝时被封在昆吾，因此叫昆吾氏。其后裔西周开国元勋忿生，被封于苏，建立苏国，忿生遂以苏为姓，是为苏姓始祖。

隰县黄土村建于何时，无法稽考。据碑文记载，清代称"黄头"，民国称"黄土"，阎锡山时期改称"宏图"，解放后复改"黄土"。黄土苏氏，来自陕西省米脂县黑疙瘩村。明万历年间，因连年灾荒，苏氏八甲中有五甲的部分人口流落至隰州和洪洞。其中苏尚仁的四甲落户去延村；苏尚义的二甲和苏尚信的八甲落户黄土村，绵延二十余代，成为黄土居民的主体，并蔓延至县城近郊的窑上村和西留庄。

现今人们对家族的记忆，大都囿于三服，再往上就不甚了了，更不要说回答"你是谁，你从哪里来"这个看似简单却很有难度的问题。古人为什么热衷于编史修志、续写家谱？那是因为国无史不知道兴衰之迹，家无谱不知道世系昭穆。所以，从唐代以来，家谱之修兴盛不绝，为的是延续一个家族的生命史和文化史。如果说家庭是水滴，那么家族就是涌泉，无数水滴和涌泉的汇聚，成就了汪洋大海般的国家。家族和则国和，家族兴则国兴，家族清则国明。由此看来，修一脉家谱只是"见微"，研读众多家谱就能"知著"。家谱承载的文献价值、教化功能及凝聚血亲的功能不容低估。有鉴于此，黄土二甲公推二十世孙苏玉虎承命此责，召集若干人分别收集撰写，时经五年，终于成稿。一册《黄土苏氏二甲家谱》在手，将黄土苏氏二甲的来龙去脉、世系图表、繁衍承续理顺厘清，使后来人大体有了寻根问祖的依据。

县境大户望族，素有城内李氏、王氏、冯氏，黄土苏氏，午城肖氏，陡坡刘氏之说。现今黄土苏氏人丁兴旺，人才辈出。诚愿苏氏二甲和衷共济，力耕善读，为家兴国兴多作贡献，以不负族大之誉、任重之责。

功成之日，苏文龙托付作序，因于谱系之学知之无多，甚感不适。但盛情难却，故聊叙始末，权作弁言。

写于2019年10月26日

从《大晋商》到《永和关》

　　《大晋商》讲述了一个家族半个多世纪的变迁史。书中人物历尽沧桑，写书人跟上饱受煎熬，好在故事总算有了结果，但不是结束。因为看似团圆的结局，其实潜伏着诸多祸患，细心人会从主人公一番深沉的内心独白，及子女们所走的道路上看出端倪，说不准还会产生某种遐想和判断。但我却难以为他们再作假没，他们累了，我也累了。伏笔若留期待，余音倘或入梦——对于写书人和读书人兴许都是好事。

　　话又说回来，书中的伏笔虽然没能有后续，但书出版后的余音却不断传来：有人要买断，有人要拍片，但终因种种原因都"空"了"好音"。不过，出版社重印，报纸连载，刊物选登，开作品研讨会——失与得算是打了个平手。我说的平手，无非是指淡对得到、达对失去而已。

　　小说出版十年后，永和方面有意将它作为助益地方文化的一张名片再版，并恢复原名《永和关》。于是，重温《大晋商》，再走永和关——感受曾经为之感动的情景，剔除需要剔除的瑕疵。这次修改，虽是小幅的修正和润色，但于我像是在和一个个人物叙旧。可以这么说，心血浇灌在哪里，哪里就会有花香鸟语。这次修改，也让我回想起原稿的酝酿和创作过程——本是无心插柳，不想嫩柳成荫。

十五年前的一个夏日，我和几位文友应邀去永和县采风。

　　陪同我们采风的县委宣传部部长苏文龙说："别看永和地僻县小，却是个有风情，有出产，有故事的地方，你们作家尽可以来这里挖掘、创作。"他还特别提到永和关，说永和关古村落虽然被废弃，但白家后裔五兄弟依然健在，他们个个高寿，阅历丰富，富有传奇色彩。他又对我说："你满可以以他们为原型写一部长篇小说。"当时我并没有在意，以为他不过是姑妄言之，我也便姑妄听之。

　　来到永和关，我看到，千年古渡因了黄河大桥而黯然失色。昔日乘风破浪的船只，早已被川流不息的车辆取代；晋商的一支——船帮，也因黄河水运的衰落而终结。繁盛四百年的古村落人去窑空，白家的子孙散居在县内外多个地方，续写着新的一页。只有那一孔孔残破的窑洞、依然挺立的老槐和奔腾不息的黄河，似乎还在向来访者诉说……历史与现实的交汇点，带给我无尽的思索。

　　尽管写书的事如秋风过耳，但这次采风却让我接触到了白氏兄弟，为以后的创作积累了素材。我与白家五兄弟中的老大白斗南长谈，他起伏跌宕的人生，为我未来人物的塑造指明了方向。老二白炳南是扳船能手，熟稔水上生活，与他的交谈，弥补了我这方面知识的匮乏。老五白云南带领我漫步关村和老宅，结合他的讲述，我对以往发生在这里的故事都有了现场感。采风回来后，我写了《神韵永和》，《神秘的永和关》是其中一章。

　　是年冬，我有海南之行。临行前，苏文龙为我饯行，并正式约我写一部以永和关为背景的长篇小说。看来，他早有"预谋"。而一向喜读小说却畏作小说，更遑论长篇小说的我，感其诚意，竟然不自量力地挑起这副沉重的担子。那年，海南的椰风海韵、阳光沙滩于我已是视而不见，经过一个冬季的构思，我写出数万字的提纲。回到北方后，我再度来到永和关，住进白云南开的旅店。听着黄河的涛声，拂着山野的细风，我与留守关村的白家人彻夜长谈。你一旦接上这里的"地气"，便有了亲近感，设想的人物好像也有了着落，故事情节也由模糊变得清晰起来，那种要我写的负担变成了我要写的自信。

谈到未来的小说，苏文龙说，只要书名叫《永和关》，写什么如何写是你的事（但顺便又提到白家五弟兄的事）。本色的书名充满乡土味、桑梓情，我只能在这样丰厚的情境里努力开拓。好在苏文龙赋予我较自由的创作空间，使我得以按自己的构思下笔。

进入小说结构阶段，曾为苏文龙的提议恍惚过，犹豫过，但最后还是按自己的想法去写：抛开真人真事的局限，拓展时空地域，丰富人物情节，把握故事走向，以科举入仕、黄河船帮、秦晋之谊、家族矛盾、姻缘婚变、生死相救和困境崛起等等事件展开铺陈，揭示了人物大起大落的坎坷命运，以历史的眼光审视历史，用沧桑之笔写沧桑之事，并最终归纳出"有和则谐，有义则利"这样一个主题。

初涉长篇小说的我下笔前，既想到写这样一部时空跨度大、地域范围广、人物众多、情节复杂的小说的难度，也想到自己从不言弃的禀性和平生积累的底气，还想到写作如人生——没有坦途，只有坎坷。走弯路，交学费，也许能长点本事。因此，我义无反顾地投入创作，并以"借巢下蛋"的方法，把虚构的故事和人物移植到永和关，移植到永和关白家，移植到延水关，移植到人物可能活动的地方。也许，熟悉当地情形的人，可以从中重温某些历史掌故和风物传说，却还原不出永和关的本来面貌；也许，人们能从中看到一些似曾相识人物的影子，却找不到书中人物的原型。这就是说，我以这种手法，给我塑造的人物以适宜的栖身之所和活动舞台；用托物寄意，把我想要宣泄的情绪，借助笔下人物及他们的生存环境表达出来。不过，"借巢"容易"下蛋"难；因为要让"蛋"以生命的形式出现，必须给予其丰富的营养，比如蛋白质。这些营养从何而来？就是从生活积累中来。有了积累还得通过适当形式将它表现出来，而这就需要对写作技术进行积累。在这里，我说技术而不说技巧，是因为我无"巧"可言——只有笨拙的苦熬可与人说。当然，艺术的虚构是不能离开"真实性"和"客观性"的。总之，通过历史叙事，我把个人对人物生存状态和命运变幻的感悟表达出来，并力求运用艺术的想象力去虚构生活的"真实"，我在作品的历史穿透力上作了一番艰苦的探索和尝试。

我用心写了白永和、杨爱丹和柳含嫣三个有胆有识、有情有义的人物，也用心写了围绕着他们的众多人物。总之，我利用这个机会，写了我想写的人物，写了我想写的地域风情，写了我想表达的关于人生、人文以及价值和社会的思考。

书顺利出版了，但书名却变成了《大晋商》。对于苏文龙来说，这是一个难以接受的变数；对于我来说，这是一个不得不接受的现实。因为最后的考量在出版社而不在作者。

此次再版，书名改回《永和关》，惬意的不止是我和苏文龙，还有那些用心的读者。由《大晋商》到《永和关》，看似是一个书名的变更，其实是初心的回归——地方"名片"被擦亮了。中央广播电视总台录制并演播了同名小说，并评价它是"表现黄河文化、晋商文化的一部力作，浓墨重彩展示黄土高原和黄河大峡谷风物人情，涵盖时代变迁和家族变迁史的全景式小说"。著名作家张行健评论道："《永和关》是一部社会画卷开阔，人物形象兀显的长篇小说；是一部创作情绪真诚，笔墨文字真切的长篇小说；是一部具有传统的现实主义魅力又颇具历史传奇色彩的长篇小说。"这是对《永和关》的肯定，也是对我创作的鼓励。

2019年9月23日写于北京大兴

2021年12月10日再改

我写《小西天》

一

给小西天写点文字是我的心愿，给小西天写部小说却是我原本不敢想的；但后来我不仅想了，还壮着胆子做了。若问原由，大概应归结于我的那份乡土情结和创作冲动。

小时候，隰县城外的小西天和城内的大观楼，是我和玩伴常常登高兴游的地方。它们仿佛是两颗眼睛仁子，让隰县人引以为自豪。联想到凤凰山由来的民间传说，有时脑际竟浮现出一种神奇的想象：既然这座山由凤凰变成，那山上的庙说不定也是凤凰驮来的——能驮来庙还能不驮来故事？年少时，心头便埋藏下一粒好奇的种子。

工作后，特别是供职于文化宣传部门期间，与小西天有了更多的交集，这个交集可以说是一种缘分。其间，我亲手组建了小西天文物管理所，见证了这处明清建筑在新时代被精心保护并绽放异彩的历程。这样的缘分，一直延续到我从工作岗位上退下来，约有二十年。

也就是那时，读到几块千佛庵（小西天本名）创建、维修碑记，对东明和尚创修小西天有了大概了解。东明何许人，为什么要来僻远的隰州，为什么动了在这个小小山头修建寺院的念头，他又是怎样苦心经营的？面对精彩绝伦的悬塑、金碧辉煌的彩绘，你不得不感叹，自古高手出民间。

那么，有着非凡手艺的工匠又会是谁，何方人氏？如此这般的想象在脑际萦绕不散。

更有缘的事还在后边。

2002年，山西省组织编写旅游景区志，主编《小西天志》的重担落在我和儿子王进肩上。修史编志，对小西天来说是一件前无古人的好事。但好事难办，难就难在碑文并未详说东明禅师的生平事迹及小西天的修筑经过，寺院也没有档案资料，只能靠自己挖掘考究。经过几年苦心编纂，外观其形，内探其秘，越来越领悟到小西天的价值所在。这个"所在"，就是中国寺院规制上罕见的大雄宝殿五佛同居、十大弟子同塑、三界九地与琉璃世界同现。超凡脱俗的精美布局，独树一帜的悬空而塑，使小西天成为明清时期佛塑的一座"高峰"。对此，我们把它归结为八个字："悬塑绝唱，国之瑰宝。"就是说，窥古视今，小西天之前乏有先例，小西天之后绝无二型。正如著名画家潘絜兹教授参观后赞道："入眼平生叹未有。"《小西天志》的出版，在一定程度上弥补了史料研究的缺憾，但仍无法还原被岁月风尘淹没的营造史。

就在编修《小西天志》之际，因大雄宝殿落架大修，在大梁上意外发现两处题记，一处是"顺治十三年修补，南关厢画匠张俊明"。南关厢，即现今的隰县城南关。古称，在城为坊，在郊为厢。另一处是"顺治十三年四月初一起金妆像，任孟丑、任孟其、张俊明、刘凤岐，男张典、任世荣"。这是小西天大雄宝殿塑像金妆年代和工匠姓名的确切证据。按照常规，古代匠人一般不留名姓，故这一发现弥足珍贵。对于金妆彩绘，古人有"三分塑七分彩"之说，可见其在佛塑中的价值和分量。显然，任、张、刘三姓金妆工匠应是一个团队，而张俊明特意亮明隰州籍贯（后面的"男张典"显然是他的儿子），是以隰州人为荣。他的荣耀来自他对小西天大雄宝殿的付出：他既参与了塑像彩绘修补，又参与了塑像金妆。金妆之前还有十来道工序，可见张俊明是"全把式"。七分彩的金妆技艺有隰州工匠参与，三分塑的泥塑技艺是否也是隰州工匠所为？整体构思是否也来自东明禅师和这些工匠？小西天的横空出世和工匠题名的被发现，不仅令后人对明清之际的隰州高看一眼，也给我萦绕脑际的那个思绪平添了某种表达的愿望。其实，由明清上溯魏晋隋唐，隰州这块土地有过许多古代杰出建筑——一城三国宝（七里脚石窟、大观楼和小西天）的"健在"，最能说明此言之不谬。由此你会想到，小西天既是一座寺院、一处景观；也是一段历史，更是一座人们得以感知过去的桥梁，它是隰县史上及中国佛教建筑史上值得书写的一页。由此看来，我的由好奇到思考，由思考到敬畏的转化，皆源出这处悬塑殿堂。

不过，一切的一切距你很远，四百余年；一切的一切离你很近，拾级便到。如何将眼前的小西天还原到四百年前的样子，如何再现这座仙宫佛国的创建经过，让读者由精致的彩塑看到精彩的人性，是件让写作者跃跃欲试却又望而生畏的事情。我不止一次地写了通讯报道，写了散记，说它的小巧精奇，说它的不同凡响，想让更多的人了解它，观赏它，让它的影响进一步放大。其间，也有刊物约我写一部可供连载的长篇历史小说，我一下就想到了小西天。也曾设想着编缀这个故事，最终因"有这个心而没这个胆"作罢——我自觉文学素养不足以担此大任。机遇擦肩而过，虽说过后不免懊悔，但那时还年轻，说起来不过是人生的东隅之失。

二

退下来后，有了闲暇，写了几本书，还斗胆写出我的第一部长篇小说《大晋商》。人生有了阅历，写作有了体验，也便有了冲动的底气。记得隰县电视台给我做过一期访谈，主持人有句话至今言犹在耳："《大晋商》是您的第一部长篇小说，却没有以您最熟悉的隰县本土为背景，而是描写了黄河岸边的永和关，这未免让我们有一点小小的遗憾。咱们隰县也有着非常厚重的历史和文化，如果您有新的打算，会不会把笔触放在这里，写一部关于家乡隰县的作品呢？"

此后，也有人问起同样的问题，于是我不得不认真考虑：是呀，你是隰县人，能为别的地方写小说，为什么不能写一部以隰县为背景的小说？但写书的人都知道，创作得有机缘和灵感，机缘不是说来就来的戏法，而灵感则更是稍纵即逝的过客，写哪里不写哪里，不是说写就能写出来的。我只好笑答："看机缘吧。机缘到了，也许会的。"

《大晋商》出版十年后，不知为什么，与小西天再度结缘。由是，我想起那个未了的夙愿，想起那粒埋藏在心中的种子，想起主持人那个小小的"遗憾"（其实是人家殷切的期望）。起心动念之间，觉得是该让那粒深埋在心的种子萌动了，是该让金身缄默的众佛开口说话了——以我的探究、感受、感想和想象去谱写一曲小西天诞生之谜的长歌。由等待机缘到创造必然，十年间，看似错失很多，其实我在等待一生积蓄的喷发。有了这个念头，也便着手铺排。想到小西天既是因塑扬名，我何不因名称义，于是确定了最初也是最终的书名——《小西天》。

这是一部有难度的书。

首先，小说的背景设在明末清初，我对那段历史和社会环境缺少研究，因工作关系对佛门虽有了解，但所知也仅属皮毛，远远不敷使用。若要开笔，就得作一次历史穿越，回到四百年前那个全然陌生的年代，与陌生人共事，同陌生事周旋。如同电视上那些穿越者，穿戴上明代的盘领云巾、清代的长袍马褂，或坐在案几前翻书索句，或穿行在滚滚红尘和清静佛门间，与复活了的古人打交道（这里所说的打交道，其实是指作者在想象中与笔下人物的一种互动）。须知，打不好这个交道就写不好这个故事。只有把自己摆进去，才能让人物走出来。

其次，佛教题材是少有人涉及的领域，讲述寺院成因的小说孤陋寡闻的我还没有见过。在我看来，写小西天的创建过程，不如说是写各色人围绕这一文化杰构展开的心灵碰撞的过程，以隰州一隅映衬一个社会的变迁过程，并在这个过程中打开一个不大为人关注的人性世界、情感世界和精神世界。因此，给小西天以灵光的同时如何给创造灵光的人们以别样的灵光，是我在艰难中要开拓的主旨——须得用心驾驭，不可捐本逐末。

还有，小说就是讲故事，没有好的故事小说就没有灵魂；所以，有没有讲故事的能耐决定了作品的好不好读。要讲好故事就需要在动笔前胸有成竹，这个"成竹"，就是通过人物设置、情节安排将矛盾、冲突层层推进。

长篇小说是一个结构艺术，体量大，情节复杂，人物众多，结构小说其实如建构小西天一样，得挖土筑基、垒石成台，再构木为架、雕塑正形、彩绘粉饰。事前虽有准备，但事中仍每每遇阻：有时缺材少料，苦无良策；有时材料倒多，却不知如何构筑。顺手时，又节制不住，将小西天直朝大西天那里写去；因此，时有写不下去的困窘。特别是遇到思路不清或书中人物"罢工"时，断不了有"笔下难写心上情，就此搁笔到此停"的想法。只有到此时我才醒悟，世上的书堆天摆地，怕是没有一部好写的。似我这样不才之人，对付眼前这部书，不掉把头发也得褪层皮。

三

写作过程是舍难取易的选择过程，是化繁为简不断递进的爬梳过程，把握好这个过程，全在你雕肝呕肺般的操持。简单点说，看似一座山、一个和尚、一座寺院的故事，却是一座城、一干人、一个社会的故事。通过讲一个看似枯燥的故事，却能让读者触摸到灵魂，感受到温度，读出来意趣——这是写书人的初衷和担当。有了故事，有了人物，让他们在社会大舞台上找到各自扮演的角色，才能在矛盾冲突中塑造形象、推动情节，进而形成故事的整体脉络。

一旦有了整体构思，也便有了化繁为简和舍难取易的出路。走这条路，除了要具备自信外，还得找到打通路径的方法，那就是想象力，没有想象力就无法写作小说。因此，若以小说笔法讲述小西天的往世今生，除可依据那一点点史料外，最有效的途径就是虚构，而虚构是于无中生有的功夫。对于缺少这功夫的人来说，他的领悟来自每一个构思的磨炼。我想到，修小西天得有人主持，这个人无疑是东明禅师，这是铁定了的。有人出主意就得有人动手做，于是笔下就有了大匠三姓管，这源于前文所说的金妆工匠题名的启示。兴修寺院离了钱万万不行，于是笔下就又有了乐善好施且又心仪东明的富商之妇林凤娇。为什么呼唤出来一个女子而不是男士？这是因为有凤缺凰难成戏，也是为了照应凤凰山的民间传说。有了他们的三足鼎立，撑起了故事的基本框架，接下来的戏就是要通过他们各自的生活圈和朋友圈演绎。当然，这个戏的"导演"就是我。不敢说我是好"导演"，但庆幸的是，书中的人物还是"入了戏"。写到动情处，有时，甚至是他们牵着我的鼻子往戏里走，写书人与被写对象产生了感应和互动。

有位读者给我说，东明是佛心，三姓管是匠心，林凤娇是义心，这可谓点到我的初衷。三人虽然志同道合，但性格迥异，取向不一，各有可嘉可叹之处。东明的一念在心表现在他的百折不回上，但他又因一念在心而不免行止艰难；三姓管的一念在心表现在他耿直诙谐、心口如一，造出人间罕见的艺术杰构上；同样也是一念在心的林凤娇，恩义两顾，侠骨柔肠，发乎情、止乎礼。如果用诗书画比喻，林凤娇是首隽美的诗，东明是本凝厚的书，三姓管是幅炉火纯青的画——读之有味，赏来不俗。小说以三人为中心，牵扯出形形色色的人物和纷繁曲折的故事，在探求小西天这

颗艺术珍宝成因的同时，更探求人的内心世界以及与其相适应的变化。以
"小西天"之精巧，折射大千世界之繁杂；以人人皆可成佛的禅理，探求
人人未必能够成佛的心理。小说将开拓志、大匠心、义女情融为一体，谱
写了一曲命运交响乐，让文化的血脉流动至今。这是以文学的笔墨揭示一
座著名佛寺诞生之谜的书，也是我试图从文学价值和社会意义的角度书写
的一部探索性小说。

四

《小西天》这部小说，定位于历史文化小说而不是佛教小说。诚如前
文所说，看似写佛寺的书，用意在人不在"佛"。也就是说，以人显艺，
以艺衬人，以文学观照的视野来解读人性这一命题。小说通过写悬塑艺术
宝库的诞生经过，把这古代人民智慧与勤劳的结晶用文学的方式展示出
来，让读者从中感受到优秀传统文化的魅力——让文物古迹活起来。

我围绕这一主旨来写，把握住了以下几点：

第一，东明禅师是历史的真实，没有他便没有小西天。东明禅师塑
造了小西天，我又如何塑造东明禅师呢？历史并没有给我提供更多的背景
材料，就连禅师的长相、性格等都是一片空白。不过，空白也有空白的
好处——反倒给了你施展想象的空间。东明为实现他"世上少有，山西唯
一"的宏愿，三十年如一日，筚路蓝缕、驰而不息，终给人间留下一座蕴
含着大智慧的悬塑殿堂。如果说小西天闪耀着佛教艺术之光，那么，成就
它的东明禅师身上，则闪耀着守正笃实、久久为功的人性之光。诚然，他
的笃行出自"安僧利众""自觉觉他"的本愿。

第二，谨记"顶礼赞颂非关佛，能工巧匠当不朽"一语。东明禅师
再有心机和韧劲，没有三姓管的缜密构思和神塑巧绘，小西天也不会是今
天这座闻名遐迩的寺院。大匠精神是这部书的一个着力点，也是一个闪光

点。因此，我虚拟了隰州工匠三姓管，用心刻画了他坎坷曲折的命运和艺高人胆大的不凡经历，让他插上想象的翅膀，在艺术的天地里纵横驰骋。他的人生辉煌，在于亲手构建了大观楼和小西天两座传世杰作，他那人间俊杰的形象正配他怀大匠之心、圆大匠之梦的拼搏精神。三姓管这个人物，可说是中国古代诸多无名建筑大师的一个代表。写好这个人物，不只是我的愿望，也是历史的重托。同样，写好这本书，不只是我的夙愿，也是关心这座国宝级文物的人们，特别是家乡人的心愿。

第三，处理好男女之间的关系，也即处理好前文提到的僧俗情。如果写通常的爱情故事，应是不难驾驭的，但要讲一位大德高僧和一位秀逸女子的情感纠葛，确有一种微妙的困惑。我将"凤凰于飞"的民间传说，作为一条暗线，或者说是意象穿插进去，通过以幻喻真的描写，让看似无理据的书写转变成可靠的叙述——林凤娇与东明虚幻的神交和真切的往来，便有了基础和可能。对此，我还设计了一个中介性人物刘塾师，他明助东明开山筑寺，暗为自己撰写《凤凰传奇》搜集素材。虽然他的《凤凰传奇》最终没有流传于世，但整座小西天，也可看作是刘塾师苦心孤诣经营的《凤凰传奇》的复活。

林凤娇这个人，虽说生活在封建社会，但仁爱果敢、清风可人，拘于礼却不拘于情，是那个年代的一位追求人格独立、个性解放的令人刮目相看的女性，也是一位生错了年代且错看了人的悲剧人物。她和刘三四的姻缘是看走了眼的姻缘，如若不是刘三四的日渐堕落和引狼入室，林凤娇虽有凤凰于飞的幻想，也只是一脉心曲，断然不会留下不知何往的遗憾。她于东明亦看走了眼，低估了对方的定力。读者从她的"两个走眼"中，能读出她消极厌世的悲哀和涉世无深、率真可爱的单纯。

东明虽是方外之人，但既是人就不免有七情六欲；况且如果没有内心的波澜，就无法显示出他的修持和定力，人物形象也就平面化了。东明和林凤娇，一个发愿宏寺传世，一个发愿佳话流芳；一个追求往生世界，一个追求现实生活；一个将虚幻世界搬到现实生活，一个把现实生活当成虚幻世界。最终，林凤娇因景仰东明而助他一臂之力，东明却因清规戒律不得不隐藏真情。虽说故事哀怨委婉，令人感慨，但节制而蕴藉的叙述，让东明不走形，林凤娇不低俗，这既丰富了人物性格，又不影响整体格调。

第四，雕塑是造型艺术，造型艺术的基础是形，但又不能只停留在形上，写形传神才是目的。小西天造型艺术的辉煌，皆赖以形传神的高超技法。而《小西天》这本书，正欲借形神皆备的小西天展开故事，所以非得在外塑其形、内炼其心上下功夫。这里所说的心即指神的源泉，指活跃在书中的一个个人物——通过对他们的服饰穿戴、言语行动等的描写，来深掘他们内心的情感和磕碰，只有人物有了灵魂才会有感染力，这个感染力也可说就是"传神"。我借书中人物给凤凰山相地赋形，给小西天精塑妙绘，也通过文学手段给书中人物一一"相地赋形""精塑妙绘"。以小西天之形，映照人物内心之神，让人物活起来，故事"神"起来，各有各的样子，且不是一般人的样子，以期求得美好愿景与艺术形式的统一。但随着时间的推移，小西天的艺术价值远远超过它的实用价值，这是肇始者没有想到的。

全书起始于东明禅师"宏寺传世"、林凤娇的"佳话流芳"及三姓管的"佳话要得，宏寺也要得，也好给隰州添上一景，留下一说"的三人巧遇，结束于小西天落成。其时，东明禅师已溘然长逝，林凤娇人生惨淡，正不知何往，三姓管故地孤游，不免感叹人事沧桑，旧景难再。值得庆幸的是，东明禅师的"宏寺"传了世；林凤娇的"佳话流芳"，按本意来说未免不实，但她的"但行好事不留姓名"的高义，不也是一段人间佳话？三姓管"佳话要得，宏寺也要得，也好给隰州添上一景，留下一说"的预言成真。三个人，三句话，一件事，一世情——这个引子是用来引起下文，又得到尾声照应的贯穿全书的眼线。

此外，民风民俗的着意讲解、语言的文白相间和官话俚语的雅俗兼顾，既出于作品年代对当时言语习惯的一个考虑，也出于对当地地域文化的尊重。以上种种，虽心有意但不知行有成否。虽说东隅之失，桑榆之收，但不知所获能否补偿所失，敬请读者批评。

2021年2月17日改定

下卷／走读山水

晋游记

恒山游话

悬空寺

游悬空寺，远看比近观有气势。

远看，悬空寺像挂在悬崖的壁毯、刻在绝壁的浮雕、筑在山窝里的鸟巢，凭险安居，贴近自然，也亲近游人。

悬空寺似一幅天然的屏风，山、壁、寺浑然一体，天、地、人和谐相处。它不嗔你胆小，你不怨它怪异，仙阁浮悬在危崖累石间，还像老人一样挂着细长的手杖。

不由得想到湘西的吊脚楼。人家是傍水而筑，它却是抱崖而垒。看得久了，忽然悟到，山不是多余的，因为它生了一个奇壁。壁也不是多余的，因为它生了一个石屋。石屋更不是多余的，因为它盛着一个悬空寺，使深陷的凹壁蜚声海内。正如丰子恺所说：这世上看似无用的，恰是大用。假若没有悬空寺，这收腹缩肚的石崖，谁会把它当回事？！世上的事捉摸不定，今日还是路边石，明日保不准成了手中宝。

近观，山、壁、寺一齐凌驾于头顶，连趾高气扬的人都会顿觉自己渺小如蚁。

开始登山，心里一恐惧，出气就急促，踏着阶梯盘旋而上，不用说，梯道也跟着盘旋起来。好不容易进得寺内，定定喘，擦把汗，睁大眼睛往外看时，远处的恒山乌压压地扑了过来。你发现，对过路上的行人正在看你，角色一转换，你成了画中人。有血脉的画中人看有血脉的画外人，那乐趣就比有血脉的画外人看无血脉的画中人多了去了。随处走走，须得小心。脚下虽然踩着硬物，却像踩着浮桥，不踏实。因为这里毕竟向上是万仞悬崖，向下是百米绝壁。民谚："悬空寺，半天高，几根马尾空中吊。"你不得不为之叫绝、叹奇。

据说，这件很沧桑的"作品"，设计和建设者是"僧了然"。这位了然十分了得。有峰不占，有林不隐，偏偏相中这半临石壁半临空的悬浮之地，不为他点赞都不行。

悬空寺本来为佛的道场，后来却把老子和孔子也请来，与释迦作历史性会晤——谁知，这一会晤竟越千年。三祖殿内，三祖并坐，释迦丰臂阔面，老子仙风道骨，孔子乌眉墨颜。他们面庞祥和，气氛也佳：是在讨论佛家的"慈悲为怀"，还是道家的"悟道"，抑或儒家的"仁爱"？能否向"天下无二道，圣人不两心"靠近、融汇，三圣端坐不语。事实是，在穷尽真理的路上呈现的一元态势，印证了彼此间共存互补的关联。

透过悬空寺，看到人心之悬，这个悬是就人的意志而言——佛虽然法力无边，却要受人支配，更何况布衣韦带的孔子和老子；也看到人之杂念，这个杂念是就矛盾心理而言——悬空寺是寺，是观，抑或是祠，并不重要；重要的是，它不仅有悬，还有容，有有容乃大的胸襟、圆满融通的智慧。

直至下了山，落脚地面，回首望去，才不再感到震撼。你道是为甚？原来，寺院的根基并不在虚张声势的立柱上，真正肩负"重任"的是一根根深插崖洞，俗称"铁扁担"的横梁，它们华丽的外表会让人忽视它们的作用。暗中给力、大美不言是它们的品格。北魏人创造了大同云冈石窟那样出神入化的奇迹，又创造了悬空寺这样惊心动魄的奇观。我们应向那些无名的匠人致敬才是。

苦甜井边的遐想

游罢悬空寺，复去恒山登高。果老岭、姑嫂岩、飞石窟、还元洞、虎风口、大字湾诸景点沿山道分布，金石峥嵘、传说离奇，把我们一步步引向另一种境界。

登百十级台阶，至恒宗朝殿，又见一奇观——苦甜井。两井并列，仅一米之隔，口窄水浅，外观相似，水质却一苦一甜。同游者，灵记、玉良，我们用瓢逐一舀来品饮，果真不假。苦井水，浑浊苦涩。甜井水，清冽甘甜。听道士说，甜井深不过数尺，旋汲旋溢，汲多少，溢多少，能满足万人饮用。我们三人胡乱猜察了一番，不得要领，还是留待科学家解释去吧。不过，文化人爱想象。三人坐在井旁，一边品水，一边禁不住演绎开苦甜井的故事。

灵记，人如其名，有灵性，口齿俐，主事文化局。他说："我把苦甜井好有一比。"

问："比作何来？"

"好比恩爱鸳鸯。苦水井好比鸳，甜水井好比鸯。雄鸳百般呵护雌鸯，故苦苦在心；雌鸯倍受关爱，故甜透心窝。苦者先夭，化作苦井任甜者游弋；甜者苦于失侣，痛不欲生，化作甜井以报。故二井并存。"

是爱情说。巧。

玉良，演员出身，架势一抖，"戏"上心来："我也好有一比。"

问："比作何来？"

玉良说："比作孪生姐妹。命苦的姐姐化作一眼苦泉，倾诉一腔吐不尽的苦水；命好的妹妹化作一眼甘泉，奉献流不完的琼浆。有人要问，甜甜的妹妹，为何不肯拉一把苦苦的姐姐？原来，不是妹妹无情，而是姐姐绝情。她说，两手相牵就是两脉同流，甜不了我，反而苦了你。何苦呢！"

是亲情说。妙。

听了二位的，我有些词穷。本不想再编造，但又不能扫大家的兴，想了想说："我也好有一比。"

二人问："比作何来？"

我说："假设先有苦井，后有甜井，正好借此比作苦尽甜来。水为道家喝，理为道家用。不废苦井，不偏甜井，二者的观赏性恰恰是苦甜并存，绿叶红花。没有了苦井的甜井，是平淡无奇的井水；有了苦井的甜井，才显出它的不凡。"

二人笑道："是哲理说。"

触景生情，人之常理；想入非非，也无不可。三人替苦甜井造故事，作广告，好不辛苦。苦甜井有知，也许会感谢我们的编排。

恒峰遇雨

早听人说，恒山云雨出没无常，初不以为然。

出恒宗朝殿，一路攀缘，不知不觉中起了薄雾，隐没了太阳，一时感觉腹背发凉。那轻如柳絮的白雾，围着我们，吻着我们，不肯离去，大家便笑说它多情。望恒山主峰，已"近"在眉睫，不由得加快步伐，发起最后的冲刺。

不知不觉中，薄雾变浓，浮而为云，云块与云块碰撞，连成墨黑的天幕。正犹疑间，天幕撕裂，电闪雷鸣，霎时，山雨劈头盖脑而来。我在前，灵记和玉良在后，中间有一段距离，大雨就势将我们分隔。我们互相看不见，摸不着，只得拼命嘶喊。风声、雨声、雷声淹没了彼此的喊叫声，大家停了脚步，任凭风雨蹂躏。孤立无助的我，心里惶恐极了，不由得想到了死。在大自然的神威面前，人有时竟如此渺小无能，只有站在雨地里静观雷催着雨、雨乘着风、风卷着云的反复表演。所幸，云雨来也匆匆，去也匆匆，不到半个小时，老天终于睁开眼。云随着风，风催着雨，雨追着雷，渐渐远去，恒山顶峰重现于光明中。此时，后边的二位惊慌赶来，我们三人湿发贴脸，湿衣裹身，不禁相视而笑。

8月的恒山凉意袭人，夕阳把余晖洒满群山。过来一道白云，轻轻缠绕在恒山的腰际，恒山半身在云层上浮着，半身在云层下撑着，真是人间仙境。少顷，云退天朗，四野清秀空灵。眼看红日西坠，登峰是不可能了，山道湿滑，大家只得跌跌闯闯地往回返。路上，三位刚扫愁云的游客，又起笑声："哈，刚说苦尽甜来，又遇雨过天晴，莫不是苦甜井的感应？"

2000年5月写于一得斋

宁武散记

宁武关

访宁武，想起一出戏文，叫作《三关排宴》，讲的是宋辽争战，辽败议和，佘太君在三关设宴，四郎借机前来探母，桃花公主撞死议事厅前，佘太君大义灭亲，肖银宗丧女丢婿落魄而归的故事。

这里的三关，指的是偏头关、雁门关和宁武关。宋代，杨家镇守三关，功勋卓著，史有记载。但流传于民间的杨家将故事未必都是事实，比如《三关排宴》里的一些故事，应是戏文的虚构。

宁武得名，一说北魏广宁、神武二郡先后治此，取广宁、神武尾字而得；一说取义宁兵息武。二者我更倾向于后者。因为宁兵息武是朝野所盼、人心所向。即使前一种说法成立，其中也不无巧合的用心。

宁武"北屏大同，南扼太原，西应偏关，东援雁门（关）"，自古多事，故设坚兵固堡。明成化二年设宁武关，其成为明内长城的重要关隘，兹后一扩再扩，终成为一座周长七里、城墙高大、敌楼密布、炮台坚固的边关要塞。历史上北方胡人每每南下掳掠，宁武关便成了阻击胡骑、保国护民的一道屏障。明崇祯十七年转换了交战对象和形势，李自成义军北上，与明山西总兵周遇吉在宁武关交战，双方用上了火炮——由冷兵器向热兵器转换，战争惨烈。李自成义军苦战七昼夜，以万人之躯为代价夺得宁武关，而周遇吉的举家老小以及四千将士一同殉命。李自成由此踏上进京称帝的道路。这个史实曾被编成戏剧《宁武关》演出。宁武关入耳，最早源自戏剧。

现在，虽然远去了鼓角铮鸣，宁武关再不是边关重镇；但在宁武关旧址上崛起的宁武县城，依然是晋北一带的交通节点。老城南门尚在，只是破败不堪，荒草滋蔓，与残垣断壁做伴，游者见之不免心生凄凉。三三两两行人往来于门洞，门外有人仰头观看，有人拍照，显然他们是和我一样的游客。城中，三层三檐三十米高的鼓楼，威仪犹存，似乎还在向游人诉说当年的豪气。墩基十字穿心，现今仍是老城人往来的必经之路。因历代屯兵戍边，街巷得名多与此有关，如千户所、七百户、十八登科坊等，关外以关、堡、寨、屯相称者比比皆是，可以想见当年宁武关兵氛之盛。新城在旧城之东，像其他城市一样，钢筋水泥建筑物拔地而起，一派新潮。城西南是旋潦旋涸的恢河，此乃桑干河之源。据说当年丁玲写《太阳照在桑干河上》，并不知道桑干河源自这里；假使知晓，是不是会补上一笔，为宁武关添彩？不好妄猜。

勾留宁武，多在老城穿梭。因旧貌不可复制，游人猎奇之心和感怀之意均是情理中事——访古古无言，化作心中憾。

于关城外可看古迹，一是古长城，一是明将周遇吉墓，一是陈家谷杨业殉难处。

距宁武城十多公里的阳方口是明长城关隘之一。这里的长城是在赵长城、齐长城和隋长城的基础上修建的。可见胡人入侵，觊觎中原，古矣久矣。20世纪60年代我从这里经过时，曾登临长城烽火台，极目远眺，远山近谷，蜿蜒起伏；长天落日，朔风呼啸，苍凉壮美。如今，内长城大都倾圮，亦一憾事。

周遇吉墓原有两处，一处在城内，曰"阖署尽节墓"，今荡然无存；

一处在城东大河堡，为周遇吉本人墓。20世纪90年代，此墓被迁至新建之栖凤公园。迁葬时考古人员发现，周遇吉身高一米六五，脸呈由字型，后脑勺残留重刀伤裂痕，陪葬无几。很难想象，威震三关的总兵官，竟是这样一位体格并不魁梧的人；横刀立马的大将军竟惨死于刀斧之下，由此可见当年那场战争是何等惨烈！

李自成虽然踏平了宁武关，却没有过了"骄淫关"，最终兵败匿迹。据说湖北咸宁市通山县九宫山有李自成墓。又有姚雪垠三卷本长篇小说《李自成》，把李自成的一生演绎得淋漓尽致。

对于周遇吉的"迷"于局势而死于气节，人们历来评价不一。有人说，周遇吉个人的悲剧在于不能顺应历史潮流，最终他与自己的家人及四千士卒做了大明王朝的殉葬品。有人说，封建王朝需要周遇吉这类人的忠诚——文人士绅赞扬他的气节，老百姓感于他的勇烈。还有人说，他不是"迷"于局势，而是忠于职守，"知其不可为而为之"。由此，不难理解周遇吉何以成为明朝最后的精神脊梁。昆曲、京剧、晋剧、蒲剧和北路梆子都演出过全本大戏《宁武关》。在宁武，周遇吉得到普遍的尊敬，县内建有周遇吉祠和忠武庙，无谓的争论丝毫不影响周遇吉本人"舍生取义"的价值，就连李自成也不得不感叹："使守将尽周将军者，吾安得至此！"历史在争论斯人时也成全了斯人，岂可不叹哉！《宁武关》作为一部戏剧，展现了悲壮之美。它告诉人们，家国情怀不是嘴上说的，有时是需要用生命献祭的。

宁武关北十几里的古长城托莲台下陈家谷，谷长十数里，北宋名将杨业抗击辽军，在此遭遇埋伏。而主帅潘美和监军王侁不仅不前去救援，反而带兵逃跑，致使杨业寡不敌众，奋力斩杀数百人后受伤被俘。杨业最后绝食而死——生也威武，死也壮烈，留得英名永世传颂。杨家将故事从他始，一直演绎了三五代，而附于杨家的故事也越来越多、越来越奇。老百姓们将杨家满门英烈、铁骨忠胆的义举传颂了千百年，感动了亿万人。杂剧、通俗小说和话本，以杨家将为题材的举不胜举。现代影视作品也对其多有表现，电视连续剧《杨家将》刚热播完，又有一部《杨家将》的电影要上映。杨业戎马一生、威震三关，人称"杨无敌"。

史家求真伪，民间敬忠义。无论正史还是演绎，杨家将效忠国家的英雄形象早已根植国人心里。

杨业，并州（太原）人。曾任代州刺史、右领军卫大将军。今代县有杨家祠堂，游者至此，无不瞻仰。

千年地火·万年冰洞

俗话说，冰炭不相容。——金科玉律，无人置疑。

但是在宁武，我却看到令人生疑的一幕：在同一座山的两侧，即使盛夏，既有冰存，又有火在。但冰不是通常所说的滴水成冰的那个冰，火也不是通常所说的烈焰腾腾的那个火。这奇观在相距不足三百米的地下，一处叫冰洞，一处叫地火——看似不相容的冰火，竟然相依相存千万年。

管涔山东侧，林海中，不时可见青烟袅袅。冒烟点也不止一个，点点呼应，并不孤单。询之，说有十多处。究其原因，是地下煤层自燃作怪。宁武多煤，且埋藏浅。受气温影响，煤层发生自燃，当地人称之为"地火"。虽曰"地火"，人走在地面上，却没有热的感觉，且地火周遭还密布着云杉和落叶松——看似危机四伏，但它们亦能相安无事。

离地火不足三百米处，便是"万年冰洞"。地火有千年之称，冰洞则被冠以万年之名，概数也。其实，地质变迁，沧海桑田，何止这般年龄？这不，科学家发了话，说冰洞约形成于距今二三百万年前的第四纪冰川期，是中国目前已发现的十二处冰洞中规模最大的一个。

披棉大衣入内，顿觉头皮发紧；再行，四壁已然一片雪白，寒光闪闪，浑身拔凉。小路弯弯曲曲，进入第一个冰洞，眼前豁然开阔。冰洞中间是一根粗壮敦实、顶天立地的冰柱，不觉想起神话里东海龙王的定海神针。随旋梯下行，又入一洞，此洞离地面几近四十米矣！听说下面还有二洞，在距地面九十米深处。大洞通过小洞相连，一路走去，沿途可见"冰珠"垂挂、"冰柱"落地、"冰瀑"涌泻、"冰笋"尖尖、"冰花"冷艳、"冰帘"串珠等种种异象奇观，射灯一照，眼前一片迷眩。它与桂林七星岩、芦笛岩和肇庆七星岩溶洞同属溶洞一族。所不同者，万年冰洞在溶岩上又涂上一层晶莹的冰凌，给奇形怪状的钟乳石裹了一层冰衣。由此看来，万年冰洞是否更难得？这冰是如何形成的，为何临近地火却万年不化？为什么即使盛夏，里边也如冬之凛冽？这是每位游客急切求解而又不得其解的问题。欲揭示这一地质奇观，须给地质学家一点时间。

提到地火冰洞，当地人说，少见多怪，见多不怪；不承想这竟能招来天下游客，这倒有些"怪"了。过去，很少有人进冰洞探险，只在天旱缺水时，才有人进去砍冰化水食用。只不过，那时它叫冰窖，不叫冰洞。

悬空村

"悬"，在山西人的口头语中是危险或者没有着落的意思，也即常说的悬乎。在宁武，够得上"悬乎"的景点就有四处。一曰悬空寺，二曰悬空村，三曰悬崖栈道，四曰悬棺，大抵都依附悬崖存在。宁武多奇山怪石、泉溪河湖，那些居住在深山老林里的人们，便不可避免地与悬乎的生存环境结缘。昔年游历，在北岳恒山脚下登过悬空寺，在长江小三峡见过栈道和悬棺，过秦岭入川时瞥见过栈道，唯悬空村还是头一回听说。

原来，悬空村叫王化沟村，就在离冰洞不远的地方，过去外人罕至，偶因游人的一张照片才引来外界的关注。

所谓悬空，并不是悬于四面澄明的空间。远看，悬空村像危崖的裙带；近前寻路，路似羊肠，挂在崖壁。起先还有坡度，渐渐那坡直立起来，仿佛一架天梯。听说村里人负重上下都十分敏捷，想来是自小练就的本领。外人难免会有心悬半空的悸恐。

好不容易登上悬空村，横在面前的是用圆木连接而成的街道。游人见状，大都得犹豫片刻，查看清楚，才敢战战兢兢踏上从缝隙间可见深渊，踩上如踩滚轮的人间奇街。边走边看，原来悬空村依山筑房，房外设街，街大多悬空，其下有木柱支撑。总结一下：悬空村的悬空街还是个半幅街、木头街、滚轮街。这是不是更悬？

村子坐北朝南，背靠大山，不仅背风而且负阳取暖，面向郁郁葱葱的松林，有福齐南山的古意。因地窄，房屋沿山势一字型地东西排列。建造房屋的材料除了石头便是木头，房屋样式或后窑前屋，或屋上架楼，多随势铺排，没有一定规程。有房没院也是这里的特色，出门下三五级台阶，便是街——半幅街、悬空街。若要出村，须沿着百米长的悬空街走到尽头，也即村头，然后顺着我们刚才攀登过的"天梯"，慢慢下山。

前人为什么选择在此居住？抛开别的不说，生命之水恰好从山顶渗下汇集成泉，水清且甜，长年不断。第一个来在这里的先祖，兴许就是因了这股生命之泉而驻足，这才有了之后的繁衍三四百年；所以，这泉水真乃一脉福水。水是不愁了，生活用品怎么办？生活用品只能到悬空村外采买，而出村的唯一途径就是天梯——所有生活用品都是靠人背驴驮（驴只能运到山下）运回的。可以想见，每一次下山，都得履险蹈危；但不必替他们操心，不是说"唯适者方能生存"嘛！

村里所见，多是老人，年轻人都外出谋生去了。暖炕头、麻油灯、莜面栲栳、羊肚子手巾，问一答三，实来实去，古风仍在。青山碧水为邻，蓝天白云为伴，少了尘世喧嚣，也许人活得更自在。如若让老人走出这里，"脚踏实地"地融入尘嚣，怕是还不踏实呢。不是他们甘愿守朴，是祖辈生活的印迹一时半会儿还没法抹去。再说，保留这样一片净土又何尝不是世上的幸事！

探讨王化沟悬空村的成因，传说明朝崇祯皇帝的皇四子带领王姓家臣来此隐居，守护皇家宝藏，为了躲避追兵，在山崖上修建了房屋，逐渐演变成如今的悬空村。是焉，非焉，无从考证，但避乱安身说可信度最高。听说离王化沟不远处，还有五花山和曹家梁两个村庄，都建在悬崖绝壁之上，想去猎奇，体力不济，只好作罢。

听二十年前来过这里的人说，那时仅见在山谷下修有一条不长的简易路，路口竖有一块写着"悬空村"的指示牌，其余一切依旧。这个旧，指的应是几百年来的"原生态"。现今村里开了农家乐，收开了门票，应该说这是个可喜的变化。但对游者来说，既愿它融入外面的世界，也盼它保留纯真。

芦芽山

管涔山为吕梁山余脉。虽为余脉，但在宁武、岢岚、五寨三县交界处却大展风采——这里被称为落叶松的故乡、云杉之家。而奇峰之下多有碧水，逶迤千里的汾河就发源于这里。宁武的冰洞地火、天池草甸，还有前面提及的"四悬"均出于其中，故管涔山有"晋山之祖"之称。主峰芦芽山海拔近三千米，人们都说，来宁武不游芦芽山，就失去一览众山小的机会。

因开"旅游景区志"编写会，我才有机会接触宁武，感受宁武，才明白奇山异水在宁武的蕴藏于山西怕是无出其右者。芦芽山会不会给我惊鸿一瞥的感觉？心中很是期待。

出县城，往西南方向走，一个小时后来在芦芽山景区。第一眼看到的是一派蓊郁的林木，身心顿生一股清爽之感。远望，一柱苍灰色石峰从四围葱绿中突兀而起，峰巅隐约可见宝塔样的建筑。本来就瘦得有骨头没肉的山峰，更像从林海中伸出脑袋的竹笋哧溜溜往天际插去。但此地没有竹子，只好用芦芽来形容。两样物象，一样入妙。

不容分说，一行百余人兴冲冲地朝芦芽山进发。

我在山下稍事休整，所以落在队伍后边，只得踽踽独行。虽是孤独，并不心怯，因为前边有人影人声做向导，更有记在心中的那个芦芽在召唤，不多时便追上了队伍。

在原始森林中行走，林木蔽日，阴森潮湿，坡陡路滑。眼里满是新鲜事物，就是辛苦了腿脚。同行者累了，不是靠在树上，就是坐在倒下的朽木上。我呢，选择了多歇不如慢走，折了根枯枝当拐棍，渐渐由末尾成了排头，又渐渐把同伴们甩到身后，只是依旧形影单只。是时，芦芽主峰被林木遮住了，不知其所在；但因我到了"心里有了良人，眼里都是路人"的境界，一个人便在那万壑之上、灵空之下、奇石怪松中发起最后的冲刺。

这是什么山啊！方圆不过数十米，却裂有几道缝，人家管那叫峡。先过仅容一人通行的束身峡，再过一梯担两峰的九杠梯（顾名思义，由九节横杠组成）。因其下是深渊，谁到此能不一颤？！过了九杠梯，便是芦芽绝顶，细看，原来是一块蘑菇状的巨石茕茕独立。巨石横一道缝竖一条槽，仿佛已苍老得随时会分崩离析。登顶还要再上软梯，上梯即是"太子殿"。殿方形，内狭小，仅容三两人。此时殿内正好坐一僧人合十默念，听到动静，微微张开眼，说我是今天第一位香客。我说是游客。僧人说来太子殿的多是香客。我会意，随喜。僧人说："你若有胆，出去绕殿走一圈，人生就会圆满。"得了僧人的话，果真踏上绕殿路，上了路就有些后悔。这块方圆不到十米的"芦芽"石上，不仅承载一座佛殿，还要辟出半步宽的循环路。殿像空中楼阁，人如浮在云端，罡风呜呜，片云迅跑——

令人空灵得如芦芽上的半丝侧芽、一滴露水，怕是早忘了自己是谁、到此做甚。

绕行太子殿，此行是圆满了，但愿人生也一样圆满。下行，才有三三两两的人朝这里走来，人们多是望而生畏，不想猎奇，寻路走了。

下一站是高山草甸，还有好几里路要走。因为宁武天池有隋炀帝避暑的汾阳宫，这万亩之大的马伦草原就成了皇帝放军马的牧场，也成为后世放牧的好地方。走在草甸上如踩在海绵地毯上那般暄乎，那种感觉和驱车过广漠大不一样——不白来一趟。

再下，路过汾河源头，一湖碧水，涌涌而泻。苍壁书有"汾源灵沼"，正应《山海经》"管涔之山，汾水出焉"一语。

凡事能见源头，是人生难得境界。游历也一样，欲得尽兴，见源见本。那日，我见了林（森林公园），见了山（芦芽山），见了草（马伦草原），见了水（汾河源头）。虽是既累又饿，没了"正形"，但过了多少年仍念想着这个地方，念想着捷足先登的那一刻。

动笔于2006年，于2022年完成

品味侯马

这是一座充满活力的城市。

城算不得很大，却拉开了大的架势。横平竖直的街道把城市的脉络向四面延伸，也把生活的空间往四周扩张。让人心醉的是，二十里临街透视墙，把本是孤芳自赏的墙里红花展现给大众，也将墙外的精彩引了进来；令人吃惊的是，新田大道，十里通衢长街，竟和邻近的曲沃县城的大街相衔接。乍来这里的外地人，一时分不清是一城两区，还是两城一市。

总想在侯马的大街小巷穿行。小巷被一张张巨伞似的梧桐老树庇护着，人家是半遮半露，铺面是或明或暗。老人们临街而坐，谈天说地，把古今穿缀在一起。细细听来，浓重的晋南口音分明在诉说着桑榆晚景的惬意。姑娘们身形修长，如翠竹临风，走来现出一道风景，过去留下一抹余香。时值初夏，应是不凉不热的好时候。但位于三晋之南的侯马，炎夏苦长。尽管这样，人行小巷，依然凉风习习，你可以从容不迫地闲庭信步，领略南风的清新、晋韵的淳厚。

走出小巷，徜徉大街，一样的是亭亭如盖的梧桐树；不一样的是鳞次栉比的新潮建筑，一派车水马龙的都市景象。不大的城市有五六座气派的广场，临街绿地和街心花园随处可见。它们既是展现这个城市悠久历史、灿烂文化的窗口，也是展示这个城市青春气息、浪漫风情的场所。你不免暗自忖度：我这是走进了城市里的花园，还是花园里的城市？

这里还是一个弥漫着浓厚商业气息的新型码头。

早就知道，侯马的新田市场遐迩闻名，十数个省份、上千户商家落脚这里，流通八方，惠利四海，创造出旱码头的新神话。今天旧地重游，新田市场生意依然火爆，更有省级规模的经济技术开发区、国家级水平的北方轻工城悄然崛起。偌大的构筑、不凡的气度，看上去就像一座座新落成的城镇，但气象却是深圳、珠海般的开阔和前卫。这么大的开发区，这么大的商城，有多少户入住？不由得向主人探询。回说早已销售一空，且都是外来户、大商家。

穿街过市，随处可见扛着大包拎着小包的匆匆行者，以及装载着满满当当货物的川流不息的车辆。毋庸多言，来者多为商贸，去者多是商旅，这是惯见的商埠集散景象。你一下醒悟：因为有生意可做，有银钱可赚，才会有四面八方的生意人慕名而来，满载而归。无怪乎是"南来北往商贾地，千年百货旱码头"。

总以为海关、商检、口岸是国家边防通商要地的代名词，没想到，侯马这样一个内陆县级市，也跻身其中，这令我多少有点惊讶和敬仰。在这里，国内货物进入侯马口岸等同于出口，国外货物仓储侯马口岸视作已经进口。

地处临汾、运城、晋城三市小三角，秦晋豫三省大三角中心的侯马，以其地利占尽了区位优势；又以其四通八达的铁路和高速公路网占尽了交通优势——每天有百十对列车、万余辆汽车进出，每天有数百班车发往全国近百座城市。正是这旱地码头、内陆口岸在沟通物流、开拓财源、活跃人气的同时，也提升了自身区域中心城市的品位。敏锐的人都会留意到这个现象：尽管侯马还不是通都大邑，却在默默地做着通都大邑做的事情，这确是一个了不起的壮举。一心想做大做强的侯马人，骨子里有着"日出而万物进"的晋国精神。

一个有深意的地名，往往得来不易，其间少不了历史的积累、岁月的磨砺。侯马古称新田，新田的本义是新开垦的沃田，可见这里是农耕时代最为宜农的地方之一。明洪武年间，在这里设有新田驿，备有快马大几十匹、驿夫几十人，这应是当时北方最大的驿站。因过往朝政要员多在此食宿，等候换乘马匹，久而久之，新田就有了候马（侯马）的称谓。但我不明白的是，为什么候马竟演变成了侯马？候者，"候迎宾客之来者"，候有等候、敬候的意思。侯，原指箭靶，也指有身份和地位的人，亦用作姓氏。两字同音不同义，不知为什么用侯不用候。我猜测，用侯恐怕是想表明身份和地位吧。不管怎样，侯马是三晋的发祥地，自然是晋之门户，也许是这个缘由，才以侯代候。但侯马一个县级小市，其辐射和吸纳能力却高居山西各县之首，创造了以小做大的煌煌业绩，一个"小"字怎能评价得了它！

若揣摩侯马之大，不妨试举几例：侯马北站是华北最大的铁路编组站之一；侯马是山西南部的交通枢纽；侯马是山西南部邮件分拣和通信中心；侯马是山西南部的物流平台和信息平台，是国家认定的全国物流重镇；侯马还是山西首家生态园林城市……纵观侯马之盛，大有倚立侯门待天下的气概，由此看来，也可评价侯马不"小"。古驿站，今码头，确是繁华之地、宜商之城。

这是一处让游人发怀古之幽思的文脉之地。

乍到侯马，高高耸立于侯马门户的晋国宝鼎气势夺人，这是两千多年前中原盟主晋国的象征。

辉煌的历史给我们留下了丰富的遗存。现在的侯马，不仅地上有相当数量的遗构，富厚的地下遗存尤其令人咋舌。据说，这里一半以上的地下可能埋藏有老祖宗的遗存。正因为这样，新中国成立以来就把这里列为重点考古发掘地。从侯马古墓葬里发现的两千七百年前的大豆，被公认是世界上最早的大豆。晋国遗址、侯马盟书、铸铜遗址、晋侯车马坑、空首布币、编钟等等重大发现曾经轰动海内外，而侯马盟书被评为新中国成立以来十大考古发现之一。一切的一切，都说明侯马是黄河文化发祥地之一，是三晋的源头所在，是散发着晋风晋韵的风水宝地。无怪乎人们戏说，侯马地上的文物多得能碰头，地下的遗存多得一锹下去就会有一个新发现。我不禁浮想联翩，在侯马那几天里走过的地方，说不定就有一处是遗址，足迹所到之处的地下保不准深埋着一件未知的文物。

我们下榻的平阳宾馆，毗邻晋国铸铜作坊遗址。当年的发掘现场，已经辟为以铸铜陈迹为主题的融山水园林于一体的平阳公园。一进去，便可以看到一组以矿石熔炼到铜器成型全过程为主题的系列雕塑，这使一些只知"模范"一词是指先进或楷模的人，追本溯源，找到最初的答案：原来模范二字本是指铸造物件时的内模和外范。有规矩才能正方圆——这个体现道德品格的褒性词，就是从这里演变而来的。往深里想，晋国的能工巧匠以精湛的工艺生产出的有鲜明特点的华美的晋式铜器，能够风靡中原大地，正是晋国国力的明证。

也许是出于偏爱，侯马以晋字入名的人名、地名和产品名不胜枚举。在晋博园参观，首道文化大餐便是荟萃古今书法大家的"晋"字壁。真草隶篆、金石铭文，笔走龙蛇、腾跃逸脱，誉之"百晋图"或许更贴切。不难看出，这是当地文化人的得意之作，用意亦不言而喻。从一个晋字的种种写法，本就可折射出历史与文化的演进。说来惭愧，同为晋人的我却孤陋寡闻，站在晋字照壁前，满眼的新奇，满心的感叹，竟说不出个所以然来。查《说文解字》，晋者，进也，日出万物进。回眸晋史，当初桐叶分弟时，叔虞分封地在离侯马不远的翼城县唐上，后来叔虞的儿子燮改唐为晋，再后来晋景公把国都迁于新田。新田作为晋国国都历二百零九年，经十三公。再往下数，韩赵魏三分天下而晋终。一晋三分，山西故有三晋别称。无论是晋国还是三晋，晋之辉煌，彪炳青史，至今余威犹存。纵观晋国，文治武功，所以易名"晋"，或许与晋国思图上进，以期四方来贺的勃勃雄心不无关系。

研读侯马的历史，一个个耳熟能详的成语典故便找到了源头。比如一国三公、外强中干、从善如流、数典忘祖、退避三舍、天子无戏言等等，举不胜举。我曾获赠一本当地作者写的《三晋典故》，里边列举的几百条典故都与晋国或三晋有关，看了叫人开眼界、长知识，是一本不错的书。它给人的启示是：侯马不俗，侯马大有。

说起人物，从春秋霸主晋文公始，文臣武将，英才辈出。当代最让侯马人自豪的是老一辈无产阶级革命家彭真，新田乡垙上村彭真故居的两孔土窑洞至今保存完好。

游一地，这一地不止有看头，还引人遐想，那这儿就可算得上有品位了。正因为侯马是一座有品位的城市，才吸引我以如上文字来品味她。

2008年5月28日写于一得斋

小城大宁

　　昕水河东来，义亭河南至，在小城大宁不期而遇。河不算很宽，水不算很大，但荡荡漾漾地聚会，匆匆忙忙地流动，在十年九旱的晋西，这便算得上是条丰水裕河。河水经年累月地不息奔流，把河槽冲刷得很深。登高远望，群山四合，牵手搭肩，漫漫远去。虽然山泛了青，塬染了绿，但难掩互为依存的厚重黄土和青灰色岩石之本色——不会有人想到以"山如碧玉簪"来作比。好在明镜般的秀水洇湿了城池，润湿了眼睛。忽悟，"水作青罗带"之意境。柔情的河水从城下画了一道优美的曲线，蔼然西去。水中有山的倒影、城的靓姿；曲线边缘有青草镶嵌、岸柳掩映。有水，有树，有草，小城就有了生气。时微风拂面、细雨霏霏，这半偎青山半依河的小城，湿漉漉的一片。

　　想起旧游时的情景。

　　入城。街东西长而南北短。一支烟的工夫可从东头走到西头，吼一嗓子能响彻一条南街。出东街，左向可去省城太原，右向可下尧都临汾；出西街，可顺昕水而下，过黄河大桥直达延安；出南街，可沿曲折沟壑去壶口瀑布。

　　山大，沟深，地仄，小城便依山建窑，垒石筑房，削丘起楼；小城便立体了，高下错落，新旧相杂，多元并存。有山作后盾，城显得稳固；

有水作前卫，城得以滋润。旧时，北门临渊，形同虚设，故不曾有过北街——市井失了一脉，对一座城来说，总归是个缺憾。只是那如飞瀑而下的条条小巷，极力向下延伸着，顽强地展现着它们的生命力。

此次重游，只见街宽畅，树成行，两侧是新近落成的一幢幢大楼。本地人说，五层六层只嫌低，十层八层还在起。住高楼已经成为小城的时尚和主流。饱受逼仄之苦的小城人，一旦乔迁，十分惬意，住在四五层的小城人，比住在四五十层的都市人心气还要高。临街楼房，楼上住家，楼下开铺，南货北货，东西时尚，应有尽有，尽显城小而有容的气度。小城人精明，从不拒绝外面世界的精彩，于是小城就有了说不完的新鲜事；当然，也有了不曾想到的困惑。用他们的话来说，就是该进来的大摇大摆进来了，不该进来的也贼头鼠脑地进来了。如今的小城，正在步步做大，"大"不仅指城池的扩张，更指眼界的开阔、家业的兴旺。那个有点土头土脑的"原装"小城，正在不知不觉中改变。

县小，常住人口不足六万；城小，人口只两万。两万人住在这样一个小城，非亲即故，非朋即友，非同事即同学，多是熟面孔、老交情。即使素无来往的，说起来也都略知一二：某男是某女的大伯子，某女是某男的小姨子，某人老祖宗是搭伙经商的精明人……一人上街，小城谁人不识君？客人偶至，一眼就认出是外来者，直勾勾的目光盯住人家不放。上班的、念书的、休闲的、买来卖去的，一日不见几面不得天黑。迎头碰上，一声"吃了没有？"算是见面礼。不多时熟人重逢，再问一声"您去哪里？"就打了招呼。一日数见，礼数周全。礼数多了也烦，或点头示意，或送个笑脸，或打个手势，虽然简单到不能再简单，但大家都觉温情脉脉。

城小，耳目便灵。天下大事，家长里短，东头风吹，西头草动，这里出口，那里接茬。谁荣升了，谁发财了，谁倒灶了，谁有了相好的，谁家小两口拌嘴了，总躲不过人们的舌头尖。偶尔曝出条特大新闻，连"地球人都知道"，小城人还能例外？

城小，人们便亲。街头巷尾，熟人相见，总有说不完的话。若是男人，天旱了，雨涝了，腰酸了，腿困了，老生常谈天天谈。话投机时，手也舞，脚也蹈，唾沫星子乱飞，能从三皇五帝谝到今，能从北京聊到大宁，从两布（布什、布莱尔）说到两伊（伊朗、伊拉克）。若是女人，除了谈锅碗瓢勺，就是说吃喝拉撒。谈笑之间，你的家底我知晓，我的事情你明了。平房院落，一墙相隔，鸡犬相闻，婆姨汝子，惯爱时不时从墙上撂过去一句闲话、两句笑话。闲话引得长吁短叹，笑话引得两头憨笑。你有好吃的，踩个凳子端上墙头递过去；我有新鲜菜蔬，连凳子也懒得站，顺手隔墙扔过去。主人回来，一股热流涌上心头。

街头游玩，见红男绿女，穿着时尚，谈吐直白，不藏不掩。有的三步并作两步走，是怕误了班；有的手背在身后踱着八字步，是为了卖眼练腿。乡下人进城，总是风尘仆仆，两手不空。他们迈着结实的双脚，扯着粗野的嗓子，瞪着溜圆的眼睛，左挑右拣，背着大包，提着小包，恨不得把城里的好东西都买走。临末，总是把得意写在脸上。城里男子走路轻捷，嗓音也亮，眼睛仁一转，精明藏不住。女子天生好身段，曲而有度，条而不板。别看大宁不大，女子绝没有小家子气，落落大方、从从容容，过客只需轻扫一眼，便会萌生此地不俗的念头。有好事者打听得大宁竟是出美女的地方！在街上走着走着，忽传来一串银铃般的笑声，回头，只见临街红楼推开一扇窗户，波浪式的长发簇拥着光鲜的脸蛋——像是镜框里的画像；原来，楼上的人正和街面上的熟人打趣斗嘴呢！

大宁出瓜，出好瓜。正逢暑天，燥热难耐，主人忙拿出西瓜款待。这西瓜，不止花纹靓、色泽丽、饱满圆润，个头也大得出奇，一颗少说有二三十斤重——眼见心动，嘴角淌水。切开，红瓤黑子，丝络细长；入口，汁水饱满，甜如蜜糖，禁不住一顿海吃。一腔的"火气"被压了下去，浑身的燥热也被驱散。主人十分尽心，客人却意犹未尽：肚子撑得滚瓜溜圆，馋眼眼还瞪住沙瓤西瓜不放，直看得害上红眼病，还说是大宁西瓜惹的祸。

大宁人好客，乡土菜、家常饭，略配时鲜，就成一桌佳肴。饭菜简而不陋、淡而不腻，倒叫吃惯了大鱼大肉的都市人解馋开胃了。酒席宴上，酒无疑是接风的"先行官"。以小城乡俗，一杯两杯不算数，十杯八杯才入席。在一片敬酒声中，生者熟了，熟者近了，有了酒，就有了气氛，就有了说不完的话题。说到酒，小城大宁虽不产酒，可是人们善饮，无酒不成宴，有酒乐翻天。不喝得瓶不滴点碗不扣地就不算完。邻近的隰县午城出上好白酒，过去大宁人就看好这酒。一张张钞票流了出去，白花花的酒水进了肚里，各得其所，两不吃亏；如今胃口吊高了，喝起了杏花坛酒，一坛几十上百元，也不皱眉头。自己喝都舍得，待客就更慷慨了。

说了俗事说点正事。小城人看重面子，为面子拼搏努力，赢得的不仅是成功，还有尊严。大宁人为自己赢得了世人的尊重。

小城与陕西延长县为黄河阻隔，祖辈少有沟通。前些年，为打开东进通道，延长县欲独立建造黄河大桥。这本是天上掉馅饼的好事，大宁坐享其成，何乐而不为呢！可是小城人却不买账，偏偏提议两县共建共享。小城有钱吗？没有。小城有物吗？没有。可是，小城人有的是志气！小城所有公务人员慷慨地拿出两个月的薪水，以此作启动资金，这是何等豪爽！可接下来所需的几千万元的修桥资金从何而出？县是贫困县，还是国家级的，必定筹资难。县长四处跑项目要资金，为了讨个准信，有次竟在人家门外整整站了三个钟头——为了要钱，还落了个不识眼色脸皮厚的名声。"厚就厚吧，脸皮薄了那才叫死要面子活受罪呢！"县长这样说。有道是：人穷志不短，神仙也难缠。钱到桥通，小城人长了一回志气。

长志气的事不止修桥补路。

小城原先街道狭窄、路面不平、街灯不明、铺面东倒西歪，不只小城人看着碍眼，就连外来人也指指戳戳，小城不为小城人长脸就成了小城人的一块心病。

"除了死路，都是活路。活人还能让尿逼死！"终于有一天，小城人紧皱的眉头舒展了：原来，他们找到了出路。在旧摊子上动大手术——自己的地皮外人的钱，我受益，你得利——四方建筑商听说纷纷跑来加盟。头年拆，二年建，三年头上几十栋大楼像森林般的竖立起来。如今的小城，白日整洁，入夜辉煌。南山上建有翠微公园，城东修起休闲广场，文化活动中心也拔地而起。眼见的晨练有地，娱乐有场，休闲有所，观景有亭，歇凉有荫，约会有林……小城人享受着不曾享受的福祉。当然，倘能在"小金殿"（大宁古有小金殿之谓）盘活这金山银山，才是最大的光彩。

穷而不坠青云之志，僻而不失开放眼光，想必这就是小城之魂。

有了这个魂，小城不愁不秀，不愁不变。他日造访，当会刮目相看。

2007年4月写于一得斋

神韵永和

神奇的黄土地

神奇的黄土地流传有很多传奇故事。

传说，1936年5月，毛泽东东征回师陕北，路过阁底乡上退干村，老乡们把珍藏的上好小米送给红军。当时，村里人只知道来了一位红军"大官"，并不知道是毛泽东。毛泽东端起一碗热腾腾的小米粥，也许是征途劳累，也许是饥肠辘辘，不觉一大碗下了肚；再盛一碗，这才发现此地的小米粥格外养眼，黄中透亮、晶莹润滑。细细品味，黏软香甜，口感甚佳；未吃香味扑鼻，吃后口有余香。真乃神品！忙打问这米叫什么名。村人说就叫小米，没有别名。毛泽东叹曰："只道世上有白珍珠，殊不知还有此等珍馐美味黄珍珠！"此语一出，不胫而走，从此，上退干村的小米被称作珍珠米。

红军东征纪念馆就设在当年毛泽东路居地的阁底乡上退干村，也就是珍珠米得名的地方。因为这个缘故，现在村名改作东征村，想来不无深意。

纪念馆门楼高耸，气势不凡。拾阶入院，鲜花、青松簇拥之中屹立着毛泽东站像。这应是四十多岁时的毛泽东，身材高大，面容清癯，双目炯炯。正面大厅是陈列红军东征图片、资料和实物的主要展厅，两侧有厢房。

2006年，红军东征永和纪念馆落成揭牌仪式将要举行。在这之前，乌云密布，继而大雨滂沱，主办方为天公不作美而犯愁。但就在主持人宣布仪式开始，奏《东方红》乐曲时，天气突然转变，云层变薄了，雨也下得小了。一曲奏毕，雨收云开，道道金光洒下，在场群众见状无不欢呼雀跃。这个难得的天象被一位摄影师及时抢拍，照片现陈列在东侧展览室——若注目细看照片，果真有九道光柱凌空而来，纪念馆上方云蒸霞蔚，祥和而热烈。我问永和县委宣传部原部长李九引，他说他就在现场，看得真真切切；又随便问了几个人，也都如是说。我不由得暗暗称奇！随后，还听到有关毛字石、沙发石、将军岩、五星枣等等传说，很是引人入胜。

或许可以这样认为，巧合本来就是我们生活中常有的事，谁也说不准哪个巧合会成为你乐见其成的萌芽，这就是"巧合"求之不得而又充满魅力的所在。传说和故事，说到底是事理人情的反映。自古有言，得民心者得天下。如果要问滥觞于这块黄土地上的神奇的传说根植于何处，答案就是两个字：民心。

神异的乾坤湾

阁底乡[1]的黄河岸边有仙人洞。洞挂在山腰，人立在洞口，眼前便像开启了一道无形的大幕，豁然开朗。于是，一个于我而言是只闻其名、未见其形的"天下第一湾"登台亮相，它就是乾坤湾。

不是身临其境，很难想象这是真实的存在。在广袤湛蓝的天穹下，在群山逶迤的背景前，突现一幅大河似盘，小山如盘中餐；大河似湖，小山像湖中岛的奇异画面，让你不得不赞叹大自然的鬼斧神工。画中，宛若蛟

---

1 阁底乡于2021年更名为乾坤湾乡。

龙的黄河流到仙人洞下的仙人湾，突然曲若盘蛇，紧紧缠绕住一个乌龟状的小山。不知是恨此山在盘古开天地之初无情地挡住自己的去路，还是二者原本就是一对你中有我、我中有你的海誓山盟的情侣，亿万年相厮守难舍难分？

此时的黄河静静地躺在那里，我听不到涛声，看不见浪涌，晚霞下，河面闪着金光，犹如戴在小岛身上的炫目花环。那看似是岛屿，实则是突入河中的一座小山，山梁上隐约有三五户窑洞人家，垴畔上可见条条梯田，黄河岸边有绿色的环形屏障，想必是黄河枣林。远远传来一两声狗的吠叫，高空有三两只飞鸟掠过，"岛"上不见人踪，河里难觅行船，一切尽在静谧中。极目四野，天亦空阔，地亦辽远，一抹浑黄，一片幽邃，一派苍茫，恢宏奇巧的乾坤湾当仁不让地作了画面的主体。

我曾经走过多省的多座黄河大桥，也曾经多次在黄河岸边蹀躞，看洪涛澎湃，睹长河落日，种种景象早已深深刻在心中，唯独没有见过这样的将神秘、宁静、奇绝、炫目集于一身的本色乾坤湾。有道是黄河九曲，但我还没听说过哪一曲能"委曲"成一眼就能看明白的大大的"凹"字；又说天下黄河九十九道湾，可有哪一道湾能像乾坤湾这样如环似带般诡异？

乾坤湾之美不同于雅鲁藏布江大峡谷那雪域高原之美，也不同于长江三峡巴山蜀水那雄壮之美，更不同于江南水乡小桥流水的温柔之美。它的美，阳刚阴柔并济，是一种特立独行于山水之间的美。

乾坤湾是原生态美的化身。这里至今还是一块纯净之地，没有楼堂馆所的突兀，没有车水马龙的喧闹，没有嘈杂刺耳的声音，没有乌七八糟的广告牌——没有乌烟瘴气的侵袭，只有曲行的河水、黛赭色的石头、厚实的黄土以及点缀其间的鲜绿，俨然一个悠闲自在、清雅淡定的小小世界。

乾坤湾的美还在于它的和谐。如果你肯用心琢磨，就会发现它的色彩、声音、线条、形体，无不传达出和谐的信息。黄色是它的本色，黄土之上皴染一抹淡绿，黄色明亮，绿色稳重，这构成它鲜明平和的主色调。

绘画上，曲线代表柔和，乾坤湾的美或可称作曲线美。有了曲线，就有了动感；有了动感，就有了韵律，就有了韵律美。乾坤湾的大曲大折，正是它的大美所在。

神秘的永和关

倘若游永和，必得去永和关走走。

表面看，这里与晋陕峡谷许多渡口没有多大区别，一样的群山列岸，一样的河水咆哮，一样的天高云淡，一样的灰石黄土，构成了大同小异的自然景观。所不一样的是，这里有永和古城遗址，有明清石窑洞建筑群废墟，有清长城，有隐于河谷终成望族，却亦免不了分崩离析的白氏家族；于是，这里也便有了值得咀嚼的黄河文化底蕴和引人追寻的神秘感。

民间传说，永和建县之初，把城址选在永和关临河的山头，而陕西一侧的延川县的城址也选在与永和县一河之隔的延水关。两家依山筑城，以河为界，一衣带水，相互往来，共叙秦晋之谊。近有近的好处，近也有近的不便。因为两个县衙离得太近，不是延水击鼓、永和升堂，就是永和击鼓、延水升堂，闹了不少笑话。不得已，双方上奏朝廷，各退七十里重筑新城。现在的永和县城和延川县城，大约都建在距离黄河七十里左右的位置。

据《永和县县志》载，永和立县当在西汉，那时叫狐讘县，后来几易县名，隋开皇十八年始称永和，唐贞观十二年在今城址建城。此前各个朝代的城址现已无考，故永和关城址究竟归属谁家，一时尚无定论。

说到永和关，就不得不说永和关明清石窑洞建筑群，以及曾经主宰这里并辉煌数百年的白氏家族。

永和关面河背山，分南村北村。南村狭长，位于新近落成的黄河大桥北二三里处。村外黄河岸上多栽植枣树，村里房前屋后也每每有它清瘦疏朗的身影。我们到永和关时，正是枣树扬花时节，空气里弥漫着沁人肺腑的清香，这倒把黄河的泥腥味给掩盖了。

村子已经败落了！

扑入眼帘的是一处处杂草丛生的废墟，即使是还有人住的院落，也是苍苔斑驳，一副萧条低迷的景象。偶有一两栋钢筋水泥建筑，极为抢眼。村里静极了，没有狗吠，也听不到鸡鸣，间或有老妪孩童倚门而立，用疑惑的目光注视着我们这些不速之客。民居大多是石拱窑，建筑格局不外是一进院、两进院，或前店后院。这里是永和白氏家族居住地之一，至今仍是"一白到底"——没有杂姓。虽然村子已经半废，但还能找到当年货栈的门面、旅店的马厩、油坊的磨，证明这里曾是永和关最热闹的地方。

出南村北行，过小石桥，顺着山涧走不远，发现涧谷有建筑物残存。永和县文化局的同志说，这里原来是白家的戏台，因黄河滩土地缺少，只得在涧底券起涵洞，洞上建戏台，平广场。这种不得已而为之的办法，反倒促成一座设计奇巧的"山涧戏台"的诞生。

复往北爬坡，翻上一道圪梁，在满目荒凉的台地上是一大片石窑洞建筑，这就是永和关北村。徜徉荒草没膝的村道，走过乱石堆积的场院，看到的是清一色简朴的石窑洞。有的门窗尚在，有的门洞大开，有的院门上还有铁将军把守。整个建筑群呈扇形展开，依地势层层布局。听说，村后还有白家落脚永和关后于几百年间形成的庞大的墓群。祠堂和神庙分列在村子的北头和西头，一处已经破败，一处大体完整，里边堆放着轿子、纺车、织布机等曾经为白家人所有的物品。眼前的景象告诉我们，虽然村子已然是败象历历，但村民生活的痕迹从这里消失得还不算太久，他们"撤退"的脚步显然是从容镇定的，并且经过一个渐进的过程。是什么原因让他们废弃坚固的窑洞方阵，又是什么原因让他们撤出祖辈赖以生存的黄河谷地？

据白家后人介绍，南村是白氏家族控制的码头商贸区，北村是白氏家族的生活区。南北两村加起来有一百多孔窑洞，这样的石头建筑群，在黄河中游的晋陕峡谷中，除临县碛口古镇外还不多见。这样看来，白氏家族弃守的是于他们而言最亲切最隐秘且最有传承意义的根基所在。

带着种种疑问，我走访了白氏第十世孙白斗南先生。

白老先生今年八十有九，耳不聋，眼不花，背不驼，步履稳健。他说，明崇祯年间白家从汾城县（今襄汾县汾城镇）迁来永和关，即以关为家，靠摆渡、经商为生，经过三百多年的繁衍，成为永和赫赫有名的富家旺族。其伯父，人称三老爷，官至京都副都统，是一方行政长官；其父亲白承萃，人称七老爷，曾跟随三老爷在京做官。三老爷因政见与张作霖相左，被张作霖暗杀，父亲避匿永和关，重操白家旧业——摆渡和经商。几十年后，父亲白承萃竟成为拥资近十万银元的永和首富，把几近衰败的家业又振兴起来。这样的家业，在平川大县也许算不了什么，可在永和这贫瘠闭塞之地就让人另眼相看且望尘莫及了。父亲经商的中后期，正是国共双方以黄河为界对峙拉锯时期，父亲以特有的精明和胆魄，买通阎方河防守军，开辟出一条秘密通道。从此，一个神秘的身影，带着神秘的马帮，长年穿梭来往于黄河两岸，把陕北红军急需的生铁、布匹、棉花运过去，又把食盐等从陕北运过来——不仅给处于经济封锁中的陕北红军以帮助，而且也做大了自己。

永和关的神秘还在于，白家到来之前，永和关是什么模样，又是如何经营的？永和关为什么能够成为白家的一统天下，而且至今没有异姓掺入？

白老先生说，这可能是因为白家的势力太大了，白家的垄断使得别人难以插足。说到永和关古民居的废弃，他是这样解释的：过去，永和关并不是十分繁忙的渡口，船不过两三只，靠摆渡为生的只是少数人。再说了，因人口繁衍过多，而黄河滩土瘠地少，发展空间十分有限，从清代中叶开始，白氏家族的支脉便陆续迁往他地，除过外省的，仅本县就有十数个白氏村落，至20世纪80年代修白氏家谱时，人口已达六千余人，成为永和数一数二的大姓。随着社会的变革、人口的增长、生产条件的窘迫、人们观念的嬗变，白氏家族最终于20世纪70年代弃守了这座有三百多年历史的北村老宅大院。

再次来到永和关北村遗址，我久久凝视着这些有着明清印迹的石头建筑群，一孔孔幽深的窑洞犹如一张张咧开的嘴巴，仿佛要向你诉说它曾经的辉煌；触摸散落的青灰色石头，冰冷之物好像亦在哀叹。它们伏卧在草丛里，沧桑的面容让你感慨，残缺的身姿令你思索。这里是白家发迹的地方，也是远徙他乡的白家后裔视为根祖龙脉的所在。它曾经是白家人的神经中枢，它有完善的人居设施，比如私塾、祠堂、家庙、戏台、商号、码头。永和关白家有严格的家规家训、严密的宗族管理制度，曾耀眼一时。但是，这一切的一切，都抵挡不住岁月的磨砺和合久必分的盛衰规律，白家后人终于一家家分门别户，成为星散四方的游子。

走访废墟，无异于在历史中漫步。有人说，残破的废墟是完整的历史的映照；也有人说，废墟并不总是让人联想到崩溃与毁灭，它还应是一种精神的写照。读白家废村，犹如读一部厚重的家族盛衰史，如果我们肯深入探讨，发微显著，也许会读懂其中蕴含的治家之道、经商之道、为官之道、为人处世之道，从而由白家的浮沉起伏和喜怒哀乐中感悟它的成败得失，并由此勾勒出一个时代的影子。诚然，我们并不希望一件凝固的艺术变成废墟。但，既成废墟，必然有原因在内，有流风余绪在外，品咂起来，也似引人遐思和回味的一坛陈年老酒。

2006年5月写于一得斋

山水安泽

时值仲秋，绿叶未艾，红叶乍现，山花还在浪漫地开着。

车行太行，峰回路转，起伏间像一只颠簸的快艇，一会儿飘浮在彩云间，一会儿穿行在翠云廊。山有韵致，人也跟着来了精神，融进大自然的乐趣驱散了书斋里的孤独和憋闷，文友们的欢歌笑语洒落一路。

午间，下榻安泽县宾馆。城枕山临水，枕山那端狭长，临水这头开阔，宛若一柄汤匙，而汤匙里盛的佳肴正是这座小城。登高四顾，山翠，水清，城新，由不得你青眼相看。

山西多山，安泽亦然。不过，用心观察你就会发现，它的山既不同于巍巍太行的巉岩耸崒，也有别于绵绵吕梁的残原厚土，而是介于两者之间。土石相杂，少峻多缓，偶见挺拔提气的山峰点缀其间。看上去，几分悠闲，几分坦荡。久居山中的我，对于山远没有城市人那样眼热；故而，来安泽之前，压根儿没有把这里的山当回事。

不想，一来安泽，便挪不开眼。那山一派"衣冠楚楚"样，一脸"神采奕奕"貌。树木是它的衣冠，绿色是它的神采。假如想四处走走，千嶂连绵、林海绿波，你成了荡舟遨游的仙客。

令人诧异的是，行迹到处，总觉像画家精心构思描绘而成，不像原生态那样的散漫和随意。想到这里，动了欲求其详的念头。

一打听，还真印证了我的猜测。

说来也许你会惊讶，昔日的安泽远不是这个模样：近两千平方公里的地域内，山多是"秃头顽童"，坡尽是不毛之地。谁能想到，仅半个世纪时光，一个人造的苍茫林海便奇迹般的呈现在世人面前。

转机发端于20世纪60年代。

"安泽富，广栽树！"时任安泽县县长的郑子明振臂高呼。

放在今天，这样的口号也许并不新鲜，可在当时这是一个了不起的创意。要知道，发出这个声音的郑子明曾经在安泽的大山里打过游击，由八路军小鬼到人民政府的县长、县委书记，他的足迹几乎遍布安泽的山山水水。只有爱得深沉，才能全力担当。有了这句撼天动地的口号，安泽的干部动起来了，百姓干起来了。十年后，郑子明离任时，带走的是空空行囊，留下的是数十万亩油松和身后的声声赞叹。

或许，当年的口号偏重于"富民"，还没有想到生态环境这样有高度的名词，也没有对天地人居和谐共处的周全设想，但至善的事情往往是至美的前奏。有了"换书记不换主意，换县长不换主张"的接力棒，多少任领导沐前任的清风而来，浴己任的绿意而去——让不该裸露的地方披锦绣，把该裸露的地方巧扮装，安泽真正地安和、润泽起来。五十年弹指一挥，全县森林覆盖率由百分之三跃到百分之五十二，植被覆盖率达到百分之六十七。全县农民占有的森林资源，"相当于在绿色银行存款三万元还多"。这是多么了不起的成就！蓝天碧水一方净土，成就了人们的福祉。当人类喋喋不休呼唤生态保护的今天，安泽早已从容写就了"一木难成林，二木能成林，三木成森林"这篇有关家国大计的锦绣文章。至今，安泽西部门户草峪岭还竖立着一块功德碑，是为感念郑子明而立。他爱树，就让他在这里与树木相守；他爱山，就让他在这里聆听松涛的呼啸；他爱安泽，就让他在高高的山岭上久久俯瞰……

小小功德碑，折射出一个时代的影子，倾诉着一个伟大群体的不朽业绩。突然间，我觉得安泽的山伟岸挺拔起来，原本平和的心境被一种崇高的精神所占据。

　　中国画里的山水画自成一派，无论是写意画还是工笔画，都把山水的韵致和生意描绘到极致。在安泽，我看到的不是画家笔下的写意山水，而是"青山着意绿水含情"的天然底色——全县十万民众着力描绘的一幅精致的青绿山水画——当然是"工笔"。

　　山西缺水，安泽却是一个例外——人均水资源九倍于全省人均占有量。难道三晋多旱，唯润安泽？不敢贸然说唯独，但敢说安泽是三晋的水利"首富"。平心而论，安泽林地的富有全赖人力的经营，而水的富有则是半缘人力半由天。天者，是大自然给了安泽一条水丰流长的沁河，以及有名有姓的二十多条小河和密布山涧的小泉小溪；人力者，这条河既孕育于县北沁源的绵山，得先天之利，又受益于安泽浩渺林海的涵养。沁河纵贯安泽南北，河水没有像别的地方因急剧增长的民用和社会用水而日渐萎缩，反是越流越旺，一路见涨，这不得不归功于孕育着巨大能量的千沟万壑，归功于"生态与发展齐飞、绿水共青山一色"的安泽人的远见。沁河两侧的沟汊里多有清冽的细流涌出，它们一路叮咚，像儿女寻亲那样急不可耐地投入沁河的怀抱。于是，沁河腰宽了，体胖了，但它的初心始终没变。听说，为了这方净土，安泽曾毫不犹豫地拒签了唾手可得的几十亿投资。有这样的当家人，好山好水可以无忧无虑地存续下去，以雄浑气魄铸就不朽的美。

　　沿沁河由北到南走了一遭。一会儿山漾水回，总有风水汇聚沃野阡陌的坝子向你展开；一会儿路转溪头，忽见"小桥流水人家"的"山水小品"；一会儿闪现耀眼的新村，吟哦"绿树村边合，青山郭外斜"的诗意；一会儿汽笛声声，山鸣谷应，不知是哪座现代化的工厂安身岸边……

　　山水得益于人，人获利于山水，这就是安泽的新传说。

2007年11月18日夜草，次日凌晨改

洪洞"探监"

来到洪洞地面，少不了要去苏三监狱看看。想起苏三，自然会想起京剧中那段传唱不衰的戏文：

> 苏三离了洪洞县，
> 将身来在大街前。
> 未曾开言我的心好惨，
> 过往的君子听我言……

听了，总有一丝怜悯，几许不平。

进得城来，只见市井繁盛，气势夺人，不失为三晋第一大县。旧城中心仍存一些窄街小巷，古风尚在。昔日县衙、今日县政府西南，一座并不起眼的灰色建筑物临街而立，抬头望去，门楣题字"明代监狱"——苏三监狱到了。

苏三塑像立在当院，身姿婀娜，双目直视前方，双手叠放于胸前，表情坚毅，表明申冤雪恨之志不坠。右行穿过过厅，先是"普监"，十二间监房东西相对，狭窄阴暗。牢房檐口之上天网密布，响铃悬挂——你纵有三头六臂，也难逃出这天罗地网。

容不及细想，已来到南头禁房，往东便是赫赫有名的虎头牢——羁押死囚的地方。牢门有二重，均为独扇，且厚重结实，户枢一左一右，门高及胸际，进出须弯腰屈膝。门楣上方雕有酷似虎头的狴犴头像，凶狠威武，不用说死囚，就是常人看见也输胆三分。

死囚牢有东西二室，较"普监"宽大。据说，苏三在西室羁押。因为有苏三囚于此室，才有了苏三监狱的称号。

想那苏三，家境贫寒，自小被卖进妓院，适遇官宦子弟王三公子景隆，两人恩爱笃厚，盟誓不分。也是情路坎坷，祸不单行，苏三被洪洞富商沈洪重金买下作妾，其妻皮氏妒火中烧，毒死沈洪，嫁祸苏三。苏三一风尘女子，乍来洪洞地方，人地两生，突遇飞来横祸，叫天不应，叫地不灵。和皮氏勾搭的赵监生、卖砒霜的益元堂掌柜、见钱眼开的知县大人，串通一气，任你有百张嘴也无一分理，苏三被判了斩监候。难怪苏三情急之下，发出"洪洞县里没好人"的呐喊。然而，解差崇公道得知苏三冤情，将其认作义女，并为她喊冤。吏目刘德仁为她暗中使劲，终得上峰公正断案，使苏三一洗沉冤。难怪崇公道说：洪洞县里好人多的多哩。

话题再回到虎头牢。羁押苏三的那间死牢，后人称之为苏三牢房。这牢房仅有一小门供囚犯出入，墙厚数尺，无窗通风透气，终年潮湿黑暗，土炕又低又矮又小，难以睡卧，待在里面是名副其实的"坐牢"。当院有井一口，深约丈余，井盖笨重，中开脸盆大小的井口，既供囚犯打水，也防囚犯投井。传说苏三常常于此汲水洗衣，这井自然也以苏三冠名。院南围墙人称丈八墙，既高且厚，内灌流沙——因沙子具有流动性，犯人打洞逃跑的念头不易落实。

面对铜墙铁壁、戒备森严的死牢，苏三大概连逃的念头也不曾有过，遑论保全性命——既然屈打成招，也只有苦度时日，坐以待毙了。不管怎样，让苏三望穿秋水的还是那位与她私订终身的王三公子：盼他改邪归正，发愤读书；盼他功成名就，好来救她。但有一线盼头，苏三也不甘引颈受戮。

幸好，王景隆果真凭科考入仕。三堂会审，他亲自为苏三平反昭雪，夫妻团圆，留得一曲《玉堂春》传唱至今。

自古道"祸者福所依"。谁会想到，苏三冤情的洗清，竟会带来连锁反应。先是小说，后是戏剧，再后是游览——人们对苏三的兴趣有增无减。值得一说的是，它和大槐树移民、广胜寺国宝一起"炒红"了洪洞。这样的事苏三是不会想到的，就是洪洞人也对此始料不及。时间在不经意间流逝，文化在不经意间积淀，苏三已成为历史节点上不容忽略且引人沉思的一个人物。

苏三监狱，建于明洪武元年，清康熙间毁于地震，后又重建，光绪年重修。苏三殁后四百余年，逢十年动乱，苏三再度"蒙冤"。青楼女子当属牛鬼蛇神，古代监狱即是封建糟粕，经"无产阶级铁扫帚"横扫，苏三监狱仅存丈八墙和苏三井。现在的苏三监狱是20世纪80年代中叶的仿制品，也是给苏三再度平反昭雪的实证。

在洪洞，现存与传说有关的遗迹还有几处。一是苏三起解时，第一个停歇地估衣巷"石塔口"；一是苏三呼喊"洪洞县里没好人"、崇公道为她解枷开锁的"解枷台"；一是皮氏用来毒死夫君的砒霜之采买处益元堂。来苏三监狱，人们可以了解明代监狱的规制。

弱女哀哀诉冤情，古槐俯首不忍听。

位高敢认缧绁侣，南北至今唱景隆。

马少波先生的题诗，无疑为苏王爱情作了适宜的注脚。

写于1999年7月29日

蒲州寻梦

远去的辉煌

我来到这座向往已久的古城废墟——蒲州。

这是一处失去显赫光环,由统领河东版图、位居三都之一的大都会而衰落至隶属永济市的村落。就我而言,蒲州既非故乡,又非客居地,驻足于衰败的城池前,不为别的,单为曾经的人文荟萃、经济富庶的创造了众多历史辉煌的名城。

城郭已经破败。断断续续的城墙于荒草中隐约显示出城的轮廓,那座四门洞开的遗构显然是鼓楼,昔日最高的建筑已威风尽失。仅存的蒲州城北门大张着口,好像正在告诉游人,它曾吞吐过多少岁月和繁荣。眼前,除占据一隅的农场瓦舍,其余皆是瓦砾荒草,凄黯而寂静。一座极具生命力的历史名城停止了呼吸,将遗骸留在黄河岸边。

秋阳淡淡,浮云缓缓,天穹下的黄河谷地开阔壮丽。心绪浩茫间,昔日的蒲州渐渐浮现于我眼前。

……庞大的城池、巍耸的城垣、鳞次栉比的官署民舍……濒临黄河的蒲津渡上,车辚辚,马萧萧,走来帝王的仪仗、戍戎的将士、远近之商贾以及信使、游客。这就是舜帝发轫的都城,盛唐六大雄城的河中府城、三都之一的中都名城。

玄宗时，蒲州位居中都，蒲津渡为东西交通要冲，经济和文化随之繁荣昌盛。仅大唐一代，从这里走出了王绩、王勃、王维、耿讳、卢纶、吕温、柳宗元、聂夷中、司空图、杨巨源等等文化巨子，李白、杜甫、白居易、杜牧、李商隐等天下名士也曾为蒲州增光添彩。城西的蒲津渡、城西南的鹳雀楼、城东的普救寺，深藏风流轶事，一时成为千古绝唱。这里还是仕宦之乡，谣谚有"站在鼓楼往南看，二十四家翰林院。对门三阁老，一巷九尚书，大大小小州县官，三斗六升菜籽官"之说。而蒲州最为靓丽的风景则来自王之涣笔下，一首《登鹳雀楼》，把蒲州风光、人生境界渲染、升华到至高境界。历史得感谢蒲州，是蒲州为黄河灿烂文化写下浓重的一笔；蒲州更应该感谢先民，是他们创造了这样一座光耀千秋的城池。

　　"山川兴废，信有时哉！"这是一位古人凭吊某遗迹时的感叹，由此看得出，他的心境是顺乎自然的平实。然而，我对蒲州废墟的感叹则包含了深深的无奈。它的兴衰固然不可忽略朝代更迭、兵燹扰掠的因素，但取利于黄河，获祸于黄河则是荣辱的根本所在——黄河孕育了她，黄河又毁灭了她。祸根是黄河中上游植被被破坏，水土流失，大量泥沙在这里堆积，河床不断抬高，洪水因而时常泛滥。如果说，意大利庞贝古城为火山灰浆覆盖于转瞬之间，是在人类全然无知的情况下发生的惨剧；那么，蒲州古城的衰落则经由千余年的点滴渐变——由乱砍滥伐导致了生态失衡。因而，蒲州的衰落不应归咎于黄河，而应归咎于一手创造文明、一手亵渎文明的人类。诚然，我们可以这样定性，但真要这样怪罪先民，也是不妥的，因为毕竟那时还没有生态平衡这个概念，毕竟先民们为保卫这座城池也付出了巨大的牺牲。他们把护城堤坝一修再修，筑高再筑高。为使堤坝坚固，不惜用米汁灰浆砌石，心机使尽，费用耗尽，只为给后人留下一座完好的城池。不管怎么说，历尽磨难的蒲州古城毕竟以她沧桑之躯跨入了新时代。中华人民共和国成立后，人民政府另选新址建城，放弃了这座水患无穷的故地。20世纪60年代，三门峡水库蓄水拦洪，地处溢洪区的蒲州古城遂人去城空，蒲州的脉息终于停止了跳动，很快变作一片废墟，弃守速度之快远胜黄河经年的漫漫侵蚀。值得一提的是，当蒲州居民后退十几里"安营扎寨"后，调皮的黄河亦以胜利者的姿态"回师后撤"，作为"争战"的"补偿"，留下一望无际的滩涂让蒲州子孙耕种。这使我想到世界级水平的三峡工程，不因自身价值而忽视因工程而受影响的名胜古迹——采取多种补救措施，使之得到很好保护。而蒲州不仅没有被列入保护名单，甚至连留存一点历史标记的事情也没有去做，这就显得匆忙而薄情了。须知，我们割断的是宝贵历史，遗弃的是灿烂文化。倘若蒲州能够复生，将会是怎样一个面貌？尽可以想象。

值得庆幸的是，弃守的同时也掀起了治黄的热浪。根治水患，保护家园，成了人民政府的当务之急。那绵延二十余公里的巨石堤坝，那与堤坝并列的防护林带，像巨龙伏卧，屏风矗立，更有良田万顷映衬，古城外围风光一派。而在十多公里外崛起的取代蒲州的永济新城已小有名气，她踞秦晋豫三省交界，桥连两岸，路通三省，商贸发达，人文荟萃，时代气息浓厚而又不失古都遗风。她会成为蒲州第二吗？我想，应该说辉煌有望。

面对蒲州废墟，我还能说什么呢？只希望她把美深深地刻在大地上，留在人们的记忆里。

何处觅鹳雀

一千二百年前一个风和日丽的日子，绛郡才子王之涣和一班璞头革带之友，谈笑风生地步出蒲州河中府古城西门，穿过繁忙的蒲津渡口，一路踏歌朝西南角的鹳雀楼而去。

登楼四望，西带黄河，东屏中条，北临龙门，南望华岳，楼下就是城阙崔巍、市井繁华的蒲州古城，而始建于北周的鹳雀楼成了过往行人的必游之地。不知道王之涣登楼之前知名度有多高，但可以肯定地说，这之后，王之涣因一首令人倾倒的《登鹳雀楼》而声名鹊起。

不妨做个想象：王之涣正和朋友开怀畅饮，吟诗唱和。此时，太阳西斜，且坠且红，喷射出万道霞光。自西北天际而来的黄河从楼下流过，奔泻东南，宽阔的水面上闪动着点点金星，极目水天相接处，仿佛就要和大海拥抱，想必那极远极渺的景致才最有看点。于是，层楼更上，极目远眺，渐渐天幕四合，余晖不在。这位"少有侠气……耻困场屋"的诗人，这位"尝或歌从军，吟出塞"的志士，顿觉胸襟开阔无比，激情难以抑制，昂扬奋发之气冲天而起，于是朗声吟道："白日依山尽，黄河入海流。欲穷千里目，更上一层楼。"

一诗出口，语惊四座。黄河因而壮色，鹳雀楼因而增光，诗人因而扬名。也许，王之涣当时沉浸在诗的意境中陶然自乐；也许，王之涣只一时得意，并未想到此诗会流传千古——他的诗频频出现在各种古诗选本和中小学教材、儿童读本上，"传乎乐章，布在人口"。虽说鹳雀楼在元代已经坍塌，但它的名声并不因楼体的消失而湮灭，这一切都应归功于王之涣高人一筹的意象营造。

古往今来，能让这些"凝固的音乐"在历经沧桑之后仍焕发出生命光彩的，除了其自身价值外，便是名士的题咏。以四大名楼为例，如果没有王勃的《滕王阁序》"落霞与孤鹜齐飞，秋水共长天一色"的千古绝唱，如果没有崔颢的《黄鹤楼》"昔人已乘黄鹤去，此地空余黄鹤楼"的神来之笔，如果没有范仲淹的《岳阳楼记》"先天下之忧而忧，后天下之乐而乐"的伟大抱负，这些名楼难免流于平庸。这正应了时下所推崇的"名人效应＋知识经济＋文化品位"三位一体能产生出的超人力量的理论。如今，黄鹤楼、滕王阁、岳阳楼一个个依旧制重建，四大名楼，三缺其一（八年后我故地重游，新建的鹳雀楼已经屹立黄河之畔——作者注），历史在呼唤鹳雀楼现身。

蒲津渡铁牛

王之涣写《登鹳雀楼》，留下一段佳话；用浮力原理打捞被洪水冲走的硕大铁牛的宋代怀丙和尚，也流传下一段千古佳话。不同的是，一个鸟飞楼去，渺无踪迹；一个失而复得，有迹可鉴。承载蒲津渡铁索浮桥的铁牛，终于在1989年8月被考古工作者从黄河故道中"请"了出来，圆了蒲州人一个久远的梦。

考古现场距蒲州西城门百余米，昔日不可一世的黄河早已改道西去，眼前是一望无际的滩涂。

四尊铁牛分两排面西而卧。它们体阔腰圆，四蹄有力，前腿挺直，后腿屈蹬，略呈后蹲状，显得镇定自若，膂力无限。经测量，四尊铁牛的重量均在四十五吨至七十二吨之间，个头略大于真牛。它们的使命主要是系缆。粗看，四尊牛均筋涨肉鼓、挺角竖耳、双目圆睁，呈现力量之美；细看，它们还有公、牝、犍、犊之分，寓匹夫有责之意。古人最讲阴阳和谐，故在铁牛身后另铸七个铁柱，名七星柱——柱像乾，牛像坤之谓。为了系浮桥，每尊牛的尾部置一根粗壮的铁轴，牛身下有入地三米的六根铁柱为础，柱与柱之间用石条、铁锭勾塞，使其稳固如山。

有趣的是，每尊铁牛的左侧还站立一尊铁人，他们面相不同，服饰有别。前排两尊应是维吾尔族和藏族人，后排两尊分别为蒙古族和汉族人。这绝不是随意的拼凑，而是精心的安排。它展现的是大唐盛世的民族团结和蒲津桥在沟通民族交流上的历史作用。蒲津渡的铁牛铸造于国力鼎盛的唐开元年间，雄壮英武的气魄，正是大唐朝野精神昂奋在艺术上的反映。

看罢东岸地锚，会想到西岸地锚。据史书记载，西岸地锚与东岸的大致相同。由于黄河西徙，原属陕西朝邑的西边地锚所在地早已归属山西永济。东边的铁牛找到了，西边的铁牛还难找吗？事实上，方位早已探明，只是因还不具备保护条件而未加以发掘。

地锚看明白了，我进而想知道在古代，条件那样简陋，它们是如何通过长一里许、重十万斤的铁索牵负起浮桥的。原来，此浮桥是由在排列有序的木船上铺设木板而来的，每只铁牛牵引两根铁索，八根粗长的铁索连接着七十多对木船。木船各个受力——浮力和牵引力。

但如此硕大而精致的铁牛又是如何铸造出来的呢？

《蒲州志》上有一幅图画，描绘的正是当年铸造蒲津渡地锚的宏伟场面。模型定位后，四周即拥土筑丘，山丘上安装几十座熔炉，同时熔铁，同时浇铸。想象一下当时的情景，肯定是无比壮观：扇炭熔铁，火光冲天，铁水奔流，道道入范。一只铁牛，须注入几百炉铁水。我们的祖先正是用如此简单且又如此聪明的方法，耗用当时全国年铸铁量的五分之四，铸造出工艺精美又极实用的人间最大的铁牛，牵负浮桥五百载，不能不说是一个奇迹。

西厢悠悠总关情

凭吊蒲州废墟，追想鹳雀楼，是怅然若失的无奈；看铁牛面世，是失而复得的满足。移步蒲州东五里许的普救寺，又会是怎样一种感触？

参观前没多想，参观后容不得你不想。

进山门，过钟楼，来至回廊四合的院落。当院矗立着一座古朴清秀的砖塔，这便是名闻遐迩的莺莺塔。此莺莺塔并非西厢记故事发生时的旧物，而是明代蒲州大地震后的再造物。这之后过了三百余年，普救寺又毁于日寇铁蹄，莺莺塔幸而无恙。现在的普救寺重建于十年前。

西首回廊尽处为大雄宝殿，三尊大佛慈祥肃穆。张君瑞和崔莺莺历史性的邂逅，就发生在大慈大悲的佛的眼皮底下。一个"正撞着五百年前风流业冤"，一个回首"秋波一转"，便有了爱得死去活来的千秋佳话。如果说《西厢记》故事并非假托，而是实实发生在普救寺，这里便是那发端之处——动人的传说叫你不得不多留意几眼。

从大雄宝殿出来，往西是一座不起眼的小院，最平常不过的西房正是"张生西轩"，惜门户紧锁，不知其内情形。沿张生可能走过的路线，经大雄宝殿东行，再折向北端，"梨花深院"就在眼前。门联有云，"梨花院落溶溶月，柳絮池塘淡淡风"，深得西厢意境。游到这里总算是游出了味道，既神秘又温馨，令人向往，那些勾人魂魄的风流韵事原来就发生在这里。

院子小巧雅洁。房舍各有塑像，虽说细腻逼真，但手法现代了些。北房是崔母居室，给崔张爱情烈火降温的冷水每每就从这里泼出。一组人物塑像所反映的正是"拷红"的场景。崔母的冷酷、红娘的辱屈、莺莺的无奈，游人当感受得到。

东厢房是莺莺之弟欢郎的居室，虽有塑像，缺少故事，陪衬而已。

唯独西厢房之陈设古色古香且淡雅悦目，里间显然是莺莺内室，外间是客厅兼红娘卧室。有琴棋书画装点，愈显相国千金的高雅。

小院东南角有假山翠竹，透过枝叶可见一段粉墙，"张生窬垣处"的刻石赫然入目，暗合唐元稹《莺莺传》（王实甫的《西厢记》脱胎于此）的情节。常人眼里，骑墙本不雅，而跳墙更非正人君子所为。然而游人更关注这一跳产生的回响，而非雅与不雅。知道前因后果的人，更多的是替意痴心醉的张生、崔莺莺着想：如果不是崔母门禁森严，从中干涉这段好事，张生何须作出这等鸡鸣狗盗之事。话又说回来，夜半逾墙总不免叫人饶舌。但崔张爱情故事历千年而不衰，说明人们并不苛责张生的鲁莽、轻佻，反倒另眼相看他这冲破世俗偏见的一跳。有人若问，把这样的情节安排在佛寺禅院，岂不玷污了佛家净土？所幸，法力无边的佛睁一只眼闭一只眼，受持五戒皈依三宝的和尚还玉成好事，共同谱写了一曲"待月西厢下，迎风户半开。拂墙花影动，疑是玉人来"的千古佳话，发出了一声"愿天下有情人终成眷属"的呐喊。

写于1996年8月5日

戎子酒庄记

　　乡宁县有座戎子酒庄，庄在城北塬，坐拥高阜，眼观四野，远看像浮在云际的城堡。酒庄为仿宋建筑，依山设五进院落，曰生活区、酿酒区、戎子书院、戎子博物馆、戎子文化广场。时下建筑，或盲目复古，或一味崇洋，多少有些不伦不类；而戎子酒庄营造得颇为用心，园林里隐建筑，酒香里有书香，纤巧秀丽中亦有厚重恢宏。来到这里，你由不得会琢磨一番：原来庄主还是一位有艺术气质的当家人。

　　来酒庄，少不了说酒。

　　酒庄酿造的酒是红酒，也即葡萄酒，号称"戎子干红，贵族血统"。我以为，所谓戎子，是传统；所谓贵族，是品位。做酒如同做人，既能继承好传统，又能有所提升，那就有了根基和格调。

　　相传春秋时代狄戎部落在乡宁一带活动。首领女儿戎子姐妹，每日在山上采集"葛藟"食用。有时采集多了拿不动，就将"葛藟"连同装它的皮囊一同藏在地坑里。过了些日子，戎子姐妹来取时，"葛藟"早已发酵，散发出一种异样的醇香。据说，戎子姐妹依此造出了最早的红酒。

　　"葛藟"曾误传为葡萄的古称。其实，葡萄传入中原在汉代，为张骞出使西域时引入，此大约要晚戎子生活的时代六百年。"葛藟"实为葡萄科植物。不过，民间传说的妙趣往往在似与不似之间。

戎子干红宣称有"贵族血统"，这一是说它工艺考究，二是说它聘有法国酿酒大师——操世界最先进的酿酒设备，造顶级好酒，瞄准高端市场。

最值得一说的是黄土窑洞酒窖，一溜排开，进深七十米，使人想到地下长城。走进窑洞，一些个生态、节能、环保、恒温、恒湿、绿色环保等时尚字眼奔奔跳跳地浮现脑际。据说这种酒窖是中国唯一、世界无双。

庄园四周有五千亩葡萄园，地块大小不等，高低错落，但每块地里的植株都是横成行、竖成列，累累果实深红紫黑，藤蔓齐齐整整，如同列队受阅的士兵。造好酒必须有好原料，好原料就出自这被精心侍弄的园区。

头晚饮酒，戎子书院院长阎玉明先生作陪。酒味醇，人情也醇。二日喝酒是老友聚会，兴致高，酒量亦高，张张布满皱纹的脸上显出了红晕。都说文人嗜酒，酒中生灵感，可惜在座的一干人皆不善饮。我自己则是不近烟茶，略微近酒。但举座人喝了一杯又一杯，既不是酒徒，更不是酒神，只道是好酒，但品不出好在哪里。至于观色、闻香、品味的品酒三部曲，一步也不得要领。对我这样没酒品的人来说，如果喝了还想喝，定然是喝得舒心；而喝得舒心的酒，定然是好酒。难怪戎子酒庄的大小戎子酒，产量年年递增，销量节节上升，赢得天下酒客的口碑。由此看，酒庄不仅是乡宁一景，也是酒林一帜。

酒庄庄主张文泉，原先做煤炭生意，人生得白净，微胖，面善，谈吐优雅，看不出昔日与煤共舞的影子。十年前，他转身做了红酒生意，越做越大，差不多成了山西红酒业的龙头老大。一行人赞其华丽转身，我则赞其华贵转身。这个贵源自丽，丽是一种表象，贵才是他的本质。

我此次来酒庄来得有些匆忙。那日我从太原赶回隰县，天近晚才出发，至酒庄已朦胧一片，不辨东西。夜幕下忽见一派灯火，灯火里闪现影影绰绰的建筑，觉得场面很大，气势也有些咄咄逼人，与脑海里固有的庄园印象有些对景。

迎接我的是阎玉明先生，一位有造诣的诗人——人精明，性淡泊，诗词歌赋皆能玩得来。由他主持国学书院可真是适得其所。所以，接到他的盛邀，我便从数百里外匆匆赶来。灯光下，他身子骨虽说单薄了些，但铿锵的话语里却充满着热忱。见友人如一盆火，我长途跋涉的劳累顿时没了踪影。

次日晨，与诸文友相会。数年不见，大家脸上都多了些风霜，握手寒暄间，少不了岁月不居的感慨。喜的是诸位身体康健，并有文字收获，也算是老有所为了吧。玉明刚至花甲之年，此次所邀，皆是年长于他的文朋好友，足见他尊老敬贤的诚意。来酒庄，品酒也品人。张文泉先生和阎玉明先生，像两杯醇厚的红酒，让我们这帮文人陶醉了。

酒庄里有一块采自深山的巨石，形态雄奇，傲然矗立。野石入园，上刻文字，就是碑碣。碑碣放在该放的地方，胜过千字文、万言书。碑碣上书四字石鼓文，众人难辨一字。玉明说，四字乃"河岳在望"，出自乡宁籍书画家孟涛山之手。孟涛山绘画擅重彩写意，书法真草隶篆兼工，犹以左手倒书为一绝，人称奇人——他本是县电影公司的小小美工，却成长为当代书画名家。奇石、奇人、奇书，给本就不凡的戎子酒庄再添一点奇景。

"河岳在望"，本意是说乡宁濒临黄河，河对过的西岳华山遥遥在望；引申开来，酒庄堪为一处地理标识。游完酒庄，忽然想到，"河岳在望"不仅抒发了作者的感情，也寄予了酒庄主人的抱负。不是吗？他胆识过人，独辟蹊径，弃"黑"就"红"，独树一帜于晋西。如今，张文泉正向着全球酒业大亨的目标迈进，他的目光越过了黄河，越过了华山，朝着更辽远的大河、高峰凝望。

写于2014年10月

诗情杏花村

前人曾叹雨纷纷，我今适逢纷纷雨。

村外一片杏林，红芳紫萼，经细雨沐浴，愈显清淡野逸。进村，随处可见杏花，细密的水珠从花瓣上滚落，悄无声息。人家掩映在花丛中，忽隐忽现，正是"一段好春藏不住，粉墙斜露杏花梢"。最妙的是，清风赶来助兴，花的幽香裹着酒的醇香扑鼻而来，忽而淡，忽而浓，忽而远，忽而近。雨不是当年的雨，人也不是当年的人，唯有香却是不变，穿透时空，飘拂当下。

一首古诗涌上心头。

什么诗？开首的"雨纷纷"即是引子，引你直往"清明时节雨纷纷，路上行人欲断魂。借问酒家何处有？牧童遥指杏花村"上嗅。杏花村，解愁酒，以一首清明诗串起来，没想到竟走红千古。瞧，诗中隐隐的酒家，说不准今日仍开在这座酒都的某个角落；岁月深处的那个杏花村，如果不是借这面酒旗，怕是早成了寻常村落。来这里观光，为的是仰慕杏花村的诗名、汾酒的盛名。郭沫若的"杏花村里酒如泉，解放以来别有天"，给杏花村的今古变迁作了注脚。

酒文化广场正中，矗立着《酒海飞花》雕塑。酒海者，酒都之谓也；飞花者，杏花之喻也。——巧喻诗酒天下，气势和立意俱佳，先声夺人。

走在酒厂的每一条街道、每一个去处，少不了桐叶拂面、芳草碍脚，少不了怡情的雕塑小品。当然，更少不了当家花旦——杏花——丝丝细雨里娇艳欲滴地笑迎客人。更有湖光山色的园林小景，人走在其间像走进杏花春雨的江南。无奇山之巍，少异水之秀，却有酒名如巍巍高山，有杏花香冠天下，让游人得以另类享受。

参观酒文化陈列和汾酒博物展览，仿佛品尝了一坛陈年老酒；亲临酿酒现场体验，眼见琼浆所以酝酿，玉液所以汩汩，为传统文化的绵延不息而感动。你不禁从汾水长流想到汾酒长流，从大河源远流长想到汾酒源远流长。可不是嘛！中国白酒的流传少不了山西酒的参与。有人说山西酒是白酒的老祖宗，或者说，白酒的老家在山西。究其原委，是晋商将山西白酒带到了全国，将酿酒师傅带到了全国。正因为这样，才形成"一枝数颖，一颖数花"的文化盛景。延安五老之一的谢觉哉有咏汾酒诗："逢人便说杏花村，汾酒名牌天下闻。草长莺飞春已暮，我来仍是雨纷纷。"同是"雨纷纷"，谢老胸襟宏畅，杜牧余韵邈然——境遇不同，别出心裁。

本人虽不嗜酒，却不免逢场小酌。承主人厚意，先品贵为母酒的汾酒，绵甜清爽，至纯至性；再品玫瑰，暗香留芳，韵味绵长；三品白玉，清白雅意，怦然动心；四品竹叶，一潭青翠，十分韵致。不由感叹：此酒原应天上有，人间难得几回饮？难怪，百年前汾酒和竹叶青在巴拿马万国博览会上双双摘金，自此之后一次次捧回国内外大奖。名人雅士赋诗赞颂，想起北周文学家庾信的"三春竹叶酒，一曲鹍鸡弦"，竹叶青好像从这里走来。看到乔羽的题诗，"劝君莫到杏花村，此地有酒能醉人。我今来此偶夸量，入口三杯已销魂"，正话反说的幽默叫你忍俊不禁。画家力群则说："杏花村里竹叶香，饮酒赏菊度重阳。醉卧花下君莫笑，提笔能写好文章。"另是一种幽然和神韵。好酒酿好诗，好诗捧好酒。杏花村所以令人神往，就在于诗中有酒、酒中有诗，诗酒从来没有分过家。频频举杯，神未乱，心已醉。细品这个醉，源于口杯，更源于口碑，杏花村的口杯和口碑原本就没有分过家。

过去饮汾酒，是在异地，今日却是在千百年来令酒客魂牵梦萦的杏花村。你会说，娘家门上饮老酒的感觉真好。几杯酒下肚，人已经飘飘然。眼前一晃：斟酒的村姑，如花般娇艳，莫不是杏花仙子再世？又一晃：只见从醉仙居飘来一位醉客，踉踉跄跄，呕声连连，大庭广众下，竟径直朝申明井里一阵狂吐。于是，就有了这千年甘洌的神泉，就有了吐饭成酒的美谈。迷离间，细雨轻，黄牛悠，牧童举鞭遥遥一指……

啊，原来，这去处就在眼前。

写于2013年5月21日

观长楸

  大宁小县，却多文士，县有作协，还办刊物，二十年不辍，可谓地方雅事。拔萃者，如李玉山、张九锁、张志强诸先生，皆有多部作品问世，且不乏精彩篇章。我与他们因文相识，因文交好，喜欢他们，也便喜欢上他们生活的土地。记得爬过风光奇秀的二郎山，到过黄河仙子故事发源地的曹仙媪庙，上过一望无际的太德塬。也写过文字记游，其中一篇《小城大宁》，至今翻看仍能勾起我对这座小城的流连之情。

  2021年7月3日，再游大宁。午后，主人安排去看长楸。长者，高大也。长楸一词最初见于屈原的《离骚》。因长楸有木王之称，古人常植其于大道两旁，久之，便视长楸为大道。大宁的两株长楸，被冠以"连理"之名，附了人的情感，添了许多情趣。

  将要出发，天雨突来，雨丝恰如情思伴我们上路。汽车在时密时疏的雨幕中钻沟爬坡，约半个时辰后停在广塬之上的三多乡刘家庄。进村，新路、新房、新舞台、新停车场……满目皆新。那古色古香的连理楸该不会也"出新"了吧？正思量着，玉山先生指着高大的木门楼说，到了。门楼上书"塬上缘"。塬指地貌，缘则暗示连理。我说，登塬结缘，此吉祥之兆。

  雨脚如麻，不便行动，主人邀我们至会客厅小憩。内有字画展览，有文房四宝备用，客厅诚雅舍也。此时，善书者挥毫，爱读者翻书，我、李玉山、张九锁和村支书，看着雅舍对面一片披着雨雾的丛林聊了起来。

原来，那里便是连理楸栖身之所——不妨称之为连理楸家族。等不得雨停，我们打了伞，催村支书领路前去。

近观，百十株次楸，合围着两株老楸——同根生，世代居，延续着一个血脉。

细看，枝叶交织，树冠如盖，长楸皮皱纹深，身高（穿云破雾）体胖（数人合围）。因年深月久，树中空而外裂。支撑两株长楸的是开裂的树皮，它们变身树干，合力撑起这柄巨大的绿伞翠峰。跟着玉山、九锁进了树洞，洞宽只可容三四人。抬头望，洞天如盘，雨滴似珠——同天同雨不同景。别看长楸弯腰驼背、腹内空空，其实，它盛载着一个荣枯兴衰的生命故事。大家走出树洞，眼前一派青翠，内外两个世界。生命本是自自然然，而精彩全靠自己。

或问，两株长楸相距多远，这片绿丛又有多广？九锁步量的结果是十步出头，支书的经验是两百步方圆。就是说，这里以连理楸为圆心，生长有长楸旺族。据说，此长楸寿高一千岁，是宋代的娇儿。惜民间没有传说，史志没有记载。因此谁也说不准是先有长楸，还是先有刘家庄；谁也说不准长楸是自生的，还是栽植的。但说到底，长楸是土生土长的"原住民"，这是不争的事实。它的健在，是刘家庄之幸、大宁之幸。往大里说，亦是人世间的幸事。

告别时，玉山先生说，你不写点东西？我说，老兄捷足先登，给长楸撰了碑记，咏了诗，好话都说尽了，哪容得后来人置喙。玉山先生抿嘴笑，众人也会心地笑了。

回来，想起观长楸、话文事的逸游，还是略记上述文字以回应玉山先生。因文不尽意，再以下述文字收笔。

听摄影家晓豫说，刘家庄村偏地远，两株长楸又远离村庄，村人更以神树供奉，外人也少叨扰，因而得以安居一隅。偶因他的一张照片把长楸给传扬出去，而长楸更因文人们以"连理楸"为之命名为之包装而走红。毕竟，连理一词牵动天下有情人的心，谁不想到此一游沾点喜气？！刘家庄人也因连理而连心，正打造农家乐，以缘引缘。这是好事。我想说的是，可因缘富村，切不要因缘扰楸。给长楸以生长空间，而不要任人入林践踏、猎奇。惊扰多了，长楸能不生烦？欲结缘而缘不济，非是创意者的本意。前人敬畏它，它才有千岁高寿；后人好生守护它，再给它一个千岁。让古楸愈古，名楸愈名，让它以千年修得同船渡的活化石身份，见证人世沧桑和夫唱妇随的情海长歌。

古人曰，楸，美木也。茎干乔耸凌云，高华可爱。韩愈有"看吐高花万万层"的咏叹，可惜我们没有赶上春天高花插天的美景。但我们看到长楸乔耸凌云的伟岸，看到小城大宁的华丽转身和文事的承续，这一切值得我们尽收之于行囊。

写于2021年7月6日

小松王记

　　如今，找一片像样的原生林不容易，找一株古树名木更难。譬如小松王，既是树中之王，就如人中之瑞，奇而缺，故尊而贵。

　　小松王扎根在隰县东川上天山腰。四野松柏苍翠，中有凹地一块，负阴抱阳，其上清泉一泓，喷洒了下来。这里原有灵隐古寺，早已坍塌。距寺不远的路口，一株巨松突兀，傲视苍穹。向导说，这就是小松王。估摸它有六丈高、三围粗，白皮鳞斑，直如旗杆。其上有粗壮枝条四下平伸，纷纷披披，浓荫覆地亩许；下有虬爪四伸，似恨不得把整个凹地据为己有。人站在树下，周身凉爽，树荫内外判若两个季节。

　　该和小松王说再见了，空手造访，是否该留下点什么？遂提议，每人赠小松王一句话——嘴闲着也是闲着。

　　几个人你看我，我看你，一阵为难之后还是有了说辞。

　　一个说，它是树中伟丈夫。

　　一个说，它是林海美男子。

　　一个说，它是南山不老松。

　　一个说，它是俺村二娃哥。

　　咦，这话怎么拐了弯？前三人瞪大眼，问，此话可有来头？

　　后一人回说，英雄不问出处，比喻东拉西扯。俺村千数口人里数二娃子个高，和他说话还得仰起头。要是二娃子的哥大娃子站出来，你还不得踩上凳子和人家攀谈？

三人听了，捧腹大笑，说，有趣，有趣，三句话顶不上你一句话。

我想，心中有物，物便生情。经游者这么一奉承，小松王有知，也会乐得咧开嘴，活得更有滋味。

山寺路口原本有大小松王把守，英雄昆仲，豪杰成双。那大松王一径通天，气宇盖世，雄风自在小松王之上。惜"大跃进"时倒于斧锯之下。逝去的留给记忆，幸存者活在当下。但愿小松王此后威风凛然、子孙遍野。

同游者丁和顺、裴怀安。向导王保记。时在1979年初秋。

2001年4月写于海口

正觉寺唐柏十二连城记

我的祖籍临县少见名山，也就少了名刹古树，到处是看不尽的枣树。枣树成了气候，称霸一方，别的树便相形见绌，正觉寺唐柏十二连城正是有名的无名者。

乡称小甲头，村叫郝家窊，离县城不足百里。出村北，行不远，只见对面山坳坳里杂树生花。其后横亘一脉山梁，十二株古柏自东向西排列，号称十二连城。其下一片残砖断瓦，正是它坚贞不渝的守护所在——一座建于汉盛于唐而衰败于民国的名刹正觉寺的遗存。

听乡佬介绍，当年寺内外树木森森，并有古柏四十四株领衔，尤有气势。这些古柏形体怪异，三五不等，散立寺院内外。不知是树有来头，还是人有心计，四十四株古柏，或单，或双，或群，都被"册封"。有站殿将军、绕殿侯、哼哈二将、四大天王、八大金刚、南斗六郎、北斗七星、千里一盏灯等等名号，一个个烙上佛的印记，也便成了佛树——分明是自然界的一个个生灵，却承袭缘起性空的衣钵。过客也许不会多想，只是觉得万物一经人格化就可爱，一经诗意化便生趣。

树曰十二连城，或言其价值连城，或言其树木为屏。一株古树，就是一部大自然的编年史——这是科学家的提示，由此我们不得不高看它一眼。近前，只见十二株古柏近乎等距离地排开，这显然是人力所为。它们有高有低，有胖有瘦，仅一株空了心，但其外披枝挂叶，其内能容得下一两人避雨。稀奇的是，十二连城树皮纹络全部为左旋，似乎在向寺院注目——是阳光使然，还是风力驱动，不好说。

有心称它十二神将，眼见它入地盘根错节，升天无翼乏术；又欲唤它十二武士，可惜它已龙钟老态，能守却不能攻。飒飒来风，是它在吟哦；枝摆叶摇，是它在舞蹈——唯顺应天性才能随性。

德近佛者，才近仙者。十二连城守护正觉寺两千年，可说是有德又有才，是佛亦是仙。要知道，只一个觉人觉世，就够凡人领悟一阵子；更不要说十二连城不俗的气色给山川添壮色，给尘世添神气，给自然添史话。

2000年冬记于海口虹冠大厦

爬了一座山

一座山，本来就高出地表；若加一个天字，成了天山，意味着天上之山，着实够高；若再赠一顶桂冠，成了高天山，就很让人仰望了。

说句抱歉话，未来时，我对高天山一无所知。打听得知，高天山在乡宁县境内，是吕梁山南麓最高山脉，有一片原始森林。因了它的高度，也因了它半遮半掩的神秘，引逗得我们这帮文友从各地跑来一探究竟。

登山者每人发一根棍杖，年轻的很不以为然，年长的自然乐于借力。策杖抬眼，原先就在眼前的云霞宫，为蓊郁的林木遮蔽，反而变得扑朔迷离，不知它在天际第几层。我们只能踏着厚厚的落叶，寻着似路非路的林间隙地，跟着感觉向上爬去。

眼里所见，山脚绿，山腰红，高坡半黄半绿半零落。爬一路，如同穿越几个季节。阳光时而从密林的缝隙中射来，时而躲闪在密林之外。光亮射来时人开朗，隐去时人阴郁。坡陡滑擦，更添一把脚力，幸亏有棍杖支撑，三条腿胜过两条腿。更有不离左右的曹小虎，紧要关头搀扶一把，恰如雪中送炭。以爬山比世路，坎坷时得人相助，真如绝渡逢舟、暗室逢灯。

尽管我年事已高，可还是兴冲冲走在前头，心想，登山不登顶，枉来高天山。渐渐，人们拉开了距离。年轻人也都拄上棍杖，定要登顶：不充个打虎上山的英雄，也要有登顶问仙的向往。这个仙家，不是什么隐士，而是高踞峰顶的云霞宫。

走几步，就得喘息。回首看，路又被落叶覆盖。因思，脚迹到处就是路，休问它在第几峰。同行的，有的坐在山坡喘息，有的扶住树干小憩，还有的落在后面。

心劲再大，总拗不过衰弱的气力。我每迈一步，便下滑半步，心里着急，由不得打量前路。小虎说还有五百米。再走复望，小虎说还有四百几十米。好费走呀！腿打战，气虚喘，汗淋漓，上山时的神清气闲被高天山的险峻冲了个精光。上来位年轻人，说您老（不可否认我成了老者）不如就此打住。他的话勾起昔日我登华山、泰山、黄山的往事。人到险境，退一步比进十步还可怕。虽说高天山比不得华山、泰山、黄山，但白发也比不得黑发，你不服不行。故而，再不敢说硬撑话，以笑脸掩饰心虚。

喘息间，想起昨日游高天山下的荀息祠。春秋时，晋国大夫荀息受晋献公临终托孤，立奚齐，为里克弑；立卓子，再遭里克弑，荀息也随君而去。荀息因"一言许国竟成终""生不食言死食血"而为晋人敬重，故在此立祠以祭。祠堂楹联多不记得，过目不忘的是一横批，叫作"不食言"——给去者论定，令来者警心。小虎善书，时管理人员让题字，便写下"不食言"三字。告别荀息祠时，我再看一眼那门楣，敬而生畏。由是我想，来时既说了要登斯山，就不可自食其言。诚然，己之不食言与先贤之不食言，本不可同日而语；但为人处世，说起来用心无二。就这样，一路打滑一路爬，我和小虎率先爬上山头，我在将要奔耄耋时又过了一把登山瘾。

高踞山头的云霞宫，像伏卧在云端的一盘硕大石磨。

这盘"石磨"是座颓圮了的道观。寻着残破的墙基，隐约看出前后曾有三座宫院，之前应是一座颇具规模的建筑群。地上横七竖八躺着不少碑，惜碑面残破，字迹不清，不知是何时之物。后边上来的当地人说，云霞宫供奉玄天大帝，早在唐时就有了，当真是古了。玄天大帝即真武大帝，是中国神话传说中的北方之神，请他震慑这里，用意不言自明。只是现如今真武大帝的行宫荡然无存，神迹也不知去向何方，不免叹惜。

废墟之上，云天相接；废墟之下，群山俯首。登顶的我，不免一时风光；但心里明白，一时的风光还是沾了高天山恒久风光的光。虽说登上了山，还得感恩山，没有它的存在，哪有我的登高。在大自然面前，得学得自谦点才行。譬如人生，总有爬不完的高山险峰。

爱山不食言，登山不食言，这便也是一道风光了。

2018年11月1日写于一得斋

遇见千则沟

己亥年中秋前四日，有永和县半日行。

县委书记加天山忙里偷闲，邀我去一个地方看看。因那地方处于三岔路口，故叫交口；又因是芝河与桑壁河交汇处，水流湍急，千转百回，又称千则沟。河与沟，一字之差，使人想到深沟壁垒的险象。

当然，上边的话不是我的先见，而是后知。

交口村与山贴得很紧，仿佛要背着山远行；与河挨得很近，仿佛难以割舍它而去。村支书老张带我们穿过果园，沿着陡峭的石阶路下行，路尽头，便是林木与河滩的分界线，一条弯曲的石板河滩裸露在面前。

来这里看什么？我用疑惑的目光望向加天山。他神秘地笑了笑，说往前走就会知道。

往前走，有股匆匆忙忙的流水从高处跌落下来，哗哗作响，然后隐身于弯曲幽深的沟槽里，悄无声息。环顾左右，两列土崖；俯瞰下方，一地石头。我突发奇想，是石驮着土，还是土携着石，二者似相好成抱团取暖的伙伴。再看脚下，散乱着厚重的巨石和层层叠叠的片石。它们有的独自伏卧，有的勾肩搭背，有的呈书页状——老百姓叫这为石页，形象到极致。你忽发奇想，想展读这部隐藏着天地洪荒秘奥的天书，它却紧紧闭合，吝惜得连一页也不让你掀动。你暗暗失笑，果然这"书"不是凡夫俗子可以乱翻的。失笑之余不免疑惑，这天书是谁的杰作？

走着走着，见三三两两滚圆的石头散落河床，像撒下的一地鹅蛋，只是此鹅蛋比真鹅蛋要大几圈。对蛋类本能的惜护使我小心翼翼绕开它们，唯恐不小心将它们踩破。有些石头蛋只露个滚圆的头，将身子藏起来，让我疑心它成了精。偶见超大个的，我惊呼是恐龙蛋，加天山说是石球。可究竟是地质学上说的结核石（石胆石），还是恐龙蛋，我们其实分不清。老张说，曾经有人在河边挖过龙骨，我立马兴奋起来，有了某种联想。联想过后少不了发问：这又是谁布的疑阵？

其实，这些还只不过是前奏和点缀，最可看的是"石帮石底"的石河沟。我们朝河沟走来，其真容渐显。细观，此沟上窄下宽，"大腹便便"，当是千万年"穷吃海喝"的结果。水婉转，顺光处黄，背光处黑，半明半暗的流水深沉得不可捉摸。流水左扭右拐，奇诡却不别扭。沟中质地坚硬的青石披了一身苍黪的衣裳，失却了棱角。

问老张，千则沟有多少道湾？言说二十来个。流经你们村有多长？回说约莫十里。估摸了下，行百步当有一道湾。沟之弯如弓，水之曲似眉，三弯两弯，弯出了姿态，弯出了风雅，弯出了天地的造化。加天山问道："你看这里像什么？"

定懂了下，忽然想到离此地二十来里，就是名闻天下的黄河奇观乾坤湾，那里蛇曲龙弯，弯弯连环，气势非凡。千则沟虽然难及乾坤湾，但外观自有形似处，内里亦有神似处——这不就是一条小乾坤湾吗？想到这里，我理解加天山为什么邀我来游千则沟了。我说："黄河大乾坤湾，千则沟小乾坤湾，算得上是肝胆相照一乾坤！"

三人相视，朗声笑了起来。

人在高高的石岩上，水在深深的沟槽里，我们俯瞰它的同时，也在被它仰视。所不同的是，你可以任意品评，它却泰然处之，一副宠辱不惊的神态。它冲出一条曲折的路，又坦坦于坎坷的生活，这就是自然，这就是天性——我们若能将心灵安放于自然，是我们的福祉，也是它们的幸运。几次来永和了，不仅看到过比这更大的福祉，也感受到过比这更多的幸运。这是地方领导的慧眼，也是大众的仁心。

由此，想到观光。一直以来，窃以为，游不必一味追"名"逐"胜"，须知越是名胜越是游人如蚁，美景像浸泡在浮躁里，人在其中，眼不得清，耳不得静，心不得宁。等到检点收获时，才发现只不过人云亦云。而那些看似冷僻的地方，常常隐藏着奇观异景，山水草木、土路石蹊，富有原生态的拙美，具有穿越时空的灵性。今天的小游可印证我意不谬，这就不能不感激加天山的美意了。记得他写过《带你阅读永和三本书》，其中一本书就是有关永和乾坤湾地质地貌的教科书，今天所见，应是乾坤湾"这本教科书"的姊妹篇。

千则沟久在这里，"地远经年客到稀"。加天山是主人，自然就将之搁在心里，并不止一次陪客人来这里。关于千则沟的未来，他没有多说，但不说不等于不盘算。果然，我猜察对了。后来，河岸那片巨石上刻了字，刻了诗，引起过路人伫足；这里还举办了别开生面的隔河朗诵中秋诗会。千则沟有了诗，不用说，一定会有远方。

诗人阿紫路过这里，留下这样一段话："在山西永和县，我为一条小河取了个好听的名字'光阴河'，这几个字被刻在了崖壁上，许多年后，人们走到这里，仍会感到一颗心的纯净与美好……"

隔着时空想象，假若再次走过千则沟，面对石刻，我会想些什么呢？会想起诗人那颗纯净美好的心，会想起加天山带我结识了千则沟，会想起一个村因一条河即将激起的浪花。

因千则沟给了我感触，便回报它一篇小记，不为效颦，只为遇见。

2019年9月15日写于北京大兴红星北里

奇奇里村的新年篝火

有一个地方，县名很美，叫永和；有一个村落，村名亦奇，叫奇奇里。冲着这个"思永谐和"的县名，冲着这个充满诱惑性的小山庄名，我来到这里。

时在2018年与2019年新故交接之际。

村里村外，窑里窑外，到处悬挂着彩色或黑白的摄影作品。窑里的可以叫窑洞展室，户外的当然是露天展厅，置身其中，你感觉到扑面而来的是四海新风和二十四番花信风——这里有来自全国的百多位摄影家的作品。稀奇吗？确实稀奇。少见吗？闻所未闻。过去连白面馍馍乱点点都不敢想的奇奇里人，有甚能耐竟引来天下的"凤凰鸟"——莫非栽上了梧桐树？奇奇里人硬朗朗地说：三年时间送走了穷鬼，栽上了摇钱树，摇钱树还不是俺们的梧桐树！确实，因了这棵梧桐树，引逗得"凤凰鸟"们从四面八方飞来，也成就了这座中国首个摄影村。而这里的风土人情，这里的惊人变化，又因了摄影家们的镜头而传遍天南地北。眼里所见，心中所想，都新鲜得令人激动，令人无法自己。

村里，路硬化了，路灯亮了，自来水通了，乾坤湾旅游栈道像一条长龙逶迤在黄河岸边。摩拜共享单车是亘古未见的稀罕事，其开通也是全国乡村首例。中心广场的大屏幕，轮番播放村里制作的奇奇里风光片和村里自创的奇奇里歌曲，如同庐山轮番播放电影《庐山恋》，是记忆，也是"广而告之"。新鲜感还在发酵，温馨感又涌上心头。

农家乐窑洞里，大土炕配上卫生间，木格窗搭上家用电器——土的原汁原味，洋的新潮时尚，让游客在感受乡土气息的同时也不忘家的味道。村里发生了翻天覆地的变化，谁能不为她点赞！拿颜值说话，是不是可以说，奇奇里破茧化蝶，正在变成四邻八村，抑或是永和县脱贫致富的颜值担当……

元旦当天，辞旧迎新，全村人吃团圆饺子。县委书记加天山坐在农家炕头，和大家一起捏饺子，拉家常。这里是他常来常往的地方，村干部的名字不用说，连宁富老汉、二汝则、成梅则等等普通人的名字他也能叫得上来。郭二汝家的窑里挤满了人。插上手的捏饺子，插不上手的唱歌、聊天凑热闹。二汝拿来几枚硬币，让县上最大的"头"包到饺子里，说谁吃上钱谁有福。村里人的心愿简单纯朴。结果，两位姓白的干部各吃了一枚，一位姓余的退休老师吃了两枚。加天山口出妙语："这叫作一穷二白，年年有余。"在座的人听了，便是会心一笑。不是吗？！加天山的妙语，正是奇奇里今昔生活的真实写照（关于吃钱，后来我才琢磨出一个秘密：因干部们真心帮扶，群众诚心感谢，所以他们会把多数包了钱的饺子端在干部面前）。

吃过饺子，人们涌向广场。广场中央搭起高高的柴火塔，浑身长满圪刺的枣树枝是最好的燃柴。人们以柴火塔为中心围成一圈，开别开生面的篝火晚会。第一书记郭若桥宣布"篝火晚会开始"，县委书记加天山点火，火苗由小到大、由弱到强，霎时烈焰冲天，映红半个村子。高山上点火高山上亮，数九天也挡不住人心暖。当然，这个暖，不只是因为火烤胸前暖，更是因为风吹背后不再寒。

第一书记郭若桥是当然的主角，致开场白的是他，唱打头曲的也是他。他演唱的《我在奇奇里》，倾诉了他的心路历程和他对这块土地的挚爱，故而赢得热浪般的掌声。我隐约看到，他坚毅的脸庞，在篝火映照下多少有些陶醉。或许此时他沉浸在此景与旧情旧景交织的美好回忆里。

2015年，第一书记的重担落在年仅二十五岁的郭若桥肩上。初来乍到，郭若桥眼里的奇奇里是："深沟沟挑水磨破肩，圪梁梁走路把腰闪，想娶媳妇讨人嫌，光摘红枣不见钱……"村穷不怕，怕的是人心不齐没志气。老汉汉他唤伯，老婆婆他称姨，村人的大事小情他都放在心上。这位自称奇奇里儿子的后生，用温情凝聚了人心，用志气带出了队伍，用智慧找来了财源。开路、修渠、卖红枣、搞旅游，引来四方游客，奇奇里两年脱了贫，三年迈大步。

晚会还在继续。村民们拿起话筒，或唱山歌小调，或唱流行歌曲，虽说不免跑调、忘词、打圪绊，但听众很是给力，两相合拍，看得出来，大家都抑制不住内心的喜悦之情。谁也不在乎唱得好不好，在乎的是心情好不好。有位村民凑到我耳旁说，过去整天吊着个苦瓜脸，不要说唱歌，连话也不想多说一句。是呀，人穷低头走，温饱扬眉笑。是该笑了，笑才是人们内心的渴望。

加天山唱了，乡里的书记和乡长唱了，村干部也唱了。不管唱得怎样，哪一曲不是真情的流露！村民一样报以掌声。俗话说，锣鼓听音，说话听声。歌声即是说话的另一种方式，他们听出的不只是曲调，也是曲里和声曲外音。第一次听县乡村三级干部同场演唱，村民们说既稀罕又过瘾。这个瘾不是论水平的，而是论真诚的。

县委宣传部副部长药小云上过省电视台，见过大世面，是"小县大腕"，他不唱怎么能行？何况，村民们听说"药歌唱家"过了年就要登上中国最大的舞台——中央电视台《星光大道》了。乡人乡音乡情，谁不想来个先睹为快？！在人们的呼叫声中，药小云连唱了三支歌，他的歌高亢舒缓、轻松自如，有浓郁的乡土味。村民们说真中听。过去，不要说听城里来的歌手唱歌了，就是草台班子也没有光顾过。一来是穷，雇不起；二来是羊肠小道，人家不敢来。

快看，城里来的帅哥唱起来了，美女跳起来了，嗓音亮汪汪，舞姿多娇媚，忽悠得一圈人心里都跟着痒痒，有的人嘴里哼哼着，有的人手舞足蹈。篝火照耀下，我不时留意憨实的村里人，他们在鼓掌喝彩之余，还忙着用手机拍照。要在外地，这种情景本不算什么，可在奇奇里这却是件新鲜事。想起晌午进村时，刘志富老汉和我说，过去只知道手机能接打电话，从来不知道还能用手机上网、照相、看视频。如今村里有了网络信号，家家也都有了智能手机，老人们都上网和在外地的儿女们视频。大家还学会了拍照，想照甚就照甚，活得和城里人一样。

这一夜，跳了不少舞，最美的要数双人舞《卓玛》，这是来自黄河源头的舞蹈，一条河连着两个民族两头人的心；最火的歌要数那首《美好的日子》，歌词作者不是别人，正是站在篝火边和大家同乐的加天山。这几年，奇奇里变了，别的不说，原来那十几个单身汉先后迎回了自家的婆姨，再不用人前人后抬不起头。最后一名单身汉叫刘文忠，他先脱贫后脱单，四十三岁时终于娶上了媳妇。那年的正月初四是刘文忠大喜的日子，加天山听说后专程从市里赶来为他祝贺，并在婚礼上朗诵了在路上写的一首诗。这首诗感动了这对新人，也感动了作曲家，于是，这首《美好的日子》被谱成歌曲传唱开来。首唱者不是别人，正是歌词作者加天山。诗言志，歌咏言。人们所以喜欢这首歌，不仅因为这是县委书记写的歌、唱的歌，还因为它有着乡土印记和时代风貌，那优美的旋律把人们带进令人向往的境界。

黄河在村后奔腾，山风在圪梁上呼啸，午夜时分，篝火晚会曲终人散。

　　"今晚，点燃希望与梦想的焰火虽然熄灭了，但奇奇里人们心中的篝火将生生不息，越烧越旺。"加天山如是说，在场的人如是盼，我如是想。

2019年元月6日写于一得斋

游小西天记

好长时间没有来小西天了，虽然它近在一河之隔的凤凰山。

辛丑年正月初三，偕两位女儿和她们的儿女登了一回山。

刚刚迎来八秩的我，在孩子们左右不离地伴随（无须搀扶）下，攀缘数百米盘山栈道，登上凤凰山最高处，复从山巅下到半山腰的号称"三世十方诸佛会聚"的小西天寺院——凤凰山的"飞凤"见识了我的健步，"千佛"感受到我的自信。孩子们总是不放心，我摆摆手拒绝搀扶，暗自思忖：四百年小西天尚且碧瓦金身，一派灿然，没有苍老的意思；区区如我，又何敢言老。遂淌着汗水喘着气，和孩子们由无量殿一级级上到大雄宝殿，又由大雄宝殿来到别称凤嘴的前院，再拾级上摩云阁下的钟鼓楼。凝神静气间，仿佛听见暮鼓雄浑，晨钟激越。思绪万千，我恍惚间又翻开那苦耕一千多个时日而写下的三十四万言的长篇小说《小西天》。

眼前的古刹，还是那个从儿时到暮年都香火旺盛的小西天；而我笔下的小西天则另是一番人间烟火味——它的故事来自芸芸众生。为了写这本书，我不得不让思绪穿越回四百年前，追随矢志不渝的东明禅师、情义两顾的林凤娇和心灵手巧的工匠三姓管等一干人，为他们的忧而忧，为他们的怨而怨，为他们的喜而喜，给这座传世瑰宝撰写出曲折动人的故事，从而"雕塑"出与小西天风味不一却闪烁着人文之光的《小西天》。

　　我沉浸在虚构的小说《小西天》中，又徜徉在现实的小西天里，小西天的每一块青砖、每一座佛殿、每一尊塑像，都仿佛要把我从记忆中唤醒。我不由得在一佛一筑的真实存在，和一思一想的虚构之间转化，触摸关联，重温因果。我觉得，我的苍白的想象力与创造这一处琼楼玉宇的非凡想象力，似乎相距甚远，正是它的小巧精奇，引发了我天马行空的想象。没有人间这真实的小西天，便没有我笔下的《小西天》。想到这里，我对这座人间天堂再一次肃然起敬。当然，顶礼赞颂非关佛，我当赞颂那些来自民间的能工巧匠。

　　下山，回望小西天，它身形挺拔。想起我小说里的小西天，那是超脱佛境的东土一隅，因为它源起我脚下这块土地且创意于我对真善美的追求。

2021年2月15日（辛丑年正月初三）夜记

远游记

天安门前看升旗

披着一身月光来到天安门广场，谁知旗杆周围已被早到的人们重重围住。广场的其他地方，多是三三两两的观光者，他们或低声交谈，或轻揉蒙眬的睡眼。我不时望望东方，瞅瞅手表，心急切，奈何时光不听召唤。

东方既白，华灯隐去。滚滚人流在晨光熹微中涌来。宽阔的广场似因人潮涌动而变小，又似因容纳五湖四海的观光者而变大。大家都是一个心情、一个神态：翘首以盼。

6时15分，庄严的一刻终于来临。

只见国旗护卫队以旗手、军乐队、仪仗队为序，威武雄壮地朝我们走来。看见他们，你觉得他们不只是一个方队，而是十亿中华儿女方队的缩影。行至终点，护卫队员进入哨位，面向旗杆肃立，挺拔得就像一棵棵白杨。随着一声"敬礼"的口令，升旗手揿动电钮，护卫队行持枪礼，军乐队奏《国歌》，国旗冉冉升空——这一套动作都在同一节拍上完成。人们为冉冉升起的国旗行注目礼，心潮随着国旗的飘动而涌动。此时，纵有词，也无法描述；纵有话，也无法表达。人们所有的情感都与庄严、崇高、自豪联系在一起，眼澄明，胸开阔，连呼吸似也神圣起来。

《国歌》的最后一个音符终止，国旗准确升至三十米高的旗杆顶端。国旗升至顶端的一瞬间，太阳也正好从地平线喷薄而出。自然和人心同向，朝阳和红旗辉映，人们欢呼雀跃。这一切并非巧合。人们在赞叹升旗仪式的严密和完美时，在赞叹国旗护卫队的过硬本领和完美形象时，也在咀嚼这一切背后的故事。当五星红旗从旗杆上升起时，我仿佛觉得那是从自己心中升起的。那时我想说的一句话就是：这就是中国，这就是北京，这就是天安门，这就是凝聚着中华儿女力量的五星红旗。

心里刻印下这个难忘的日子：1992年8月5日。

两年后的国庆日，偕女儿一双再观升旗仪式。

天安门广场被鲜花簇拥，华灯绚丽。孙中山、毛泽东巨幅画像矗立在人民英雄纪念碑两侧，中国革命的先驱者和共和国的缔造者，神采奕奕、目光炯炯，注视着眼前这国富民强的太平盛世。人们簇拥在旗杆周围，像铁钉一样定在那里。为了一饱眼福，他们也许夜半便来，也许彻夜未眠。我们无理由挤占他们的地方，只能由衷地钦佩他们。

我又一次迎来动人心弦的时刻，因而又止不住去回味那刻骨铭心的一幕。

父女三人，六目对视，无不热泪盈眶。

女儿说："今天，父亲带我们来天安门广场看升旗，明天，我们也会带自己的儿女来天安门广场看升旗。"

又过两年，时在8月，偕妻子三看升旗。

总是起个大早，总是落在后头。天安门广场上那争先恐后的情景正好说明人民心中的渴望。

妻子见缝插针地往前挪，我则紧跟其后，每朝前走一步，便好像离圣境近了一步。此刻，里圈万头攒动、摩肩接踵；外围，父亲把孩子举过肩头，年轻的女孩踮起脚尖，甚至还有盲人在侧耳静听……你无须问籍贯，无须问姓名，无须问年龄，也无须问民族，只需扫视一个个庄重的面孔，就会明白，什么叫万众一心，什么叫天下归心。

瞻礼毕，我和妻子在广场上默默地走着，迎面正是高大的香港回归倒计时牌，刚刚平静下来的心又顿生涟漪。我们议论着想象着1997年7月1日，五星红旗会以怎样的风采取代米字旗骄傲地飘扬在香港大地，期待着紧随其后的澳门回归，盼望着两岸一统，四海升平，红旗飘扬……

妻子喃喃自语："看了升旗，人也有了精气神。"

诚哉斯言！

回味往事，梦依然，心依然，感动依然。

1998年4月13日写，2019年12月8日改

1983 年晚秋的北京之旅

这不是山水之旅。虽然山水之旅也蕴涵着文化，但我仍认为这是一次文化之旅——浓浓的文化味伴随了我的整个旅程。

像往常进京一样，1983 年的那次进京，首先要解决的难题仍然是投宿问题。

现在的年轻人会认为我讲的是笑话，但其实这是事实——那时住宿还要排队领取住宿介绍信。那时，到北京最令人头疼的事便是住宿，说来比如厕还难。北京站设有旅客住宿介绍处，旅客一下车就直扑那里，一夜的车旅之累没来得及消除，便立刻投入求宿的长蛇阵中。经过一个上午的等待，终于获得一张弥足珍贵的住宿介绍信，那颗悬着的心才算落了地。要不然，在车站广场或车站地板上蹲个一夜两夜也说不准——我就有过这样的经历。但是，费了半天工夫，我这次等到的并不是市里的旅馆，而是郊区石景山附近一个名曰"古城"的招待所；这还不算，招待所竟设在黑咕隆咚的防空洞中。好在我这人容易满足：只要有歇脚之处，管它地上地下呢。下一步，我就要为收集抗敌剧宣二队的史料展开繁忙的采访活动了。抗敌剧宣二队，是由时任国民政府政治部副部长周恩来和三厅厅长郭沫若组派的抗日文艺队伍，在晋西南一带，特别是隰县，活动过五个年头。当年的成员，多数在北京工作，而且他们大都是文艺界名人——我独自担当这样一次采访任务，内心的紧张和兴奋不言而喻。

按照计划，首先采访二队副队长赵寻，他当时是中国戏剧家协会副主席、书记处第一书记。这样层次的文化名人，一定忙于很多社会事务，肯定不是能够轻易见到的。我日日忐忑不安地坐地铁进市，又一无所获地坐地铁而归。终于有一日，我在崇文门附近的一处公寓见到了赵寻先生。那时，见少识寡的我，总爱把名人和伟岸不凡、居高临下这样的词语联系起来；故而，在按门铃时，心跳不止，手也不由得打战。直到被谦和有礼的赵寻先生迎进门去，我那紧绷的神经才松弛下来。面前的这位长者，清瘦白净，有南方人的精致、学者的深邃、领导的风度，与我想象中的名人大相径庭。略微寒暄，便进入主题，出乎预料，赵寻先生爽快地答应了我的请求。临末，又问我住哪里，担心我住得远办事不方便，还约好翌日在办公室见他。第二天一早，我如约来到位于沙滩的他的办公室，他不仅满足了我的采访要求，还把我安排在就近的红旗杂志招待所住宿，又给我提供了剧宣二队队长王负图的住址。王负图夫妇在驻外使馆任职，邀我去家长谈，共进晚餐。他们又介绍《剧本》月刊副主编严青及其爱人、北京人艺导演兼演员田冲给我采访，还提供了大量史料及一些二队队员的联系方式。这给我的采访提供了很大方便。赵寻先生还打电话给中国剧协办公室的同志，为的是给我安排晚上的文娱活动。赵寻先生细致入微的关心，二队同志的热情接待，叫我受宠之余便是感激。我知道，时过几十年，他们仍然忘不了与隰县父老乡亲结下的战斗友谊。

我来到中国剧协办公室，人家问我要看什么戏，我一时语塞。老实说，来北京虽然不止一次，但从来没有看过戏，更不用说看大腕们的戏了。人家见我是乡下来的，就拿出一张《北京日报》，让我从戏剧广告栏里任意挑选。我大着胆子拣了几个名剧团的名剧目，对方客气地说："到时，你就去剧院拿票看戏好了。"有了赵寻先生的关照，我白天忙着采访，晚上忙着看戏，一下吃上了"文化大餐"。

我走出剧协大楼，沿着一侧的人行道前行。秋风萧瑟，行人稀少，迎面过来两位衣着普通而气质不凡的中年人，他们从容地走着，低声地交谈着。走近时，我眼睛一亮，我在哪里见过他们？我急速调动记忆，很快得出结论：那位面容清癯，鼻准隆起，穿对襟中式褂子的，正是《以革命的名义》里捷尔任斯基、《茶馆》里王掌柜的扮演者，北京人艺资深演员于是之；那位一脸峻色，眼睛深邃，身材魁梧的，正是电影《甲午海战》里邓世昌的扮演者李默然。他们都是德高望重的表演艺术家，在剧协门外邂逅，我既觉出乎意料，又觉也在情理之中。交会时，我不由得深深瞥了他们一眼：想不到，电影里和舞台上的"老熟人"，生活中素未谋面的陌生人，就这样和平常人一样与我擦肩而过。我向来不盲目崇拜明星，但我却尊重他们的劳动，特别是对有艺德和艺术个性的艺术家；所以，那深深一瞥，其实是我送去的非言语能够表达的敬意。

11月8日7时，我来到首都剧院，观看北京人艺演出的话剧《一个女人的故事》。向剧院售票房说明来意，一位师傅翻出个小信封说："您是山西省昔阳县的？"我说不是。他说："那就不对了，这上面写的是昔阳县。没您的票。"我急了，把赵寻的名字都给抬了出来。那位一听，重新戴上眼镜细看，仍然说是昔阳。经核对名字，才知是搞错了，名字是我的，籍贯却写成了山西昔阳。隰、昔谐音，那时学大寨，昔阳名高压天下，再加隰字很生僻，"自然而然"错作昔阳了。票不错，在七排，上面盖个"赠"字。我不免暗暗得意起来，要不是这个带有战斗情谊的"赠"字，恐怕我排队也买不上誉满京华的人艺的首场演出戏票！

入场，坐定，环视庄重的剧院，想到人艺的辉煌历史……浑厚悠扬的钟声响起，这同乡下剧团的开场锣鼓或大剧团的电铃声作用一样，但很别致优雅。这时，从右台角门走出几位学者模样的人来，广播喇叭里随即响起报幕员兴奋的声音："亲爱的观众，曹禺院长陪同日本《一个女人的一生》剧组编导×××莅临观看。"全场报以热烈的掌声。曹禺的大名如雷贯耳，他的《雷雨》、他的《日出》、他的《原野》，可是中国话剧的经典之作啊！从我面前过去的若干人中，我不费气力地就认出了头戴无檐帽的曹禺，他胖胖的身躯，中等个头。所以能认出曹禺先生，倒不是我们有旧，而是在媒体上见惯了他的形象。第一次看人艺的话剧，又巧遇戏剧大师曹禺，令我感奋不已。因为是首演，又因为有日本原创人员莅临观看，艺术家们肯定更上心。剧终时，全场观众对艺术家们的精湛演技报以热烈的掌声。帷幕落下，灯光亮起，又一次看着曹禺从面前走过，我心下暗忖：来得好不如来得巧，这是赵寻先生给我的一次优遇。

11月9日，我冒着寒峭秋雨，来到位于灯市口大街同福夹道四号的空军政治部话剧团排练场，观看新编历史剧《周郎拜帅》。因为是彩排，来观摩的大都是首都戏剧界的名流；所以，剧团领导站在门口，冲这个点点头，冲那个问声好，毕恭毕敬的样子，使我这乡下人很有些不自在。又有管事的招呼我前坐。我越发心虚，不得不虚于应付，知趣地找了个偏僻的角落坐了。排练场本来就不大，来的人多是名流。有位专家模样的甚至扭过头来问我在哪个剧院工作。我说我是县里来的。"我说呢，怎么这么面生。"我尴尬地一笑，忙扭过头去。说真的，处在名流包围中的我，免不了自惭形秽，突然产生了离去的念头。一转念又觉得自己可笑。本就是开眼界来的，他人目光有何可惧？想到这里，我也就心安理得起来。《周郎拜帅》讲的是曹操大兵压境，孙权力排众议，拜周瑜为大都督，联合刘备大破曹操于赤壁的故事。看罢演出，唯独饰演周瑜夫人小乔的肖雄，风采照人，给我留下深刻印象——看来尴尬一场也值得。

11月11日，我急匆匆来到位于虎坊路的北京市工人俱乐部，观看北京青年艺术剧院著名演员王景愚领衔主演的哑剧专场。之所以选这个剧目，除景仰外便是想换个口味。因为路上受阻，到剧院时戏已经开演，给我留的票也不知去向。我心里一急，顾不了许多，径直冲上后台找经理理论。这时走来一位刚下场的演员，轻声对我说："同志，别高声说话，影响演出呢。"我说："看不上王景愚的戏，能不急人吗？"那位演员听我这么一说，禁不住乐了："今日误了，改日再看，反正王景愚又跑不了。"剧院经理就势下台，让我明晚再来，保证有票。我这才转忧为喜，瞟了一眼对我说话的演员，立时一惊："天哪，一副瘦骨嶙峋的身架，一双大大的眼睛，这不就是春节文艺晚会表演哑剧《吃鸡》的王景愚吗？怎么越吃越瘦了！"等我醒悟过来，王景愚早转身走了。事发突然，我竟呆呆地定在那里，惊喜中不无遗憾。次日晚，经理果然守信，把我安排在七排十六号，票上仍然加盖鲜红的"赠"字，心里又是一阵惬意。王景愚的讽刺与幽默小品，形神兼备，惟妙惟肖。观众或会心地微笑，或捧腹大笑，或前俯后仰——把所有人的笑神经都调动起来，这就是艺术的魅力所在。

11月13日晚，看评剧《花为媒》。剧院叫中和戏院，地点在大栅栏东口。第一次在北京听评剧，这是难得的享受。记得扮演媒婆的花旦是赵丽蓉，她可是戏剧界的名角儿；不过，因她那时刚刚在荧屏里露脸，远还没有现在这样家喻户晓的知名度。赵丽蓉不愧是行家里手，浑身有戏，把个诙谐幽默、圆滑老到的媒婆演得入木三分。

剧场之内是这样，剧场之外，我也有缘和一位位文化名人邂逅。在中国文联的办公楼里，集中了各协会的顶尖名人。那些门楣上写着他们的名字。我悄悄按门楣上的名字对号"识人"，心中满是景仰之情。在我入住的旅馆，管理者为我安排的"室友"竟然是山西籍著名诗人王玉堂（冈夫）。我久仰他的大名，一时只觉相见恨晚。后来，我们成了书信来往的忘年交。我知道，名人的一半是名人，另一半也是凡人，只是因职业关系，他们往往和普通人缘悭一面。但一旦机缘来了，他们总是会伸出热情之手，给予你无私的帮助，叫你一次次喜出望外。所以，我要感谢赵寻先生，是他给我拉开首都戏剧舞台的帷幕，并邂逅一位位心仪已久的文化名人。

是时，北京香山红叶烂漫，我不失时机地挤在潮水般的人流中登了一回香山。回来，又去拜访画家古一舟，适逢先生正好完成一幅香山红叶的国画。一日之内，两见红叶，虚实相映，好有眼福。

细想此次北京之行，一次次无声的邂逅和有缘的叨陪，就像一道道温馨可亲的风景，在如丹的红叶映衬下，激起心头涟漪，壮了匆匆行色。

1983年冬初稿，2001年春修改

呼伦贝尔漫笔

满洲里

满洲里，熟悉的名字，陌生的地方。

说熟悉，并非因了亲历，而是缘于书本和影视。凡讲中国革命斗争史的，少不了写一笔满洲里。因为革命年代，这里曾有一条红色秘密交通线，为掩护共产党人进出苏联、捧回革命圣火立了大功。

说陌生，印象里，满洲里在内蒙古东北部，偏远不说，还寒冷（极寒时可达零下四十多摄氏度），不是我的游屐可至处。没想到来看呼伦贝尔大草原，才发现这里有人生不可错过的一道风景。我来迟了，但还是来了。时在2016年8月末，我已是年逾古稀。

满洲里给人的印象是奇特。

满洲里是我国最大的陆路口岸城市，有着全国乃至世界内陆最大的国门——挺拔、厚重、庄严，令人震撼。从一根木界桩到第五代国门，反映的正是一个国家从积贫积弱到国力强盛。站在国门前照相，滋长于内心的庄严甚至会改变你我的形容。登国门二楼，面朝里，可观长天如碧，赏万绿如海，你的胸襟仿佛可以藏纳天地；面朝外，一步之遥，便是俄罗斯，口岸城市后贝加尔斯克尽收眼底。

在满洲里市，那些尖顶的城堡式的、塔楼式的建筑比比皆是。蓝色的、红色的、绿色的外表给人强烈的色彩对比。恍惚间，有异国他乡的感觉。以脚墩地，地踏实；看着五光十色的中文广告牌，心怡然。

随处可见俄罗斯人、蒙古人，随处可见俄式货物和食品。欲尝中俄蒙大餐，来这里似能一饱口福。若问满洲里何以奇特——有地缘的优势，有历史的原因，还有与异域文化的碰撞，这一切造就了"中俄文化交融型"城市风貌。

满洲里热门景点，除国门景区外，还有以俄罗斯手工艺品套娃（一种多层套迭的空心木雕）而闻名于世的套娃广场，还有猛犸象旅游景区、婚礼宫景区、呼伦湖景区，皆给人新奇感。

天很高，很蓝；街道很宽，很净；行人不多，却每见体格健硕者。

在商店外看到几处花池，种有万寿菊、小丽花、翠菊、串红……虽然这里早见秋意，但它们还艳艳地开着。喜欢它们，如同喜欢这座城市，遂拍了一张照片带回。

呼伦贝尔大草原

民谚说，一处不到一处迷，十处不到九不知。

来呼伦贝尔大草原，才发现这话不假。

何谓呼伦贝尔？大草原究竟有多大？不等你开口问，导游先说上了："草原上有两个湖，一个是呼伦湖，一个是贝尔湖（中国与蒙古国共有湖），故合称呼伦贝尔大草原，区划也称呼伦贝尔市。草原东西宽约三百五十公里，南北长约三百公里，是世界四大草原之一。你们说，它不称大称什么？"三言两语，将呼伦贝尔大草原说得一清二楚。

游了呼伦湖，遥望贝尔湖，脑子里一闪：两湖不就是草原灵动的双眸吗？有了它们，水天映带，青草发光。而草原如此广袤，不称大不足以显示其广。故游了五天，足迹没有迈出"大"的边沿。车上播放的《呼伦贝尔大草原》伴了我们五天，这是为草原写的，为草原唱的，一直唱到游人的心里，真是酒不醉人人自醉，只因为"我的心爱在天边"——草原当是天边飘来的一片彩云。

导游说，今年天旱，草不算很旺；你们又来得迟，赶了个尾巴。即使这样，我也觉得开了眼。连绵的山峦、蜿蜒的河谷，无不被覆着青翠的草——踩着柔软、躺着绵和的草。想起画家泼墨的气象，草原不就是画家泼洒在大地上的一片青绿吗？！

体验草原的妙处，最好在蒙古包前辟一片草地，听着悠扬的牧歌，躺在草地上望天，望山，望牛羊；捧一本书，读古，读今，读闲情。漫漫人生路，几多愁，不去想，自有漫漫大草原为你宽心。

睁眼即是草，梦里还自来——这是此行的真实感受。

车上，吟小诗：

我愿做一棵小草，
用嫩绿装点你；
我愿做一朵白云，
以浮想亲吻你；
我愿做一只百灵，
把妙音献给你；
我愿做一位牧人，
将祈愿留给你。
啊，呼伦贝尔，
你写芳草连天的诗篇，
我踏绿浪来忘情地读你。

蒙古包·烤全羊

在草原漫游，走不多远，总会看见三五毡房散落在那里。洁白的毡房上升起袅袅炊烟，女主人仿佛在门前挤奶。毡房后，牛羊缓缓走去。偶见姑娘向骑着骏马的汉子招手，之后，便定在那里展望——我疑心她在唱歌。是长调吗？是《美丽的草原我的家》吗？天知道。不过，歌中"草原就像绿色的海，毡房就像白莲花"，不正是眼前的景象？多么美的一幅牧歌图。

想不到，今生竟能走进这幅牧歌图——不敢说添了浓墨重彩的一笔，轻描淡写的一笔总还是有的。

为了欢迎我们这些来自远方的客人，蒙古族朋友们唱起了《下马酒》歌。我和老妻、大女儿、大女婿、二女儿、侄女和侄女婿各选自己喜欢的蒙古袍穿了，戴上蒙古帽，照相，显摆了个够。然后我们进了雪白的毡房，尝了风味小吃，喝了马奶酒，自如得像进了自己家。

次日，再进蒙古包。雪白的毡房里放了三张餐桌，同车的人正好一起体验蒙古族大餐——烤全羊。烤全羊号称餐中之尊，自然是招待客人的上等佳肴。

吃烤全羊，有讲究。什么讲究？有开羊仪式。

菜依次上，最后是大托盘里盛放的烤全羊。菜齐了，你却不能动刀筷，要先听司仪唱赞词，讲烤全羊的来历。司仪又从客人中选出一男一女，让他们代表客人接受哈达和敬酒，然后由蒙古族歌手唱祝酒歌："金杯银杯斟满酒，双手举过头……"这时才算礼成。厨师将全羊分割，就可以动口了。

生活中，仪式感无处不在。今天的仪式内容不同于往常，形式不同于往常，因而感触也不同于往常。礼仪加美餐，鱼和熊掌兼得。但生活清淡的我，觉得礼仪之美甚于美食，人生难得一遇。

室韦

室韦是个边陲小镇，名字并不彰显，就连刚来在室韦的我们，一时也弄不清室韦是哪两个字，导游为什么要带我们到这里来。

至额尔古纳河畔，看到"中国室韦口岸"标志，方知道又来到一处国门，崇高与庄严之情再度升起。在国门广场观望，脚下河水缓缓，闪着亮光，从容得看不见流动，岸边青草如茵，一直漫延到村后的山峦。有人垂钓，有人拍照，有人写生，还有游艇开过，溅起一道水花。边陲小镇室韦安详宜人。

河上有桥，连通中俄两国，桥上有车辆穿梭。过了桥下了车需检验证件——双方问好，看他们轻松交谈，大约是常来常往的熟人。对岸也是一脉青山、一盘小镇，偶尔见汽车从山里闪过，少见行人。室韦给我的印象是：绿，绿得不见边缘；静，静得喊一嗓子，能听见回声。它的幽雅、它的安详、它的平静，用文字描述，很难，所以我才细细揣度着。

镇不大，从这头到那头也就十多分钟。俄罗斯风情街上，如满洲里所见般，尽是涂着大红大绿颜色的俄式建筑，又把你引向异国风情。货物是俄罗斯食品和日用品，少不了套娃装扮门面。随处可见高鼻梁蓝眼睛的面孔，张口却是地道的东北腔。惊愕之余，才知道他们是本地人。室韦是中国唯一的俄罗斯族民族乡，人口不到两千。

街尽头有团结广场，中塑骏马腾空雕塑，极尽游牧气象。周匝铺面蒙古族人、俄罗斯族人开的兼有，漫步其间可观光，可游戏，可休憩，可品小吃。我们吃了列巴、野果酱，新鲜归新鲜，吃后便忘了滋味，独小镇广场的风物却难忘。

随孩子们下到河谷，坐看草滩汽车冲浪。河谷中间有栅栏一道，为国界线，不可近前。玩不多时，残阳夕照，薄暮蔼蔼。邻国小镇奥洛奇响起钟声，好像是从教堂里传来的。村子里灯火点点，有稀稀落落的人影。

一家人在室韦徜徉，繁星闪烁，灯光璀璨。看来往行人，应是游人多于村人。边境小镇的夜晚，歌舞伴美食，当是又一个忘归夜。明天要赴他方，不然还可乘观光车周游室韦，至奥洛契庄园看田园风光，把室韦这张画图展开得更大些，看得更清楚些。

敖包

歌曲能够带来妙音，也可穿透心灵，譬如《敖包相会》。

很少有人不知道这首歌，但很多人并没有亲眼见过敖包。此前虽然来过呼和浩特，但一次天寒一次地冻，匆匆来去，敖包只是留在想象中的圣物。

敖包何物？说白了，就是垒起的石头堆——居高显眼，藏风聚气，护佑生灵。它最早是路标、界标的标志物，继而为祭山神、路神的神坛，再后来成了祈祷丰收、幸福的膜拜物。成为见证爱情的圣物，则源出电影《草原上的人们》中的插曲《敖包相会》。

草原敖包很多，最有来头的敖包，当是伊敏河畔锡尼河镇的巴彦呼硕敖包山。这里是电影《草原上的人们》的外景地，《敖包相会》诞生的地方。这里充满灵性的敖包，为天下男女所钟情，有"天下第一敖包"的美称，凡来呼伦贝尔的游人，无不到此膜拜。

这敖包是用石头垒起的圆形建筑物，占地面积很大，像宝塔一样层层而上，顶端立木幡杆，上插五彩风马旗。每层又有若干小敖包，种柳条，挂哈达。从幡杆披散而下的旗帜与挂在敖包周围的哈达相挽，石质的敖包，穿上彩色的外衣，顿时有了神气——坚硬中带着柔软，苍黄中不乏灵动，甚是壮观。微风吹过，彩条飞舞，柳枝摇曳。

人们围着敖包转，默默无语，在祈祷，在祝福，所献上的是没有杂质的心语。

　　我们一家人也围着敖包转。回首人生，远去的是岁月，留下的是情缘。只要你心中有圣洁的"敖包"，无论你人在哪里，我们的心都聚在一起。

　　是时，突发奇想，也想给敖包写首歌，发自内心的歌，不希图传唱，权当是心灵共鸣。后来，没负灵光，果真写了出来：

　　　　十五的月亮还是那么圆，
　　　　梦中的敖包可是昔日的容颜？
　　　　是谁踏着皎洁的月光为爱寻缘，
　　　　啊，是他！是她！
　　　　一曲《敖包相会》两颗心儿飞旋。

　　　　那时的海棠花开得好艳，
　　　　如今的海棠果又红了脸脸，
　　　　痴情的等待可曾迎来心上人儿？
　　　　啊，且想，且歌，
　　　　昨夜的马头琴声响醉了今晚。

　　　　面对苍穹我们有个约定：
　　　　"你不来我不离任月落日还。
　　　　让敖包见证哈达祝福明月相伴。"
　　　　啊，牵手，牵梦，
　　　　老歌新声唱不尽敖包情缘。

　　　　　　　　　　　　　　　　　　　写于2022年12月15日

补记：

现在作为地名的室韦，其实曾是一个古老民族的名号。室韦族见于汉文文献，始于5世纪（北魏）。11世纪后（金前期），因一些部落迁徙，采用了新的名号，史书才无室韦活动记事。室韦人"射猎为务，食肉衣皮，凿冰没水中"。室韦人中有一个分支，名叫蒙兀室韦，这个分支就是蒙古人的祖先。首领孛儿贴·赤那，正是成吉思汗的先祖。说室韦是蒙古之源，不无道理。

泰山观日

　　至泰安，夜幕降临。四下顾盼，不辨东南西北，我们在当地又没有三朋两友，茫茫然不知所措。幸好过来一辆面的，谈妥价钱，任由人家载去投宿。此行紧忙，按行程，明天务必赶到济南，在泰安只有半日可以盘桓，而这半日恰好可对泰山作一闪电式的膜拜——我有个由来已久且比较明确的心愿，那就是看泰山日出。找到下榻处，时已凌晨，大家胡乱洗漱一番倒头便睡。

　　如雷的鼾声正打得起劲，就听见事先约好的汽车在鸣笛，店家也叫喊起来。一看表，三点多，好像只睡了一支烟光景。大家艰难地起床，借着月色上路。

　　灯光朦胧，一路上闪过岱庙、关帝庙、红庙、万仙楼。过步天桥不远，来到中天门停车场。司机把我们交给泰山，拜拜而去。

　　月光昏黄，路灯昏黄，唯有心里明亮。这个明亮指向心仪中的泰山，以及泰山峰顶那一轮火红的太阳。然而四围黑黢黢的，那些站着的、卧着的山，神秘得让人看不透。

　　我一向不畏登山，这一次自然又打了头阵。当时我四十几岁，紧随身后的是大我几岁的谢锐和小我几岁的张瑞元。剩余的几位步履蹒跚，渐渐和我们拉开了距离。从中天门至云步桥约莫二里多路，叫作"快活三里"，走起来还算舒坦；再往前走，崎岖难攀，人就很难快活了。令人"动容"的要数十八盘了。盘者，旋也。山势陡绝，人只得盘旋而上。这段路不足一公里，垂直高度却有四百米，得爬一千六百三十三级台阶。路如天梯，钻进薄纱似的迷雾里便不知所终；人如散珠，洒落在模糊的盘道上，上一级一把汗。

此刻，位居前列的只剩下我和老谢两位"准老人"，张瑞元的落伍大约是为接应后边的人。走着，走着，"天地交泰"四个大字映入眼帘，暗示快要离地近天了。在看到"共登青云梯"石刻时，发酸的双腿又生了力气。踏上十八盘最后一个台阶，迎面矗立的南天门门户洞开，像是欢迎来自人间的凡夫俗子。

人在南天门，心在岱岳顶。呼来山风作扇，撕片白云拭汗，顿时热退汗敛，乏累消半。刚感秋意绵绵，又像冷冬乍临，浑身打战，鸡皮疙瘩也探了出来，我方知"高处不胜寒"。我和老谢各花二元钱赁了棉大衣，继续前行，见一石坊上题"天街"二字。原来，此身已在天上街市——凡人上天，能不惊喜？！天街好像还没有睡醒，我们隔着云雾这"蚊帐"观望，街市蜿蜒曲折，楼阁小巧毗连，忙以豆浆、油条充饥，匆匆撺着人流过碧霞祠，来到日观峰。峰东北有巨石凌空横卧，如一柄利刃斜刺苍穹，人称"探海石"，这里正是望日观云的好地方，其上早已坐满观日的游客，静等旭日东升。

刚刚曙光初照，人心踊跃，忽又云来雨至。遍山游客皆隐身云雾中，只凭声音传递消息，坠坠乎如入混沌世界。俄而，云过雨停，天空复明。山下，田连阡陌，车如甲虫，人似蚂蚁。遥望东方，地平线上涌来一片浓云，太阳被包裹在里边，似虽有万钧之力也难脱颖而出。不知什么时候，天边裂开一道缝隙，露出一束霞光，人们不禁沸腾起来，以为太阳就要露脸；转瞬间，黑云涌动，牵来万丈天幕，将人们的希望之光遮蔽。看不上太阳，也不能闲坐——看乌云如墨，看白云似絮。待眼巴巴看尽了云雾的戏法，太阳早已斜挂天际。人们长叹一声，哗然四散。

泰山日出，究竟如何壮观，文字、图片、音像展现得美轮美奂，无须冗言。观日有何窍道？资料说，观日有三遇：正月无雨，海晕不开，一遇；暮秋气爽，新雾无尘，二遇；仲冬雪后，晓绝云烟，三遇。我们登顶这日正是农历五月十五日，三遇不占其一。可惜了，没这个眼福。

虽然"来"不逢时，无缘目睹泰山日出，但并没有太多遗憾，毕竟已"会当凌绝顶，一览众山小"。好在，太阳每天都是新的，只要心中有一轮不落的太阳，就足矣。

写于2000年4月13日

忆华山旧游[1]

回心石

华山下有道深谷，谷口有座道观叫玉泉院，松柏蔽天，清泉叮咚，极幽静。传说，此泉与华山镇岳宫的玉井潜通，故叫玉泉。

由此南行十公里，可至青柯坪，由青柯坪至华山顶还有十公里。就是说，往返华山顶还要走四十公里的路。天呀，赤日炎炎，道路崎岖，早知道是这样就会认真考虑一下。

登山之路，始于青柯坪。

猛见一巨石横在当路，雅名"回心石"——有说道。再看，还刻一行小字："英雄进步，当思父母。"

清光绪《华岳志》载，"路有斜削绝壁，攀镍自此始，登者畏险辄还，故曰回心"。就是说，游人到此，若改变心意还来得及。石头本无心，只是有心人乐于包装它，它便似有了灵魂，以至有了可以左右游人意志的力量。如果前进，前路不可知；如果回返，落下终生失悔。游人少不了踌躇再三，我和游伴贺斌福也不例外。细想，回心石，也是试胆石。我们仗着年轻气盛，拍了拍"回心石"：进步了未必会成为英雄，但登山万不可忘了父母。

1　本文所记游华山的时间为 1967 年 6 月。

宋司马光解释"回心","何谓回心?曰:去恶而从善,舍非而从是"。登山无所谓善恶,但舍非而从是却是要得的。非就是回心,是即是进步。大凡来这里的人,谁不是奔"进步"来的,谁又肯"回心"?

千尺幢·百尺峡

千尺幢,为一条天然裂缝。宽窄仅可容身,说有台阶,阶宽仅容脚尖,后跟悬在空中。三百七十余级,你不须数,只须走——一心要上,哪里还顾得上数数!如果没有左右两条铁索供你攀缘,怕是一眼不见来处,就会瘫倒。此时,唯一的口粮——烧饼成了累赘。起先,还能一手提着它,一手攀铁索;渐渐胆力不够,干脆把干粮袋别在裤腰上,以双手攀缘。其实,当时还有一怕不敢说出口:现在是大山高兴了,裂开缝隙任人行走;如恰遇它不高兴,会不会来个合拢……在惶恐紧张中,好不容易走到顶端,从仅容一人上下的洞口钻出——此处号称天井。如果把"顶盖"合上,任你有天大的本事也休想上山。电影《智取华山》里有一个镜头我印象很深,解放军神兵自天而降,那个把守千尺幢的国民党哨兵,吓得从这个裂缝里像滚皮球似的跌撞而下。千尺幢上的门楼,有当年侦察英雄们游览华山时的题名,我深信,他们才是真正的英雄。英雄进步在人间绝境,他们何曾想到过父母。

过了千尺幢就是百尺峡。峡者,两山相夹也。此峡虽较那幢短,但在难行这一点上它们并无二致。诗云:"幢去峡复来,天险不可瞬。虽云百尺峡,一尺一千仞。"说尽了它的奇险。近峡顶,两山将要合拢处,夹着两颗石头,石头上不忘题字,曰"惊心石"。看字观形,它欲坠,你心惴。前行怕砸在头上,后退怕随你一道滚落。到此已无退路,不说是惊心,就是提着心吊着胆也得前进。如同数数,都数了九百九了,还数不到一千?我们两人屏住气,一步踏数级,穿过惊心石。再看它时,已不那么令人害怕了。回心石的回，惊心石的惊，无不是在试探你、考验你——只有不回头，才能一试惊心。

苍龙岭

民谣："自古华山一条路。"

有人接："登临犹比上天难。"

有人接："狭路相逢勇者胜。"

有人接："向来汉子两个胆。"

有人接："只有勇者敢登攀。"

我不是勇者，也没有两个胆，只能说：

"一心向往力求前。"

百尺峡过完，以为万事大吉，谁知又跌进一条比千尺幢更长更险的"老君犁沟"。"沟"一边傍崖一边临渊，既陡又直。传说在华山修炼的老子，见开山的民工艰辛异常，乘夜驱铁牛犁开了这条山道。前人讲古，遇到难题，不是抬出仙家，就是搬出道家，于是万事可为——只有神化了，才觉稀奇。

出了老君犁沟，竟迎面遇见三两游客。男女皆短袖短裤，拄着木棍，背着行装，大汗淋漓。"文革"时期，游人稀少，有缘在华山相遇，不易。于是，惺惺相惜，问好道安，侧身让路。再上，经三两处道观，便来到华山五峰之一的云台峰（北峰）。

华山五峰中云台峰个头最矮，但三面悬绝，楼阁层层依山而建，苍松翠柏簇拥，"处当途而扼四峰"，可谓一峰独秀。惜殿宇破败不堪，空无一人，连木床用具都抛撒于沟谷。

出云台峰东去，又历险路两处。一处是面壁路，需挽铁索贴崖而过；一处是天梯路，需手攀铁索脚蹬崖，总算都过了。

转西南行，渐渐巉岩退后，一道狭窄山梁已近在眼前，这就是号称华山第一险的苍龙岭。问天：这是从天而降的石梯，还是大风刮来的游丝？天无声。问地：这也能称作路？地无语。但，这就是路，一条长三里的登顶必经之路。据说，古往今来，多少游人到此望而生畏，哭爹喊娘，悔不该回心石下不回心。

我与伙伴四目对视，说不怕是假的，但自信也还是有的。于是我们踏步苍龙岭——一线通天，万壑生风，心提到嗓子眼，至最险处竟只好骑坐在"苍龙"身上往前挪动。

唐朝文学家韩愈过苍龙岭时，觉得似骑龙行空，无所依托，遂吓破胆——前不敢行，后不能退，料定生还无望，还写下了遗书，（还有闲心立遗嘱？）并将所带书籍一并抛下深谷，然后放声大哭。后来，还是华阴县令用酒将他灌醉，才雇人背其下山。当时，我并不知道这件逸事，不然，受其感染虽不至于哭爹喊娘，也会心惊肉跳、进三退二。爬到苍龙岭尽头，长出了一口气，两人对视，皆衣服湿透、面无血色。成了过来人的我们，说了些后怕的话，也说了些得胜的话。想到华山路如同人生路，紧要处也就几步，跨过这个坎，还愁那个崖。

岩头刻"韩愈投书处"五个大字。是留迹，还是警示？可能皆而有之。名人失态也可爱，凡人失态即可笑。回头想，我无书可投。要投，只能投吊在裤腰带上的那几个饼子——跌下深渊都听不到声响。

想到一则联语，"自古华山一条路，迄今黄河百汇成"，有气象。广纳百川，才能成就黄河；狭路试胆，方可风光华岳。

玉女峰

出金锁关，见杂树滴翠，听鸟鸣啁啾。谁能想到，绝壁之上竟有小小桃源。右首是镇岳宫，宫内有一泉，深不可测。传说，这口泉就是与山下玉泉院暗通的那口泉。暗通？谁人能探得清楚？又是道家的玄言吧！左首，经玉女峰（中峰），可见玉女祠，却无玉女像。再看，屋炕门窗有焚烧砍砸痕迹。华山虽然险峻，也没躲过那些更"险峻"的人的挞伐。这里大约本有一段弄玉品箫的爱情故事供品读，现在面对废墟，谁还有心情。

赵匡胤下棋台

懒洋洋出来，行至三岔路口，忽见一条胳膊粗的大蛇横在当途。走在前面的我，打了一个趔趄，身子猛缩，没敢出声，一把拉上贺斌福绕道而去，直到走远后才告诉他。本就小心的他，忙扎紧裤腿，边走边敲打两侧树木，说是打草惊蛇。

到了朝阳峰（东峰），体力不支的贺斌福说啥也不上去了，一屁股坐在地上养息起来。听说这里有赵匡胤下棋台，我匍匐着爬上朝阳峰崖畔观察。原来在朝阳峰下另有一小峰，顶大如席，席上有铁亭，想必那就是赵匡胤和陈抟下棋输了华山的地方。传说比现实轻松，那时赵匡胤还没有发迹，陈抟岂能将一介凡夫看在眼里。两人对弈，赵空口吐狂言，许华山为赌。后赵匡胤当了皇帝，就把华山赏给陈抟。此事本来就离奇，更离奇的是，竟有棋谱传世。可信否？大可一笑了之。陈抟，隐逸之人，乐且乐也；赵匡胤，匡世之才，谨且慎也，未必会把华山赏给他人。陈抟，道学家、养生家，高寿一百一十八岁，最终化于莲花峰下；而赵匡胤仅活了五十岁，"长才未竟先归去"。

南天门

回头，至希夷先生（陈抟别名）避诏崖。且不说有没有避诏的事，就是有，为何要在临崖处避诏呢？是想吓唬圣上——再要逼我，前面就是深渊，还是后人的杜撰？只当逸闻趣事听听，不必较真。让我较真的是，再前有石坊雄立，上书"南天门"。想那南天门是天庭入口，直通玉皇大帝的灵霄宝殿。儿时听宝莲灯故事，知道这是神仙出没的地方。仙迹难寻，人迹可至。在好奇心的驱使下，我便入了南天门。

天门外有石坪丈余，下临绝谷。西行到"长空栈道"——陕西人叫孽孽橡——这里虽不是必经之路，却是探险者的试胆石。路在千仞绝壁上悬挂着：以铁扦插壁作支撑，上面铺的青石板不过八寸之宽。探险者须贴着崖壁行走，又一处"面壁思过"。山风头上吹，野鸟脚下飞，唯有我——前不见行人，后不见来者，仿佛天地间独我一人。静心屏息，步步挪移，心惊肉跳，双脚打战，渐渐头晕目眩不能前行。我当时的样子，怕是和韩愈苍龙岭投书时没有两样。但我没有放声大哭，没有呼叫救人，也没有抛去不必要的衣物以等待厄运的来临。我不停地默念着，一定要活着回去。胆壮人不亏，我迈出了回程的第一步、第二步，直到最后一步，终于走出长空栈道，这才如释重负地大叫一声：我从天界回来了！当然，我不是真正的英雄，是半途而返的懦夫。

落雁峰·莲花峰

落雁峰是华山主峰，海拔近两千二百米。有人说天近咫尺，可摘星斗，我却没有这个感觉。道家说天有三十六重，这里大约只能算是第一重吧。

华山五峰如同一朵五瓣莲花凌空开放。听说，朝阳峰有观日台，可以看太阳喷薄而出、霞蒸云蔚的奇景；莲花峰有摘星石，可以观天象变化，和星星戏趣；玉女峰可看杂树生烟、溪水回绕的天上桃源；云台峰可看变幻奇诡的浮云闲雾。惜不能尽赏。

来到莲花峰（西峰），也即从玉泉院起始的二十公里路程到了尽头。莲花峰景点不少，唯一记得的是，有巨石裂缝，传说为沉香劈山救母留下的斧劈石——旧戏看得多了，便格外留意。当然，还有一个令我难忘的电影镜头在这里找到了拍摄取景地——当年解放军智取华山，最后攻取了莲花峰，在倾斜的坡面上庆祝胜利的场面立时浮现我眼前。莲花峰有气象站、四合院、二层木楼，清新静谧。渴极的我们没有去向人家讨水，而是在天井打水痛饮。我们坐着，躺着，靠着，不觉打起盹来，真不想再挪动一步。但太阳西斜，山不留人，只得咬紧牙关，以剩勇余威完成了华山之旅。

写于1998年9月

乾陵二碑

　　说起中国古代皇帝，从始创皇帝名号的秦始皇，到末代皇帝溥仪，历两千余年，几乎是男子君临天下的格局；只在一千三百年前的盛唐，站出来一位敢于向男尊女卑封建纲常叫板的女性，她从幕后到前台，执掌了半个世纪权柄，着实过了一把"女主临天下"的皇帝瘾，在历史的天空划过一道奇异的亮光。她就是武曌——武则天。

　　说到武则天，臧否之声伴随了她死后的千年岁月。本来，女子当政已是"大逆不道"，兼之她重用酷吏、诛杀无辜、豪奢专断、淫荡宫闱，故反对者说她"牝鸡司晨"。但无法否认的是，武则天是一位雄才大略的政治家和兼长诗文的文学家。历史并没有因为出了一个不该出的女皇而倒退，反倒因其承续"贞观之治"遗风，使大唐保持了平稳、昌盛。著名历史学家、文学家郭沫若说她"扶植下层，奖掖后进，知人明敏，行事果断，使唐代文化臻至高峰，使中国声誉播于远域"。由此，赞许者说她是女中英杰。古来皇帝功过评说反差之大者，武则天居其一。这和她是女儿身——非正统、乱朝纲的祸水——不无关系。

　　平心而论，武则天一生行状，虽然瑕瑜互见，总归瑕不掩瑜，可说是"治宏贞观，政启开元"的历史人物。所以，历史并没有菲薄她，《旧唐书》对她有公允之评说。民间也没有忘记她，至今，她的祖籍山西文水和出生地四川广元，都有规模可观的则天庙，她被奉为圣明。她生前创下了中国古代唯一的女皇帝纪录，又打破帝陵不树碑的惯例；死后，她再创全中国，乃至全世界唯一的一座代表两个王朝的夫妇皇帝合葬墓的纪录。可谓生亦煊赫，死亦煊赫；生亦奇谲，死亦奇谲；生也是非，死亦是非。她确实是中国历史上不同凡响的奇女子。

临近2000年的最后一个冬季，我来到位于陕西省乾县的乾陵。陵在梁山，山卓尔不群，林木苍润。远望，轮廓明朗而线条柔美，整个山形如同一位美人，头北足南，仰面长卧：梁山主峰，也即乾陵寝宫是其头部；陵园的门房是东西对峙、浑圆挺拔的两座孤山，恰似美人胸部高高隆起的一对乳房，故俗称东西奶头山；墓下方的三公里长的神道，像是美人颀长的身躯。据说，崇信风水说的武则天，听了堪舆家梁山"大有利于女主"的话，很是合心意，先葬她的丈夫唐高宗李治，又以二十余年的时间大规模营造地面建筑，皇城、宫城、外郭城，一一仿照国都长安城的格局，陵区周长八十里，居列代诸皇陵之冠。

知道了这些背景材料，我们不妨推断：武则天所以选择梁山为陵，或因梁山形似女人，"大有利于女主"。而这"女主"指的就是她。唐高宗有"令天后（武则天）摄国政"的遗诏，因而武则天踌躇满志，在唐高宗死后，连废中宗、睿宗两帝，于六十六岁时，终于登上梦寐以求的皇帝宝座。她为自己起名"曌"，自称圣神皇帝，改国号唐为周，接受百官朝贺，裁决天下大事。

沿着长长的神道走去，沿路不见了昔日浩大的建筑，只有司马道两侧的巨大石雕群，述说着帝陵曾经的奢华。此外，最引人注目和最令人遐想的，就是朱雀门外东西阙门遗址前的两通煌煌巨碑，这就是乾陵二碑《述圣纪碑》和《无字碑》。

踞于西侧的《述圣纪碑》，是一通高七点五米、宽一点八六米、重约九十吨的立柱式碑，大约因为过分笨重，不得不分为七节，故民间也称"七节碑"。碑体由五块方石以榫卯套接而成。碑首碑座的装饰都是依礼制而做。不管唐高宗人品、政绩怎样，反正这座碑先给人一种仪表堂堂、气势不凡的印象。它和对面的《无字碑》一起成为中国碑林中无与伦比的两大奇观。它是武则天为丈夫唐高宗树立的一通皇碑，但却是一通不为人看重的石碑。因为，碑主人唐高宗不同于一代英主唐太宗，他是一位昏庸懦弱、无所作为的国君。出于政治上的需要，武则天为他破祖例立碑。碑出奇地大，碑文也就出奇地长，武则天苦心孤诣亲自为丈夫写了六千言。不管怎样，拜读武则天的文章，领略千古唯一女皇的风范，还是十分难得的。只可惜，碑面剥蚀严重，刻字残缺不全，实在无法辨认、卒读。

考古学家从现存的可辨识的断续零落的两千零十一个字中，还是整理出《述圣纪碑》的概略意思。碑文涉及唐代政治、经济、文化艺术、帝陵葬制诸多方面，应是一部重要的历史典籍。武则天一生著述甚多，但没有一篇文章的长度超过《述圣纪碑》；可见，她对此是倾注了极大心血的。碑文也显示出她非同一般的写作功底。现在，碑文不仅成为研究唐高宗生平的重要文献，也成为研究武则天的重要典籍。

据说，乾陵是唐朝皇陵中唯一没有被盗的陵墓，这就给了世人一窥盛唐遗风和李治、武则天夫妇随葬品的可能。这通不被人看重的石碑，却透露了这样一个极为重要的信息："……因天造，无待人之功，微将所习之书，以示不忘圣道，自钦承顾命，奉以周旋。藏殓之资，一遵遗志。"就是说，武则天是按照李治的"戒厚葬、藏习书"的遗言办理李治下葬事宜的。避过是否"戒厚葬"不说，至少应有一批贵重的文献典籍做了陪葬。李治和武则天都喜好书法，曾遍寻王羲之、王献之等二十八人书作共十种，由武则天汇编一册，名《宝章集》。唐高宗在政治上虽然无能，但却是一位擅长"飞白"书的书法家，而"飞白"书传世作品极少。我们有理由相信碑石记载的真实性，同时也有理由相信，武则天不仅会把丈夫喜好的"习书"埋葬地宫，也会把自己喜好的典籍、书法作品等带进地宫。乾陵地宫一旦重见天日，将是又一处轰动考古界的奇观。

难以通读原文，只能抚碑遐想。既然高宗无功可颂、无德可纪、无圣可述，武则天干吗还要煞费苦心地包装丈夫呢？其一，或是为了体现自己对丈夫的尊重，尊重丈夫也就是尊重自己，再引申开来，就是感谢丈夫对自己的信任和放权，使自己能有"女主临天下"的机会。其二，也不排除这样的可能，与其说是为丈夫树碑，倒不如说是为自己立德；与其说目下的大唐盛世是丈夫的功绩，倒不如说是自己大展雄才的结果，从而为自己登基作舆论准备。透过这通高大厚实的石碑看历史，我们发现，再平凡的石块也能被赋予非凡的意义，但巧言矫饰是无法改变历史的。正如反对者无法抹煞武则天的功绩一样，武则天也无法把朽木样的李治雕塑成伟人。在世时的李治做着傀儡，死后的李治又做了一回傀儡——这也许是武则天内心世界的独白。

武则天既能为丈夫树碑，也就能为自己树碑，这是她好大喜功、标新立异的本性决定了的，这也在《述圣纪碑》里留下了伏笔。不然，朱雀门外西侧的《述圣纪碑》不就形单影只、无以匹配了吗？于是，就有了位于朱雀门东侧和《述圣纪碑》遥相呼应的《无字碑》。两通石碑相距五十米，几乎处在一条水平线上。和《述圣纪碑》不同的是，《无字碑》是用一块完整的巨石雕成，比《述圣纪碑》还要高大、厚实、精美，有近百吨重。最大的不同，一个雕刻洋洋六千言，一个却不镌一字（唐人不刻，宋金以后的文人雅士却不客气地乱刻，竟至于有四十二段之多）。称《无字碑》也是后人约定俗成的称谓。可究竟如何称呼，碑面为何一片空白，众说纷纭，莫衷一是。有持德大说的。说武则天以女子称帝，创前朝未有之奇局，自认为功高德大，非文字所能表达。有持自惭说的。说武则天临终自省，无颜述德，故留一片空白。有持称谓说的。武则天临终，宣布去帝号，作为儿子的唐中宗李显，在对其称帝称后上举棋不定。有非碑说的。说《无字碑》不是碑是"祖"，代表庙。有持遗言说的。说武则天内辅外临五十载，维护了唐王朝的强盛局面，确是风流人物、巾帼英雄；因此，遗言"己之功过，留待后人评价"。这是郭沫若在写话剧《武则天》时的创想，一经提出便为多数人所接受；但是，此说也缺乏有说服力的依据。历史的细节，向来是仁者见仁，智者见智，扑朔迷离，终无定论。

我非史家，难以判析孰是孰非。但这天字第一号石碑，既是功高盖国的武则天的化身，又是披着岁月风尘的历史问号。我感兴趣的是，竖这样一通压过唐高宗的巨碑是出于武则天的遗命而立，还是她儿子唐中宗立的？此碑是在武则天生前就竖在那里，还是在埋葬她后才竖立的？假如，是依武则天的遗愿所竖，那么，我猜测的竖《述圣纪碑》是为竖《无字碑》留的一个伏笔，就不幸言中了。假如，是唐中宗出于对母亲还政于唐的感恩，或者说出于对既成事实的无奈而竖，说明唐中宗对母亲的感情是复杂的、难以启齿的。毋庸置疑，这种尴尬，还来自朝野的压力。与其左右为难，何如竖一块白白净净的碑呢？！反正唐中宗已不再是过去的那个傀儡，大权在握，可以颐指气使了，母亲也不会再加害于他。这样看来，《无字碑》是竖立着的一个巨大的问号了。

梁山绵绵，乾陵浩浩。冬日下的睡美人，盛着她的主人，盛着主人的千古之谜，沉沉地睡着。

2000年春写于海口

三上峨眉

　　说来与峨眉山的缘分不浅。尽管山重水复路几千，我却游历过三次。回想起来，三上峨眉，季节不同、路线不同、甘苦不同，兴致也不同。

　　1981年11月，我与丁和顺首游。在登山的四条路线中，选了第一条路线，即从桂花场经万年寺，至金顶，然后原路回返，至九岗子分道西行，经九老洞、洪椿坪下山，全程七十余公里。

　　那时，没有盘山公路，也没有索道，硬是凭着两只铁脚板的不俗表现，四天游程两天游完，也算创造了个奇迹。峨眉主峰金顶海拔三千零九十九米，景区范围约为一百五十四平方公里，登顶不像泰山、华山那样一路直上，而是上中有下、下中有上，有时像坐过山车那样大起大落。虽是初冬，山脚还有些未退的余热。入山即是清凉世界。渐行渐爽，小雨也来凑兴，一路上奇花异草、古寺雅阁一一过眼。再上，云遮雾罩，十步之外，景物一片混沌。渐渐走进密林，树梢挂着白雪，枝叶下却细雨滴答，脚打滑，路难行。至金顶，云开雾散，豁然开朗。观赏云海日出、佛光圣灯，把自然美、人文美和艺术美尽收眼底。至今回想起来，上山那个苦吃得值。

　　二上峨眉，是1988年5月间的事，我们是从太原飞往昆明，途经成都时临时决定的。

这次我们从中路的清音阁入山。一行人中，唯有我来过峨眉，故走在前边，指指画画地当起了"导游"。过"黑白二水洗牛心"，叹奇；穿"一线天"，叫怪。至"山行本无雨，空翠湿人衣"的"洪椿晓雨"，方知此山有无中生有之术，众人意兴大增。

过洪椿坪不远，遇山猴挡道，忙把食物倾囊抛喂；可性急的猴子，还是撕破了我的衣兜。眼疾的同伴，竟抓拍到我尴尬的瞬间。上次，在半山腰的洗象池偶遇野猴，调皮的猴子居高临下，几乎把我的帽子摘走。丁和顺眼疾，曾摄下我和猴子共处的镜头。那时，猴子只在洗象池和茶棚子一带出没；数年间，它们向下扩展了几公里之远，是种群繁衍的原因，还是生态环境变化的原因，不得而知。

因前边山路陡直，抬滑竿的人上下穿梭，招揽顾客。有一对父子，见我们人多，遂一路穷追不舍，逐个游说，终于使一位"就范"——出手二十元，言明坐二里路。要知，这滑竿也不是好坐的，腿脚闲了，心却不闲。我除了不适应这种"享受"外，更多的是不忍去坐。抬滑竿的多是当地农民，大都身瘦个矮，或父子兵，或兄弟兵，或邻里兵，或老少兵，什么样的组合都有；特别是那些两鬓斑白的或稚气未褪的，尤叫人心生怜悯，令我无法把消费和享受等同起来。

正当我领着前哨人马踏上"九十九拐"时，后边传来"将令"：速回！原来，"当家的"不堪攀缘之苦，早已在山下坐等。这教欲识峨眉真面目的朋友都十分沮丧和无奈。即使是已有体验的我，也感到事不完美、意不尽兴。要知，旅游也是一门学问，浅尝辄止，根本无法去感受山河的壮丽之美。登山不到顶，犹如作文不尽情——败笔也。

1993年9月，三上峨眉。届时已有柏油路可通至接引殿，又有索道可上金顶。作为游客的我们，也鸟枪换了炮，开着自家的车，从成都一口气开到接引殿。再坐缆车，五分钟上了金顶。心不惊，肉不跳，气不喘，汗不流，上下也不过两个小时。尽管又一次感受了万象排空、气势磅礴的景象，但因没有深入峨眉"心腹"，失去了多方位品赏的机会。

凡事不可两全，畸轻畸重，全在游客掂量。我却以为，但有脚力者，还是以徒步为好；不说别的，起码让一百元门票的付出值得。

写于2000年6月4日

三峡怀想

白帝朝暮

暮登白帝城，恰遇"白帝城中云出门，白帝城下雨翻盆"。

没有导游的游客，像夜摸炮楼的游勇散兵，踉踉跄跄、碰碰撞撞，个个被细雨浇成了水人。几经周折，大家好不容易摸到地方，聚明亮处喘息，皆开怀大笑：陌生的面孔，一样的落魄。穿过阁楼园池，读过碑帖字画，不知是因为夜不观色，还是因为身体疲惫，竟全然没了印象，唯记白帝大殿。殿内几十尊塑像，几十种形态，上演了刘皇叔白帝托孤的悲壮一幕。山水胜迹抹不去蜀国惨败的耻辱：英雄在此殒命，王气在此黯然，桃园故事在此终结。愤而不谋、重义轻国的刘备，留得千古浩叹任人思索。白帝凄凄，江水悠悠，是非成败转眼空。

朝辞白帝，云收雨止。祈盼阳光惠赐，彩云送归，再现谪仙朝发白帝城时的景象。奈何雾霭如絮，缠绕不去，你想看个分明，它偏不让你如愿。遮住了望眼，遮不住心眼。人在船上，心已飞回岁月深处：一介书生，一叶扁舟，一壶浊酒，一腔豪情，酝酿出堪与长江媲美的不朽诗篇。同为游子而身处异代，同是朝辞白帝所见所思殊别。"千里江陵一日还"，是那个时代游子对外面世界的憧憬；一日千里看世界，则是信息时代人们对生命旅程的思考。但无论如何，诗魂是不老的。你听，白帝城下传来谁的吟咏："朝辞白帝彩云间……"

夔门睹险

杜甫诗曰："众水会涪万，瞿塘争一门。"这个门，就是夔门，三峡第一险峡瞿塘峡的入口。

赤甲山壁立千仞，刀削斧砍；白盐山狰狞万状，欲扑欲倾。一个红装，一个素裹，就像峡谷的两扇巨门。青山有意，流水无情，江流奋力排山，冲决而出，叫二山永远孤立两岸，门扇难合。人在夔门，眼见得水如脱缰野马，船似箭矢疾飞，机声人声隐没在阴风怒号里，波峰浪谷轮番把世界颠簸，谁人能不跟着天旋地转？！

因思道：江流汹涌澎湃，大山尚且退让，留得一门；时代潮流摧枯拉朽，世界之窗能不洞开豁然？水流如是，人生如是。观念之门须开不须合，心灵之门须启不须闭。争得一门，海阔天空，恰好任君驰骋。

心在十二峰

巫峡是大自然造就的画廊，巫山云雨十二峰是它亘古不变的陈列主题。十二峰分列峡江两岸，不偏不倚，各得其半，南峰奇而北峰秀。因有缠绵诡谲的云雨相伴，其惯爱作羞涩朦胧之态，故难得一见真容。今日大雨初霁，薄雾流云虽还在山脚游荡，而群峰却一片光明。它们如剑，如笋，如柱，如屏，如凤，各得其势；俯仰，遐思，顾盼，讶迎，欲飞，天然成趣。其中一峰，亭亭玉立，身披云雨织就的白纱，黛冠与天接，裙裾曳江中，如神女凝眸远望……每天，第一个迎来朝阳，最后一个送走晚霞；每天，殷勤迎来贵宾，含笑送别游客；每天，为峡江明施温馨、暗送秋波。朝朝夕夕，年年月月，天荒地老，她一直在坚守、企盼。

终于，她的坚守得到回报，企盼化作现实：葛洲坝横空出世，三峡大坝正在崛起。不久，巫峡画廊里会添上惊世骇俗的浓浓一笔：高峡出平湖！

心在十二峰，最钟情的莫过于她——神女峰。

巴东诗情

向晚的云飘忽不定，秋雨又赶来烦人。游轮披云载雨，缓缓驶进"上连巫夔，下通荆郢"的巴东小城。

不是亲临，很难想象小城怎样盘踞在陡峭逼仄的一幅天然"挂屏"上。

暮色吞没了小城，灯火在夜空中闪烁。巴东夜雨—巴山夜雨—《夜雨寄北》，不知怎么思想的链条竟把千年时空串联起来，眼前闪现出一个模糊的，却又是似曾相识的身影——在巴山的竹楼里，听雨打芭蕉，看秋池水涨。北望乡关，云深不知处，归期也踟蹰不定，秋风秋雨惹乡愁。故园雅居的良人让他梦牵魂绕，满腹思念又从何说起？眼前景和怀人情一经交融，便凝练成四行隽永小诗，直让后人缱绻吟诵到如今。

也是游子，也来巴山，也遇秋雨，我却少了李商隐的惆怅。今古比照，秋池水涨，归乡无计，是江雨酿成的一坛陈酿；车船畅通，信息便捷，则是一首时代的浩歌。唯有怀人情结通古今，揪人心。而我，此时不也沉浸在西窗剪烛话夜雨的脉脉温情中了吗？

汽笛声声，山鸣谷应。

再回首：巴山在，诗情在，灵犀永在。

写于1999年8月

小三峡的诱惑

1999年5月1日，和妻自成都取道重庆，再过三峡。卸去公务的我们，平生第一次无牵无挂地远游，好不自在。只要轮船靠岸，决不放过登岸观光的机会。去了丰都鬼城，去了石宝寨，去了白帝城，下一站该是小三峡了。

上午8时左右，光华轮泊锚江北岸的巫山港，轻云薄雾夹杂着雨丝赶来接风洗尘，让你感受"除却巫山不是云"般的梦幻诗意。

上岸，乘车。穿过高高低低、曲曲折折的街道，来到城东码头。定睛细看，一湾饱满的碧水和一江汹涌的浊水呈丁字型相汇；清者是大宁河，浊者是长江，泾渭分明。尽管大宁河是长江三峡中的最大支流，但这碧水清流抵挡不住浑黄江水的浸染，顷刻间，被剥蚀掉本来肤色的大宁河便随波逐流而去。

游艇简陋，仅一舱一室（驾驶室），可容八十人左右。好不容易凑足一船人，尾部马达声欢快地响起，游艇就向北面的大宁河峡口冲去。峡内石壁陡立，高不见顶，自然形成一道雄险深邃的门户，这就是小三峡的第一峡——龙门峡。

进峡如进门。船悠悠地行，风景缓缓地展开。虽是雨天，水仍然不失其清，山仍然不失其秀。大宁河如一匹长练向前铺去，幽幽不知所终。

游艇过处，犁开一道白色的水线，清波激浪，涌向两岸，遇崖水拍浪高，遇滩渐流渐消。再行，水流湍急，形势骤变，到了历史上十船九翻的银窝滩。滩不长，却有八九米的落差，难怪有"巴水急如箭，巴船去若飞"的说法。但是，水上游艇却没有这么"风光"。马达拼命吼叫，艇却扭捏难行，原来艇底和滩底在"接吻"，船工不时以竹篙助力。

过了银窝滩，游艇又轻松地冲浪前行。全长三公里的龙门峡，也有大三峡的雄奇和险峻。忽见西岸山崖上闪过一排排规则的石孔，导游说是小三峡栈道遗迹。三百公里长的大宁河，就有三百公里长的栈道。你会沿着这条人文的轨迹往远处想去，生出一个个疑问：古栈道出于什么目的开凿？如此大的耗费如何筹措？什么年代建造？什么时候废弃？神秘和神奇，刺激了观赏欲和求知欲，这正是大宁河的迷人处。

告别龙门峡，进入巴雾峡。这里河平两岸阔，水似流非流，悄无声息。又见西岸闪出一片台地，河水环北西南三面而过，因形似琵琶，得名琵琶洲。琵琶洲良田千亩，绿树交映，隐约可见房舍牛犬，可见小舟摆渡，悠闲静谧，令人羡慕。如果说龙门峡是雄浑的美，那么，巴雾峡则是奇异的姣。名曰巴雾，取巴山雾多之义。适逢雨天，雾时聚时散，时浓时淡，时而如絮如丝，时而似带似盘。无根之物，游离不定，可以横断山脉，可以雾里生花。久在天清气朗的高原上生活，从没有禁受过怪雾的撩拨。

此时，导游指着东岸绝壁岩穴里的棺木，说那就是巴人悬棺。关于悬棺，人们大都听说过而没有亲眼见过，猛一见，少不了一惊一乍：为什么要据险而葬，又用什么办法把笨重的棺木置于上不着顶下不挨地的峭壁之上？导游假设了几种可能。游人听了，是哪一样都可能，哪一样都不可能。事实上，这也算个千古之谜。

过滴翠峡，望山，竹木葱茏藤葛攀缘，横看时带绿，竖看时滴翠，连洒落的雨滴也是翡翠般的晶莹。峰间多出飞泉流瀑，轻若游丝，柔若匹纱，更有涌泉如喷，散落一江零珠碎玉，方悟滴翠二字的贴切、微妙。看河，深浅清浊，交替变幻。不是船头浑水，船尾碧水，一弯灰暗，便是船左清流，船右浊流，清浊并流。这种奇观，是雨水不均、山洪大小不一所致。一路时见猴子在岸边觅食、嬉戏，又添一种生气。猿鸣声声中，轻舟驶出滴翠峡。

小三峡尽头，深藏一盘古镇，名曰"大昌"，古得斑驳，小得可爱，地处巴蜀却显徽帮做派。分明是"四门可通话，一灯照全城"的弹丸之地，却偏偏称"大"；眼见的是山窄地矮的守拙之乡，却也唤作"昌"。概因地处渝鄂交通要冲，为盐运商埠，因而放言"大昌"。此次游长江三峡，随处可见大坝蓄水后的深度标尺，大昌古镇的水位将要上升至一百七十五米。也就是说，小镇旧址将永远沉寂于水底，而有着一千七百余年历史的古镇将原样搬迁至八公里外的未来的"大昌湖"边。

他年重游，高峡出平湖，新景替旧景，别是一番风味。

1999年8月写，2023年3月25日改

观瀑三记

黄果树瀑布

受小学常识课的启蒙，黄果树瀑布是最早进入记忆的"悬河"。常幻想眼前一道亮光闪现，潺潺而下，无由的我，瞪着这无根的天水发愣。直至三十年后的1988年初夏，我才有机会身临其境，把久久的耳濡变成目染。

那天，细雨霏霏，如丝如缕。来自黄土高原的我，面对自天而降的一匹银练，恍惚间如入仙境，银练倒成了翩翩飞来的素娥。

水是洁白的，体态是修长的，形容是宠辱不惊的。

可以想象，水丰时如腴润贵妇，流歉时似娉婷少女。试将水丰流歉比作环肥燕瘦，前者雷鸣谷应，万点珠玉飞溅；后者细流潺潺，弹歌小唱，如芦笙呜咽、苗女吟唱。环肥也罢，燕瘦也罢，这里从来不缺艳羡的目光。有趣的是，黄果树瀑布，可正看，也可反看。其后有水帘洞，游人探洞府，观瀑布，另是一番银丝如练、光洁明丽的天地。

世间大瀑布，无一不是在喧嚣和抖弄，但大多粗犷有余而柔美不足。独黄果树瀑布刚柔相济，最是宜人观赏。来至犀牛潭外的三滩观瀑，天雨拂背，溅珠吻颊。而上有"瀑中瀑"为前奏，下有飞沫反涌的犀牛潭轰响呼应，左有古木荫庇的峭壁助威，右有遍布山崖的芳草繁花点缀，天地间的灵气一同涌来。有人戏谑："假如瀑布选美，世上痴心男儿多情女子都会毫无保留地投她一票。"

黄果树瀑布在贵州省镇宁自治县西南，古属夜郎国。滩潭相连，形成众多的子瀑布和滩瀑布。众多的绿滩碧潭，又如一面面明镜，涵容天光云影、青山芳草。明镜又是瀑布步步后撤的印记，她的本来位置应该在下游半里路外。

瀑布对面高阜上坐落观瀑亭。亭上楹联曰："白水如棉，不用弓弹花自散；红霞似锦，何须梭织天生成。"可谓水也有自，联也无痕，自然天成。

庐山瀑布

唐玄宗开元十三年，诗仙李白游庐山，留下千古绝唱《望庐山瀑布》，庐山瀑布从此凭一诗走红。

1991年6月的一天，我们乘坐中巴自九江驶入星子县境，忽见一带奇峰拔地而立。导游用手一指说："庐山风景在山南，山南风景在秀峰。对面的山峰就是秀峰了。"

众人的目光转向山峰，忽见遥遥苍崖垂直画下一道白线，奇异得不得了。导游说，这就是庐山瀑布。众人一阵惊呼。通过导游的介绍，方知秀峰并非一峰独秀，而是香炉、双剑、姐妹、文殊、鹤鸣、龟背诸峰竞秀的总称。秀峰有同源异流的两瀑。东瀑，由鹤鸣、龟背两峰间狭窄的豁口喷出两道银丝，称马尾水；西瀑，缘岩悬挂数百米，称黄岩瀑布。两水统称开先瀑布，正是它们给了李白以神奇的想象。

观瀑须至青玉峡，古老的秀峰寺横在峡口。近旁有家饭店，外可赏田园风光，内可观庐山瀑布。大家用餐时，也不让眼睛闲着，遥望躲在诸峰后的香炉峰，其时它正被团团云烟簇拥着，若隐若现；一会儿，又被红日照射，缥缈的烟雾化作一片紫色云霞，联想"日照香炉生紫烟"的奇思妙想，是物我同化的感悟。紫烟升腾，白练下泻，顶天立地地悬挂在峭壁前。生出"遥看瀑布挂前川"句，一个"挂"字，不仅挂在了山川，也挂在了人心。众人对景谈诗，以诗论景，把咬文嚼字所得，和着美食，一并送进饥肠辘辘的肚腹。

入青玉峡，见一深潭，名曰龙潭，一碧见底，清水漱石，石头亦青。潭四壁，名人石刻密布。继续前行，水流湍急，夹岸岩石如玉，得名"青玉"，这大概是青玉峡得名由来。深入五六里，峰回路转，又闻流水跌溅声。寻声望去，原来，庐山双瀑一前一后在千仞石壁上挂着，泻着，吼着。感官和心灵碰撞，想到，如把她比作青峰为髻，斜阳作簪，野花描靥，碧潭照镜的白衣女郎，不知她可领情？

望庐山瀑布，近观有声有色，遥望有神有采，神采尤胜于声色。李白得此诀窍，故而以"遥"字领观，可谓慧眼独具。

望了一回庐山瀑布，长了点见识。山水本无情，是诗人注入了情感；山水本质朴，是谪仙恣意的神化。如果给庐山瀑布打分，其中的一半应记在李白名下。因为，人格化了的景观，总是格外地迷人。

壶口瀑布

家居晋西南，和壶口瀑布算得上有"乡谊"。遗憾的是，"两豆塞耳，不闻雷霆"，它是我所书的三条瀑布中进入记忆最晚的一条；又由于便捷，也是我光顾最多的一条。因为它被寄予了一种精神，所以它还是最难着笔的一条。

我要说，壶口之壶，是一把天下奇壶。

它深腹，敛口，长嘴。一倾水长流，再倾浪滔天。瀑布下落正中，也即壶底，有一块若显若潜的石头，人称"龟石"。有说是大禹治水立下的宝石，有说是女娲补天遗留的神石。可信吗？不可信。但很美。因为传说把这个壶中之物描绘成通天入地的灵石。如果说它甘愿在壶中与瀑布作陪，见证着诉说着壶口之奇，是不是更靠实？

壶口的嘴是哪里？当是幽深狭长的石槽，也叫"龙壕"。水被"龙壕"紧束，不逾规矩，一出"龙壕"，野性复发，便恣意狂奔。天工开物，人力想象，一把石壶就这样形似加神似的端放这里。相传，大禹治水，始自壶口。大禹时的壶口并不在今天的位置。《尚书·禹贡》记载，约在公元前770年，壶口还紧连着孟门。《淮南子》载："河出孟门之上，大溢逆流……大禹疏通，谓之孟门。"而现在，壶口距孟门已有三千米。就是说，两千七百多年间，壶口随着龙壕石槽向上推移三千余米。水滴石穿的自然力何等惊人！这情景，使人不由得往未来想去，再过两千七百多年，这把旷世之壶，又将会提到哪里？

黄果树瀑布和庐山瀑布，多的是柔美，壶口瀑布多的是气势，古人"玉关九转一壶收""卷作千雷震地声"，已经说尽了它的形态和声威，这是硬实力。而因这把壶形成的水上冒烟、旱地行船的奇景异俗，使壶口神上添奇。

水上冒烟，是说满天风雨不见云。有次，眼见水雾如烟，笼罩壶口，听声音轰轰，看瀑布却不见了踪影。疑惑间，大太阳照射过来，水雾像变戏法似的升起一道彩虹，搭起硕大的彩门，观者喝彩，掌声如雷，一时间竟压过了涛声。不过，这样的景观，不是想看就能看到，它常出现于夏日瀑布落差大时。让不让看是天意，能不能见到是你的运气。

至于旱地行船，民国以前，陆路不畅，黄河水运繁忙。船行至此，只能卸货拉纤绕滩而行，过"龙壕"后船再重新入水装货。船行水上，千古定律，还没听说过船行地上。这项伟大的创造，有赖黄河船夫的聪明才智，绝版的壶口成就了绝版的旱地行船。趋利弃弊，善莫大矣。如今，黄河水运枯竭，自然少了这道风景，每次来，只能在河滩里寻觅痕迹，想象离开水的木船是插了翅膀，还是长了脚板？当然都不是。是在船工的号子声中，借助滚木的移动，把船拉上岸，再推下水。

由此看，壶口的硬实力是摆在那里的，谁看了也得震撼。那么壶口有没有软实力？我说有。

不妨把它比作一壶烈性老酒。

光着古铜色膀子的黄河纤夫，剽悍骁勇的黄土汉子，扛起枪打东洋的热血儿郎，谁身上没有这条瀑布的印记？一往无前、摧枯拉朽的历史洪流里，不是注入了这条瀑布的血性？

不妨把它比作一壶滚热的米汤。

安塞的腰鼓、临县的伞头、河曲的二人台、延安的信天游，还有米脂的婆姨绥德的汉，那身段，那脸庞，那歌喉，那魅力，那在黄土高坡耕耘不止的信念，无不受之于黄河的日滋月益，得之于壶口的振聋发聩。

1988年动笔，至1992年写成

翠云廊

　　时当夏色未退、秋声欲动，我们经汉中，走了一回四川。车沿着古蜀道，爬秦岭，翻巴山，时不时与古栈道相遇，和嘉陵江伴行。走在今天的通衢大道上，想起千年前蜀道难的感叹，今古奇观交汇在一起。

　　过广元，至剑阁，车朝着一条陡曲的路往上爬。近顶端，云崖裂开一道缝，前人说它"两崖对峙倚霄汉，昂首只见一线天"。隘口上宽下窄，窄处仅容得下往来行旅。又因关隘险要，兵家必争，立一雄关，曰"剑门关"。"一夫当关万夫莫开"虽是套话，那么百夫当关呢？着实够闯关者喝一壶。剑楼高三层，檐角如牛角，弯而昂扬，与两侧山势相呼应。渺小的行人抬头，看见巍巍的剑门关在人头上，壁立千仞的剑门山在剑门关头上，厚厚的云层在剑门山头上，层叠而上，气势逼人，一时间被压抑得抬不起头来。

　　心想，行走天下第一险关，胆怯者至此盘算着如何过关，怕是少有心思赏景。好文者虽说同样惧怕，却不放过惧怕的体验，从中提炼出灵性诗句。如李白"蜀道难，难于上青天"，杜甫"唯天有设险，剑门天下壮"，李商隐"剑南关山阻，何意沉香亭"，还有陆游的"细雨骑驴入剑门……"

　　名人雅士至此多咏诗题字，给本来不俗的剑门关锦上添花，声名与日俱增。没来过的对诗浮想，好像南天门一样不可捉摸；来过的对景品诗，诗意化的雄关似乎更有嚼头。方悟自然赐予人类良多，而人类亦将自己的情感给予大自然。这些闪光的诗，就是给自然的回报——没有雄关便没有雄诗。

如果说剑门关是曾经闻听才刚眼见之地，那接下来的翠云廊则是我们全然不知的一处秘境，稀奇的百不一见。

上了剑门关，车窗外隐隐闪现一道云彩，竟是绿色的，这让云里雾里的我们有点摸不着头脑。渐走渐近，原来那"云彩"其实是一条蜿蜒起伏的林带。汽车时而与林带并行，时而驶进林带——入其内披一身绿衫，出其外扇起一阵清风。

现时，行道树比比皆是，家常便饭般面熟。令人称奇的是，这条林带竟是清一色的柏树，还是参天古柏；这还不算，它们还要手拉手、肩并肩排起阵势给你看。前后联想，便觉得此地独特，不容小觑。此柏古奥，定有文章。眼里惊，心里颤，便滋生一探究竟的念头。

林带里的路面铺着石头，凹凸不平，但石面磨得光滑。苔藓生边角，阴湿浸人衣，过往的印记告诉你，这是一条废弃的驿道。既是驿道，这些隔岸成行、隔株等距的古柏，无疑是它的伴生物，是人力所为的遗存。读碑，方知这条古驿道叫翠云廊——一抹翡翠色的云带，一条青春的走廊——名字好听，也形象。

乍一看，古柏个个腰粗气盛、表皮斑驳，岁月把它们描画得老眉老脸，仿佛是老者的聚会。人常说，人老骨头硬。树木呢？这些古柏，不只是骨头硬，还有柔美相。稠密的枝叶、青翠的颜色就是不老的象征。

再看，挺胸的高耸云天，扭曲的枝柯横陈，发福者腰围几搂，瘦身者形端影直。有的树根许是耐不住寂寞，探出头来展望，形同鸡爪四伸，龙蛇盘绕，死死抠住地皮不放。论整体，它们中规中矩、不离不弃。论个体，不拘一格，各有形态和个性。若论起真诚来，与驿道厮守却是千年一心。它们忘了岁数，忘了风雨，唯一忘不了的是年年吐翠、岁岁织云，把美梦编织进风雨长廊。

说它是卫士，说它是巨伞，说它是生命的画廊，不会有人摇头。它们挺立在这里是路标，为行人指路；是伞盖，替行人遮风挡雨防日晒；是长幅高清画图，给行人悦目解乏。路有多长，伞就有多大；廊有多深，画就有多长。

王维说"雾中远树刀州出，天际澄江巴字回"。刀州，古益州别称，即今之巴蜀。"巴字回"，指澄江三回曲折如回字，借指剑门山水奇险。后蜀王衍吟"回看城阙路，云叠树层层"。"云叠树层层"，说尽翠云廊之美。如今，这条古蜀道上的画廊，虽陈展千年仍青翠如昨。

见过树木挂牌的事，没有见过这许多的古柏，像宾馆里的服务员别着胸牌，标名列队，静候行人检视。清乾隆年间，翠云廊的每棵古柏都悬挂着带"官"字的木牌。光绪初年，对古柏逐一编号。年深月久，大多数古柏还得了名字。如以历史人物命名的孔明柏、皇叔柏、张飞柏、关圣柏、子龙柏等等（因翠云廊是三国蜀汉六出祁山要道，故多以蜀汉人物定名），以形态、寄托或实用性命名的帅大柏、孪生柏、插翅柏、乘凉柏、拴马柏、鸳鸯柏、长寿柏等等。这些昵称，应是出自民间的。不管怎样说，以树木拟人，人得以留名，树得以身贵——普天之下哪里寻此等趣味！穿过趣味的肌理，能看到历史的影子、生活的场景，能听到鼓角铮鸣，能感受穿越千年时空的风尘。一棵树就是一个故事，汇聚起来，翠云廊又是一条充满故事的长廊。

古时的翠云廊，自剑州起，北至昭化，南抵阆中，西达梓潼的蜀道，号称三百余里十万柏。现今留存的万余株古柏，仅剑阁县境内就有近八千株，平均年龄一千零五十岁。最年长的"剑阁柏"两千三百岁，全世界仅此一株。稀奇吗？稀奇。惊讶吗？惊讶。忽然想到，面对古蜀道最壮观的行道树、最长寿的生态林，与它们对话不也是人生难得一遇的幸事及享受。

顺着树龄溯源，翠云廊植树起始秦汉，尔后相沿成习，从没有间断。当地有确切文献记载的大规模的植树有六次，尤以宋明两朝规模巨大。宋代真宗、仁宗、徽宗、宁宗都颁布了官道植树的诏令。蜀汉大将张飞，人只知其能打仗，殊不知其还能植树。他在镇守蜀道时号令三军植下大量行道树，民间称之为"张飞柏"。明正德年间的剑州知州李璧，不止理政有为，还是一位植树迷，在任六年，发动民众沿线植树数十万株，可说是清廉之风映翠云。

顺着规矩探寻，剑阁县自明代就有了驿道古柏离任交接制度，一直沿袭至今。今天的剑阁，县长、乡长离任，更是"交树交印"，谁也不得逾规。以特别之法，管特色之树，尽特殊之责，是人人心中有树，有一棵大树，有一片长青不老的林海，有一颗书写生态文章的承继之心。

有敬畏之心，"老柏即老伯"；有爱护之情，"斯民如保姆"。由此可以说，翠云廊更是一个功德廊。赠予这样的名分，不仅巴蜀人乐意，就连我们这些过路人也心悦诚服。

1993年7月17日写，2023年7月17日改

诸葛流风尚有迹

　　诸葛亮躬耕地在今湖北襄樊（今襄阳）隆中。这里是他十七岁至二十七岁结庐隐居和发表著名的《隆中对》的地方，又是刘备三顾茅庐的地方，因而反倒掩盖了诸葛亮的祖籍为山东琅琊这一事实而显名于世。

　　隆中自晋代修祠纪念诸葛亮起，旋修旋废，原貌不存。兴盛时，一堂五亭（三顾堂、卧龙亭、野云亭、草庐亭、躬耕亭、抱膝亭），焕然出彩；颓废时，"乱草牵衣，断碑卧水"，满目凄凉。现在的建筑大抵是明末清初的遗构。新中国成立后，又进行了大规模的修葺、绿化，使隆中武侯祠得以兴盛。

　　过牌坊，踏阶石，先至依北山而建的"汉诸葛丞相武侯祠"拜谒。门联"岗枕南阳依旧田园淡泊，统开西蜀尚留遗像清高"。以淡泊处事，以清高留名，确非易事。入内，三进院落，气象不凡。中为庭院，庭堂供诸葛亮塑像——正襟危坐，神采飘逸，颇有英霸之气。两厢配殿供刘备、关羽、张飞像。这里是古今名人的诗画书联、诸葛生平的集中展现处。浓烈的歌功颂德气氛，把你带入一种圣洁的境界。出武侯祠西行，可见"六角井"。苍苍古井，高高石栏，无言地告诉你蜀国名相往日的布衣生活。过路者无不往井中探视——惜人去水涸，旧景不再。前行数十米，即到隆中武侯祠最重要的景观"三顾堂"。这是一所由八字山门碑廊与庭堂组成的四合院。山门前有古柏数章，相传刘备、关羽、张飞三顾茅庐时在此拴马。茅庐在院北端，郭沫若题"诸葛草庐"匾额，董必武撰书对联"诸葛大名垂宇宙，隆中胜迹永清幽"，名家手笔、肺腑之言。中堂为清代绘制的《三顾堂》。尽管此草堂并非当年的草堂，但其背后的历史真实才是人们的关注点——谁能不为发生在隆中的历史性会晤而感慨呢？！据说，三顾堂后的草庐亭才是诸葛亮草庐的原址。明嘉靖年间，有个别出心裁的地方官，不知为什么，偏偏把一通刻有"草庐""龙卧处"的龙首龟座的大石碑，立在三顾堂前数十米远的地方。"抱膝亭""小虹桥""躬耕田""梁父岩""半月溪"等等景点围绕在石碑周围，隐匿于蓊蓊郁郁的林木之中。山风和着古风轻轻拂面，把我的思绪带回到一千八百年前。那时，这里不过是草房几间、薄田几垄的偏僻山坳，谁能想到，深山卧龙，这位"苟全性命于乱世，不求闻达于诸侯"却又谙熟"六韬"，洞明世事，自比管仲、乐毅的耕读青年，一朝得遇明主，终于耐不住寂寞，在风云际会的年代，干出了一番轰轰烈烈的大事业。

诸葛亮出隆中，如鱼得水，如龙腾云。经过数年征战，他终于辅佐刘备从曹操、孙权对峙的夹缝中杀出一条血路，先据荆州，后取益州（四川）、汉中，最后称帝蜀中，形成曹操最不愿看到的三国鼎立之势，将自己在《隆中对》中的战略构想付诸实践。诸葛亮任蜀汉丞相后，修好东吴，南征孟获，厉行法制，整饬军队，发展生产，蜀国出现了"田畴辟，仓廪实，器械利，蓄积饶"的太平景观。

位于成都市武侯区的武侯祠是现存武侯祠中规模最大的一座。它始建于公元六世纪，后毁于火。现在的武侯祠修复于清康熙十一年，为"汉昭烈庙"和"武侯祠"君臣同庙的祠堂。尽管大门高悬"汉昭烈庙"，但当皇帝的刘备远不如当臣子的诸葛亮声誉高。

祠坐北向南，一条南北走向的中轴线上，均匀地排列着大门、二门、汉昭烈庙、过厅、武侯祠。大门与二门之间分左右矗立古碑六通，皆有碑亭护罩。其中，最早最大的一通是唐宪宗元和四年立的《蜀丞相诸葛武侯祠堂碑》，中唐名相裴度撰文、成都少尹柳公绰书写、名匠鲁建镌刻，文章、书法、刻技精绝，世称"三绝碑"。汉昭烈庙高大宽敞、气势雄伟。殿正中为三米高的刘备贴金泥塑坐像，左侧陪祠的是他的孙子刘谌，东西偏殿配祠蜀汉名将关羽、张飞，殿前左右廊房各有文臣武将着色泥塑站像十四尊，文臣以庞统为首，武将以赵云领先。所有塑像，或喜或怒，或静或动，或谋或虑，神态逼真，各尽其妙。我注意到，这里没有蜀后主刘禅的位置，不用说，这位拱手降魏、乐不思蜀的亡国之君是难登大雅之堂的。刘禅的儿子刘谌在魏军兵临城下时，劝父决一死战，刘禅不允。刘谌拜别宗庙后先杀妻，后杀身，以死明志。祖孙三代，三种结局，令人可悲可叹。

出汉昭烈庙，下台阶数级，来到过厅。武侯祠的名人名联大都集中在这里和后边的武侯祠。横额"武侯祠"为郭沫若题写，两侧三副名联"三顾频烦天下计，一番晤对古今情""志见出师表，好为梁父吟""两表酬三顾，一对足千秋"，分别为董必武、郭沫若和蜀人游俊撰写。过厅后即是武侯祠。钟鼓楼峙立殿的两角，左右厢房连着厅殿。殿内祀诸葛亮祖孙三代贴金泥塑像。和隆中的塑像相比，此处的诸葛亮塑像是一样的眉清目秀，长髯拂胸，一样的手持羽扇，凝神沉思；但隆中武侯祠的塑像多了几分英武之气，成都武侯祠的塑像添了几分雍容风度，为民的诸葛亮和为相的诸葛亮已有了质的区别。大殿充满肃穆的气氛，这种气氛的形成既源自观者内心的仰慕又源自观瞻后的感受。武侯祠最为世人称道的一副楹联是云南剑川赵藩撰写的："能攻心则反侧自消，从古知兵非好战；不审势即宽严皆误，后来治蜀要深思。"

从隆中到蜀中，诸葛亮的文治武功已达到顶峰。然而，他在《隆中对》中描绘的终极志向并没有实现，故而有了发生在关中的"出师未捷身先死"的悲壮结局，有了另两处值得拜谒的武侯祠。

现在陕西省的大部分地区，因在古函谷关、大散关、萧关、武关四面守护之中，故自古有关中的别称。关中是西周、秦、西汉的国都所在地，形胜之地。诸葛亮六出祁山北伐，一为"兴复汉室，还于旧都"；二为蜀汉弱小。蜀汉的统治区域，不过巴蜀、汉中，统户二十八万，人口九十四万，兵卒十万，吏四万，国力之弱可以想见。诸葛亮深知小国弱民难以久存，只有以攻为守才能图存。因而，在他任蜀相的十三年中，六出祁山，意欲先占陇右，进而攻占关中——关中得手，则中原可图，大业可成。但六战的结果胜败参半，痛失战争主动权。一战因误用马谡，丢失街亭，先进后退；二战逼近了陈仓（宝鸡），因粮尽退兵；三战获取甘肃武都之郡胜利回师；四战击败魏军侵犯；五战先胜魏军，后因李严破坏，粮尽后退；六战十万大军穿越秦岭，进驻关中五丈原（今陕西省岐山县城南），与司马懿率领的魏军相持一百多天。公元234年8月，积劳成疾的诸葛亮病死军中，时年五十四岁。他二十七岁出山，用了二十七个年月，"以三分始"，"以六出终"，留得遗恨五丈原。

1993年秋，从西安赴成都途中路过五丈原，心中郁然：到了将星陨落的地方！五丈原东距西安一百二十公里，北距岐山县城二十公里，原高约四十丈，面积约十二平方公里，南靠秦岭，北临渭水，东西为深谷，地势险要。据说，黄土原头的最窄处只有五丈，故名五丈原。汽车离开川陕公路行至北端，又一座武侯祠进入视野。《岐山志》说，这座武侯祠建于元初，明、清两代略有修补。其规模远不及成都和隆中武侯祠，但出檐挑角、五脊六兽、红柱灰瓦的五间大殿，足以使诸葛亮容身受拜。其塑像依旧是正襟危坐，依旧是羽扇鹤氅，依旧是神态清高，但不知怎么，从他平静自若的脸上看到了倦容。是的，诸葛丞相确实是疲倦了，连他的对头司马懿也看到了这点。《诸葛亮集》有这么一段文字令人揪心。诸葛亮派使节至魏营，司马懿不问两国战事，但问诸葛丞相的生活琐事。蜀使说："诸葛公夙兴夜寐，罚二十以上，皆亲览焉。所啖食不至数升。"司马懿听了，高兴地说："亮将死矣。"读至此，既为诸葛亮连罚仗二十以上都要亲决的尽职精神所感动，又为司马懿的敏锐判断力而惊奇。果不其然，两军对峙百余天后，诸葛亮积劳成疾，赍志以殁。秋风萧瑟，黄叶飘零，铅灰色的云天，铅块般沉重的心情。凭吊先生，怎能不为他"鞠躬尽瘁，死而后已"的精神涕零！武侯生存一日，魏吴畏惧一日；武侯一身之死生，关乎蜀汉之存亡。此后，魏国饮马蜀水，就证明了诸葛亮的不可或缺和举足轻重。

告别五丈原继续西行，翻过莽莽苍苍的秦岭，一路颠簸来到汉中勉县。川陕公路边，历史最久的武侯祠煌煌入目。其内陈列丰富，名士题刻也多，众口一词褒先生为"天下一流"。武侯塑像肃穆安详，眼睛炯炯有神。勉县城南不远即是定军山，武侯墓就在山脚下，诸葛亮临终嘱托部下，在他死后，秘不发丧，军马有序地后撤。司马懿只猜到诸葛亮将不久于人世，但并不知他的话已经应验，故见蜀军后撤也不敢妄动，怕中圈套。等蜀军安全退走后才发现上当，但悔之晚矣！这就是民间所说的"死诸葛吓走活仲达"。关于诸葛亮的丧葬，陈寿的《诸葛亮传》说："亮遗命葬汉中定军山，因山为坟，冢足容棺，殓以时服，不须器物。"这与诸葛亮在《自表后主》中说的"若臣死之日，不使内有余帛，外有赢财，以负陛下"如出一辙。同样的情况，还可以在他《又与李严书》中读到："吾受赐八十斛，今蓄财无余，妾无副服。"一国丞相，妻妾竟没有多余的衣服，说来也真寒酸。可以想见，诸葛亮要求薄葬并不奇怪，他的俭朴是一以贯之的，历代丞相中如他者并不多见。诸葛亮生前受封"武乡侯"，死后又追谥"忠武侯"，所以民间习惯称他为"武侯"。

写于2000年7月29日

风流诗心千古井

蜀中自古多才女。

鼎峙为三艳称千古者，秦之巴寡妇，汉之卓文君，唐之薛涛。

巴寡妇名清，涪陵人氏，按现今区划应归重庆，因得丹穴（朱砂矿）而富甲一方。向来寡妇门前是非多，可那巴山蜀水的寡妇，偏偏不屈服于命，不畏惧于言，抛头露面、风风火火地开起矿来，进而大获其利，这在"唯女子与小人为难养也"的时代，确是石破天惊的奇事。不过，人怕出名猪怕壮。她是寡妇，又是名人，不可能不为流言忧，不可能不以盗贼为患。为守住这份家业，她仗义疏财，周济四方，用"其财自卫"。虽然资财没有过分积累，但"礼抗万乘，名显天下""擅其利数世"。这位有见地有成就的女实业家，甚至感动了一统天下的秦始皇，诏令筑女怀清台，以表彰她的贞洁，其受到的礼遇非卓文君、薛涛辈可比。其事见《史记·货殖列传》和《前汉书·货殖传》。

但是，游巴山蜀水时不曾听人说起这位古巴国的贞妇，也未曾见可供凭吊的遗迹。又觉得，或因为巴寡妇缺少文人墨客热衷的天姿国色和儿女情长的煽情话题，所以远不如其后的同乡卓文君和薛涛招眼，颇有些叹惋。

只能把目光转向卓文君和薛涛，因为除了传说，在成都尚有文君井和薛涛井可供凭吊。

"君到临邛问酒垆"。临邛，即今成都市辖的邛崃市，是西汉才女卓文君的故里。穿长街，过闹市，折入一条狭窄古朴的街道，见一幽静门庭，两侧有长联一副，极言芳草断井名士风流。

文君井到了。

文君井古来多有兴废，现今辟成公园。三四进院落，卵石铺地，画廊作隔，月门串通。亭台、水榭、曲径、竹篁，玲珑扇面一般。略显不足的是，园小而简，作为庭院则盈，作为园林则仄。难得的是，这里保存着一口两千岁古井，古井又附丽着一段才子佳人的风流韵事，由是，小园格外地惹人歆羡。

公园侧院，一幢敦厚的红照壁上，横书"文君井"三个凝重大字。照壁前，雕栏内，有一井，这就是卓文君和司马相如当垆卖酒故事中的唯一遗存物。近视，井口圆滑，水浅且清，明光可鉴。游人多在井旁盘桓。是想寻觅文君的倩影？不能够。是想与古井对话？也不能够。悠悠思绪就着反光的井水将那些被岁月尘封了的故事渐次展现在眼前。

应是蜀郡临邛花光柳色的一天，大富商卓王孙正在举行盛大家宴，自京城来的落魄文学家司马相如应邀而至。席间，临邛县令王吉知相如善操琴，便请弹曲助兴。此正中司马相如下怀。原来，卓王孙之女卓文君天生丽质，又通音乐，豆蔻年华却守寡在家，司马相如属意于她，又无从表白，今日赴会操琴，无异于天赐良机，便借琴暗送秋波。一曲缠绵激情的《凤求凰》，果引来心有灵犀的卓文君——隔帘偷眼，司马相如真如传闻般，气质佳而才情高，遂生爱慕之情。当夜，二人私奔成都。毫不设防的卓王孙简直被惊呆了！他欲杀不忍，欲纵不能，不得已断绝了父女关系。

再说司马相如和卓文君，虽然恩爱有加，但家徒四壁，生活无着，眼看就要断炊。还是卓文君有胆有识，她偕夫重返临邛，卖掉车马做本钱，公然在父亲眼皮底下开了爿酒庄，地址就是现今公园。文君卖酒，相如打杂，自食其力，安贫乐道。太史公司马迁将"文君当垆，相如涤器"写进了《史记》。迫于脸面，卓王孙最终作出让步，分奴仆百人、铜钱万贯于女儿，让她随丈夫回成都定居去了。

"文君夜奔"的故事如一石击水，激起层层涟漪以至于今。许是这个原因，她的名气远在巴寡妇之上，引来多少文人雅士寻迹题咏。杜甫有"酒肆人间世，琴台日暮云"句，陆游有"青鞋自笑无羁束，又向文君井畔来"句。当代著名文学家郭沫若墨迹尚存："文君当垆时，相如涤器处。反抗封建是前驱，佳话传千古。"评价可谓高矣！

我来凭吊，阅诗文，读老井，虽无一字可铭，也觉微澜在胸。文君茶清心，文君酒醉人，文君的遗芳仍氤氲井口，沁透人心。关于这口井，卓文君很是看重，它是夫妻患难与共的见证和心心相印的明镜。因此，当相如得志做官，欲娶茂陵女为妾时，文君作《诀别书》以自绝：

朱弦断，明镜缺，朝露晞，芳时歇，白头吟，伤离别，努力加餐勿念妾。锦水汤汤，与君长诀！

尽管分手是痛苦的，但文君还是对着井水发誓，自此与你诀别。言辞凄婉，文采飞扬。司马相如为妻子的真情和文辞而打动，终于打消了娶妾的念头，夫妻恩爱如初。

唐代是诗风兴盛、群星灿烂的朝代。其中，女诗人也占据一席之地。中唐诗人薛涛即是一位出类拔萃的人物。

《全唐诗》载："薛涛，字洪度，本长安良家女。随父宦，流落蜀中，遂入乐籍。辨慧工诗，有林下风致。"

薛涛八九岁时就习晓声律，能吟诗作对。一日，父亲指着井边的梧桐树吟道："庭除一古桐，耸干入云中。"薛涛随口对道："枝迎南北鸟，叶送往来风。"本是妙对，但父"愀然久之"。好事者附会说，后来她的乐妓生涯正应验了这两句谶语。其父死后，寡母将其抚养大，年十五已有诗名，大约为生计所迫沦为乐妓。

剑南西川节度使韦皋镇蜀，召令薛涛侍酒赋诗，称之为女校书。此后，她以高等歌妓的身份出入幕府。因诗才超众受到前后数十年十一位节度使的青睐，可谓乐坛诗坛的一棵常青树，与文化名士如元稹、白居易、张籍、杜牧、刘禹锡等二十多人均有唱和。元稹赠诗云："锦江滑腻蛾眉秀，幻出文君与薛涛。言语巧偷鹦鹉舌，文章分得凤皇毛。纷纷辞客多停笔，个个公卿欲梦刀。别后相思隔烟水，菖蒲花发五云高。"对薛涛推崇备至。

相传，薛涛有诗五百，但仅有八十九首传世。她的诗，词义不苟，情尽笔墨，唐末张为把薛涛归入"清奇雅正"之列。明代胡震亨说她的诗"无雌声"。薛涛自己也颇为自负，说"诗篇调态人皆有，细腻风光我独知"。她的诗，如《春望词》，"花开不同赏，花落不同悲。欲问相思处，花开花落时"，质朴自然，寓意尤深；如《罚赴边有怀上韦令公》，"闻道边城苦，而今到始知。羞将门下曲，唱与陇头儿"，谕讽不露，用心深细。

成都东郊有望江亭。因有崇丽阁、濯锦楼、吟诗楼濒临锦江，故园名望江亭。游人入园，即融入竹的海洋，修竹丛丛，曲径幽邃。竹林深处，闪出一片小小空地，有赭红色照壁，竖题"薛涛井"。井口圆而突，外围以石柱铁栏护围。

传说，薛涛先居于浣花溪畔的百花潭，即杜甫"万里桥西宅，百花潭北庄"近旁。这已是杜甫离蜀后的事，不然，比邻而居的两位诗人，不知会唱和多少闪光的诗句。薛涛晚年迁居碧鸡坊，也就是现在的望江亭，亲创吟诗楼，偃息于上。至于薛涛井，是否为她亲掘，不得而知。古籍说，"薛涛井，旧名玉女津，在锦江南岸。水极清澈，石栏周环"。明代包汝辑《南中纪闻》也说："每年三月三日，井水浮溢。郡人携佳纸向水面拂过，辄作娇红，鲜灼可爱。但止得十二纸，过岁闰则十三纸，此后遂绝无颜色矣。"传闻未必可信，但水质上佳却是不假。薛涛好制小诗，嫌市造彩笺幅大，亲自研制出深红色小彩笺，便于题诗赠友，时人称作薛涛笺。后人效仿薛涛制笺，不仅定时，而且定量，奉薛涛为祖师。

成都二井，一口可酿美酒，一口可制彩笺，一般的清纯甘甜，堪为两位佳人的化身和代号。睹井思人，深意如斯。两口生不同代的水井，映照出两个女子不同的经历和命运。

卓文君出身权贵，薛涛则不然，她的一生恰恰是侍奉权贵、博取宠幸的一生。也许，她的天赋是她跻身上流社会的敲门砖，而上流社会佚乐的流风又成为她施展才华的温床。不幸却幸，幸也非幸，一生生活在是非矛盾中。但薛涛毕竟是薛涛，"历事十一镇"皆都"以诗受知"。与她唱和的名士，大多慕诗名而来，史籍没有以色事人的记载。她的诗亦无情语浪靡之状。晚年她杜门不出，着女道士服以明志，足见其非轻浮之流。她的特殊身份和名望，使她一生大部分时间生活优渥，她的优渥生活，又使她得享高寿。可谓浊水中一枝莲，污泥中一竿竹。她虽没有卓文君"脸若芙蓉"般的丽质、追求自由幸福的胆识，却有着卓文君不及的诗才、辩才和运筹能力。她周旋于上流社会，也没忘卑下的身份。她的《柳絮》诗这样写道：

二月杨花轻复微，春风摇荡惹人衣。
他家本是无情物，一任南飞又北飞！

正是身世沉痛的内心独白。薛涛因事获罪，两次受罚赴边远地区生活，还曾写过以物拟人的《十离诗》，以求宽宥。夹缝里周旋，高压下曲项，耀眼的传奇经历，最终塑造了她卓尔不群的个性。这就是有"林下风致"的薛涛。

写于2001年夏

悲风英气刘公岛

刘公岛距威海两海里。住在威海，只要推开楼窗，刘公岛一准就在眼前；站在刘公岛上，威海一定是首先问安的贵客容颜。

坐快艇上刘公岛，从码头上可以望见岛的两端，北高南低，东西突出。北部高高的旗顶山如舰塔巍巍；南部平缓的海岸线如舰艇吃水线；东部突出，如微翘的舰首；西部短促，如低沉的舰尾——整座刘公岛形肖一艘傲岸的航空母舰。

越刘公路北行不远，一组负山面海、坐北向南、长垣环围的古建筑群展现在眼前，这就是名闻遐迩的北洋水师提督署。登十数台阶至牌坊，越牌坊复上二十余台阶至水师提督署。朱漆大门庄重威严，大门两侧竖立两柱红色旗杆，更显署衙的威严。门上悬挂北洋大臣李鸿章题写的"海军公所"匾额，品字、评人，游者的感情都复杂难言。入内，只见沿中轴线建前后三进院落，砖木举架结构，百余间厅室赖回环的廊庑连接，疏密有致，浑然一体，高椽飞檐，稳重大气。小小刘公岛，因承载着大清北洋海军司令部而名重一时。

前厅原为议事厅，现辟为中日甲午战争图片展览室。一张张百年前照片，以沧桑的面容告诉后人，北洋舰队如何成军于此，又如何溃军于此。东陪厅陈列北洋水师遗留兵器、服饰和用品，西陪厅陈列威海卫沿海兵备沙盘，有助游客感受当年中国海军战斗生活气氛。从西陪厅出来，复沿中轴线入二进院，当年颇有气派的宴会厅现改作北洋海军将领蜡像馆——再现了决战威海湾前夕的一次军事会议的情景。镇定的、义愤的、忧虑的、怯懦的，种种表情折射出种种心态。

然而，上有腐败无能的清廷的议和，下有贪生怕死的将领的掣肘，大清国海军提督丁汝昌虽冒死率军苦战，终因孤军无援，最终选择了杀身成仁，地点就在宴会厅东厢房。之后，北洋海军就这样从黄海海面上消失。刘公岛也很快沦为英国的租界地，大清国海军提督署变成英国人寻欢作乐的酒吧间和歌舞厅。

提督署后，为纪念北洋海军成军一百周年而建的北洋海军忠魂碑。碑高耸山巅，正对署门。碑呈六棱形，白色大理石砌成，形如利剑，独立海天，成为刘公岛最鲜明的象征。它昭示人们：中华民族反抗外来侵略的精神武器永握在手，刺苍天而信誓，闪寒光而扬威。

沿提督署前丁公路西望，依次排列着龙王庙（丁公祠）、丁汝昌寓所、北洋海军将士名录墙、水师学堂。丁汝昌寓所位处高阜，场院开阔，左右三跨院落，前后花园簇拥，脚下海浪拍岸。他和家眷在这里度过从成军至败绩的六年。至今，庭院尚有他亲手栽植的紫藤，花红满枝，明霞一片，尤能发人遐思。寓所西过，是近年落成的北洋海军将士名录墙，白座黑墙，异常醒眼。墙长十八点八八米，象征北洋海军建于1888年。正面镌刻六百多名北洋海军将士的名字，背面镌刻原海军司令员刘华清上将的题词。

凝视名录，一眼瞥见邓世昌三个字，这是一个为人熟知的名字。黄海大战中，邓世昌冲锋陷阵，英勇善战，指挥"致远"号舰击中日舰数艘，因弹尽舰伤，遂驾舰撞击日军主力舰"吉野"号，中鱼雷沉没。他抱定与兵、舰共存亡的决心，拒绝搭救，终与爱犬共沉波涛。那天是他四十五岁生日——一腔视死如归的浩然正气，成了他生日那天的最后献礼。林永升，"经远"舰管带，面对危情，鼓轮冲向敌舰，同遭一样结局。两舰五百余将士捐躯海涛，无一生还。正是这些身处下层的铁骨铮铮的小人物，展现了彪炳千古的民族大气节，他们死得其所，虽败犹荣。默念他们的名字，谁能不热血沸腾、肃然起敬？！此外，遍布小岛的古炮台、打捞出水的"济远"舰主锚、码头、军营遗址等等，无不散发着悲风英气，无不在向游人诉说着百年前那可歌可泣的战事。刘公岛山光水色，美则美矣；然而，当我面对这段令人感慨万千的历史时，自然风光显然已成为人文景观的陪衬。

刘公岛不只深沉地对游人讲述着悲壮故事，也安详地讲述着古老的传说。沿刘公路东行，可以看到战国遗址，它把小岛文明追溯到两千多年前。战国遗址近旁有刘公庙，供奉着刘公、刘母，又引出一段动听的传说。东汉末年，曹氏擅权，刘氏皇族的一支为避迫害远徙至这里，原本无名的小岛得名刘岛。刘氏一族乐善好施，常常搭救遇险船只，接济难民。船民感念刘氏恩德，合议在岛上修祠祭祀。从此，南来北往的船只，到此必登岸膜拜，祈求平安，刘岛又因刘公的灵觇得名刘公岛。

写于2000年6月13日

谐趣寓言园

游武汉东湖，不经意间闯进寓言的世界。

有轩叫可竹轩，楚风古韵，仿竹构筑。百竿修竹四围，有君子坦荡之风。你会想到，出色的景致，少不了出色的文化内涵。

果不其然，于可竹轩正前方，一眼瞥见正在抱头沉睡的三个光头小和尚，他们稚气未褪，憨态可掬，面前放着两只大空桶，分明告诉你：三个和尚没水吃。

猛见可竹轩斜后方有一人，头顶一只巨大的铃铛，并以双手捂耳——仿佛自己听不见，这个世界就是无声世界。掩耳盗铃、自欺欺人的蠢人，古代有，现代也不乏其人。

轩后，一只有心无肝的老虎，正驮着一只耀武扬威的狐狸走来。狐狸神气十足的样子，不是"狐假虎威"又是什么？

可竹轩右侧，有草坪数亩。草坪正中，好龙的叶公被真龙吓得惊恐万状。原来，他的好龙是假的。

在"叶公好龙"对面，看到了久违的老愚公向子孙呼唤："挖山，挖山！"愚公的工具已经老掉牙了，可愚公的精神永远不老。横在现代人面前的一座座山，不是还在等着演绎新的愚公移山故事吗？

一千多年前的那个傻子，还在"守株待兔"。诚实守信的曾子，正在给孩子们宰猪。混饭吃的南郭先生落荒而逃。卖矛又卖盾的愚者，还在贩卖他那既肯定又否定的货色……"伯乐相马""盲人摸象""鹬蚌相争"，一个个耳熟能详的故事立体化、形象化、艺术化，格外生动，仿佛与你来了一场寓言式的对话。虽说境迁物换不时新，但是天下谁人不识君！

人们哟，不妨走进这个充满寓言的世界，重温人间的寓言。

写于2000年2月26日

试胆天都峰

民谣："不上天都峰，等于一场空。"

黄山七十二峰，峰峰奇险；而险至不可思议者，奇至不可思议者，首推天都峰。天都者，天帝居住的仙都。既是神仙聚会之所，如不看看究竟，岂不枉来一场？

半山寺，顾名思义，位于半山腰，那里有个三岔路口，左行是大路，可至光明顶；右行是险路，攀登天都峰。看到巨石上镌刻的"天都峰"三个字。众人先是惊喜后是惊悚。面临抉择，何去何从？胆壮的自觉往右边站定，胆小的靠左边退缩。大家商定，十来个人，分成两拨，各走一路，先分后合。我自然在走险路的这拨。

开步右行，名曰"汀步"。汀步，类似踏石，一步一石，步步不空。此亦可戏称为"初级阶段"。上至"试胆石"，只见一石突兀横出，道凿其上，如凌空飞虹。行者至此，像猿猴般直立了向前挪动。这里也有名堂，叫"试胆"，胆小的到此，会喊爹叫娘，裹足不前；胆壮的攀缘而上，方知这不过是第一关，险象环生的山路正在前边向你招手。

资料介绍，全程三里路的登山石阶，坡度大都在七十度以上，最陡处差不多上了八十五度。登山者仰头不见天，低头吻石阶。心惴惴惚惚，脚颤颤巍巍，连头发都根根直竖，粗气不敢出一声，就这样一路走来（形象点就是一路蠕动），渐走渐入险境，渐走渐入佳境。盘空千仞的天都峰高不见顶，像要随时倒下来的样子。而山涧又是乱云飞渡，渊深难测。只见依壁而生的一棵棵松树，苍翠如盖，枝条外伸，作迎接状（其中领衔者挂着胸牌"迎客松"）。清秀挺拔的松树给人以亲切感和稳定感——一路上它们都在默默地为你呐喊助威。

脚下的路，其实都是人工凿出的羊肠小道，"镶嵌"在岩壁之上，弯曲起伏不知所终。好不容易以"尺步"挪到"三道湾"，本以为可以放开脚步前行，谁知前路委蛇百折，只得以"寸步"爬行。石阶沿削壁而凿，宽不盈尺，内是危崖，外是深渊。人既不能站立，也不可坐歇，稍不慎，便有独自滑落之祸，甚或殃及同伴。事已至此，别无选择，须再鼓起十二分胆量，走险"三道湾"。这是处于"中级阶段"时的情景。

转过"三道湾"，来到"三姑洞"，路才有了路的样子，也便可以直起身子行走了。神经一松弛，危惧感化释许多。一路上出险境，入危途，谁不盼望着快些登顶，好了却这段心思。

此行的"高级阶段"终于呈现眼前。努把力爬上去！

原来，峰顶是一块倾斜度很大的石墩，面积不过二十平方米，上刻"登峰造极"四个大字。我们以征服者的姿态，气昂昂地挺立在天都峰绝顶。静静打量"天景"：这里离青天太近了，仿佛手一伸就能够摸到；离平地又太远了，仿佛自己无根无底兀自在云烟里遨游。面对苍穹，谁不想大喊一声"我来了"！然而，谁也没有作声。因为天授地设的境界实在太美了，美得你不忍去触动它，惊吓它。唯恐云海幻去、怪石遁形。

峰巅护栏挂满了各式各样的锁子，似给天都峰编织了一圈项链。粗看，每把锁子都刻有主人姓名和登山时间。细究，大有学问。比如恋人定情、夫妻锁爱、战友同心、两代同福等等，饱含着浓厚的情愫。面对真真实实的自然，倾吐真真实实的心曲。我想挂一把大锁，锁住我与黄山的不了情，锁住普天之下的高情远意。但我做不到。我只能做到在有限的心胸里想象着无限的境界。

写于1991年8月

屯溪老街

老街是历史的风景线。

古朴的赭石和光洁的水泥砖铺就的路面，留下古今衔接的印记。走上去，脚步不断在历史与现实中交替往复。信步踱来，从西头的镇海桥到东头的青春巷近二里路，幽长的街道，拖着幽长的影子，诉说着岁月的幽深。老街依山傍水，交通便捷，因而商贾云集。精明的徽商，在向外急剧拓展的同时，也没有忘记自家门前的码头。竖在街口的街碑，以历史老人的口吻，喃喃地向游人告白这里的一切。

老街的沧桑，不仅被踩在一块块石条上，也被描绘在街道两侧的店铺里。一条街，数百个店铺，店牵着铺的手，铺靠着店的肩，亲密拥挤，叫人看了也亲切。铺面有特色，多是单间独家，中有天井。前店后院，后院生产，前店售卖；上楼下房，楼上居家，楼下生财。一个铺面，就是一个独立的世界。

店铺之间不是不露痕迹地过度，而是以黛瓦粉墙式的"马头墙"相隔，让人自然而然地联想到，之所以这样设置，为的是挡风防火，避免"殃及池鱼"。这些墙多是装饰了的。远望像群马昂首，排列有序，装点了铺面不说，还为老街提起神来——多精神的老街啊！我却不解，北方干燥多风，最容易失火，却不见这样的隔墙；南方多雨少风，却生出这个法来，是南方人过于精细呢，还是北方人过于粗疏呢？

再往上看，老街店铺一色的青瓦覆顶、木构楼阁、飞檐翘角、木栏裙板，给人古朴典雅的印象。老街以鲜明的明清风格、徽派建筑，以物贸、观光、休闲为一体的特色扬名四海。来黄山，观赏奇松、怪石、云海、温泉四绝之余，再游览一下老街，好让余韵徐歇，不也是一件称心的事！

老街是徽派文化的窗口。

单看琳琅满目的招牌，就可揣摩见字号的渊源和不俗。"屯云斋""三百砚斋"，是深厚文化的积淀；"磬玉""步云轩"，是对形声色的抒发；"茂槐堂""富隆庄"，是商场"老姜"的炫耀……喜欢文房四宝的人，一旦走进老街，就像来到古玩市场，眼花缭乱得不知该看哪家。你看见一方奇特的石质润密、发墨如油的歙砚，爱不释手，嗫嚅地问价，店主客气地说，少了万元不卖。天呀！你只得快快放下。莫说价高，只要货好，你不买总有人买。当然，你也可以买便宜一些的砚台，也可以买徽墨、徽笔、徽派字画，还可以买当地出产的茶中精品，祁红、屯绿、黄山银钩，还有砖木石竹雕刻的工艺品……

你又奇怪，古来"川谷崎岖、峰峦掩映"的四塞之地，为何能孕育出这么一道浓厚文化味的老街？这就不得不提及"徽学"。现在的黄山市，古称徽州府。有学者说，中原文化是徽学的基因。中原是文明发祥地，但也是战乱多发地。每逢战乱，世家大族、缙绅冠带、硕学鸿儒，多有至世外桃源的徽州避难。当地的"蛮夷"武劲之风被儒风渐染，久而久之形成有地域文化特点的"徽学"。理学、医学、绘画、戏剧、建筑，无不打上徽学的烙印。

徽州商帮是徽学发展的催化剂。历史上，徽商和晋商是驰誉中华的南北两大商帮，徽商以"徽骆驼"精神著称。因地瘠人多，这里的人们不得不寄命于商，"贾者十之七"。一旦家业兴隆，一个个又成了儒商，慷慨捐资，广修书院，延师课子，培养出一批批饱学之士。在守成创新的磨合中，最终形成"彬彬乎文物之乡"。屯溪老街的出现，正是徽学和徽商互为促进的缩影和窗口。老街历数百年不衰，至少说明地域文化有潜植滋长的顽强生命力。

老街还洋溢着浓浓的人情味。

与浓浓的文化味相表里的是老街人的儒商味。"新安自昔礼义之国，习于人伦，即布衣编氓，途巷相遇，无论期功强近、尊卑少长以齿。此其遗俗醇厚，而揖让之风行，故以久特闻贤于四方。"读几副楹联，也能感受到流风的延及。"几百年人家无非积善，第一等好事只是读书""翰墨图书皆成风采，往来谈笑尽是鸿儒""交以道接以礼，近者悦远者来""经营不让陶朱富，贸易常存管鲍风"。确如楹联所说，店主落落大方、彬彬有礼、不卑不亢，言谈既没有北方人的生硬，又区别于江浙的吴侬软语，好听也好懂。逛老街的多是从黄山下来的游客，他们慕名而来，瞪大眼睛张望，南腔北调品评，七手八脚挑拣，店主则是不厌其烦地应酬。他们认钱也认人，热情中有诚恳，平静中有渴望，满足了客商也丰裕了自己。淡淡的翰墨香和浓浓的人情味融汇一起，老街成了游客乐意涉足的好去处。

写于1992年9月

醉乌镇

江南行，不必怕孤单，水即是如影随形的伴侣。

眼前的这道水，是称河还是称溪，压根儿没有去打听。只看见，一衣带水，两岸人家；只晓得，河东叫东栅，河西叫西栅，它们共有一个名字——乌镇。

水是没骨的街。河渠成网，港汊密布，人家好像住在纵横交错的水街织成的网眼里。河有多少条，汊有多少湾，如果你想数，看看天上的星河。

遥想当年，乌镇应是无船不成家、有船走四方的商埠码头。船是生活的必需，也是富有的标志，它载着主人随心所欲地漂泊在任何一条水道上，咿呀的桨声伴着主人走亲访友，穿集过市。若说水是乌镇的动脉，那么船就是穿行在动脉里输送营养的细胞。可以说，乌镇能够绵延千年，靠的就是水的裕利。

有一个现象引起我的兴趣。江南的水脉往往涵养和滋润了文脉，但凡水脉涌动的地方，文脉准定会随着涌动，有时涌动得甚于水脉，"名气浮在水汽之上"。吴地的苏州府、常州府、嘉兴府，越地的杭州府、绍兴府、宁波府，是历史上出进士和状元最多的地方。乌镇虽小，自宋至清，也贡献贡生一百六十人、举人一百六十一人、进士六十四人。水与文有何渊源，这里不去探讨。"人家尽枕河"的江南市镇村落，多是富庶之地，兜里有了钱就思谋读书，以求在治国平天下的路上出人头地、有所作为。穷思变，富思文，故而江南也是文化富有的地方。文化富有，才俊辈出，文脉如水脉，源源不断地涌来。乌镇就是这两条脉络互补和惠济的结果。

至乌镇，世界互联网大会刚刚在这里闭幕，大会把乌镇确定为永久举办地，小小乌镇一下子被"放大"，大得让人咋舌。诚如乌镇人所说，不出乌镇就可以环游地球。旅游重镇、文化名镇加上"智慧小镇"，将乌镇的古典之美与互联网的现代智能融为一体，乌镇的水脉又涌动起高科技浪潮，这是乌镇未曾想到过的盛事。

乌镇难以胜数的河，无论深浅、宽窄、曲直，都有一个肤色——柔绿，都有一个秉性——静谧，都有谜一样的深邃眼睛——迷茫得不知它们来自何处又去往何方，深沉得不知缓缓流水载着吴越明月还是唐宋星辰，又载着人间几多欢乐几多愁。似水流年，流年似水。但岁月不会空过，它给桥洞以斑驳，给堤岸以印痕，给老屋以沧桑。今夕非昨夕，今水非昨水。对它来说，一切的一切，都轻描淡写地一笔带过，浓墨重彩则留给文人骚客去描绘。

来乌镇，体验一把船上的乌镇才有意趣。登上一只游船——这是装扮了的画船，放在过去是不敢奢望的排场，现如今却很平常——前提是你肯花钱。

船夫一声"起船了"，双桨轻划，水面划开一道白线，船就顺着这道白线款款向前。船夫边划船边为我们指点两岸景点，空隙时还送上一曲软软的俚歌，听得人煞是快慰。船行在水巷河街，两岸挤挤匝匝的木楼小屋，高高低低的码头台阶，汲水和洗刷的村妇靓女，家家窗前的大红灯笼，轻抚水面的婀娜柳丝，以及摇曳在水面的水阁飞楼的倒影，一一从眼前闪过，缓缓向身后退去。你不忍让它们离去，又不得不让它们离去。消逝了身后的景，为的是观看眼前的景。我的思绪随着摇摇晃晃的小船摇晃，恍惚间觉得这船载的不是游者，而是一座优雅、古朴、秀丽的乌镇，我们则成了追逐乌镇这只乌篷船的浮萍。

吃住在乌镇，最能感受到这里的生活气息。清晨，推开临街阁楼的窗户，一眼瞥见对面的人家也探出头来，相视一笑，就算道了早安。沿着仅能容身近乎直下的楼梯下来，过道一头牵着河，一头挽着街。瞥一眼河水，还披着雾的睡衣，似动不动，悄无声息，仿佛还没有从睡梦中醒来。间有村妇洗刷，船儿解缆，溅起一片水花，那是河惺忪的睡眼吧。走出阁楼，置身一色青石铺成的筒子街，左边是楼，右边也是楼，左边是木的雕栏，右边是木的画栋，人好像是在两片夹板里蠕动的虫子，有些新鲜，也有些憋气。走在清晨的街道，潮湿的空气乘着古朴的风扑面而来。昨夜被窝里的湿气尚未驱散，片刻间又沾上一身潮气。在我眼里，乌镇就是一个天然的空气加湿器，不等日头把地皮烤干，水汽就毫不犹豫地升腾起来，弥漫在每一寸土地、每一个旮旯。幸亏街面用石条铺就，如若是土质地面，保不准踩一脚就会洇出一窝水来。

如果说河是没骨的街，街便可看作是凝固的河。千百年来，在这条街上，人流物流川流不息，那磨光了的石条石板就是流动的印记，那粉墙黛瓦马头墙的老楼就是见证。在这条凝固的河上，凝聚有多少人的心，多少人的情，多少人的才，多少人的梦。从古至今，走出去和寓居这里的名人文士灿若繁星，挑几个出来，不吓你一跳，也会让你瞪大眼睛。

南北朝时期有我国第一部诗文选集《昭明文选》的编选者昭明太子萧统、中国山水诗派开创者谢灵运、齐梁文坛领袖沈约，唐时有书画大家、宰相裴休，宋时有江西诗派三宗之一的陈与义、中兴四大诗人之一的范成大。现代有漫画家丰子恺、作家孔另境、海外华人文化界传奇大师孙木心等。而名重当代的要数文学骄子茅盾先生了。来乌镇拜谒茅盾故居，如同走绍兴观瞻鲁迅故里，是不可不去的地方。这座闹中取静、环境幽雅、四开间两进深的二层楼房，曾经是茅盾生活和写作的地方。在他的《子夜》《林家铺子》《春蚕》《秋收》《可爱的故乡》等著作里，都可找到乌镇的影子。因此，说乌镇是茅盾的乌镇如同说绍兴是鲁迅的绍兴一样，是那么亲切、自然。

穿行在狭窄的街道，回转在筒子般的曲巷，随处可见发散着古代气息的树木和建筑：唐代银杏、六朝遗迹、梁时古寺、清朝戏台，以及黑白分明的民居，它们都在光阴的流转中寿高而名昭。乌镇是人文乌镇，更是物贸乌镇。看一眼脚底下被磨光的石头街，摸一把码头上系缆勒下的沟壑，你就明白，两千年来，地处两省三府七县之交的浙东小镇，是怎样慷慨吃重地磨炼成这样一个枢纽——这里的货殖营生实在是太过频繁。

东栅是浓浓的一滴墨，西栅是淡淡的一幅画。东栅观风，西栅观景；东栅品文，西栅品吃。故游人多昼看东栅夜游西栅。

夜乌镇是灯火的海洋，在这片海洋里游弋着一条火龙，那便是流光溢彩的西栅街。入夜，临河和临街人家，家家开门，户户挂灯，各色小吃，花样百货，尽皆摆了出来，光明、喜庆、温暖。人们在五光十色的灯光里穿梭，脸上不涂个五光十色也涂个五颜六色。你的脸色随着脚步不停变幻，前俯后仰不一般，左顾右盼两个样，比川剧的变脸还来得容易。细细辨别这些灯火，门店里的灯明、画船上的灯红、桥洞上的灯昏、长廊上的灯柔、广告牌上的灯老是不停地眨巴眼睛。身在其中，只觉晃眼，心想，白昼也不过如此！跳出圈子远眺才知道它的妙处：把张灯结彩送给店铺，把灯红酒绿送给酒肆，把流光溢彩送给街面，把长虹卧波送给长桥，把灿若星河送给天穹下的这片福地，把一切的光和亮、美和艳送给乌镇——想来乌镇不会婉拒。在异乡人心里，乌镇确实是美美的、靓靓的，如同大家闺秀一般。

走得累了，就在桥墩上坐坐；跑得乏了，在长廊或方亭上靠一靠；等到疲惫不堪时，才和家人落座饭店。荷叶粉蒸肉是乌镇之最，不能少。定胜糕寓"定升高"的含义，对游人来说最是合心。尝尝姑嫂饼，问问来由也可解闷。喝乌梅青号，品三白酒（白米、白面、白水酿成），地道也厚道。美食、美酒、美景，加上和美的一家人，难得的享受。心里一陶醉，人竟然有些醺醺然。外孙女夏说，我们回家吧？大家说，想家了？夏回说，回东栅旅店那个家。众人点头称是。宾至如归，是该归家了——小住二日的乌镇东栅那个家。

写于2014年岁末

读凤凰

好的景色可以当书读。有一句话叫移步换景。移，等同于翻书；换，则可视作读毕重来。

好的景色可以当饭吃。有一句话叫秀色可餐。痴迷于美的人，为了眼福可以忘记饥饿。

以我有限的游历体验，有的景致到此一游即可，有的景致令人念念不忘，不断生出再游的向望。事实上我也是这样做的。如长城，如绍兴，如苏州，如桂林，如峨眉等等，我一游再游。

湘西去得晚，但那也是值得念想的地方。在武陵源读山，脑海立即闪过一个词：诡异！它颠覆了你对山固有的印象，让你如同进入神话中的天界域外，直嫌上天偏私。至芙蓉镇读村，那村子是浓得化不开的一滴香茗，少不了闻香止步、知味再来的恋念。时当5月天，走进梦中的凤凰古城，真真切切翻开了这本令人神往的奇书。

过去，人们知道凤凰，多是从沈从文名著《边城》和《湘行散记》里得来。沈从文的写作生涯与湘西联结在一起，地处湘西的凤凰古城，时至今日，也能从中品出沈从文笔下的那些精神元素。

20世纪80年代，我曾两下三湘。那时，脑子里装的是长沙和湘潭，压根儿没有湘西和凤凰的概念。因为闭塞，凤凰被边缘化也就在所难免。

如今湘西热，飞出了修炼千年的凤凰，她的秘处、奇处、妙处、好处，吸引得游客纷至沓来。比方我，早已把她列入计划，只是因为机缘晚到了一步。数千里奔她而来，只见山葱茏，水清洌，人淳厚，城温柔，比想象中的风光还要耐看。这种耐看，就是留一段余意未尽的话题任你解读。

凤凰城小，却很精致。一条东西走向的大街，南北横穿着诸多条青石板小巷，曲径幽深。一条碧清的沱江贴城而过。依山傍水的高高矮矮、层层叠叠的木楼，岌岌可危又端坐不阿，奇趣而壮观。它的抢眼不在于它的现代，而在于它的原质；不在于它的豪华，而在于它的特异，这就是名闻天下的吊脚楼。

沱江上有座造型奇特的虹桥。正面看，像浮在江上的巨船；侧面看，又似拱形牌坊；通高看，则是土家族的吊脚楼。它既是风雨桥，又是观光桥，还是陈展桥和购物桥，更是凤凰城的象征。水上男女隔船对歌，两岸人家可望可呼。一块树叶般形状的谷地承载着这有数万人的小城，小城里生活着身材娇小、衣饰华丽的苗族、土家族儿女，充溢着他们载歌载舞的欢乐。走入凤凰，你会觉得，她是在民歌和民俗中渐渐老去的古埠，又是玑珠其里、锦绣其外、人文意蕴贴近游人的名城，还是在青山环抱、碧水萦绕中尽享安闲静谧的青春之城。

是长期封闭帮了她的忙——但凡开放之地，历史的遗存能整体保存如平遥者，如凤凰者，实属罕见。中华大地上历史久远的城池并不少，但能荣膺"历史文化名城"的却不多。它们要么有景乏文，要么有文乏景，遗存不足以展现原貌。凤凰古城以山水饰面，以文化夯基，有完好的城池遗存，天时地利人和全让她占了，能不登上中国历史文化名城的宝座？！凤凰像一个精致的粉彩山水纹托盘，盛着清韵溢香的盆景，盆景里上演的正是那一个个脍炙人口的故事。

沈从文笔下，凤凰是一个宁静淳朴而带有野逸意味的地方。说野逸意味，凤凰苗人的赶尸、放蛊和落花洞女三大巫傩文化天下称奇。所谓赶尸，即"赶着"客死他乡的尸体远道回家。你说奇也不奇？放蛊，即养蜈蚣、蜘蛛、蛇、蝎等毒物成"精"，装神弄鬼唬人要挟。你说怪也不怪？少女落洞，大都因情绪压抑、婚姻不遂、神经错乱而落洞身亡。你说惜也不惜？其中的赶尸和放蛊，至今少有人能说出真相，很有些扑朔迷离。看"魅力湘西"演出和一些苗乡风情展览，其中就有赶尸场景，死人跟活人行百里甚至千里只为回归故里，是不是有些天方夜谭？由此看，说凤凰是神秘之地、野逸之乡，应是言之中的。

凤凰城小能容，聚居有十八个民族。沈从文虽然是汉人，但奶奶是苗族，母亲是土家族。出于偏爱，他有时也以苗族自居。凤凰人淳朴善良，崇武尚侠，游侠习气祖辈相传。在三湘，因曾国藩帮办团练湘军五十万，取代绿营成为清军主力，才出现了同治中兴局面。湖南人在中国历史上的突出作用，始于湘军；湖南人才之盛，亦始于湘军。故而民间有"无湘不成军"的说法，同时又有"无竿不成湘"（凤凰古称镇竿）的说法——湘军里能征善战之士，凤凰籍的不在少数。是不是可以说，凤凰人才之盛，亦始于湘军？！

因家境贫困，沈从文年仅十五岁就参军，带着祖父、父亲行伍的衣钵，带着成龙变虎的梦想，一路闯荡到十里洋场、古都北平。和沈从文一样，许多凤凰人从军效力为的是改善生存条件。走出去天高地阔，说不定能成龙变虎；留下来蜗居一隅，充其量是屋檐下的麻雀。事实验证了凤凰人的预想。凤凰从古至今文兴武盛，闻达四乡，重臣虎将、名士宿学代不乏人。沈从文之前的熊希龄，既是民国第一任民选内阁总理，又是政治家、慈善家、教育家，他把凤凰的光彩带进紫禁城，带到他力所能及的地方。沈从文之后的黄永玉，一位连初中都没念完而浪迹天涯终成绘画大师的土家族人，把凤凰风情淋漓尽致地展现在一幅幅水墨丹青里。承前启后的沈从文名气最重。凤凰的扬名，多半归功于沈从文优美隽永、清新从容的文字。从他的文字中，读者找到了一把认识湘西、打开湘西世界大门的灿灿钥匙。

转进一条名叫中营街的青石板小巷，沈从文故居坐落在这里。

四合头，两进院，中有天井，镂花门窗，马头墙，墙体剥蚀，地面光滑，这座典型的湘西风格的百年老宅，承载了沈从文的童年和少年时代。故居陈列沈从文遗墨、遗稿、遗物和遗像，最是引人注目。远足者至此，无不升腾起对这位虽已沉默却依然活跃在中外读者心里的文坛宿将的深深敬仰，这里的一切，会拉近读者游者与作家的距离。没有读过沈从文著作的人，怎么也不会想到，著作等身的沈从文竟是位只有小学文化程度、当兵出身的乡下人。更令人惊奇的是，他的前半生是文学家，后半生却是历史学家、考古学家，还两获诺贝尔文学奖提名。在这里见到《边城》的最早刊行本，不由得想起书中纯情善良的船家女翠翠，也想到湘西纯美的山水和异趣的风俗。目睹中国服饰史的开山巨制《中国古代服饰研究》，你又会感叹先生经历传奇、能量喷薄，岂止是一个惊世骇俗可以说清。

过沱江，至听涛山，上行象征沈从文寿终八十六岁的八十六级台阶，即至先生墓地。没墓冢，没墓道，没墓亭，路边石碑上刻有画家黄永玉为表叔沈从文题写的碑文："一个士兵要不战死沙场，便是回到故乡。"一块天然的五彩石矗立墓前，正面镌刻沈从文手笔："照我思索，能理解'我'；照我思索，可认识'人'。"背面镌刻沈从文妻姐张充和女士的诔文："不折不从，亦慈亦让。星斗其文，赤子其人。"

作为兵士的沈从文没有血洒沙场，作为文士的沈从文一生浮沉。名为从文，却不得不在大红大紫之际掷笔弃文；名为从文，又在古籍丛中拾遗补阙，执笔写史。是金子总会发光。他在文学史学上并驾齐驱，成就斐然。思索，思索，晚年的沈从文或许彻悟，留得十六字任人去猜。或可以这样说，如然不是一生慈悲为怀，能忍能让，也就不会心无旁骛地埋头著作，也就不会诞生这位享誉世界的作家和史家。黄永玉在《比我老的老头》一书中这样说道："谈文学离不开人的命运。从文表叔尽管撰写再多有关文物考古的书，后人还会永远用文学的感情来怀念他"。这就是文学的力量。

读凤凰，见山三分宠，临水七分秀，街巷三分拙，幽情七分深。来这里，用心的人少不了模山范水，留数幅速写，记几页感想，或轻轻亮一亮嗓子。只为凤凰这本充满诱惑的书，这幅永远读不厌的画。

写于2017年3月2日

过绍兴

到绍兴，第一站便是鲁迅故里，这是大多数游人的选择。

从深宅大院和百草园、三味书屋、咸亨酒店出出进进，旧日景象一如鲁迅笔下的乌篷船从眼前轻轻滑过，那欸乃的橹桨声把我的思绪摇进记忆深处……

那年那月，我也是从上海动身，也是搭乘火车，孤身一人来到水乡绍兴。

冬日的绍兴依旧满目生机，雨雾朦胧里透出点点绿色。没有雨具，不通吴语，在曲曲折折的石板街乱走了几个来回，人已然被冬雨"爱抚"了个够，才总算找到地方。近前，一张"内部整修，暂不接待"的告示，给远道而来的拜谒者当头一瓢冷水——比淋湿了衣衫的天雨还凉。好在走过咸亨酒店，走过古轩亭口，走过光滑的石板街，略略温习了鲁迅笔下的风物，没来得及吃孔乙己的茴香豆，也没来得及喝绍兴黄酒，便带着"来访不遇"的怅惘离去了。那时，知识的贫乏和雨雾的朦胧，遮蔽了眼界。在我心中，绍兴就是雨色连天中的一座古镇，而鲁迅或者可以看作是古镇的象征。除此，我对绍兴的前世今生，一无所知。

这是四十五年前的一幕。

这之后的第二十五年，记得是一个阳光明媚的日子，我再次来到绍兴，下榻鲁镇酒家——这里离鲁迅故居较近。果真，我这次没费多少脚力，一日光景遍游鲁迅故居、祖居和纪念馆，光顾了咸亨酒店、油烛店、茶漆店、钱庄、当铺。先生笔下的人物，如闰土、阿Q、孔乙己、祥林嫂、假洋鬼子、鲁四老爷、阿长……在场景的衬托下，一个个在我脑海中鲜活起来。

鲁迅因绍兴而文思不竭，绍兴因鲁迅而名重一时。正是因为鲁迅与绍兴有着不解情缘，他才写出如此多的动人风物、感人形象，以及笼罩在那时那地的变幻的风云。他的笔犀利，似剖视灵魂的刀；他的笔灵动，描绘出多姿多彩的风物；他的笔彷徨，写出了对乡土五味杂陈的感觉。乡愁，始终是鲁迅心中的不了情。

此次绍兴游，在2014年冬，队伍壮大了——妻、两个女儿还有外孙女。游绍兴是大家到了上海才做的决定。这对于我来说，是"拾遗补阙"之旅；对于家人，则是初识绍兴之旅。

游了贺知章故居，见识了《回乡偶书》作者的不俗人生。有人说，贺知章的出名，并不在于是进士出身，也不在于是大唐五朝元老、长寿诗人，而在于他发现了李白，举荐了李白，使李白得以脱颖而出闻名于世。《回乡偶书》应是在他告老还乡时所作，被人称为《唐诗三百首》七绝第一。诗中山河依旧、人事不同的感觉最是沧桑之笔，打动人心。

游了沈园，才知道陆游、唐婉的爱情悲剧在这里留下了铭心刻骨的印记。何以为证？便是那留在八百岁沈园中一唱一和的《钗头凤》。陆游"错、错、错""莫、莫、莫"两次长叹；唐婉"难，难，难""瞒，瞒，瞒"反复悲鸣，道尽了多少思念、情怨、悲痛和无奈。世事诡谲，人生无常，一对丽影成双、吟诗答对的夫妻，硬是被难以见容儿女情长的家母活活拆散。在沈园，在陆游和唐婉离异以后的偶遇地，面对《钗头凤》诗墙，那凄婉悲怆的文字，那字字血、声声泪的倾诉，即使铁血男儿也不免黯然神伤。就在唐婉酬答陆游《钗头凤》词不久，竟悒郁成疾，最终化作一片凋零的秋叶飘然而去。后陆游多次游沈园，每次都有诗记其事。其中一首这样写道："梦断香消四十年，沈园柳老不吹绵。此身行作稽山土，犹吊遗踪一泫然"。七十多岁的老人，依然让家人搀扶着游园，为的是凭吊香消玉殒的唐婉。沈园见证了陆唐二人的爱情悲剧，也留下幽怨千古的绝唱。沈园所以留存至今，应是《钗头凤》的福佑。斯人已去，伤心常驻沈园，结伴而来的情侣在悲其人时亦不免生出一丝庆幸。

游了秋瑾故居，才知道绍兴不只是文脉涌动之地，还出了仗剑报国的侠客，鉴湖女侠秋瑾就是一位名标青史的巾帼英雄。秋瑾自幼习武射骑，出嫁后移居京师，目睹国势危急、清廷腐败，遂立志献身救国事业。秋瑾两次东渡日本留学，办刊物，结同志，写诗作文，提倡女权，宣传革命。回国后首次策划起义未果。二次策划起义，因事泄被捕，在绍兴古轩亭口从容就义。作为革命家的秋瑾，以身许国不皱眉；作为诗人的秋瑾，婉柔不失刚烈："身不得，男儿列。心却比，男儿烈！算平生肝胆，因人常热。俗子胸襟谁识我？英雄末路当磨折。莽红尘、何处觅知音？青衫湿。"

五进院落的秋瑾故居，显得阴冷而凝重。一位从这里走出来的伟大女性，鲜活的生命终止于三十二岁。时光可以丈量生命的长短，却无法丈量这位革命家的生命重量。绍兴的秋瑾，无异于中华的脊梁。

……

鲁迅街的盏盏灯笼映出一片绯红。夜色朦胧中，人们游兴依然不减，店家的生意随着游人的到来而火爆。咸亨酒店，木结构、木陈设，极尽雕饰华丽之美。我们一家人围着八仙桌坐定，点了绍兴特色小吃霉干菜扣肉、红烧猪手、花生豆等，当然也忘不了孔乙己的茴香豆和绍兴黄酒。在这里用餐，可以与孔乙己隔着时空交流，还可以由孔乙己牵出阿Q、闰土们，少不了感慨"物换星移几度秋"。

三过绍兴，这一次才算游得从容，吃得舒心。细想起来，似乎还不尽兴。须知，"诗画鉴湖越台，风雅水城绍兴"，还在等你遍览呢。

2017年5月30日改于北京大兴红星北里

周庄：一派气象皆缘水

古语："镇为泽国，四面环水""咫尺往来，皆须舟楫"。未至周庄，心里已荡漾起一泓微澜。

周庄所见，水即街道。一水中分，两岸居家，系舟登阶，即入门户。纵横的小河承载着忙碌的船只，它们或运来鲜嫩的菱藕、活蹦乱跳的鱼虾，或载着游人悠来荡去。一边欣赏古镇风光，一边听摇橹船娘轻唱吴歌小曲，手则伸向波光粼粼的水面——你在画中行，我在梦中游，船上的人儿忘忧消愁。

周庄之富在于水。

水路其实就是周庄人的水利之路，输出的是货，运回的是钱。那一道道水流就是一道道动脉，有了它，就有了周庄，就有了周庄的富庶。因为河湖阻隔，周庄有幸避开历代兵燹战乱，保持了原有的风貌和独特的格局，这是一种别样的水利。我和妻探讨了一个大煞风景的话题：把周庄迁到十年九旱、水贵如油的黄土高原，周庄还会是现在这个样子吗？问题有些荒唐，但可体悟"橘生淮南则为橘，生于淮北则为枳"的道理。

周庄之美也在于水。

那一道道长长短短、深深浅浅、清清澄澄的水流，就是一幅幅流动的水墨画。因为水的缘故，到处都给人湿漉漉的感觉。徜徉一日，衣不沾尘，脚不沾土。默默且又活脱的水流所自、所止，始终是游人心中的谜。

人家大都依偎在水边。清晨，白雾弥漫中，妇女们临河淘米洗菜，雾里交谈，听声而不见其面。白雾荡动，黛瓦粉墙的古宅院第若隐若现。小船轻摇，橹声远近可闻。雾里周庄仿佛是一块饱蘸清水的手帕，双手一拧，便可挤出如雨的水滴。

白日的光景也如一支小曲。早市的船只泊在桥洞或水巷缆石边，楼下的人站在船帮上挑挑拣拣，得近水楼台便利。楼上的人懒得下去，以绳子吊只竹篮下船交易，楼阁和船只的垂直距离，就是双方讨价还价的市贸距离。偶见粉墙黛瓦上横别着一根根晾衣竹竿，挂满五颜六色的衣裳；不经意间，"扑通"入水的吊桶会吓你一跳。定睛看时，一桶清波已然出水，正被楼上人家曳去。太阳升高，见岸边三五老者躺在竹椅上养神，脚下"水镜"里映出他们的影子。不一会儿，如织的游人便打破了这里的宁静，旋起攘攘清风。

有水就有桥。桥不仅是河的伴生物，也是凌驾于秀水之上的彩虹。信步街巷，不时可见形姿各异的石桥。着意走过一座座小桥，原来，脚下之物多是元、明、清的古董。看它们老态龙钟的样子，真不忍心在其脊梁上再踏上一脚。然而，它们虽然苍老，却不失苍劲。它们用那弓着的背、弯着的腰，以及依然刚健的腿脚，自豪地告诉你，你的担心是多余的。

最可说的是双桥，明万历年间的双胞胎。因非"一母"所生，故修建时间不一，施工匠人不一，样式一拱一平、一长一短、一横一竖，石色一青一白，桥洞一圆一方，风韵在外，玄秘内藏。因形似古代的钥匙，周庄人爱把它称作钥匙桥，桥奇名亦奇，实在是人间不可多得的奇观。也许，纷纷在此留影的游人，不仅仅为的是仰慕，还希望图个吉利和谐呢！我和妻也不失时机地凑个趣，与双桥一起定格在永恒的画面中。

周庄之筑还在于水。

　　"人家尽枕河"不是苏州的专利，周庄比苏州更胜一筹。周庄是古建筑的宝库，千余户民居中，保存完好的民国乃至明清的建筑十之有六。百座古宅院第及六十多个砖雕门楼，与驳岸、拱桥、小巷构成古朴典雅、清秀静谧的佳境。深宅大院，又是藏龙卧虎之地，仅清以前，就从这里走出二十余名进士、举人；更何况还有众多名士，如张季鹰、刘禹锡、陆龟蒙。近现代的柳亚子也曾寓居于此。

　　周庄有代表性的民居当数沈厅、张厅、迮厅和章厅，尤以沈厅和张厅为最。

　　沈厅走出江南首富沈万三。富到什么程度？富到敢给手头拮据的皇帝朱元璋甩出一万两白银修南京城墙，后因不敷使用，便又甩出一万两。他甚至还要犒赏三军。沈万三忘了"卧榻之旁，岂容他人鼾睡"的老话。最终，朱元璋给他安了个罪名，让他充军去了——酿成大富即大难的悲剧。可以想象，既然富可敌国，那么他当年的宅第一定胜过眼下这栋七进五门楼的沈厅（沈的后人于清代乾隆年间再建）。

　　张厅的别致处是"轿从前门进，船自家中过"。体面人物坐顶小轿从正门进出，在热闹排场应酬的后面，货物静悄悄地进出，财钱也就一笔一笔地流了进来。

　　我观沈厅、张厅，虽则堂皇，较之山西灵石县的干家大院，仅及十分之一，终是藏愚守拙之所，从中看得出沈万三因富得祸的影响和江南人的精细周到。

　　周庄缘水而生，缘水而兴。少了水，就少了灵气；少了水，就少了水曲抱屋、湖碧浸楼的景致。她是水托起来的一叶画舟，是湿翠玲珑的出水芙蓉。

1999年冬写于海口虹冠大厦

"经典"桂林

在吟咏桂林的诗作中，唐代诗人韩愈的"江作青罗带，山如碧玉簪"堪称经典。但凡读到它，心都痒痒的，想去一看究竟。为了这个"究竟"，我前后去了三次桂林。

北方的山，刚毅清肃，连绵不绝，多昂扬之气，每每给人一种庄严感。江南的山，仿佛沾上香软之气，多缠绵，少棱角，散发着脂粉味。桂林的山，介乎两者之间，刚柔相济，好气质，佳姿色，最是入眼。

初去桂林，一路烟雨迷蒙。见市区多有山峰矗立，形单影只，作孤立无援状。

进一步作漓江游，两岸密集如笔锋的山峦，更有雨后春笋的生气意象。最使人惊奇的是阳朔，竟躲藏在形似莲花盛开的碧莲峰里。那山，一座座、一峰峰，青的青，俏的俏，齐向你扑来。我就纳闷：这里的山，是种出来的，还是搬过来的？是雕刻出来的，还是优选出来的？标致得令人不可思议。仿佛，天下好山都来阳朔聚会。果是阳朔地有灵气？相比之下，桂林的山就是另一种孤傲随意的美了，随意得像竹笋一样，只要有水滋润，就能破土而出，休管野外或市廛。这不，连桂林市的中心王城，也不忘挺起一枝独秀峰来，而独秀峰巅的雅室小筑，恰似石笋破土时托起的一爿民居。桂林的山，奇就奇在多平地拔起、独立不群。如独秀峰、象鼻山、伏波山、叠彩山等。山有奇状，人有妙想。每记起"山如碧玉簪"便不能不佩服诗人的别出心裁。

桂林的山，外奇内秀。我说的内秀，指山多藏岩洞，洞内生成大量石乳、石笋、石柱、石幔、石花。每一座石洞，都是变幻无穷的万花筒。百万年前才形成的这些石洞，百把年才能增高十厘米左右的钟乳石，它们极有耐心也极有信心地堆积着、雕塑着，千变万化着，为一座座奇峰打好锦绣的"腹稿"。奇光异彩的芦笛岩，变幻莫测的七星岩，洞洞勾连、水水暗通的隐山等等，把游人从峰外引入峰内，从地上引入地下，游人饱览了外奇，又领略了内秀。天公造物，竟如此偏私桂林，禁不住眼羡。

古人言，山得水而活，水得山而媚。桂林坦荡明丽的流水，有着自己的妩媚，这种妩媚就来自漓江。漓江最可说的一段，是自桂林至阳朔的近百公里水路。没有问过漓江得名的缘由，但听其名，就有酣畅淋漓的美感。江水丰盈，深绿浅蓝，看得见水底的草、圆滑的石头、敏捷的游鱼。江水总是不慌不忙地流着，无风亦无浪时，水面就是明镜一块，天光云影、奇峰秀竹，在水镜中展现各自俏丽的容姿。远岸天际渐渐合成一条线，把真相和倒影分隔——就像展开的折叠镜匣。江上数点竹排，或行或伫；见渔者斗笠蓑衣，站立船头，撒下一片云彩，收起一网银鳞。只有客轮驶过时，才会打破这种宁静，犁开一条白练，激起万点碎珠。两岸奇峰相挽，观山如簪；一江漓水弯曲，看水如带。这境界，去哪里感受？只有桂林。

在我眼里，桂林山水同韩愈的诗一样，都是经典之作。不同的是，一者出于自然之手，一者出自感悟之心。品诗里的桂林，读桂林里的诗，嗟羡之余，禁不住想折几枝秀峰，挽一条罗带，踏歌而归。

写于2006年6月

"龙宫"五人游

　　戊辰年榴月，同俊来、耀水、云峰、续珍游龙宫。甫一下车，忽觉眼前一闪。寻看，对过苍壁一瀑飞泻，隐隐雷鸣，寒气仿佛也随视线侵袭过来。近前，才知瀑布来自洞穴。洞穴依壁竖立，上见天日，下开豁口，流水将天光拉扯着一同飞溅出来。

　　所幸洞够大，瀑布也有礼貌，让出一边供观赏者上下。我们从右侧入洞，逆飞流，攀天梯，节节爬高。攀到洞的出口，踏上天桥，猛不防瞥见一汪碧潭，吓了一跳。走出一个幽暗洞穴，复进入另一个隐秘世界，才明白这就是在下面洞府看到的别有洞天。洞称龙门，水即龙门瀑布。那么潭呢？潭可称天池，是瀑布的源头。

　　坐在天池边，我说，手挽着瀑布的头，想象着瀑布的尾，像不像擒着一条见首不见尾的长龙？大家都说想得美。不知是谁说，只怕是真龙来了，你早逃之夭夭了。我说，来"龙宫"，见不上真龙，还不兴叶公好龙。众皆笑。

　　天池墨绿静默，约两三亩大，清爽如茶，且又深不可测。四围岩嶂，上生古木异草，有直立的、伏卧的、垂挂的，添了些沧桑。池左复见一大洞，洞口大张，有游船出入，与龙门一卧一竖，仿佛是折断的烟囱。这样看来，天池并非龙门瀑布的源头，只需看洞口岩壁镌刻"龙宫"二字，就知端倪。

租船入"龙宫"，内中雕塑有六宫龙王和它们的宫苑，众人都叫好，我却有他想。人工雕塑再好，混在自然天成的钟乳石当中，反倒画蛇添足。我历来不看好把自然界搞得不自然的"艺术品"。"龙宫"是个溶洞，叫我感兴趣的还是那些千奇百怪的、能激发想象力的钟乳石。经特殊的灯光照射，色分五彩，形显百态，直如幻想中的龙宫水府。孤陋寡闻的我们，不知人间还有这样的奇境。

洞似无底洞，水像"神来水"，越走越觉得神秘莫测。水静无声息，桨橹间或一划，激起细碎闪光的浪花。伸手可摸"龙体"，可触暗流，阴森中又有几分亲近。水悠悠，船悠悠，心悠悠，一里多长的"龙宫"，把人"悠"至空灵无涯的境界。

出洞上岸，复见天日。信步走去，山石树草如盆景精妙，不觉走了很远。据说，远处还有洞，洞里还有水。探看水的源头，可不是游人干的活。"龙宫"风景区方圆十数里，暗河、洞府遍布山中，可五进五出，同无羁无缰的水流和变着戏法的洞府玩捉迷藏。

同游"龙宫"的五人，分属五县，习惯于"坐，写，讲"，可一旦离开机关，面对自然，感慨虽多，却又难于表达，概因胸中少真山真水。那时，大家戏说，游"龙宫"不成龙变虎，还不沾点灵气？！五人中，俊来为长，耀水次之，云峰、续臻殿后，我居中顾盼。时过十年，俊来、耀水已退休数载。云峰调任政府，续臻调地区文化局，我仍居中顾盼——欲退不能，不退又无实事可做。耳畔偶尔飞过大家的戏说，哂然一笑，且赋闲涂字乱翻书。当然，这是戏言。

想起"龙宫"游，异而不凡，每在脑际盘旋。那是因为，初到贵州夜郎之地，初游暗湖、溶洞、地下河串联而成的喀斯特地貌奇观。故今忆而记之。

写于1988年6月

到石林去访阿诗玛

假如你见过大森林，尽可想象石林的不凡气象：黑压压、阴森森，高低参差、疏密相间，好像还有林涛呼啸。

假如你琢磨不透什么是鬼斧神工，那么，石林会告诉你，正是地动、风磨、水洗这把自然的鬼斧，把整架石山化整为零，雕刻成小到高不盈尺的石芽，大到数十米的石柱，还有剑状的、塔状的、蕈状的等等似人状物的石头森林。

假如你玩味过苏州园林的精致私密，再来领略石林的粗犷迷津，就有小巫见大巫的感觉。眼看一处景点就在面前，满以为一个箭步即可近前，可调皮的石林偏不让你如愿，七拐八折，忽而近，忽而远，忽而上，忽而下，忽而越溪，忽而避塘，忽而穿洞，忽而过桥，往复回旋，不能胜记，直到走得头昏脑晕，眼前才豁然开朗，啊，到了，到了。

听说石林是阿诗玛的故乡，就多了一点心眼。谁知，一脚踏进石林，看看这个景点不像，问问那个景点不是。巧的是，一阵风送来悦耳的歌声："马铃儿响来哟玉鸟儿唱，我陪阿诗玛回家乡……"循着歌声走去，眼前有个影子现了出来，"脸洗得像月亮白，身子洗得像鸡蛋白，手洗得像萝卜白，脚洗得像白菜白"，沐浴后的小阿诗玛多么娇嫩可爱。当然也会想起阿诗玛和阿黑哥，为逃避奴役双双被洪水吞没的悲情故事。

阿诗玛，你在哪里？

原来，她凝固在一座高高的石峰上——没有了银铃般的歌喉，没有了迷人的舞姿，没有了妩媚的笑容；但她依旧亭亭玉立，注目远望。她的对面，有一峰粗壮敦实，那不是正在回望的阿黑哥？是天成，还是人意，谁能说得清楚。

阿诗玛脚下，有一塘明镜般的池水，平静的水面倒映出阿诗玛和阿黑哥的身影。传说，阿诗玛还化作回声，随叫随应。若对着阿诗玛喊一声，石林即会应声。明知是久远的传说，明知这石峰是寄托和借代，但我听到轻轻的回声，还是忍不住激动。是为她的美丽？是为她的聪明？是为她的坚强？是为她的不幸？很难说清楚。一个艺术形象能够产生如此大的影响，足以说明，它凝聚了一个民族的呼声、情感和向往。你听，撒尼姑娘骄傲地说，她们个个是阿诗玛；撒尼小伙子自豪地说，他们个个是阿黑哥。在云南，在石林，以阿诗玛为标志的土特产、字号以及各种活动，甚至名重一时的"阿诗玛"香烟，无不是借助这位化作石头的姑娘的名望。阿诗玛没得好日子过，却为家乡父老过上好日子遍作广告，无私奉献。所以不仅撒尼人感谢这尊石头，所有云南人都感激她呢。

手拿民族服饰的商贩过来揽客，遂穿上撒尼人服装，手握长剑，骑上高头大马，在阿诗玛和阿黑哥的默默注视下，进入镜头。

2006年6月3日写于临汾

谒聂耳墓

聂耳墓在昆明市郊西山风景区，坟茔得山花艳丽的太华寺与林壑幽峻的三清阁左右拱卫。鸟择良木以栖，人相佳境而息。人民音乐家长眠于这片圣洁的土地，青山有幸，人心所愿。

在开阔疏朗的空间里，月琴状的墓园呈椭圆形展开，寓聂耳祖籍云南，发轫于民族音乐之意。墓穴安置在琴盘发音孔上，巧妙地暗示聂耳的歌声与大地同在。墓前横列着象征七个音阶的七个花坛，昭示着聂耳的音乐生涯。供人登上墓地的二十四级台阶，象征聂耳奋发向上的二十四岁年轻生命。墓穴前有碑，黑色花岗石砌成，碑的造型横长而竖短，碑座和碑身呈弧状趋前，别致而典雅。碑阳镌有"人民音乐家聂耳之墓"一行大字，出自郭沫若之手；碑阴刻郭沫若撰写的墓志铭。独特的艺术语言，一旦和先驱者的行状融汇，和大自然的精气合拍，就会产生震撼人心的力量。

伫立墓前，四周一片静肃。恍惚间，觉得这把月琴颤动起来，七个音符在眼前有节奏地跳跃，随即变作美妙的乐曲声；乐曲声又引来声波浑厚的合奏，汇成雄壮的《义勇军进行曲》，在林间回旋。侧耳细听：四周依然一片静肃。原来，旋律本自心底来。有聂耳神圣的灵光普照，谁能不由衷地感而为歌。"起来，不愿做奴隶的人们……"参谒的人们，终于按捺不住心头的激情，一齐唱了起来。没有指挥，没有伴奏，但凭着一腔热血、万千思绪。

写于1988年5月

赏绿鼎湖山

汽车载着我们在南粤原野上飞奔。

久行困乏，不免冲盹。睡眼惺忪间，只觉一脉青山扑面而来。车愈走，山愈显愈壮，那翠色也四下里漫延开来，渐至看不见边际。一投入它的怀抱，车便被葱葱山、盈盈水裹挟，这里便是此行的目的地鼎湖山了。

此时，北国已是绿褪花谢，不得不用"霜叶红于二月花"来疗"饥"，南国秋意却姗姗来迟。南来鼎湖山，冥冥中好像有一支饱蘸浓绿的画笔作陪，你走至哪里，它就涂抹至哪里，好似变着法儿为你留住夏日的妍丽。

初时，见林木疏朗矮小，阳光殷勤照射着林地，呈现出茸茸的、素素的粉绿。再上，林木芜杂，拥拥挤挤，粉绿转而为淡绿。再上，林木逐渐高大，少见阳光而多覆绿荫。涂来涂去，色彩厚重，就有了嫩绿的感觉。复上，乔木争高，长藤缠绕，绿荫越来越深，似那画笔笔锋一捺，抹出一道浓绿。直至峰巅近旁，林木已达遮天蔽日、密不透风的境地，于是那支无形的笔便使劲一拧，挤出一钵墨绿来。人由卑而高，绿色由淡而浓。是谁层层叠翠？是谁巧手描绘？无须借用外力，正是雨林自个儿。

中国画讲究用墨，叫作墨分五色。墨的焦、浓、重、淡、青，全在画家笔下的变化。依我看，鼎湖山的绿，也可分五色，叫作粉、淡、嫩、苍、墨。这种变化来自天然，没有任何矫饰，故而令人愈觉可爱。

当然，鼎湖山的绿还不止这些。如果再留意一点，你就会发现，它的绿，不仅浓淡不同，而且形态殊别。比方说，绿得昂扬的是钻天的锥栗，绿得羞涩的是铺地的柔草；绿得丰腴的是阔气的芭蕉，绿得清瘦的是劲秀的翠竹；绿得出神的是佛门的菩提，绿得浪漫的是英雄的红棉；绿得缠绵的是勾勾搭搭的老藤，绿得单纯的是点点滴滴的苍苔……山上有亭叫卧绿亭，沽一壶美酒，携三五好友，醉卧其中，融化于绿林之中。那梦，也许一块儿被绿化了。

树，涵养着水；水，滋润着树。正是充沛的雨水、丰盈的泉水，水晕墨彰出一脉奇绿。在鼎湖山，石头缝里都有泉，坑坑洼洼皆是潭，涧豁沟崖多有瀑布。水无常，云雨也不可捉摸。上山时，炽日炙面；转眼间，团云飘来，洒下阵阵甘霖。树叶上滚动着水珠，水珠就青了；山谷间聚集着潭水，潭水就碧了；石头上披着地衣，地衣就翠了。仿佛，雨也绿了，雾也绿了，风也绿了，绿得你透心地爽。半山亭联语："客游图画里，僧语水云间。"空灵，飘逸，禅意。

鼎湖山有岭南名刹庆云寺，有点缀在深山密林里的亭台楼阁，至今都不甚记得了，唯独这霭霭绿意萦绕心头。人在山中，碧化心田。城市的喧嚣，大地的尘埃，心头的烦躁，不知不觉中被涤荡被消融。"到此已无尘半点，上来更有碧千寻。"

诚哉斯言。

2001年3月写于海口虹冠大厦

椰城风情

时值九月，从北方乍到海南，顿觉天遥地远，景致大异。异乡人看异乡，满眼新鲜，满脑子奇想。

踏上号称椰城的海口码头，抢先迎接我的是海南的大太阳——赤裸裸、火辣辣，热情得让人有些受不了；而湛蓝寥廓的天和白如棉絮的云，又让你心生浮想。这样的天象，怕只能在青藏高原看到；但那里的太阳，一副冷漠寡欢的样子，不似海南的太阳宽厚热诚。

如果说，太阳的礼仪过于热烈，那么，前呼后拥、夹道欢迎的椰树，会给你儒雅的爽意。抬头看时，它们躯干笔直，无枝无蔓，硕大的羽毛状叶片，撑起伞状的绿冠，为游人提供了一把把廉价的太阳伞。当然也不可忘了殷勤状的榕树，它垂着长而密的胡须，似在表示久仰之意；还有那些开着五颜六色的不知名的花树，也参加到欢迎行列。随着脚步的深入，那些从花圃里怒放的，从墙垣上探出头来的，从楼层垂吊下来的陌生花卉，容光灿烂地恭候你；更有椰城人真诚的笑脸相迎，一声"欢迎您到海南观光旅游"，把游人长途跋涉的倦意消融，把陌生感驱散。

热情和甜蜜是孪生姐妹。椰城海口，不仅是一座热情的城市，还是一座甜蜜的城市。这里不像北方，把节令看得那么重，换句话说，这是一方没有冬天的地方。二十四番花信催促着二十四种瓜果（当然还不止）轮番上市，争宠献瑞。时当年节，热带风味的奇果异瓜纷纷涌进城来。流蜜的、淌汁的、爽口的、香脆的、回味悠长的，任你过瘾。置身其间，如同泡在蜜罐罐里。北方可见到的香蕉、菠萝、荔枝自不必说，那些听过没见过，见过没尝过，或根本从未听说过的，比比皆是，且大多名奇而味殊。火龙果，形如拳头，色红质嫩，外带稀疏龙须，却又绿得可爱。切开，果瓤黑白相杂，含到嘴里，爽如吃雪糕。杧果，形如心脏，口感滑润。原以为，波罗蜜是菠萝的别称，拿来看时，却吓人一跳：比人头还大的椭圆体上密布疙瘩，看似其貌不扬，其果实却甜透心窝。有趣的是，南北同名的水果却不同宗，面目陌生。番石榴，并不是北方通常说的石榴，外表更像梨子。这里的木瓜，绝非北方的木瓜，一者啖肉，一者食籽。这里也有桃，称作杨桃，形长有棱，青黄油光，和蜜桃风马牛不相及。假如把青皮青瓤鸡蛋般大的蜜枣，同红皮红瓤的红枣搁一起，北人还以为是怪物呢。还有叫不上名字的，不敢细问，免得闹出笑话。

逛椰城，少不了要说一说椰子。形似足球的椰子产自椰树，椰树终年开花结果，多子多孙。徜徉大街小巷，随处可见树上的幼果和地摊上堆的熟果。行人累了渴了，或举起椰子仰天长饮，或插一根管子吮吸，随常得很。椰子浑身是宝，壳有棕榈样的纤维，肉雪白可吃，汁如琼浆，最能养人。海南人多是喝椰汁吃椰肉长大的。据说，战争年代药品匮乏，红军琼崖纵队曾经以椰子汁替代葡萄糖为伤病员治病。如今，海南有了椰子节，作为形象大使，椰子已经名扬天下。还有西瓜，反季节疯长，反季节海吃。个有大中小，色分青白黑，瓤见红黄白。过大年，吃西瓜，喜上加喜（西），甜上加甜。最廉价的，当是瓜果之外的甘蔗，一捆捆，一筐筐，块儿八毛钱一根，生津止渴，最为路人眼喜。吃相也有趣：横着吃的像吹笛，竖着嚼的像品箫——一不留神，被当成街头卖艺的乐人了。但毕竟，美味和美乐不是一回事。美丽的海口四季飘香，天地醇和。有人说，这里的空气洁净，装一瓶即可卖钱；地下水多来自矿泉，打一桶就能市贸。这里的人也娇小精明，懂和气生财。商家蹩脚的普通话少不了"先生""老板"的尊称、"您好""再见"的客气。百姓浓重的南音里，隐约可辨的也是"玩得开不开心""吃得爽不爽啦"等问候，谁听到也爽意。而购物挑三拣四，打的讨价还价，都是在微笑和善意中进行，游客花钱有"当爷"的感觉。

椰城地处亚热带，濒临琼州海峡，阳光偏爱，海风徐来，雨脚儿也勤。一风驱热，一雨成秋。夏无酷暑，冬无严寒，扩张了人们的活动空间。年节前后，远在北国的家乡瑞雪纷飞，人们囿于暖屋，难得一见风和日丽的天气；而椰城，依然是太阳高照、汗流浃背，依然是蛐蛐叫、蚊子咬，依然是男着单衣女穿裙。北方那种穿花袄，戴花帽，冰天雪地放花炮的年味儿，在这里无从寻觅。走遍椰城，随处可见茵茵草坪和斑斓鲜花。最开阔的一处叫万绿园，百把公顷大，三面临街，一面傍海。偌大的草坪，各色花卉编织成变化多端的图案，奇树异木点缀成景，小憩娱乐随心所欲。这处没有围栏的草地园林，是椰城最具吸引力的平民化公园。

往大里说，椰城就是一座万绿园。海口人说海口：这里永远不会像红色那么热烈，黄色那么辉煌，黑色那么沉重。言外之意是，万种风情皆归结于一个"绿"字。容我再添上一句：芳心春梦属于她，豆蔻年华属于她。

椰城天生浪漫，椰城人便是浪漫的宠儿。椰风海韵给她丽质，也给了她最闪亮的品牌。海口得名椰城，是对"一城人家半城椰、千门万户椰丛中"这一特有景观的浓缩。在这道风景线上，新潮的豪华轿车和笨拙的三轮车同在轻风里留下车影，摩天巨厦同古老的骑楼廊楼共存，珠光宝气的摩登女郎与赤脚挑担的村妇擦肩而过——火热的建设和青春的气息充满各个角落……椰风与民风相融，与民生相系，与时代相映，你会觉得于诗情画意外还须添上高情雅意才是对这里风情的如实描述。

　　椰风挡不住，大海寻常见。乘车，会冷不丁贴近海岸；散步，无意中与海风亲吻；登高，船帆点点扑入眼帘。大海喜人，人便追海。许多别墅楼宇临海而立，亲热海天秀色。远望，有如香港一角、深圳一片。居家滨海，可以凭栏望景、卧榻听涛、开户迎风；但肯移步，波涛就在你的脚下翻滚。为了撵海，我沿西海岸带状公园一路逶迤，左首观海，右首看花，十多里的左顾右盼，说累确实有点累，但耳聪目明神气清。驻足水浅浪小、沙细如绵的假日海滩，只见一湾海水一湾人，在碧波中洗濯，在凉风中梳理。

　　夕阳西下，晚潮拍岸，清风忙来为人解热，夜幕下的椰城毫无倦意。热带园林和漫漫海滩是对景谈情、听潮"派对"、载歌载舞的好场所。而酒吧、茶道、大排档，都在开怀迎接吃宵夜的人们。合家聚餐的、朋友聚会的、情人幽会的、老乡叙旧的、对酒当歌的、谈买论卖的，处处景处处戏。中国最年轻的省会、新型的移民城市，以魅力和热情，吸纳了五湖四海人、南腔北调音、川鲁杨粤菜、晋津云贵食。浪漫的夜生活，与高节奏的工作相表里，或许是南岛特区的迷人之处。假若你不曾来过，那么，最好来这里走走；你一旦投入她的怀抱，便会滋生来不易、去亦难的恋情。

1999年9月写于海口虹冠大厦

走天涯

　　时在新世纪第一个春节过后，客居海南的我们夫妇作岛内三日游。一日，有万泉河、红色娘子军园、印尼村、热带植物园过眼。二日，经黎苗寨、珍珠养殖场，午间来到三亚。按行程，只留给三亚一日的时光。

　　我国版图上，最北端的城市是漠河，最南端的城市就是三亚（现在让位于三沙市——作者注）。两城万里之遥，冷热绝殊。漠河可体验漫漫冬日、皑皑雪原、夏日白夜奇观。三亚可尽享四季如春的福祉，能触摸天涯海角。即使闭目遐想，都会神往心动。三亚，美丽、浪漫，更招人喜欢，只一句"游客如云"就可说明一切。

　　我常有人生苦短、阅历苦浅的窘迫。譬如三亚，过去，对它的了解也只局限于天涯海角，因而，天涯海角就成了一桩遥不可及却又梦牵魂绕的心事。一旦身入三亚，才知道三亚之美远非如此。它的阳光之艳，它的海水之蓝，它的沙滩之柔，它的风情之异，虽不能说世上绝无，但也是中国独有。而统领诸景的则是神奇的蓝韵绿意。蓝者，漂亮的大海；绿者，美丽的植被。试想，少了蓝绿二色，三亚的美会不会大打折扣？游人领受了三亚风光之酷，就会因升华了的整体美而淡化一景一点的印象。

　　大东海在市东。传说，这里就是流传已久的"福如东海"发祥地。

它形如弯月，媚若明眸，绿树袒护，白沙镶边，不愧天成的妙境。眼见弯腰抚水的椰树，一下勾起几十年前对一幅海岛照片的记忆。隐隐间，产生"故人"久别今又见的感奋。关于"福如东海"，没去考证，窃以为不必较真，不妨把它当作世人对幸福的憧憬。

如此好山好水好心情，惜古人极少能来体验，皆因包括三亚在内的海南岛，历来是谪臣罪人流放的蛮荒之地。著名的谪臣"五公"中，唐宰相李德裕客死这里，宋秘书少监胡铨一住近十年。元代纺织家黄道婆也曾来此传经习艺。想必他们不会拒绝好山好水，但能否有好心情，且听听李德裕怎么说："一去一万里，千之千不还。崖州在何处？生度鬼门关。"又用"鸟飞犹是半年程"形容关山迢递。贬居海南的苏东坡，不知可否来过崖州，他的"九死蛮荒吾不恨，兹游奇绝冠平生"的吟哦，显然是在寄苦情于美景。天涯拒绝悠游，雅人遥念天涯，大东海就成了理想的福地被风传下来。真有景福的，是飞机不须半日程的现代人。休闲度假随时可来，海水浴、阳光浴不分冬夏，还可异想天开地乘潜艇水下观光，着潜衣海府遨游。与海嬉戏，与鱼共舞，是何等的浪漫！但开心的观光往往伴随着不菲的开销。乘潜艇一百八十元，着潜衣三百二十元。囊中之物，尚不够支应一人。羞涩之窘难与人言。好在，觅得一副古联的上联，带它个"福"字回去，不也可作补偿？

不知从什么时候起，天涯海角这个地理概念，演化成情侣海誓的圣洁之地。我们夫妇两鬓霜染，盟誓已为平生行迹印证，来这里，只是出于对自然的钟爱。当然，果真天涯传情，海角通灵，也不妨借光随喜。景区半是沙滩，半是岩礁。岩礁半数在海，半数在岸，宛似海上石林。天涯石身宽体胖，独立一隅，上刻"天涯"二字——其字出自两百七十年前的崖州知州程哲之手。得此启发，有人在其后滚圆的巨石上镌刻"海角"二字，可谓前呼后应、珠联璧合。历史性的定位，成就了两块石头，炒红了天涯海角。

照相的人多,抢镜头的也不少,你的镜头里有他,他的镜头里有你。游人似乎并不介意,他们更在意与"天涯""海角"一道回家。就在我们拍照之际,海浪乘机亲吻了我的鞋子,进而亲吻了衣裤,还把妻子困在一块仅可容脚的石头上。她闭目尖叫、惊慌失措,惊恐之后,笑了一通可笑之事。天涯石还刻着郭沫若的诗,记得有"海角尚非尖,天涯更有天"句,亦经验之谈。不是吗?遥望南天,有我们的西沙、中沙、南沙和曾母暗沙,再往远望,渺无边际,天外更有天。

亚龙湾,号称天下第一湾。青山环抱,海滩绵长,最宜游人活动。这里的沙子堪称一绝:白如雪,细如面,软如棉。你不禁觉得蹊跷:难道钢磨磨过,绢罗筛过?沙明而且水净,可以透视水下深处的珊瑚和鱼类。如此开眼,何处去寻?

觅得"福如东海"的出处,有无"寿比南山"的对应?来到南山文化旅游区,答案不解自明。南山又名鳌山,山形类鳌得名。鳌者,千年鳌、万年龟的代称。南山不仅年尊,且与佛有缘。唐高僧鉴真东渡日本,遇台风漂流至此,住持一年后终至日本。日本的空海和尚西渡中国,也因风虐流落南山,其后再辗转长安。观音菩萨十二大愿中的第二大愿,"常居南海愿",有说指的就是这里。现在的南山乃全新的包装——园林化了的文化园,文化了的林园,凭借山光水色的地利,独树一帜于南海之滨。它集福寿天地、南海风情、天竺胜迹、世界塑像主题园、摩崖石刻、风景小品、海派餐饮为一体,较三亚其他景观多了文化味。尤其盛唐风格的寺院,不可多得。罕见的三面观音,圣洁高雅,端立云表。百公斤黄金、百公斤翠玉、百十克钻石妆塑而成的金玉观世音,是上了吉尼斯纪录的。追求新奇而产生的轰动效应,远远超过了文物的自身价值。一幢刻着"寿比南山"的石头立在路侧,猛醒,与大东海

得到的一联恰好成双配套。至此，圆满了游人的心愿，也结束了我们的
旅程。

2000年2月5日写于海口虹冠大厦

马鞍岭火山口记

  马鞍岭火山口进入我们的视线时，只是笼罩在蒙蒙细雨中的一个突起物。脚步逼近，眼珠紧盯，那物什就从雨幕里现出真形：山如双锥体，两峰相接处自然下凹。当地人说像马鞍，火山口因以得名。那个曾经气焰嚣张、喷火吐浆的巨口，据说就隐藏在双锥体的肚腹里。品读它，说不上崔巍，算不得秀气，平平常常的一个山包；只因为有一张人见人惊的名片——火山口，倒叫探奇的我们一路紧赶。

  山不高，路不陡，边走边看边聊，不觉已跃上"马鞍"，只是林木蓊郁，遮蔽了路径。迟疑间，见有人蜿蜒下行，遂学步驱赶。果然，拨开林莽，一口大锅样的天坑端坐在脚下。下到"锅底"，如坠入另一个世界，不免生出失脚落井般的惊恐感，坐井观天般的渺小感。尽管此火山早已脉静身凉，心中仍免不了悸动。

  火山口形如喇叭，高、宽均几近百米。"马鞍"的凹处，正是倾泻滚滚岩浆的遗存，巨大的推力把岩浆一直送到很远的地方，难怪四野至今仍是裸露着的一片片褐灰火山石。火山口内虽遍生草木，但难以遮掩凶相毕露的洞穴和嶙峋峥嵘的岩石。岩石有蜂窝状孔隙，使人想起燃烧殆尽的炉渣。观"岩"察色，俯仰古今，马鞍岭火山口不过是地球的一个"出气筒"。地球有气难憋，专拣软薄处开口发泄，直到"油尽灯枯"，方才沉睡不醒。直到这时，在它盛威下退避三舍的树木花草才又卷土重来，再建家园，最终以柔克刚，占有了不可一世的火山。你看，茂林四合，草藓染壁，连花儿也敢在它口里撒娇，果儿也敢在它口里流蜜。大千世界，阴阳消息，最终化干戈为玉帛，变腐朽为神奇，造就了这处地下林园。经人类文明之风吹拂，火山口真是"放下屠刀，立地成佛"了。

辗转复上，沿双锥画了一个圆，周围风光也就呈弧形闪过。可惜天不作美，四下里茫茫一片；放晴时，本可以看到崇山那边的大海。倒是脚下的火山口公园一片异象。六角蜂房式布局，想必有意喻匠心。主道从马鞍岭呈"A"字型向下闪开，围绕火山口主题，长垣小径，回廊雅轩，雕刻造像，多用火山石做料，看似粗犷性野，实则别出心裁。园内尚留一坡火山熔岩石，绳状的纹络清晰可见，似仍在蠕蠕流动，让人据此想象火山活跃时的壮观和形态。公园以万绿草地作毯，千顷荔枝做伞，异树奇花装点，充满热带情调。俟几个月再来，一串串妃子笑，会给你赏心悦目的丰姿艳面、剔透果实。如在长夏，从都市涌来的青年男女，围着火山口消夜联欢，也可使火山口再火一把。

马鞍岭火山口，在海南琼山市石山镇，说起来，并非"独生娇子"，仅仅是此处数十个火山口群中的一个，不知行几，但知寿高万年。心中怜之，便拣了两块火山石，一块形树，一块状山，是绝好的盆景材料。回来看书，无意中瞥见北齐刘昼的哲语："物有美恶，施用有宜；美不常珍，恶不终弃。"活着为患，死而变宝的马鞍岭火山口，岂不正中此论。

时在新千年正月初三日，妻和院邻阿婆同游。

写于2000年2月8日

藏游记

天路

飞机从咸阳机场起飞的一瞬间，心底禁不住发出一声时尚的感叹："啊，终于踏上通往雪域高原的天路了！"

可不是！这不仅是天路，更是天路之上的天路。

为了这一天，心心念念多少年。

随着地面景物渐渐远去，飞机穿云破雾渐行渐高。从舷窗看下去，我们乘坐的仿佛不是客机，而是航行在波涛翻滚的云海上的一艘客船——本来么，这架飞机就叫空中客车。

此时，心绪随着颠簸的飞机禁不住"颠簸"起来。

雪山、草原、蓝天，拉萨、布达拉宫、雅鲁藏布江，扎西汉子、卓玛姑娘，还有响彻高原的天籁之声……对于雪域之外的人而言，这一切似曾相识又那么陌生。说起来谁不想亲临其境，做起来却不是一场说走就走的旅行。只一个高原反应，会让好多人"反应"不过来。

至于我，盼望的心情大于对反应的担忧。此刻，多年的愿望就要实现，幸福是不是来得有点突然？临行前，不得不认真评估一下：你敢去吗？有这个条件吗？这么大年纪，谁放心你去？想了不利想有利，结论是：虽说高原缺氧，而我又霜染双鬓，但一个"三不高"（指血压、血脂和血糖不高），就叫我从骨子里壮胆。还有一个是心劲。多少年的心愿，早给血脉里注入一种看不见摸不着的"精神氧气"。就这样，得了爱人和儿女们的允许，"胆气"加"氧气"，又有小女儿婷婷和外孙女楚楚的大包大揽，我便一身轻松地迈向进藏的天路。

一行三代人：小女儿、外孙女和我。

这一天是2020年9月21日，出发时西安阴雨霏霏，至拉萨时阳光灿烂。

圣湖圣山行

车顺着拉萨河前行，不时闪过立于山坡或嵌于河谷的寺院和佛塔、经幡，静默而神秘。它们和稀薄空气、洁净天地、皑皑雪山一道，给游人以圣域独有的气息。

爬山，爬山，不知爬了多久，总算攀登至一座贴着天际的高山之巅。汉藏双语刻石"岗巴拉山，海拔5030米"。怪不得头重、脚轻、胸闷，飘飘然呢。想起昨天飞机刚一落地，楚楚就嚷嚷着胸闷不适，惹得我和她妈妈好笑，说："真是灵验，一到西藏，即有'高反'。"看来今天我也不例外，再不必大惊小怪。

站在岗巴拉山口瞭望，两山夹一水，貌似月半弯。女儿是旧地重游，说羊卓雍措到了。

下山，巨石上书"羊卓雍措，海拔4441米"。湖水清湛，湖面微澜，以手掬水，冷冽光滑。远望近观，有湖形似带、湖面状镜之感。不免遐想，这条蓝色的飘带，是上天的遗落，还是雪山的广袖，抑或是众水的编织？它的美来自天然，无须装饰自带娇；它的媚读懂也难，万般心思一点碧。到羊湖，仿佛头脑洁净了，尘累洗刷了，人与圣水腹心相照，还能不放空心灵？此时此地，我是放空了，想必女儿也放空了，女儿的女儿，一个孩子家，更是心与羊湖一齐飞了吧！

羊卓雍措是西藏三大圣湖之一，达赖喇嘛的转世灵童大都是从这里出发去寻找。羊卓雍措很大，能装下七十个西湖；也很长，有一百三十公里，为世界海拔最高的堰塞湖之一。湖里多鱼，但藏族人从来不吃。个中缘由，湖是圣湖，鱼儿也是圣物——所谓"蠢动含灵，皆有佛性"，故而得到护佑。

午餐后，继续西行。路平坦，车流少，正好沿湖看水，贴岸观俗。田里有人，草地有畜，村庄寂静。但见幢幢藏房，有白色的，有灰色的，还有暗红色的，加上装饰，风味独特。家家有院墙，但不多见大门。院墙上多贴着像北地的锅盔一样的东西，圆圆的、扁扁的，像是着意贴在墙头的装饰。问司机，原来此物乃牛粪，并非装饰，一阵好笑。牛粪于夏秋捡回来，贴墙上晾干，备冬季取暖烧饭用。还有一说，谁家墙上的牛粪贴得整齐，谁家就好娶媳妇。此言在理。

个把小时，车停在一通高大的石碑前，上写"乃钦康桑峰，此地海拔5020米，顶峰海拔7191米，为西藏四大圣山之一"。礼赞了圣湖，又朝拜圣山，不期然沐浴在人生的圣境。

此刻，女儿婷婷因缺氧头疼，便在车里吸氧。我和外孙女楚楚几乎没有多想，就随游客往雪山爬去。气喘，乏力，腿也不听使唤，吸几口氧气，相互搀扶，前行不辍。山戴着白色桂冠，披着白色战袍，就像镇守苍穹的威武将军向来人招手。它招手，我前行，爬到游人止步的海拔五千三百米的地方。坐在凉亭看雪山——头顶冰盖，裤裙为冰挂，腿脚为冰柱。隐约看见冰挂处有道道水流下淌，是奔圣湖去的吧！两圣相谐，天蓝水碧，我为它的圣洁和奉献而顶礼膜拜。

下山，路遇一老太，先是给我点赞，继而操着京腔问："咱俩谁大？"我不假思索地回道："我大。"老太也很自信地说她大。我问她今年高寿，回说七十挂零。她问我高寿，我伸出拇指和食指。老太说："啊，都八十了！还敢爬雪山？不得了！"忙向身后的家人嘱咐，"快快，给我和这位寿星合个影！"这个小插曲，为素不相识的游人添了乐趣，为雪山圣地添了喜气。路上多见垒片麻石为塔，出于好奇，我和楚楚也以雪山石垒雪山塔，将心中的虔诚献给圣山。一生登山无数，一生平凡度过，不意想这一次可登出了名堂，不止在游人的队伍里显眼，回家后在朋友圈也有了点名气，令我很得意了些日子。

观风八廓街

在我的印象中，拉萨有条八角街，来了之后才知道是误称，正确的称呼应该是八廓，藏语八古的音译。我的误读来自想象和自以为是。语言是有生命情感的，有时也难免"众口铄金"，今天的误读说不准就是明天的正音。这是后话。所幸进了藏，才没有把八角当成正音。来西藏随处有学问，想当然自免不了出错。

拉萨的中心在八廓街，八廓街的中心在大昭寺。拉萨内中外三条转经道，都是围绕大昭寺开转的。其中，八廓是中转经道，是最重要的一条。我们在这里漫步，时见成群的藏民手摇转筒以顺时针方向朝拜。整条八廓街，不仅弥漫着商肆味和文化味，还弥漫着香火味和酥油茶味。

公元7世纪，吐蕃王松赞干布专为供奉释迦牟尼十二岁时等身塑像修建了大昭寺，故而形成藏传佛教里至高无上的地位。可以说先有了大昭寺，才有了八廓街。有了香客，便有了商贩；有了商贩，便有了为之服务的一应设施。八廓街的兴盛当是大昭寺的功德。

我和楚楚进寺，按内转经道走了一圈。释迦牟尼佛像位于寺中心的大经堂，为文成公主进藏时所带；想起寺院外广场的一棵老柳，也是文成公主所栽，习称公主柳。这里有文成公主的塑像，有描绘她进藏盛况的画卷。一位公主即是一位使臣，她把大唐气象带到这里，播撒在这里，难怪人们把她当作菩萨供奉。登上三楼平台，只见大小殿宇皆覆以金顶，华丽壮观之极。这座寺院是吐蕃王朝的原筑，寿高一千三百岁。民谚"先有大昭寺，后有拉萨城"，当是实情。

从大昭寺出来，楚楚随妈妈购物去了，我去了清政府驻藏大臣衙门。藏汉"清政府驻藏大臣衙门"烫金大字气势夺人。入内，大殿门楣高悬一匾"抚远绥疆"，笔墨苍劲有力，让人不由得肃然起敬。自雍正五年驻藏大臣制度建立，到1911年大清终结的一百八十四年间，五十七位（有再任及三任者）驻藏大臣，为巩固边疆、建设边疆所作的努力有迹可循。他们有的抚恤救灾，有的建章立制，有的统兵抗英，有的为国捐躯。就连贪官和珅之弟和琳在任职期间，也慷慨解囊劝人种痘，留得口碑。驻藏大臣衙门官邸，即是一座藏汉一家、祖国山河一统的丰碑。

从衙门出来，我又走至一处叫玛吉阿米酒馆的黄色小楼，只觉得它与白色情调的八廓街甚是乖致，不免多看了一眼。有知情者说，这座酒馆就是六世达赖喇嘛仓央嘉措的密宫。那么"玛吉阿米"是什么意思？其意为未出嫁的少女，或是仓央嘉措梦中情人的名字。来到这里，你不留意也不行。

不以出世显赫而以入世出名的仓央嘉措，以卿卿我我的世俗之情，与"炉香乍热"的"法界蒙薰"相悖。他是位极具才华的浪漫诗人，又是位备受争议的达赖喇嘛。他迷离的生平，酿造出许多迷离的传说。比如眼前的这幢名为"玛吉阿米"酒馆所在，相传就是当年仓央嘉措与玛吉阿米相遇的地方。他曾在此写下"在那东山顶上，升起皎洁月亮，年轻姑娘面容，渐渐浮现在心上"的诗句。玛吉阿米因一诗走红，读诗的人想象这位未嫁姑娘的虚实，听故事的人痴迷于传说中的情境，玛吉阿米终究变作艺术化了的形象得以永生。人生不如意事常八九，坐在活佛高位的仓央嘉措也如是。沉醉于情爱旋涡的仓央嘉措，在爱与憎、苦与乐、行与思、感与悟的修持中，想的是"不负如来不负卿"，到头来却很难兼顾，并为此付出二十五岁的鲜活生命。他的死一如他的生，也留下多个版本，扑朔迷离。有感于此，八廓街是不是还是"诗僧街"？

登上布达拉

凤冠霞帔的出嫁女，未揭面纱已然使人联想到她的天生丽质。未游拉萨之前，我已从各种媒体上见识过布达拉宫的美，就好似已撩起过她神秘的面纱端详过一番：蓝天为霞帔，红宫为凤冠，白宫为冠沿。而那挺拔峻峭的玛布日山是她的宝座。蓝、红、白及黄、绿色彩的绝妙搭配，让大自然的妙态和颜容与人类的杰作"浑然天成"。作为拉萨和西藏的标志，这座集宫殿、城堡和寺院于一体的建筑群，虽然从形态上依旧居高临下，但从文物活起来用起来的角度，早已归属于人民大众，成为可以直观，可以平视的历史遗存。人们所以要仰视它，除了因为它有圣地之誉外，还因为它有云中堡垒、天上宫阙的壮美。

行至半山腰，楚楚要去排队买票，我挤在门槛下的人群里歇息。无论是排队的或者是歇息的，大多面红气粗，脸颊上挂着细密的汗珠。有位年纪不算很大但也不算很小的男士，看我发白面苍，问道："您老今年高寿？"我说："就要奔八。""哎呀！您这般年纪还面不改色，我们团队里几位六十岁的大爷早腿软气喘掉队了。"他的话给我引来好多惊奇的目光，一霎时，我成了众人围观的"宠物"。楚楚听见，回头也给了我一个鼓励的眼神。我像小孩子，别人一鼓舞，已到嘴边的那个"累"字便咽到肚里再不敢露头了。

走进寺院，才知道山不好攀，寺也不好游。不停地攀梯登阶、穿堂过殿，千数殿堂宫舍，游人可看的不过凤毛麟角。这且不说，一个小时时辰，又能看多少地方，记住多少亮点？真不好说。

就说说佛殿灵塔和壁画吧。

这里也有《文成公主进藏图》。文成公主进藏路线的某些路段至今专家们也没有定论，倒是我们曾走过有定论的青海省日月山。想那文成公主荷载一国之托，毅然擦干泪水，一步步走向雪域。想必她有过像时人说的"高反"之痛，有过穿异服吃异饭习异俗的艰难磨炼，然而别无选择的她必定要视他乡为吾乡。幸好，到了这块荒蛮之地，她的博学多能便派上了用场。中原的文化和先进技术传播到这里，滋养了这方土地，也繁荣了这方土地。公元641年，十六岁的文成公主下嫁松赞干布。650年，松赞干布去世，文成公主并没有像人们想象的那样回到大唐，她选择留下，为这片土地奉献了一生，直至走完暮途，她因而被西藏人民尊称为绿度母（观世音菩萨的化身）。

文成公主的一页翻了过去，但大唐与吐蕃的和亲路没有就此了结。710年，又一位大唐公主步文成公主后尘走上这条和亲路，她就是唐中宗的养女金成公主。金成公主入蕃三十年，一样与文成公主力促唐蕃和盟，一样在这里奉献了青春，走完了暮途，但金枝玉叶的金成公主并没有皇族远房的文成公主那么扬名。

布达拉宫灵塔殿是黄金和珠宝的世界。最令人震撼的是对重建布达拉宫厥功甚伟的五世达赖的以上万两黄金、上万颗珠宝装饰的灵塔——看得人目眩神迷。灵塔有五世、七世、八世，直至十三世达赖的，唯独没有六世达赖的。活佛的灵塔里少了仓央嘉措，诗魂的行列里却多了仓央嘉措。"不为修来生，只为途中与你相见"，就是他把金身灵塔置之身外的心语。身在布达拉宫，心却飞向诗和远方，他的灵塔矗立在另一个艺术情感的世界。

别拉萨

告别拉萨的前夜，我们来至布达拉宫广场，只见天上繁星点点，地上人头攒动。现时，大多数情况是人头攒动的事好遇，繁星点点的景难求。难与易相聚，算是此行的一个礼遇。通明灯光映照下的布达拉宫，白宫愈白，红宫愈红，是夜拉萨最出彩的地方。灯光下，有位中年人发现了我这位老者，稍聊两句即打开视频，连线他母亲，他母亲说眼红我的福气和胆气，八十岁还敢游西藏，她才七十多，说什么日后也要来西藏看看。这一说，叫在此地工作的儿子眉开眼笑，说榜样的力量远胜过说教。

西藏五日游，来回旅途两日，净游三日。看似短暂，其实游了圣城，看了圣湖，登了圣山，一路上感受亲情的和美，心已足矣！以年近八秩之身体验雪域高原之旅，行亦足矣！飞机起飞，蓝天依旧，雪峰依旧；不同的是，来时头脑空空，此时却装了不少见闻。西藏人民的靓装、新居和笑容，西藏与内地社会的同步发展，浓郁的民族特色和独特的自然地理环境等等，都让我们来有所盼，去有所想。

写于2021年4月6日

万里旅途的十个镜头

开篇，带着好心情出发

2018年7月27日，农历六月十五日，时值中伏，一年中老天火气最旺的时段，激情似火的"王家旅游团"出发了。

两部车，十一人，行李及各种吃食装得满满当当。女儿们心细：王燕和王黎为父母置办了防晒衣、防晒帽、登山鞋等。儿婿们也不粗：王进为妈妈带了钢丝床，还带了两根手杖，便于旅途临时休息和登山倚杖；二女婿绍祥带了轮椅，以防老太太不给力时乘坐。身体素弱的老伴见此，也便打起精神要好好游玩。

旅游路线设定为从山西临汾出发，过黄河壶口，经陕西、甘肃，到青海，再到宁夏，然后返回山西。

团队有分工：领队大儿子王进，司机王进和绍祥，副司机大女儿王燕和四女儿王华，后勤三女儿王怡和外孙女楚楚，余下的人临时当差。只有我和老伴儿吃闲饭不管闲事。带着好心情出发，揣着好心情回家，是此行的共同期盼。

一路观景，一路拍照，记录了时光，也珍藏了回忆。此次出行，被家人公推为"家庭年度号外"，遂把沿途所见筛选了十个难忘的镜头公诸同好。

其一，笑游麦积山

天水，因天河注水的传说而得名。羲皇故里、古秦州地，可看可说的地方太多；因行色匆匆，只能优中选优，至麦积山赏玩。

翻过一架山，下得一面坡，迎面突起一峰，与四邻无牵无挂，峣峣乎唯我独尊。远看，如麦秸垛，当地人把这座孤山称作麦积山。

山奇色丹，万山青翠一峰红。远看，悬崖峭壁上似缀满蜂窝状孔隙，孔隙外盘结着不规则的窗格子。近前，方知蜂窝状孔隙是石窟，那些窗格子其实就是游客用以上下的栈道。

老伴无力爬山，大女儿王燕陪妈妈坐看我们登山。

昨日在平凉崆峒山，因山势陡峻，我不得不放弃登狮子岭看三十二洞奇观，甚是遗悔。虽说败军之将不言勇，但我今日还是要试着勇它一把，一雪昨日之耻。

栈道呈之字形曲折盘旋而上。走上去，头上来云，脚下生风，如同在云梯上行走。上行时吃力，二儿子王军和绍祥等，前面拉，后面推；下行时力怯，他们便前面挡，后面拽。我凭着心劲和众人的"护驾"，在游移中遐想，在遐想中游移："有龛皆是佛，无壁不飞天"，是人家说的；"有壁立千仞，无佛不含笑"，是我们眼见。

下山，回望，山依然像麦积。但拂去外表的炫眼，想想它的前世今生，想想它的无与伦比，好像不是麦积承载了它，倒是它成全了麦积。这个积，即是人心的虔积。

麦积山虽是石窟，却以泥塑见长，集高浮雕、圆塑、粘贴影塑和壁塑诸手法之大成，还有如敦煌一样的飞天壁画。它积五代西秦至清末一千七百余年的斧凿，成就百窟万佛的皇皇巨观。挂在岁月年轮上的这串珍珠，结晶于劳动，积累于时间。

不免好奇，如此巨创，是怎么开掘的？导游说，用的是积薪法。古书说"自平地积薪，至于岩巅，从上镌凿其龛室佛像。功毕，旋拆薪而下，然后梯空架险而上"。难怪本地有"砍尽南山柴，修起麦积崖"的说法。虽说此法甚"笨"，甚"费"，但为了理想中的西天圣境，人可以不惜代价，于绝境生出绝招，处心积虑为佛开道。

最让人快慰的是，看到佛的微笑。不管是巨像还是微雕，塑像大抵面带笑容。有的笑得矜持，有的笑得含蓄，有的笑得智慧，有的笑眯双眼……人格化了，世俗化了，这个笑便饱含着人间烟火味。给人"佛虽超然物外，却又是人间众生"的感觉。面对半壁笑岩、一山祥云，你何愁之有？何烦之有？与其积愁，不若积笑，才不负这千年一笑。麦积山佛塑的微笑，笑出的是向往，是自信，是境界。它拥有的"回头率"，来自佛心亦人心的艺术表达。

临别，回头望：佛仍在笑，我们也回以笑。

其二，兰州"味道"

车至兰州，旅居兰州的乡人李青莲驱车至高速路口迎候。

好客的青莲不仅给订下酒店，连饭食也包了。异地乡宴，调动的不止是食欲，更是情谊。酒席宴上，青莲提议，何不说唱助兴？！老伴是戏迷，曾演过京剧《沙家浜·智斗》一折，先期来这里旅游的两位乡人冯玲萍、王姣莲亦能歌善舞。于是众人齐声说好。她三人也就不再推辞。老伴演阿庆嫂，冯玲萍饰胡传魁，王姣莲另有他选，刁德一只好由冯玲萍客串。老伴的沉着稳重，冯玲萍的"逢场作戏"，引来阵阵掌声笑声和喝彩声。王姣莲献上一曲《梨花颂》，嗓音清亮，委婉抒情，又叫大家乐了一阵。有酒，有菜，还有演唱助兴，这顿饭虽是兰州味道，却吃出故乡情怀。人在旅途，有快乐也有发现，今天的发现，除却此时此地和此人，恐怕难得再现。

晚逛黄河风情夜市、临河广场、亲水公园。正值汛期，水涨流疾，巨大的水车，在绚烂的灯火里不停转动。洪峰身披五彩衣裳，从脚下汹涌而泻。兰州是黄河唯一穿城而过的城市，因而就有了百里黄河风情线，市中心尤盛。天热，人多，活动名目也多，歌舞声压过黄河的咆哮声。兰州因黄河而滋润，黄河因兰州而流彩。白日所见，街道纵横，绿荫霭霭，特别是那条读者大道，更能唤起外来人的遐想。这里已完全没有了三十多年前我来兰州时"一条河，一爿城，两个公园隔河望"的影子。

兰州的两山是游人必去之地。

白塔山公园高踞山巅。过中山桥，盘旋而上，黄土四围中现出一派青翠。登楼远眺，偌大的都市，被压缩在两山夹一河、一河挑两岸的图景里。下山，穿城，至五泉山公园。五泉山低于白塔山，却比白塔山多了几分秀气。青莲邀我们在一处长廊坐定，先上三泡台，后上甜胚子，都是地道的兰州风味。时微雨飘来，溅起点点水花，小塘浮萍抖擞，游鱼遁迹。塘那边立着小亭、拱门，几株垂柳相伴，一时勾起苏州旧游时情景。

来兰州，不吃兰州拉面，可惜！吃正宗兰州拉面，不去东方宫，遗憾！东方宫一色清真装饰，大厅富丽堂皇，几层楼同时营业，可见人气了得。一清二白三红四绿五黄的牛肉拉面放在面前，还没吃就口水盈盈。它的汤最是讲究，配料有二十三种之多。眼里馋，嘴里香，一大碗牛肉拉面哧溜哧溜下了肚，把主人和兰州的热诚也留在心间。

过兰州赠青莲

顾照高情题白塔，

兰州旅次似归家。

何须再唱阳关曲，

夜逛黄河昼品茶。

其三，"佛情禅心"塔尔寺

驱车出西宁，半小时后至湟中县鲁沙尔镇，塔尔寺到了。

寺前广场正中矗立一溜宝塔，似屏风，像照壁，名字好听——八宝如意塔——喻佛祖释迦牟尼八大功德。塔立在这里，先声夺人，成了游人留影的首选。

塔尔寺三绝：壁画、堆绣、酥油花。堆绣，顾名思义为堆起来的绣品，立体感强。酥油花，即以酥油雕塑的花卉，五颜六色，富丽堂皇——世上有的花它有，世上没有的花它还有，可谓天花乱坠。壁画以小金瓦寺的最具代表性，其色泽艳丽明快，形象奇特狰狞，内容多为降妖伏魔、守护佛法、消灾祛难，因而在信徒中极有神威。

塔尔寺九千多主要建筑中，规模最大的莫过于大经堂。一百六十八根大柱撑起广厦，千余喇嘛集体打坐诵经，这是何等场面，你尽可以想象。诵者，背文而暗持之也。背文是嘴动，暗持即心念——对佛崇拜的意念。大殿再大，也关不住修炼者发自丹田的声音，这种有别于咏唱的声音，在明净的苍穹里随风飘荡。信徒以其虔诚的表达，换得深沉的意念，动中见静、行中见心，以求通往圆满诸德寂灭诸恶的终极目标。

位居寺院正中的大金瓦殿，不惜用一千三百两黄金和一万多两白银覆顶，号称金顶。乾隆皇帝御赐的金匾"梵教法幢"还在那里挂着，表示恩宠和显赫并存。正中一柱摩顶大银塔，传说，塔下即是宗喀巴大师降生时埋胎衣的地方。大银塔的前身应是一座普通的砖塔或石塔，最初是一位母亲按儿子寄回来的图样建造的。见塔如见儿，故而，塔尔寺原本叫塔儿寺，应是先有塔后有寺。一直没回家的儿子，成就了黄教，终成一代大师。他，就是宗喀巴。银塔佛龛内塑宗喀巴像，塔前陈放各式供品和法器，梁枋挂满帷、幡、绣佛、围帐。黄教的圣者觉者，他是静了，后来者堆金贴银，建树了这座塔林殿群的圣地。静的佛法布远传世，动的力量创造神话。这个神话，足以叫塔尔寺与布达拉宫齐名。

站在塔尔寺高处望去，八脉山梁如同八朵莲花。八朵莲花内密布金光闪闪的僧庐殿宇。这些建筑是静止的存在，它以它的壮美圣洁，引来不远千里的朝拜者和观光者。在这里，"动以养形，静以养神"又有了别样注解。没有滚滚红尘的荡涤，哪会有超脱红尘的玄想；没有宁心禅定的修持，哪会有博大精深的佛学。动与静，看似对立，实则一也。只不过僧人生活在虚无的极乐世界里，俗人萦萦在喧嚣尘虑的现实中。

佛说，人人可以成佛。谁能大彻大悟，谁就是佛；谁能明心静性，谁就是佛。反过来，又不可能人人成佛。不然，还要此宝刹宏寺做甚？

人们哟，不妨给灵魂种一棵菩提，把佛情禅心化入尘心，那将会是一种什么境界？

其四，天韵青海湖

从塔尔寺出来，一路朝西，青海湖在天边等着我们。

来到湟水之源的湟源县城，早已人困马乏、衣帽不整。停车在一处超市门口，里边有饭，但似乎并不合大家口味，索性用超市的开水泡起自家带的方便面，排排坐在门外的台阶上，人手一桶，呼噜呼噜吞吃起来。那个吃相，那个穿戴，那个情景……此景眨眼换他景，他景无处觅此景。于是便随手抓拍了一张，这成了西行路上的花絮。

登上日月山，又是一重天：不止因为这儿海拔四千米以上，还因为它是黄土高原与青藏高原的分界线、茶马互市的重要关隘。唐蕃和亲前，这里不叫日月山，而叫赤岭；唐蕃和亲后，这里改称日月山。

走在一千三百多年前文成公主走过的唐蕃古道，回想起文成公主的传说。据说当年文成公主远嫁吐蕃，唐太宗为了宽慰她，用黄金制作了一面日月宝镜，让她通过宝镜就可以看到长安城的亲人。和亲队伍行至赤岭时，文成公主决绝地摔碎了宝镜，让宝镜的一半化作日山，面朝大唐；另一半化作月山，面朝吐蕃。她将个人委屈置于民族亲睦的大义之下，将大唐文明书写于雪域高原。民间故事凄美而令人神往。从车窗望去，山高云脚低，雨注泥浆多，人们装束如秋似冬，文成公主塑像一闪而过。

下山，一泓细流在草原上静静流淌，有人说这是倒淌河，是文成公主泪水流成的河，它向西而不向东，倒淌着流。传说比现实美丽，就让美丽留在记忆里吧。如今，倒淌河还在倒淌，只是昔日的悲泣再也不会"倒淌"。你看这花的草原、白的帐篷、成群的牛羊，还有我们这些悠闲的过客，一同沐浴在细雨斜风里。如果再添上一曲诞生在青海的《花儿与少年》，谁会不心醉在这西部草原上？！

走着走着，草原无端洇出一片黄色，再后来黄花阡陌，夹道欢迎。一车人惊呼：油菜花！比较江南3月的油菜花和青海8月的油菜花，花相似，地殊异，显然是错了时空，养了眼睛。我们走几十里也走不出花的海洋，它们用明快艳丽、激情奔放、时尚大方，将我们一路的疲惫荡涤得没了影子。王进和绍祥顺情把车停在路边，让大家下车赏玩。

近前，原来每一方油菜花都用围栏围了，进口处站着一两位藏民，想去花海赏玩，还需缴费。藏民讲汉语，也善讨价还价，进地儿，缴五十元。女儿们带着我们老两口进了地，其余人站在外边看景。这里的油菜花长得高，人走进深处，只露半身，如同在花海中游泳。拍照，拍照，四个女儿，和外孙女楚楚，恰如五朵金花，穿红戴绿，摆出各种姿态，尽情地留影。都说，带不走它的香，还不带走它的艳？

油菜花尽头，有一条灰白色线带，车子朝着这条线带开去。渐走渐近，线带愈来愈宽，宽成了河，鼓成了塘，又胖成了湖，渐至于漫向天际。这就是青海湖，一个因地质变迁由外流湖变为闭塞湖的中国第一大内陆湖。

　　油菜花还在眼里晃动，蓝色的湖水又扑进眼眶，让人如同换了时差般不适。好在这片蓝远比那片黄袭人，眼眶里的花霎时间变成了水，活泼泼的内心跟着平静下来。湖够大，看不到边沿；湖也蓝，胜过头顶的蓝天。眼有所见，心有所想，粼粼的湖面仿佛飘来一曲天籁之音，伴随着歌声，仿佛看见姑娘的鞭子轻轻落在小伙身上。这个姑娘便是天仙般的卓玛，这个小伙便是浪迹天涯的王洛宾。这一鞭子抽出来淡淡的情，也抽出来一曲火火的歌，这就是诞生在青海湖北岸金银滩的《在那遥远的地方》。

　　青海湖的蓝与油菜花的黄，涂抹出一幅纯净的青春的图画；小卓玛的朦胧和王洛宾的憧憬，撞击出一曲感染尘世的天籁之音。

其五，茶卡盐湖——天空之镜

　　当晚住环湖西线鸟岛宾馆。

　　入夜，大雨滂沱，天明方收敛，早饭后终于停歇。至茶卡盐湖时，丽日当空，找不出一丝云彩。女儿们说，我们运气好得不能提。问为什么，说查资料得知，每年6月至9月是游茶卡盐湖的最好季节，我们无意中应时而来。这是前提。还有，阴天看不到"天空之镜"；雨天，盐结晶体被溶解，露出下面的泥巴，就成了泥塘；风天，水有波纹，镜面破碎，难见倒影。唯有晴天，盐的结晶增厚，下面是洁白的盐层，上面是清澈的卤水，经太阳照射，反光强烈，便现出"天空之镜"。许多游人或赶不对季节，或遇不上好天气，抱憾而去。总之，来得早不如赶得巧，我们刚刚好。

　　穿着套鞋，走进盐湖，脚踩的是盐，眼看的是盐，连随处可见的雕塑也是盐的堆积。如6月里下了一场雪，一时间脑子里竟成了空白。忽然想到，中国画讲究留白，方寸之间显天地之宽，给你不尽的想象。盐湖如明镜，恰是戈壁滩的留白，余地大小全在你的感受和想象。

一家人，随年龄和情趣分成几拨。女儿和外孙们一直朝湖心那片号称天镜的水域走去，想在那里与天镜共舞。儿子和女婿们亦步亦趋，不为照相，只为观景。我和老伴落在最后，见"天镜"遥不可及，便在原地溜达，只爬了一座小小的盐堆，便疲软成一摊，一屁股坐在盐地上，静看身边的一个个小天镜。你想静，上天偏不让你静，头顶烈焰，面炙反光，天光水影把眼都耀花了。

　　忽见一列小火车往盐湖深处开去，好似白茫茫世界扯过一道彩虹。开眼之余，又觉得放着小火车不坐，费脚力在盐湖边逛荡多不明智，于是就买票坐上了车。不过，却不是前行，而是回返——老伴实在累得不行了。我们在商肆买了喝的、吃的，静等孩子们到来。

　　先等来儿子女婿这一拨，后等来女儿们那一拨。听他们说各自的见闻和感想。女儿们走进"天镜"，领略了"天之光地之镜"的瑰异，也把美丽的倩影留在"天镜"之上。没戴防护饰物的男儿们，脸、手都变了一个色，这是紫外线的赏赐，也是不经意中的留念。谢谢盐湖，让我们带着幻象般的"天镜"，带着黑里透红的高原印记离去。由此知道了它的所在：青海省乌兰县茶卡镇；感受了它的风采：镶嵌在柴达木盆地的一面镜子；明白了它的价值：世界上不可不去的五十个景点之一。

　　至茶卡镇用餐，吃自家带来的西瓜，肚子饱了，燥热散了，副驾驶开车，正驾驶小憩，一路向西飞奔，晚至海西州首府德令哈下榻。

　　德令哈给我们的印象，街道整洁，建筑有蒙藏特色，只是有些冷清。那日正是小外孙贝贝生日，生日恰逢宝地，天时地利人和都让我们赶上了。至市里最叫座的饭店，吃了到青海后第一顿丰盛的饭菜，一家人齐齐把祝福送给小贝贝。

　　德令哈因诗人海子在此写的《日记》"姐姐，今夜我在德令哈……姐姐，今夜我不关心人类，我只想你"而出名。这个姐姐，也许是虚幻，也许有所指。正如介绍所说，许多人因为德令哈，知道了海子；因为海子，知道了德令哈。歌手刀郎慕名而来，写下忧伤缠绵的歌曲《德令哈一夜》。诗在这里散发着永恒的温度，歌在这里飘荡着忧伤的旋律。难忘的德令哈。

其六，大漠天路

8月4日，从德令哈至敦煌，全程五百五十公里，虽是沿柴达木盆地边缘穿行；但对我们来说，这无异于一次历史性穿越。

本以为，这是一场孤寂的旅行，不承想，孤寂中有不孤寂的景致。这里的路好像一束阳光直射到遥不可及的地方，你就是朝着那个看似不可及的地方奔跑。过了大小柴旦湖，进入无人区，左瞧是戈壁，右看还是戈壁。公路两侧横七竖八地站立着、伏卧着奇形怪状的土堆和土柱，它们像人像兽像鬼怪像城垣。还有排列整齐的一道道土丘，似给戈壁滩镶嵌上巨型的五线谱。这些土堆披着五颜六色、斑纹杂错的外衣，大自然把它们雕塑得光怪陆离，它们有一个绰号——魔鬼城。这种地貌，称作雅丹，成因是风，是风这个雕刻大师千万年辛苦劳作的结果。忽见路旁立着"外星人遗址"的标牌，大家更是一阵尖叫——谁不想看个究竟？！惜行程紧，无向导，只得怅然而去。

车窗外不时闪过发亮的"镜片"，那是汇聚在盆地的一汪汪湖水。这里人说，星星点点的湖泊是牛郎织女的泪水。你会发问，天雨缺，少见河，这些水是从哪里来的？其实，柴达木并不缺水，地下水储量四倍于青海湖，地表河流也不少，只是我们窝坐车中，不得眼见。离德令哈不远处的草原上，有可鲁克湖和托素湖，前者淡而后者咸，中间有小河连通。相传可鲁克姑娘和小伙子托素相爱而不得，前者化作淡水湖，后者化作咸水湖，像两滴眼泪永远洒在草原上。

戈壁滩也不是寸草不生，偶尔可见零星的草顽强地挺立在那里，长得球型，且又蓬松，在风中摇头晃脑。它们寂寞吗？寂寞。它们贫瘠吗？贫瘠。但它们并不悲观，懂得适者生存。天再冷，根不死；风再大，头不低；水再缺，仍抽芽。不为哗众取宠，只为生生不息。它们释放的能量足以叫世人感动。

渐渐走到戈壁边缘，路不再像先前那么平坦，因为空旷，显得更宽敞。论直，像尺子，不弯不曲，不藏不匿。说长，这头挽着我们，那头牵着云天，真格是大路通天。这是上天的赐予，更是人类的目量意营。

当金山是青海、新疆和甘肃三省区的交界。近山青而矮，远山黑而壮，更远的山高耸云雾间已然白了头，恰似老中青三代组成的巍巍屏障。山上风大，可看见排列成阵的风电扇叶疾速地旋转。山上云多，刚才还清晰的群山，一时被遮了脸，再不是柴达木盆地的朵朵流云，霎时间，漫天扯起一道黑幕。那应该是雨幕吧！大家猜测，因没有见过，甚觉惊悚。

下了当金山，告别了盘桓三日的青海，进入河西走廊的甘肃，戈壁转换成沙漠，沿走廊东行，天擦黑才到了敦煌。

其七，敦煌之夜

何谓敦煌？大者为敦，盛者为煌——这是通常的说法。其实，汉代河西走廊一带是少数民族杂居的地方，多数学者认为，敦煌二字应是少数民族语言的汉译，原意何解，众说纷纭。我们是奔敦煌的盛名来的，而不是奔敦煌的地名来的，所以大可不必劳神。

应该知道的是，敦煌居甘、青、新三省区交汇处，是丝绸之路"华戎所交一都会"，故而也是河西走廊的文化粲然之地。敦煌二字早刻在心里，但全家人中真正来过的只有大儿子王进。当年我去新疆，路经敦煌，从火车上瞭过一眼；因为是夜间，仅留下"月照流沙别一天"的印象。

同是戈壁大漠，德令哈冷清，敦煌热闹，一派灯红酒绿。不由得暗问：这就是昔日驼铃叮咚的敦煌？这就是沙漠绿洲的敦煌？这就是……正在思想，车停在一条繁华大街上，抬头看，高耸的门楼上书"敦煌夜市"。

市场不只是门楼高，"肚腹"也大，商铺一家挨着一家，灯火通明，香味缭绕，看得你眼花缭乱，搅得你脾胃不宁。夜市为夜生活而设，百味集，千人聚，万人涌动。难以想象，如此膏粱之所，竟在广漠四合之中。

人多嘈杂，雅座难雅。庭院里那么多饭桌，空闲者无几。酒家给我们拼了两桌，全家人合围，人手一杯三泡台，外加一杯杏皮水、驴肉黄面、胡杨闷饼、羊肉烧烤、酱驴肉、拔疙瘩，就着西域风情咽在肚里。外孙女楚楚还点了驻场歌手，以歌助兴。记得一首点的是《父亲的草原母亲的河》，这是专为我和老伴点的，我俩心领神会；一首是《草原之夜》，西北多沙，也不乏草原，此夜唱此歌，生发多少流连之情。楚楚一面指挥大家手拉起手，随歌声的节拍摆动，制造气氛，一面伺机拍照。坐在左手的人，动作整齐有节奏；坐在右手的如我等，随不上节拍，人家往左，我们往右，老也合不到群里。别人笑，自己也笑，四邻八桌的人看见也笑。我们笑的是舒心，他们笑的是好奇：这是从哪里来的一家人？的确，儿女们带老人旅游的事多了去，但几家有六个儿女，且六个儿女能一起陪父母旅行，并在古丝绸之路上留下开心的笑声？！所以说，我们一家人也是旅途难得的风景！

其八，月牙泉·鸣沙山

人若有情，老天也顾意。一路上多晴少雨，即使下雨，也在夜晚。可这天，在雨贵如油的敦煌赶上罕见的沙漠雨，就不能不说是件幸事了。

淡烟疏柳，古道新曲。新曲，指的是那首有名的《月牙泉》，来游月牙泉，悠远流响的声音仿佛近在耳旁。进月牙泉景区，要穿防沙高筒布靴，不然黄沙会灌满鞋袜。因为有雨，又租来雨披；因为凉爽，随身带的衣帽纱巾都派上用场。没用多久，看见一大二小三座沙山摩肩接踵，下有绿洲一片、庙宇一座、池水一泓。不用说，沙中之水便是月牙泉了。

泉不大，一目了然。水不深，清浅一掬。唯沙山夹一泉，一泉托沙山，貌似离奇却浑然一体，别是一番气象。试想，如果不是山的爱抚，不是泉的独秀，不是曾经滋润过丝绸之路，不是"亘古沙不填泉，泉不涸竭"，任凭刻意包装，实难流芳千古。须知，世上并不乏泉，也不乏"第一泉"，乏的是清秀于外、含蕴于内，并有山川形胜作陪，人文流脉濡染的碧泉丽水。

泉侧有一道观，算不得宏构，倒也层楼迭阁。晴日，倒映泉中，是为月牙宫阙。尤其是临泉亭廊，为观月牙泉最佳处，这里人稠香火旺，泉在脚下静静地躺着。有介绍说，泉不过二亩有余。可它的可爱，不在大，而在俏；不在深，而在形——像弯月，像柳叶，像黛眉，像天镜，还像沙地里明媚的眼睛。细雨敲打月牙，微风吹拂孤水，别是一番景象。不由凝思，它独处大漠而不溢不涸，定是有某种神秘的自然力量在护佑。目光掠过它微澜不惊的水面，我们好似穿越了大漠孤烟的千年时光。

再看周匝沙山，仿佛只是用柔和的线条随意勾勒出的图案，多阴柔，少阳刚，脸庞光滑得没有皱纹。这山叫鸣沙山。号鸣沙，却非会自然鸣叫，乃因人顺山坡滑落时流沙轰鸣作声。鸣沙山、月牙泉，一动一静，一黄一蓝，一燥一润，山离泉失色，泉无山不生，就这样厮守了千年万载。

试登鸣沙山。走在山脚，才真真切切见到，原来它并非总是一盘散沙，一旦聚拢，横着漫延，竖着陡立，虽说心中不惧，但脚下禁不住发怵。一踩一个坑，拔起脚放不下，放下脚拔不起来——滑头的沙子在你脚下作怪。直着不好走，就斜着走；可斜着走延长了距离，不合算，还是照直上。大女儿王燕腿力不济，先自败下阵来。我由二女儿王黎拖着，四女儿王华推着，走走歇歇，歇歇走走，父女三人终于爬上鸣沙山。

四下里望，沙山之上更有沙山，沙包如浪涛，一浪一浪地涌来。而骑骆驼的、骑摩托沙海冲浪的，还有如我们徒步登山的，比比皆是。有的人欢呼，有的人拍照，无不开心愉悦。我却没有听到沙海的鸣唱，原来天雨将会唱歌的沙子打湿了，心中便有些失落。一补遗憾的是，从高处看月牙泉，如沙海中飘浮的一片荷叶。

月牙泉古称沙井、药泉。月牙泉的形成有多种说法，仅从"沙井"一名来看，疑有人工开凿的可能。它的千古不竭，有自然的神力，有人为的养护，近年来多次从地下补给水源即是一例。要不然，月牙泉的歌声早成了绝响。即使这样补给，水深还不及古时的一半，面积也萎缩不少。月牙泉固然风光，但别忘了风光背后的忧虑，别忘了曾经水草丰茂的绿洲何以变成黄沙漫漫的敦煌。

其九，丝路花雨莫高窟

历史的奇迹，往往与文化鼎盛、经济繁荣相关联。前秦建元二年，僧人乐僔在岩壁上开凿了第一个洞窟。之后，随着敦煌的日渐繁荣，随着佛教东渐、朝廷提倡，莫高窟显名于北魏、西魏和北周，显赫于隋唐，至武则天时竟有千余窟之多。

乘景区车至莫高窟，微雨洒尘，清行清心。为保护这一世界奇观，景区定了好多规矩。如参观须编组活动，不准散游；人人戴耳麦，跟随导游进窟。每至一窟，导游开锁，看完一窟，随手关门，管护如金库。为保护壁画，不容许强光照射。导游手拿小手电筒，讲哪里，照哪里，如果让你看全景，手电来回扫一下，看个大概就可以了。参观毕，随导游出石窟区，收回耳麦。几十年愿望，几千里路程，一个小时完结。转念一想，你非考察，也非研究，只为见识见识，了了心事；再说，看多了也记不住，说深了也懂不得，何况还有那么多人在外边等待。

我们只看了九个洞窟，洞窟长宽不过几米，不费脚力，但费眼力。说是石窟，里边的造像多是泥塑，而且以壁画居多，可谓环窟皆彩也。建筑、塑像和彩绘都能看到西域文化的影子，这是丝绸之路的特征。印象最深的是壁画，几乎布满每个洞窟的石壁。这是谁画上的，又是谁让画的？只怕是游人想知道而又难以知晓的事。那些泥塑，也是各有故事。别的看过就淡忘了，唯有反弹琵琶的歌舞伎叫人久久萦绕于心——靓妆炫服，神姿丰韵。那反弹琵琶于背后的形象，是来自生活，还是凭空想象，不得而知。但正是这个反弹琵琶的彩塑，激发了艺术家的灵感，便有了舞剧《丝路花雨》中的英娘形象。敦煌仅有的一处"张"字题记，一字万灵，催生了另一个艺术形象——画工神笔张。《丝路花雨》描绘了画工神笔张和歌伎英娘的动人故事，讲述了他们的悲欢离合以及他们与波斯商人伊努斯之间的纯洁友谊，四十年来久演不衰。我们赶上舞剧在敦煌大剧院演出，而且又是2018版，怎么能错过呢？一家老少落座敦煌大剧院。剧情跌宕起伏，舞姿优美动人，再加上艳丽的布景、奇幻的灯光，让你从诗里进、画里出，带你走进久远年代的唯美故事。在甘肃，打开《读者》，可让你感受阅读的愉悦；观看《丝路花雨》，能叫你沉浸于曼妙的舞蹈世界。旅行是出发，也是发现，一路上，总有意想不到的收获装入行囊，观《丝路花雨》，便是此行意想不到的收获。

其十，七彩丹霞

8月5日，我们预计奔赴临泽县。离开敦煌前，绕道阳关稍事浏览。

敦煌北有玉门关，即王之涣"羌笛何须怨杨柳，春风不度玉门关"所说的玉门关；南有阳关，即王维"劝君更尽一杯酒，西出阳关无故人"所说的阳关。两关均是丝绸之路要隘，东来西去的必由之地，也是历代征战之地。在唐代，由于汉代情结和英雄情结的催化，涌现出许多边塞诗人，两关自然进入他们的视野。在众多咏两关诗作中，尤以三晋先贤王之涣和王维的诗出名。来阳关，既是探寻往昔，也是感受诗境。

晴空万里，太阳高悬，天地白花花一片。一柱烽燧兀自立着，阳光还是汉唐阳光，但阳关却不知哪儿去了，只余这柱烽燧还在不离不弃地雄视着西域之路。烽燧左侧不远处立着一块巨石，上刻"阳关故址"。故址究竟在哪里？导游用手一指，就在碑后的茫茫沙海里。面对沙漠，家人一脸茫然。阳关无语，只能靠史书和考古替它作证。我们无言，世事消长竟如此无情。站在沙丘上，遥望敦煌和敦煌更西的新疆，我只能说，春风早携着润丽度过了玉门关，再也无须斟酒更进，西出阳关四通辐辏，有的是朋友美酒。阳关成了记忆，王维诗却鲜活在心头。

敦煌盛产葡萄，是中国最早种植葡萄的地区。阳关故址大漠绵延，不远处的阳关镇却冒出一片绿洲。绿洲种着葡萄，前店后园，葡萄摊夹道摆放，叫卖声声。买来一尝，汁多蜜甜，一直吃到瓜州，它才被蜜瓜替代。

蜜瓜是瓜州的特产。《汉书·地理志》记载："古瓜州地生美瓜""长者，狐入瓜中食之，首尾不出"。如果对"首尾不出"有些狐疑，听听西晋郭义恭《广志》怎么说："瓜州瓜大如斛，御瓜也，甘胜糖蜜。"斛是容器也是量器。那个时候一斛等于一石，一石一百二十斤，想想也在理。清雍正时，"徙鲁谷庆回族于瓜州，皆种佳瓜入贡"。可见，瓜州得名来源于瓜，而其瓜的美誉至少从汉代绵延至今。

追着太阳，赶着月亮，晚9点多总算来到临泽，奢侈了一下，下榻当地最好的酒店，名曰"七彩宾馆"。大家确是累了，顾不得肚子叫唤，倒头便睡。次日早饭后，驱车朝七彩丹霞所在的倪家营进发。一路流水潺潺、花团锦簇、绿荫夹道，猛醒"临泽"名出有因。

抵达景区，车窗外群峰联袂，色彩斑斓，左面牵着红绸，右面挽着彩带，车在山谷奔驰，像在云霞中穿梭。四个观景台曰七彩云海、七彩仙缘、七彩锦绣、七彩虹霞。其中第一个最大，因站得高而看得远，近山如血，远山如霞，低山如丸，高山如壁，正是这些带着色彩的山脉，编织了七彩世界的神话。第四个最美，色彩艳丽得令人咋舌。最有意思的是，每个山包都披着斜纹彩布，纹理分明得像有人故意为之。细看，有的像凉糕，一层白一层红；有的像黄米糕，一层红一层黄；有的像千层饼，红橙黄绿青蓝紫层层叠压。不管在哪一个台观景，你看到的是山披红，峰挂彩。游人们雁队而上，鱼贯而下，云游在布满霞光的世外桃源。

赏玩自然景观，通常的说法是"三分看，七分想"，可见想象是观景的延续和深化。奇山异水本是天成，没有包装，更不炫耀；撞上有思想的人，那山水就变得有鼻子有眼、活灵活现了。景区里，竖有很多提示牌，说这里是众僧拜佛，那里是灵猴观海，这里是神龙戏火，那里是夕晖归航，等等，这就是策划者的心计。有了人家的劳神，你大可不必二度创意。大自然的创造力，加上人类的想象力，力量之重，岂是"非凡"二字能扛得动。

老伴行动不便，眼里就少了万千气象。七彩虹霞观景台比较平缓，王燕扶着妈妈爬了上去，让她俯视了一把；下山时，王进和王军你挽他扶，直到上车。我看得心暖，六个儿女六彩，加上老伴添成七彩，忽然脑中拟出一句"品天地七彩丹霞，观我家丹霞七彩"。尘世上开心事，莫过于应乎于天，合乎于心了。

结语，揣着好心情回家

按事先安排，银川是我们的收官之行。河套、沙湖、沙坡头一一看过，大家已经归心似箭。至此，兵分两路。北路走佳县回太原，顺便游览西北黄土高原最大的道观白云山白云观，这也是意想不到的收获；南路走三边（定边、靖边、安边）回隰县。在延川，大家设宴为王怡四十八岁生日献上祝福，这给旅途又添一朵花絮。

此次旅行，用时十三天，走了十座城市，游览了十一处景点，里程过万，其中半数行走在古丝绸之路。

回家后，我和老伴在群里发了帖子，大意是，此次旅行，因开眼而愉快，因愉快而难忘。一路走来，一路阳光，一路孝行，难得的遂心适意，父母感谢儿女们的孝性。可以说，我们王家虽然平凡，但不平庸，此行亦人生快事也。

儿女们也纷纷表态。王进说，他们做了应做的事情，只是做的还不够。王燕说，一次小小的旅行，就让爸妈如此感动，实感惭愧，比起养育之恩不及百分之一。大家都说，只要爸妈开心，健康硬朗，会一直陪着爸妈去旅行。

王怡不声不响做了一个图文并茂的美篇，叫作《陪着爸妈去旅行》，把家人再次带入这段难忘的旅程。美篇一经传出，隰县王家成了朋友和网友歆羡的对象。一次平常的旅行，却引起不寻常的反响，叫人始料不及。

我想说，人生本来就是一次旅行。孩子们看似是陪伴我们徜徉在山山水水，其实是陪伴我们徜徉在人生的旅程中。

写于2019年3月10日，改于2021年4月22日